U0015551

赫胥黎·喻世人情故事集·

Aldous Huxley Six Novellas

《美麗新世界》作者 阿道斯·赫胥黎——著

梁東屏——譯

臺東大學英美語文學系助理教授鄧鴻樹——導讀

本書收錄的赫胥黎短篇小說選自：

短蠟燭 *Brief Candles*

塵世紛擾 *Mortal Coil*

小墨西哥人 *Little Mexican*

千面葛瑞絲 *Two or Three Graces*

導讀

文明社會現形記

——赫胥黎短篇小說刻劃西方文明病症，奠定二十世紀反烏托邦文學的方向

鄧鴻樹（台東大學英美系助理教授）

英國現代小說家吳爾芙曾說，從一九一〇年十二月起，人性跟以前大不相同。當時，晚期印象派畫作首次於倫敦展出，梵谷、高更等畫家以離經叛道的畫風展現文化的變動與不安。同時期，西方社會動盪，國際情勢面臨嚴峻挑戰，文明發展進入關鍵轉變期。

世界在變，文學也會同時演變。二十世紀初，現代主義在巨變中誕生，許多新生代作家以嶄新手法重塑文學相貌：艾略特《荒原》（一九二二）、喬伊斯《尤里西斯》（一九二二）、吳爾芙《達樂威夫人》（一九二五）、費茲傑羅《大亨小傳》（一九二五）、海明威《戰地春夢》（一九二九）等作，都將成為傳世經典。

英國當時有位年輕作家，不僅寫詩，也寫小說，還在雜誌寫專欄，以放蕩不羈的文風格外

引人矚目。他二十六歲（一九二〇）出版第一本短篇小說集時，就有評論家表示，他犀利的文筆當時在英國無人能及。他號稱全英身材最高的作家（一九六公分）；曾患眼疾幾乎失明，一生需倚賴放大鏡輔助閱讀；在吳爾芙眼中，相貌不凡，宛如一隻「巨型蚱蜢」：他就是以《美麗新世界》（一九三二）奠定反烏托邦文學經典地位的赫胥黎。

英才俊偉的青年作家

《赫胥黎喻世人情故事集》收錄作家發表於一九二二年至一九三〇年間之代表作。那段期間，他暫時告別專欄執筆，偕同新婚妻子於比利時、義大利、法國等地專職寫作，對歐洲高雅文化有深入了解。

在友人眼中，赫胥黎的博學無人能及。他出門在外必隨身攜帶《大英百科全書》，還特地訂製能容納全套百科的行李箱。哲學家朋友羅素曾開玩笑說，跟赫胥黎聊天時，若能知道他手中《大英百科全書》翻到第幾頁，就能準確預測他的聊天話題。

一九二〇年，二十六歲的赫胥黎出版第一本短篇小說集，故事辛辣，引人側目。吳爾芙很快就在《泰晤士報》發表一篇名為〈青春伶俐〉的書評，肯定作者才華之餘，不忘勸他未來最好能多加正向思考，收斂狂傲之氣，「不要再諷刺社會了」。

赫胥黎作品最大特色為冷眼嘲諷，常令人誤以為自視甚高。然而，這些故事暗藏對文明發展感到的憂慮；年少輕狂背後，其實醞釀一股嚴肅的悲觀視野。因此，若要了解作家日後反烏托邦走向，就要認識他的早期作品。

一九二三年，赫胥黎以「休閒娛樂」（pleasure）為題，在雜誌專欄道出獨特的文明滅亡論。他認為，西方文明之所以面臨危機，乃本身「自體中毒」（autointoxication）所致。他指出，古羅馬人沉溺於觀看格鬥表演，以致喪失發展文明的動力。現代人同樣以電影、留聲機、廣播等膚淺娛樂自我毒害：「無數觀眾與聽眾沉溺於垃圾節目中。不需動腦，不需參與其中；只需坐著瞪大眼睛。」赫胥黎大膽預言，「無聊」將成文明慢性病症：照此下去，現代文明的沒落將是必然結局。

文明的病理學家

〈蒙娜麗莎的微笑〉以尖酸無情的語言嘲諷「文明男子的心理狀態」。主角被「龐大的無聊感團團圍住」，總覺「自己的存在既無意義又令人厭煩」，只好終日玩弄情慾，以為娛樂。每日偷情之餘，只能寄望自己不會像旁人那麼可悲。他永遠無法完成的巨作為人生最大的諷刺：《疾病對文明帶來的影響》。

對赫胥黎來說，文明病症源自高雅社會追求文化所生的虛榮，是由上而下蔓延的重症。〈提勒森盛宴〉描寫一位高齡畫家在宴會出糗的趣事。藝文人士為親眼目睹十九世紀繪畫傳人而共聚一堂，「面面相覷，因為努力壓抑對彼此的憤恨而全身顫抖」。老畫家致詞時脫稿演出，典範一夕瓦解：「大家覺得似乎應該嚴肅看待這位老人，把他當作一個人來看待。」現代文明缺乏人性，如同眾人對文化遺產的膚淺認識，「有股死亡的氣息」。

此文明病症再次展現於〈少年阿基米德〉。故事主角為一名鄉村天才兒童，玩耍間不經意發現證明畢氏定理的方法。敘事者想到「人與人之間的巨大差異」，不禁感嘆凡人只不過是「可受教的動物」：「也許有天才的人才能算是真正的人」。無奈，天才兒童不敵大人操弄，賠上性命，優美的田園景致最終化為悲慘世界。天才其實是命運的隨機產物，現代人不懂珍惜，扼殺改變世界的機會。

〈喬德倫〉主角名字在英文裡意指「食用的牲畜內臟」（chawdron），大剌剌顯露可悲的文明重症。此人作惡多端，虛偽至極，甚至聘請作家偽造自傳，以求名垂青史。若人類是大自然精巧的藝術品，「像喬德倫這樣的人到底出了什麼差錯呢？那就是，他們是件差勁的藝術品」。倘若知識分子都如喬德倫「變成了豬食心」，社會必然瓦解，「災難就會發生」。

〈單片眼鏡〉忠實呈現赫胥黎對假道學的不齒。主角藉單片眼鏡喬裝成上流人士，卻發現自己無法擺脫「鄉巴佬」心態。不過，變身失敗的憾事倒是一種美德：

他缺少那種高傲者的信心，也不是真正很瞭解戴單片眼鏡者的內心狀態。他不知道如何對窮人視而不見，在必須要面對他們的時候如何去對待他們，是要把他們當作是機器呢，還是家裡養的動物。

主角認為，現代社會的悲哀在於文人雅士把藝術從現實抽離出來，無視人間苦難。選集裡篇幅最長的〈千面葛瑞絲〉可視為赫胥黎的創作宣言。葛瑞絲透過情人接觸高雅文化，猶如反烏托邦版的窈窕淑女：「葛瑞絲突然開始接觸到那些原先她根本想不到的東西——譬如說當代繪畫、文學、現代音樂、藝術上的新理論。對她來說，那是一個全新的啟示。」然而，在情人眼裡，葛瑞絲的自我提升不會帶來幸福，因她無法明瞭現代文化推崇的「永遠幸福」其實是「販售烏托邦」的騙術：「如果幸福是永恆的或是放諸四海而皆準，那麼，幸福也就不再是幸福，而是變成一種無聊的東西。」葛瑞絲的情人在苦悶中領悟烏托邦的真諦：

我所能提供的烏托邦，是一個幸福及不幸福都更為強烈的世界，在那個世界裡，幸福跟不幸福交替出現得更為激烈，更為快速，男男女女都有與生俱來的時髦敏感度，比我們有更多樣、更敏銳的時髦知覺，他們會瞭解那些不受拘束的快樂，以及古代世界的殘酷及危險，有關基督教的種種顧忌及憐憫，所有的那些狂喜與恐懼。

〈千面葛瑞絲〉以典型的「思想小說」（novel of ideas）手法傳達赫胥黎對文明病症的看法，毫不掩飾他對高雅社會膚淺美學的譴責之意。同名短篇小說集於一九二六年出版時，很快就在英美文壇引發話題，兩個月便初版二刷。據說，德高望重的英國作家哈代（著《黛絲姑娘》）也是本書讀者，覺得赫胥黎「聰明極了」。哈代告訴妻子：這些新小說「改變了一切」。

文明發展與心理健康

《赫胥黎喻世人情故事集》的人物以極端負面情緒面對環境與人的衝突，呈現一部近乎病態的文明心理學。文明發展如何影響現代人的心理健康，成為赫胥黎寫作生涯的關鍵議題。

赫胥黎日後在《重返美麗新世界》（一九五八）表示，他的思想深受人本主義哲學家埃里希．弗羅姆（Erich Fromm, 1900-1980）的影響：

> 西方社會儘管於物質、知識、政治等方面進步神速，卻越來越不利於發展心理健康，以致輕忽個體內心的安全感、幸福、愛的理由與能力；現代社會把人變成自動人，每項疏忽都造成心理問題，在發狂式工作熱忱與所謂休閒娛樂的假面下，隱藏心中絕望。

赫胥黎認為，文明重症讓許多人淪為無感的「正常人」：所謂「不正常的正常人」。《重返美麗新世界》沉痛指出：

現代社會真正受害者乃正常的那群。很多人看似正常，因早已適應眼前的生活方式，他們的心聲從小就被消音，內心早已失去衝突或受苦的機會，以致無法展現一般神經官能症的病徵。

讀者不禁想到《赫胥黎喻世人情故事集》的人物，無論貴賤，各個皆如晚期印象派畫作人物，扭曲變形。不過，他們至少仍保有喜怒哀樂，尚未病入膏肓。誠如〈喬德倫〉寫道，在生命舞台上，與其成為照本宣科的模範演員，倒不如「作為一隻具有高尚情操的虱子，一條獨立自主的絛蟲」。

目錄

蒙娜麗莎的微笑
The Gioconda Smile

「先生，史朋絲小姐馬上就會下來了。」

赫頓先生聽言之後並未轉過頭來看她，只冷冷地說道，「謝謝妳。」對赫頓來說，簡妮特．史朋絲的這位侍客女僕簡直醜呆了，她好像是故意長得這樣醜，那種讓人受不了甚至於看她一眼都會有點罪惡感的醜。其實他根本連看都懶得看她一眼。他聽到門在身後關上的聲音。現在整個大廳就只剩下他一個人了。赫頓站起身來，兀自在房間裡信步四顧，看起來很專注地開始審視房間裡那些他已經很熟悉的物件。

希臘雕像的畫作、古羅馬廣場的畫作，以及那些義大利的彩色畫片。可憐呀，這個自以為是的簡妮特。就智能這一方面來說，她不就只是個虛誇的人罷了。她的品味就只有街頭畫家水彩作品的等級，那種畫的價值不過就是半克朗吧，結果畫框恐怕就得花她三十五先令。[1]

他不曉得聽了多少次她喋喋不休讚美那些仿作的石版畫有多美，「那真是貨真價實的街頭藝術家。」她說到「藝術家」這個字眼時還特別加強語氣，就好像有意要給你一個印象，亦即她將半克朗交到那位「藝術家」的手中去買那件石版畫仿品時，對方的「藝術」是真的就此進入了她的內涵。她實際上是要讚美自己的品味以及對藝術的深入。可是，一個真正的大師作品只值半克朗？拜託唷，親愛的簡妮特。

赫頓先生駐足在一個橢圓形的鏡子前，微微欠身以便看清楚自己的臉，他用他那保養得宜，嫩白無瑕的手指輕撫嘴上的鬍鬚。這略帶捲曲的紅色鬍鬚簡直就像二十年前，一點都沒變。他的頭髮也一直保持著原來的色澤，而且也沒有任何可能禿頭的跡象，只是髮際線稍微變高了一點。赫頓欣賞著自己那光滑、明亮的額頭，不禁帶著微笑自言自語起來，「還真很像莎士比亞啊。」

其他人都接受了我們的問題，你是全然自由了……踏在海水中的足印……偉大的陛下[2]……莎士比亞，汝此刻應該還活著。[3]不對，這應該是密爾頓，基督學院之女[4]不是嗎？

不過他自己倒是一點都不女性，他就是女人口中所謂男人中的男人，那也是為什麼女人喜歡他的原因。她們喜歡他，不就是因為那捲曲的鬍鬚，還有那飄盪在身邊若隱若現的煙草氣味嘛。赫頓忍不住露出一絲得意的微笑，他有時還滿喜歡開開自己的玩笑，基督學院之女？不是，不是，他是那些女人的救世主，太帥了，太帥了。他此刻真希望身旁有人，他就可以講這

---

1 一克朗等於五先令。
2 出自馬修・阿諾德（Matthew Arnold）之詩〈莎士比亞〉（Shakespeare）。
3 出自威廉・華茲渥斯（William Wordsworth）之詩〈倫敦，一八〇二〉（London, 1802），但呼喚的名字是密爾頓。
4 John Milton, 1608-1674，英國詩人，思想家，以《失樂園》聞名於世。就讀劍橋大學基督學院。因外貌後美綽號為「基督學院之女」

個笑話給他們聽，只不過哎呀，可憐的簡妮特可能沒有欣賞這類笑話的程度。

想到這裡，他挺直了身子，輕輕撫平自己的頭髮，繼續在房間內踱步、四下打量，什麼古羅馬廣場，他真討厭這些乏味的畫。

突然，他隱約察覺史朋絲小姐已經在房內了，而且就站在門邊。赫頓感覺自己好像被設計了，史朋絲小姐這樣悄悄地像幽靈一般出現，還真讓他有點措手不及。也許她一直都在那邊，而且還看到了他剛剛對鏡自照。應該不可能吧，但他還是覺得不太舒服。

赫頓擠出一絲微笑，伸開雙臂迎向史朋絲並且說道，「妳嚇了我一跳。」

史朋絲小姐也報以微笑，她那如蒙娜麗莎般的神祕微笑。那是有一次他半諷刺半諂媚對史朋絲的微笑所做出的形容，史朋絲倒是很認真地接受了他的「讚美」，因此每一次見面時，她都要努力地做出符合達文西畫筆下這個標準的神祕笑容。史朋絲在赫頓跟她握手時，依然靜默地保持著笑容，因為當年的蒙娜麗莎一定也是這樣的。

「祝願妳一切都好，」赫頓說道，「妳看起來真是不錯。」

她的臉孔長得多詭異啊。為了做出蒙娜麗莎的微笑，原來就小的嘴唇略微向前噘起，中間出現一個小孔，結果就像是要吹口哨一樣，從前面看起來也很像是一個筆插座。嘴唇上方有個形狀不錯、略帶鷹鉤的高挺鼻子，眼睛很大，眼眶深陷而炯炯發亮，大眼、發亮、深陷又偶而充滿血絲，透露出一絲絲墮落甚至淫蕩的感覺。她的雙眼確實生得很好，但是相對上較為嚴肅，那個筆插座可用來做出蒙娜麗莎的微笑，但眼睛所透露出的表情卻是一成不變。再上面則是描黑得很刻意，向上誇張揚起的眉毛，如同古羅馬護士長般洋溢著權威的氣息。至於再上一層，她的頭髮也如羅馬女人一般烏黑發亮；簡單地說，從眉毛以上，看起來就像是古羅馬皇后艾格麗皮娜。[5]

「我正好在回家的路上經過這裡，所以就來拜訪一下，」赫頓接著說道，「回到這裡真好。」赫頓邊說邊用手指向桌上的盆花、窗外的陽光以及一片昂然綠意，「在城市裡忙完一天之後再回到鄉下，真是太好了。」

此時已經坐著的史朋絲隨手指了一下身邊的椅子。「不行，不行，我就不坐了，」赫頓說道，「我需要快點回家看看可憐的艾米麗究竟怎麼樣了，她今天早上的情況很差。」只不過，他還是挨著史朋絲坐了下來，「主要是那個麻煩的肝寒顫，她常常有這個問題，唉，女人……」赫頓停下來，乾咳了幾聲，似乎是想掩飾他剛才脫口而出，感覺上不太適當的話。赫頓本來是想說，有消化能力障礙的女人真不應該結婚，但這種說法實在太過殘酷，而且他自己也並不真正相信那個說法。另一方面，史朋絲小姐也是一個堅信永恆不滅及靈魂附體的人。赫頓接著說，「艾米麗也希望快點好起來，她希望妳明天能來一起午餐，妳能來嗎？來吧！」赫頓帶著

5 Agrippina，暴君尼祿的生母。羅馬帝國早期的知名女性。

企圖說服的笑容說道，「妳知道，這同時也是我的邀請。」

史朋絲小姐雙目低垂，並沒有立即回應。赫頓則覺得他似乎看到史朋絲雙頰羞紅，他一邊摩挲著唇上的髯鬚一邊思索著，看來她是有意的。

「如果你認為艾米麗的身體已經復原得差不多，可以接待訪客了，那我就很願意前往。」

「當然，當然，妳來的話，她會很高興，我們兩個都會很高興，婚姻生活裡，三個人作伴通常都好過兩個人。」

「哎呀，你這樣說，是不是太過那個了一點。」

其實赫頓一直很習慣於在別人說最後一句話的當頭予以回擊，因為他覺得最後出口的那個字最讓他受不了。但這次他並沒有這麼做，反而正經八百地聲明，「不是啦，我只是想說出一個讓人鬱悶的事實，妳要知道，現實的問題從來就不容易符合理想，但這個現實也不會讓我放棄理想。真的，我確實也全心全意相信兩人之間完美結合的理想性，我認為這是可以理解的，我十分有把握。」

接著他就帶有深意地將話打住，並且以略帶誇張的表情看著史朋絲，等候她的回應。這個今年已經三十六歲但還十分鮮活的處女，自然還有其迷人之處，而且帶著謎一般的氣質。史朋絲小姐並未回應赫頓的話，只是繼續保持著微笑，只不過赫頓對這個「蒙娜麗莎的微笑」已經有點厭煩了，他於是站起身來。

「我真的該走了，再會囉，謎一般的蒙娜麗莎。」

聽到這話的史朋絲更是努力牽動口鼻之間，把微笑做得更蒙娜麗莎了。赫頓接著擺出了一個義大利辛逵森托時期[6]文化人最喜歡的姿勢，捧起史朋絲的手深情一吻。這是他第一次這麼做，史朋絲似乎也沒有不好的反應，「很盼望明天早早來到，妳會來吧？」

為了等待她的回答，赫頓於是再次吻了史朋絲的手，可是她還是沒有反應，赫頓只好轉身離開，史朋絲則陪他走到門廊上。

「你的車停在哪裡？」史朋絲問道。

「在車道的入口處。」

「我陪你走過去。」

「不用，不用，」赫頓故作俏皮又有點嚴肅地說，「不可以，我不准妳。」

史朋絲立刻回了一個蒙娜麗莎的微笑，然後略帶嬌嗔地說，「可是我想陪你過去。」

赫頓舉起手來再次說，「不用啦。」然後做了一個似有似無的飛吻手勢，轉身踮著腳尖像個小男孩一樣跑下車道。他對自己的小跑步幾乎有點自豪的感覺，多麼青春充滿活力啊。不過儘管如此，他還是頗為慶幸車道沒那麼長，在最後一個轉角，也就是即將看不到身後房子的當

---

6 Cinquecento，西元一五〇〇年至一五九九年期間義大利的文化和藝術活動統稱。

兒，他停步下來做了一個漂亮的轉身，史朋絲小姐還帶著蒙娜麗莎的微笑站在階梯上，他舉起手揮了一揮，朝著她的方向拋了一個準確無誤的飛吻。然後，再次展開姿態優雅的小跑步，轉身繞過最後一叢綠籬，一旦離開房子的視線之後，他就開始減緩步伐，最後終於換成走路。他從口袋掏出手帕，伸入領口內抹去濕答答的汗。真是個蠢蛋啊，還有像史朋絲這麼蠢的蠢蛋嗎？沒有了，除了他自己吧。不過他還算好的，因為他至少知道自己蠢，而且還義無反顧地蠢。至於為什麼義無反顧呢？哎呀，這是他自己的問題，也是其他人的問題……。

此時他已走到車道入口，路邊停著一輛豪華轎車。

「麥納比，我們回家吧，」司機麥納比用手輕觸帽沿示意接到指示。赫頓在打開車門上車之際又說，「跟往常一樣，經過十字路口的時候停一下，好吧？」然後就一頭鑽進陰暗的車內。

「哎唷，我的小泰迪熊，你怎麼這麼久沒來看我了。」那是一個清新充滿稚氣的聲音，卻在母音發音上透露出略嫌粗鄙的工人階級身分。

赫頓彎下巨大的身軀，像隻野獸找到地洞般，動作敏捷地竄進車裡。

赫頓隨手把車門關上然後說道，「有嗎？有那麼久嗎？」此刻，車子開始向前移動。

赫頓坐進後座之時感到一股暖意包圍上來，「妳如果覺得時間過了很久，那一定是因為妳太想我了。」

「我的小泰迪熊……」對方發出一聲滿足的嘆息，然後輕輕地將頭靠在赫頓的肩上，赫頓則陶醉地側過臉來注視著這個如嬰兒般的美麗小圓臉。

「妳知道嗎？桃樂絲，妳看起來真的很像露易絲．克魯奧[7]的畫像。」赫頓一邊用張開的手指梳理自己的一頭捲髮。

「誰是露易絲．克……什麼來著？」桃樂絲的聲音似乎是從遠處飄來。

「她是，哎呀，已經是過去的人了。總有一天，我們都會成為『過去』。與此同時……」赫頓俯下身來吻遍了桃樂絲那嬰兒般的臉龐，汽車繼續平穩地向前急駛，透過隔離前座的窗子，可以看到麥納比堅實、像雕像般的背部。

「你的手，」桃樂絲在赫頓耳邊低聲說道，「哎呀，你不要碰我，我感覺好像觸電一樣。」赫頓喜歡的正是她說話時所顯出的純潔似呆蠢，她們為什麼要等這麼久，才會發現自己身體的奧妙之處！

「不是我讓妳觸電的，電流就在妳自己的體內。」赫頓再次親吻她，並且低聲呼喊她的名字，桃樂絲，桃樂絲，桃樂絲。他一面親吻著她所湊上來的喉嚨一邊思索著，這就像條海毛蟲一樣，又軟又白，像個等著祭刀割下的喉嚨。海毛蟲其實是像條披有色彩斑爛絨毛的香腸，看起來相當詭異。也或者，桃樂絲是條海蔘，在遇到緊急狀況時會內外翻轉？現在他真的覺得自

---

7 Louise de Kérouaille，英王查理二世的法國情婦。

己有必要再跑一趟那不勒斯，去參觀一下那邊的水族館，這些水族生物真是太妙、太引人入勝了。

「哎唷，我的小泰迪熊，」（沒完沒了的動物學，只不過他是陸上動物）「小泰迪熊，我真的很幸福，很快樂。」

「我也是。」赫頓說道。但，真的是這樣嗎？

「可我想知道我們這樣做到底對不對？小泰迪熊，告訴我，我們這樣是對還是錯？」

「哎呀，親愛的，過去三十年我都在想這件事，但都還沒弄懂呢。」

「認真點嘛，小泰迪熊，我想知道這樣做對不對，我跟你在一起並且相愛，當你觸摸我的時候，會讓我感覺像是觸電，這樣對嗎？」

「這樣對嗎？這樣說吧，與其壓抑妳的性慾，還不如真正體會一下觸電的感覺，你去讀讀心理學家佛洛伊德的著作吧，壓抑自己才是最大的罪惡。」

「哎唷，你又在顧左右而言他了，為什麼不認真一點呢？你知道，有時我想到這樣做似乎不對，心裡真的覺得很痛苦、悲傷。也許，你知道，對我來說真是煎熬，我真不知道該怎麼辦，有時候，我想我應該停止愛你。」

「但妳辦得到嗎？」對自己的魅力和唇上那撮鬍鬚充滿信心的赫頓問道。

「辦不到，我的小泰迪熊，你也知道自己辦不到，但我可以跑開，我可以躲起來，我可以把自己關起來，強迫自己不要來見你。」

「妳這個小傻瓜。」赫頓把她抱得更緊了。

「哎呀，親愛的，我希望我們這樣做沒錯，其實有時我也根本不在乎到底對不對。」

赫頓這下真的是感動了，油然升起保護這個小可愛的情愫，他把臉頰貼近桃樂絲的秀髮彼此磨蹭，就這樣在輕微左搖右晃有時顛簸一下的情境中，不發一語靜靜地坐著。汽車急速前行，像隻怪獸般吞噬迎面而來的白色道路及兩旁的路樹。

「再會囉，再會。」

車子繼續前行，增速，繞過一個彎道後消失無形。桃樂絲一個人站在十字路口的路標下，還在努力從令她暈眩及全身虛軟的親吻，以及赫頓柔軟觸摸所引發的觸電中回復神智。她必須深深吸入一口氣，才感到自己有足夠的能力往回家的路上走，她足足有半英里的路程來思索回家後如何說那必要之謊。

赫頓現在又是孤單一人了，他突然覺得自己被龐大的無聊感團團圍住。

2

赫頓夫人斜躺在臥房沙發上玩紙牌接龍。這時是七月溽暑的夜晚，壁爐中卻還生著熊熊烈火，壁爐前躺著一隻因熱導致消化不良而懨懨的黑色博美犬。

「哇，妳不覺得屋裡很熱嗎？」赫頓邊走進室內邊說。

「親愛的，你知道我必須要保暖，」她的聲音是幾乎要哭出來的那種，「我真的覺得很冷。」

「我希望妳今晚已經覺得好多了。」

「很可惜，沒有好多少。」

之後，雙方就好像無話可說了。赫頓先生背靠壁爐牆站立著，他低頭看著跟前的那隻黑博美犬，有點無聊地舉起右足把牠翻轉過來，然後用足尖摩挲牠那有白色斑點的胸部和肚腹。博美犬似乎很享受地躺在那邊任他撫弄，赫頓夫人還在繼續玩接龍，結果接不下去了，她把一張牌的位置調了一下，又收回另一張牌，若無其事地繼續牌局。所以，她每次都能順利完成接龍。

「李巴特醫生勸我這個夏天去蘭德林多溫泉區療養。」

「這樣啊，那就去吧，親愛的，當然一定要去。」

赫頓先生說話的此刻，心中想的卻是下午的那段時光：桃樂絲和他兩人乘車前往山坡邊的林地，他要車子在樹蔭處等著，然後兩人攜手走在陽光燦爛、寂靜無風的白圭石山道上。

「為了肝臟的問題，我必須多喝水，可是醫生認為我還需要按摩跟電療。」

桃樂絲把帽子拿在手上，悄悄地逼近四隻圍繞著山蘿蔔花飛舞的藍色蝴蝶，遠遠地看去，這些蝴蝶就像點點的藍色火焰。突然之間，藍色火焰四散飛轉，桃樂絲跟在後面左右追逐，併發出銀鈴般的愉悅笑聲。

「親愛的，我相信那樣會對妳有好處。」

「不知道你能不能陪我一起去呢？親愛的。」

「可是妳知道，這個月底我要去蘇格蘭啊。」

赫頓夫人抬起頭來，帶著幾乎是懇求的眼光看著他，「主要是那個旅途，對我來說簡直是個夢魘，我不知道自己是否應付得來，而且你知道我在旅館裡老是睡不好，還有那些行李啊什麼的，我真的沒法一個人去。」

「但妳不會是一個人呀，還有僕人會陪著妳。」赫頓的聲音顯出一點不耐煩。這個病婦竟想取代青春健康的桃樂絲。他感覺自己似乎是從陽光、歡樂少女的回憶中被強拉回這個不健康又悶熱的房間，以及這個房間裡那位一直喋喋不休抱怨的主人身邊。

「我不覺得我能一個人去。」

「親愛的，如果醫生說妳應該去，妳就應該要聽他的話。而且，改變一下環境，對妳也好。」

「我不認為如此。」

「但李巴特這樣認為，他是醫生唷。」

「我沒辦法，我的身體太差，真的沒辦法一個人去。」赫頓夫人從隨身的黑色小提包中取出一方手絹，作勢欲泣。

「別胡說，親愛的，妳一定可以。」

「我倒情願安靜地在這邊死去。」她現在是很認真地開始哭了。

「天啊，理智一點吧，拜託，聽我說……」

赫頓夫人聞言反而啜泣得更厲害了，「喔，我能怎麼辦呢？」赫頓無奈地聳聳肩，然後就走出房門了。

赫頓先生當然知道自己的不耐反應很不恰當，可他就是無法壓抑自己。其實在他還很年輕的時候，他就發現自己對窮人、弱勢者、病人以及殘障者沒有什麼同情心，甚至於憎惡他們。還在讀大學的時候，有次他在倫敦東區的一個救濟院裡待了幾天，後來回家的時候，他的心中充滿了厭惡感，他一點都不可憐他們，反而很討厭那些遭逢不幸的人，他知道那不是一種值得稱道的情緒，剛開始時他也自覺羞愧，但到了最後，他告訴自己那就是他天生無可迴避的本質，自此以後他也就不再覺得內疚了。艾米麗跟她結婚的時候也是很健康美麗的，他那時也很愛她。但現在呢，她現在變成這樣，難道是他的錯？

赫頓先生當晚單獨進餐，食物和飲料讓他變得仁慈起來。似乎是想做些補償，他在餐後上樓去到艾米麗的房間，主動建議讀書給她聽。艾米麗顯然相當感動，帶著感激的心情接受了赫頓的提議。對自己發音語調頗為自信的赫頓於是進一步建議用法文為艾米麗讀一段書。

「法文？我太喜歡法文了。」艾米麗提到這個法國劇作家拉辛喜用的語言，就好像是在說一盤既營養又美味的豌豆似的。

赫頓先生下樓到書房拿了一本黃色書皮的書，回到艾米麗的房間後開始為她閱讀。赫頓全神貫注於精確的法語發音，他的口音多麼完美呀！使得那本小說都因之大為增色。

十五分鐘之後，赫頓聽到一個熟悉的聲音，他於是抬起頭來，結果發現艾米麗已經睡著了。他靜靜地在那邊繼續坐了一會兒，以一種幾乎漠不關心的好奇心理看著艾米麗那張熟睡的臉。很久很久以前，那是一張多麼美麗的臉龐，曾經，僅僅是看到、想到，都會讓他情不自已，深深地打動他。而如今，這張臉已經毫無血色、布滿皺紋，臉上的皮膚緊繃在顴骨以及堅挺略鉤像鳥嘴般的鼻樑上。緊閉的雙眼陷在眼眶之中，從側邊而來燈光映照出她臉上的洞腔及突出之處，就像是莫拉里斯[8]所畫的耶穌基督受難圖。

異教徒的藝術裡
不見骷髏的蹤影

---

8 Morale，西班牙畫家。

想到這裡，他不禁打了一個寒顫，然後躡手躡腳地步出了房間。

第二天，赫頓夫人下樓參加午餐聚會。前一天晚上她經歷了頗不舒服的心悸，不過現在已經好多了。此外，她也想誠心接待她的客人。史朋絲小姐仔細傾聽艾米麗對蘭德林多之行的種種抱怨，然後用誇張的語氣表示同情以及做出種種建議。她說話的態度表現得十分真情，身體前傾、瞄準，像用一管槍一樣，她發射出所說的話，碰！她心靈深處的火藥被點燃，字句從像槍管一樣的嘴中併出，她就是一挺機槍，用同情的字句猛轟邀宴的女主人。赫頓也是一樣，只不過他用的字句都很文學也很哲學，諸如比利時詩人梅特林克（Maeterlinck）、英國作家貝贊特夫人（Mrs. Besant）、法國哲學家伯格森（Bergson）、美國哲學家威廉・詹姆斯（William James）等等。史朋絲的話題則大多集中在醫藥方面，她談及失眠、無害藥品以及各種醫療專家，在前述兩者狂轟猛炸之下，赫頓夫人像燦爛陽光下的花朵，綻放了。

與此同時，赫頓也在靜靜地觀察。史朋絲已經激起了他內心深處的好奇心。他其實並非一個浪漫到會去想像每張臉孔下都隱藏著什麼美麗或不尋常，以及每個女人的私密談話都像神祕海灣上所漂浮霧氣的人。譬如說他的妻子以及桃樂絲，她們就如同別人所看到的那樣，可是史朋絲卻有些不同，譬如說可以確認的是，在那個蒙娜麗莎微笑以及略帶貴族氣息的眉毛後面，卻藏著一個稍顯怪異的臉孔。問題是：那究竟是什麼？赫頓其實也不甚明瞭。

史朋絲小姐此時說道，「也許妳根本不需要去蘭德林多溫泉，如果妳能趕快把身體養好，李巴特醫生應該也不會一定要妳去。」

「我也希望如此，真的，今天確實也已經感覺好多了。」

赫頓先生倒真感到有些歉疚了。他自己對艾米麗缺乏同情及同理心，恐怕也是造成她無法感覺身體愈來愈好的原因之一吧？但他同時也自我安慰，艾米麗之所以覺得身體狀況沒有改善，也許只是出於感覺。畢竟，同情並無法治癒肝病或心臟病。

「親愛的，我如果是妳，就不會吃這些紅醋栗，」赫頓突然顯得很殷勤地說，「李巴特醫師也告訴過妳，不要吃任何帶有果皮及果核的東西。」

「可是真的很好吃呀，」赫頓夫人略帶嬌嗔地說，「而且我今天已經感覺好多了。」

「不要管得這麼嚴啦，」史朋絲小姐看看赫頓又看看艾米麗之後說道，「就讓病人滿足一下，這樣對她有好處。」說完之後，她又伸出手來輕拍赫頓夫人的手臂兩三下。

「謝謝妳，親愛的。」赫頓夫人於是自顧自地吃起燉煮過的紅醋栗。

「好吧，如果妳身體又不舒服了，不要怪我沒警告妳。」

「哎呀，我曾經怪過你嗎？」

「妳根本沒理由怪我，」赫頓故意俏皮地說，「我一直是個完美的丈夫啊。」

午餐之後在花園小坐，他們從一排柏樹樹蔭下往眼前大片的綠草地望過去，一塊一塊的花圃在陽光下反射出帶有金屬亮的斑爛。

赫頓先生深深吸了口溫暖又清香的空氣，感慨地說，「活著真好。」

「沒錯，活著就好。」艾米麗附和著說，同時伸出她那隻蒼白、瘦骨嶙峋的手，迎向陽光。

此時女僕已經擺好折疊桌、椅子，將銀色的咖啡壺以及藍色的咖啡杯擺上。

「哎唷，我的藥呢？」赫頓夫人突然驚呼，「快，克萊娜，去屋裡幫我拿來，就在餐具櫃上的白瓶子裡。」

「我去幫你拿吧，」赫頓先生說道，「反正我也要去拿我的雪茄。」

赫頓於是朝房子的方向快步走去，快到達門前時他短暫轉身回望。女僕當時正慢慢橫過草坪走向房子，艾米麗從躺椅上坐直身子，企圖撐開白色的陽傘。史朋絲則在彎身倒咖啡。赫頓然後再度轉身，消逝入陰暗的屋子。

「妳的咖啡裡要加點糖嗎？」史朋絲小姐問道。

「好的，謝謝妳，請給我多一點，我要在吃藥後再喝，這樣就可以沖淡藥味。」

赫頓夫人接著躺回椅子裡，並且把遮陽傘拉低遮住眼睛上方，把烈日擋在外面。

史朋絲小姐則在她身後調咖啡，調羹和杯子碰撞發出叮叮噹噹的聲音。

「我幫妳加了三大匙的糖，這樣應該已經可以蓋過藥味。啊，藥已經拿來了。」

赫頓這時已經回來，手中拿著裝著半滿淺色液體的玻璃酒杯。

「聞起來味道還滿不錯。」他一邊說一邊把酒杯遞給太太。

「那只是香料的味道，」她端起酒杯一飲而盡，打了一個寒顫，還做出個鬼臉，「呃，難喝死了，趕快把咖啡給我。」

史朋絲連忙把咖啡杯遞過去，她輕啜了幾口，「妳把它做成糖漿了，不過還不錯，特別是喝了那個恐怖的藥液之後。」

到了下午三時半，赫頓夫人表示身體不太舒服，想要回到屋內躺下休息。赫頓本來想說一點有關先前針對紅醋栗所提出的警告，但終於還是忍住了。「我不是告訴過妳了嗎？」這句話是能給他一點勝利的感覺，但畢竟在此刻不太適合。因此，他很紳士地彎起臂膀，讓艾米麗攙著，陪她回到屋內。

「妳好好休息一下，」他說，「另外，我要晚飯之後才回來。」

「為什麼？你要去哪裡？」

「我答應強生今晚要過去拜訪。我們要討論戰爭紀念碑的事。」

「你可以不要去嗎？」赫頓夫人幾乎要哭出來了，「你能在家陪我嗎？我不想一個人待在這裡。」

「親愛的，我幾星期前就答應人家了，」其實赫頓的這個謊也扯得有點心虛，「我現在也得去招呼一下史朋絲小姐了。」

赫頓在艾米麗的額頭上親吻了一下，再次步出室外走向花園。史朋絲小姐則殷切地迎向他。

「您的夫人真的病得很嚴重。」她急切地對他說道。

「妳今天能來，已經讓她很高興了。」

「我仔細地觀察了，真的很擔心，她的心臟問題，還有消化系統的嚴重毛病，沒錯，真的很嚴重，很難保會發生什麼事。」

「不過李巴特醫師好像並不這麼悲觀。」赫頓打開從花園通往車道的門，讓史朋絲通過。史朋絲的車就停在大門外。

「李巴特不過就是個鄉下醫師，你們應該找個專科醫師才對。」

赫頓忍不住笑出聲來，「妳對專科醫師也太過迷信了吧。」

史朋絲小姐抬起頭來，略帶撒嬌地說，「我是說真的，可憐的艾米麗，她的情況真的不好，誰知道什麼時候就會發生什麼事。」

他把她扶進車裡並關上車門。司機跟著發動了車子，準備出發回家。

「要我跟他說可以出發了嗎？」他的語氣顯示出並不想繼續談話的不耐。

史朋絲小姐身體向前微傾，然後向赫頓拋出一個蒙娜麗莎的微笑，「不要忘了，我等你來看我。」

赫頓回報了一個機械式的微笑以及禮貌的嘟噥，同時目送車子開始前行。他很高興現在自己又是一個人了。

幾分鐘之後，赫頓也駕車離開家。桃樂絲已經在十字路口等著。他們兩人隨後在離家二十英里處的一個路邊旅館共進晚餐。這種晚餐就是鄉村旅館提供給路過旅人，那種又貴又難吃的餐點。這種食物完全不合赫頓的胃口及身分，但桃樂絲倒是很喜歡，她對任何東西都很享受。赫頓先生點了一瓶並不怎麼的香檳，其實他倒寧願這個夜晚是自己在書房度過。

當他們飯後在回程的路上時，桃樂絲已經有點微醉而且眉眼之間款款深情。車內一片黑暗，越過麥納比一動不動的背影，在車頭燈的照射下，他們可以看見車前的景色，以各種不同的形狀、顏色從四周的暗夜中撲面而來。

赫頓在晚上十一時以後才回到家，李巴特醫生已經在大廳等著。李巴特身材矮小，比例勻稱，一雙手尤其纖細，給人相當女性化的感覺。他的一雙大眼呈褐色，眼神透露著憂鬱，經常會在病人的床邊長坐，帶著悲傷的眼神看著病人，他說話時雖然並不見得有什麼內容，但他的聲音低沉，聲調哀傷，十分令人動容。他全身散發出一股令人愉悅而且乾淨但又柔軟的氣息。

「李巴特？」赫頓顯然有點驚訝，「你怎麼會在這裡？我太太又病了？」

「我們一直在找你，」李巴特用他那既柔軟又憂傷的聲音答道，「我們以為你在強生的家，但他們說不知道你在哪裡。」

「我的車在半路壞了，所以沒去強生家。」赫頓先生幾乎有點惱怒地說。謊話被揭穿，終究還是件難堪的事。

「你的太太急著要見你。」

「好吧，我現在就可以去見她。」赫頓說著就向樓梯走去。

沒想到李巴特醫生卻抓住他的手臂說，「現在恐怕已經太晚了。」

「太晚了？」他把手伸進褲袋裡一陣摸索，但卻無法拿出袋中的錶。

「赫頓夫人在半小時前已經過世了。」

李巴特的聲音一如往常的輕柔，眼神也一如往常的憂傷，他提及死亡時，就像是在談一場板球賽。所有的一切都同樣的枉然，同樣的可悲。

赫頓突然想起史朋絲所說的話，誰知道什麼時候就會發生什麼事——誰知道什麼時候就會發生什麼事。她說得可真準啊。

「究竟怎麼了？」他問道，「是什麼原因造成的？」

李巴特醫生耐心地解釋道，是因為劇烈的反胃而引起心臟衰竭，原因可能是吃了什麼帶刺激性的食物。紅醋栗？赫頓相信紅醋栗就是罪魁禍首。非常可能。紅醋栗對心臟來說太過刺激，艾米麗長久以來就有心臟瓣膜的問題，一定是某些部分在壓力之下崩潰了。現在一切都過去了，她也算是受夠了。

3

老葛瑞格將軍手持大禮帽站在用來停放棺木的教堂拱門陰影裡，一邊用手帕抹著汗珠一邊略帶埋怨地嘟噥著，「他們竟然把葬禮選在伊頓公學和哈洛公學板球大賽的同一天。」

無意中聽到這些話的赫頓不由得火冒三丈，他真想對著這個老畜生紅通通、像一個沾滿麥片的大桑椹臉揮上一拳，讓他嚐嚐痛苦的滋味。就不能對死者表現出一點點尊重嗎？難道就沒有人在意嗎？只不過理論上，他還真不用在意呢，反正人都已經死了。然而此刻站在墓穴邊，赫頓還是忍不住低泣起來，可憐的艾米麗，他們曾經共度過多麼快樂的時光，現在她卻躺在一個長度七呎的墓穴裡，那個混帳葛瑞格竟然還抱怨因為參加葬禮而無法去觀賞板球比賽呢。

赫頓環視著那些穿著黑衣參加葬禮的人魚貫而出教堂的墓園，走向那些停在路邊等候的計程車及各自所屬的車輛。襯著遠處夏末怒放的花草樹木，使得那些人看起來既不搭調也不自然。他想著這些人遲早也會死去，心中竟然不自禁浮起一絲絲欣慰。

當天晚上，赫頓在他的書房裡展讀密爾頓傳記直至深夜。為什麼是密爾頓傳記？其實也沒什麼特別理由，就是順手拿到的第一本書罷了。讀完的時候已經過了大半夜，他從扶手椅中起身，開了落地玻璃門走到室外的平台上，此時夜空清朗萬籟俱寂，赫頓舉頭仰望星空，接著低頭看看暗夜中花園裡已無法分辨顏色的花朵及草地，然後又極目四眺月光之下呈現出灰黑色調的遠方景色。

此刻他腦中的思維相互交織甚至有些錯亂。那些閃亮的星星，還有密爾頓，人是否能跟星星、夜空比個高下呢？偉大的人物、高高在上的貴族，然而崇高和低賤之間真有這麼大的差異嗎？密爾頓、天上的星星、死亡、他自己——是的，他也想到他自己。靈魂、肉身、人的本質高低，也許其中還真有些值得探索的東西。密爾頓很幸運，有上帝與公義跟他站在一邊。而他自己呢？什麼都沒有，真的是什麼都沒有，若要說有，也就只有桃樂絲的那對小巧的乳房。那又算什麼呢？密爾頓、星星、死亡、墳墓中的艾米麗、桃樂絲還有他自己——又是他自己……

所有的事情都讓他相信自己的存在既無意義又令人厭煩。可是此刻他又突然嚴肅起來，高聲地說著，「我會的，我一定會的。」一聲音在暗夜中迴盪，讓他自己都有些心驚，感覺上剛剛發出的是一種噴著烈火，讓上帝都透不過氣的誓言：「我會的，我一定會的。」從前在過年或者某些神聖的週年紀念日，他也會有同樣的痛悔情緒，從而許下一些必須要實現的願望，那些願望卻早都像輕煙一般，消逝於虛無之中了。然而現在好像是個更重要的時刻，所以應該做出更讓自己或他人敬畏的誓言，一定要在未來造就另一個不同的境界。是的，他必須理智地活下去，兢兢業業地過日子，控制好自己的食慾，應該要為著更崇高的目標做出奉獻。既然決定了，就要這樣去做。

但在現實的生活裡，他每天早上所做的事，就僅僅是和管家四處巡視，看看自己的農地都是否受到良好的照應，穀倉、肥料、收成等等。接下來的時間就應該花在嚴肅的學習、閱讀，他還準備寫一本書：疾病對文明帶來的影響。

晚上就寢的時候，赫頓心中出現了一絲痛悔的情緒，但同時也有一絲絲感恩。七個半小時後，赫頓在燦爛陽光中醒來，前一晚的情緒經過整夜好眠，此刻已消逝無形並轉化為習以為常的愉悅。在他回到日常的若干秒數之後，他又憶起所許下的願望，以及那個像地獄般噴著烈火的誓言。此刻在燦爛的陽光下，密爾頓和死亡似乎不太搭調，至於那些星星呢？也早就無影無蹤了。但那些許下的願望仍然有效，就算現在是大白天，也一樣有效。

早餐之後，他和管家一同騎馬巡視農場。中餐過後，他閱讀古希臘歷史學家修昔底德（Thucydides）有關當年發生在雅典的瘟疫紀事。晚間，則是閱讀發生在南義大利的瘧疾並做了些筆記。就寢之前換上睡衣之際，他想起史克爾敦（Skelton）那本笑話集中有關汗熱病的奇聞軼事記述。如果手邊有隻筆的話，他還真想再做點筆記。

艾米麗過世以及他的新生活第六天的早上，他在收到的信件中看到一個信封，他一眼就認出那是桃樂絲的拙劣筆跡。他把信件拆開閱讀。她不知道該說些什麼，因為這件事實在無法以言語表達，他的妻子這樣就去世了，而且這麼突然，真是太可怕了。赫頓先生不禁嘆了口氣，但繼續讀下去的時候，又燃起了他的興趣。

「死亡是件那麼駭人的事，我真的從未想過，但每當死亡發生之際，我自己生病或者感覺沮喪的時候，我就不禁會想，原來死亡已經這麼接近，我就會想起自己所做過的那些不好的事，以及你和我之間，從而開始擔心是不是有什麼事會發生，這讓我感到十分害怕。我是這麼的孤單，我的小泰迪熊，我是這麼的不快樂，我不知道該怎麼辦，我無法不去想死亡這件事。你不在我身邊的時候，讓我覺得是這麼的無助、可憐。我並不想在這種時刻寫信給你，本來是準備等你度過悲傷之後再來看我，但我感到那麼孤單又無助，小泰迪熊，所以我忍不住寫了這封信。原諒我吧，我是這麼地需要你，在這個世界上，我也只有你了，你這麼好，這麼溫柔，這麼體貼，沒人可以比得上你。我永遠不會忘記你對我的好及溫柔，而且你那麼聰明、博學，我那麼笨，那麼蠢，我真的不敢期望你竟然會注意到我，更別說喜歡我，愛我了。小泰迪熊，可是你真的有點愛我，是吧？」

赫頓先生讀完信後心中頗為感動，卻夾雜著一些羞恥及悔恨。自己因為誘惑這個小女孩而被感謝、崇拜，真是有點過分了。對他來說，這也不過就是人生中的一點放浪蠢行而已，蠢行、癡行，沒錯，就是這樣。說到底，他自己也沒覺得這個關係有多美妙，甚至於還覺得頗無趣呢。曾經，他以為自己是個享樂主義者，但是做為一個享樂主義者，意味著自己至少還需要有一定程度的理性計畫，刻意去尋求某種享樂，拒絕可能面對的痛苦。但他和桃樂絲之間的關係卻非如此，基本上是非理性的。因為他在雙方發展出關係之前就知道，非常清楚地知道，那不過就是個婚外情，談不上什麼真正的意義。然而每當心底那種搔癢的蠢動升起，他又忍不住投降了。他太太的貼身女僕瑪姬、農場上的女孩艾迪絲、普琳格夫人以及在倫敦的那些餐廳女侍，還有其他人，至少十多個吧，都是如此。其實這些曖昧情都很乏味、無聊，他也都知道，一直都知道，但是，但是……人總是不能從經驗中汲取教訓。

可憐的小桃樂絲！他會寫一封溫柔關懷的信，但不會再想見她了。僕人進來告知馬鞍已經裝好等在門外，他跨騎上馬向外緩緩前進。這個早晨，管家的脾氣似乎有點浮躁。

五天之後，桃樂絲和赫頓坐在倫敦南區的碼頭，桃樂絲穿著白色的棉紗衣，粉紅色的配飾，滿臉洋溢著幸福。赫頓伸直了雙腿，以致於所坐的椅子略微後傾。他把頭上戴的巴拿馬草帽前沿推上額頭，似乎想努力表現得像一位遊客。當天晚上，熟睡的桃樂絲躺在他身旁，溫暖如玉，呼吸輕柔，在四周一片黑暗以及身體極度疲乏的此刻，他又想起若干時間前，讓他感受到巨大情緒的那晚，許下願望及發出重誓的那晚。只不過那個誓言如今就跟他所曾經立下許多其他的願望一樣，早都被拋到九霄雲外了。非理性再度占了上風，他也再度向蠢動的慾望豎了白旗。他簡直是沒救了，沒救了……。

他在床上閉眼躺了很久，反芻自己又讓非理性占了上風的屈辱。身旁睡夢中的桃樂絲動了一下，赫頓先生轉過身來看著她。從半掩窗簾中間透進來的微弱光線，照亮了她那裸露的手臂及肩膀，她的脖子，以及散落在枕頭上的烏黑秀髮。她確實很美麗，能夠引起男人的慾望。那麼，他又為什麼要躺在那裡，為自己的罪過哀嘆呢？有什麼關係呢？有那麼重要嗎？如果他真的沒救了，那就沒救好了，他反正可以想辦法達到最好的狀態。想到這裡，一股強大的「不必負責」氣流充滿了自己，他是自由的，無與倫比的自由。在某種難以言喻的興奮之下，他把身旁的女孩拉近自己，桃樂絲醒來了，有點困惑，不過立刻就臣服於他的狂吻之下，甚至還有點害怕的感覺。

他的慾望風暴終於漸漸退潮為安詳的愉悅，整個的氛圍有如巨大無聲歡笑所帶來的顫慄。「還有人可能會像我這樣愛你嗎？我的小泰迪熊。」這個問話好像是從遠方一個愛的世界飄來。

「我想我知道有個人可以。」赫頓先生答道。

剛才那個沉在水底的無聲歡笑開始膨脹，上昇，似乎即將衝破水面而出，同時也將發出巨大的迴響。

「是誰？告訴我，你說的是誰？」她的聲音愈逼愈近，其中充滿了猜疑、怒火、憤恨，已經逼近眼前了。

「呃……欸。」

「是誰？」

「妳猜不到的，」赫頓還想繼續逗弄下去，只不過已經開始有點乏味了，所以他終於說出了名字：「簡妮特·史朋絲。」

桃樂絲表現出一副難以置信的樣子。「住在那座莊園裡的史朋絲小姐？那個老女人？」簡直太可笑了。赫頓先生也笑了。

「但這是真的，」他說，「她很喜歡我。」哎呀，真是個大笑話！他回去後馬上就會去見她，去看她，去征服她。他接著說：「我覺得她想要嫁給我。」

「但是你不要……你不會想要吧……」

赫頓感覺周遭的空氣已經被幽默充脹得幾乎快爆裂了。「我想要娶的是妳。」赫頓說道。他覺得這可能是他這輩子能說出的最佳笑話。

當赫頓先生離開南區的時候，他又成了一個已婚男人，只不過他們兩人都說好密而不宣，秋天來臨時，兩人會一起出國，然後再對外公開。現在嘛，他們還是各自回家。

回家後的次日下午，赫頓信步前往拜訪史朋絲小姐，對方一如往常以蒙娜麗莎的微笑相迎。

「我一直在等你來呢。」

「我也一直想來啊。」赫頓頗為殷勤地回應。

他們兩人在園中的涼亭小坐。真是很舒服，四周都是常綠灌木叢，略顯老舊的灰泥小亭子。史朋絲小姐特意在座位上掛了藍白色相間的德拉魯比亞（Della Robbia）飾板，讓這個涼亭顯得有她自己的特別品味了。

「我想在這個夏天去一趟義大利。」赫頓先生說道。他覺得自己像一瓶薑汁啤酒，隨時都可以開瓶噴發出幽默的話語。

「義大利……」史朋絲小姐閉起雙眼，狀似陶醉地說，「我也好想去啊。」

「那就去啊。」

「我不知道耶，如果是要一個人去，我就提不起勁。」

「一個人……」啊，吉他聲和低啞的喉音歌聲突然冒出來了！「是啊，一個人旅行真的很沒趣。」

史朋絲小姐在椅子上稍微後仰，並未接話。她的雙眼還是閉著。赫頓先生則若有所思地撫弄著嘴上的鬍鬚。兩人就這樣靜默了很長一段時間。

史朋絲邀請赫頓留下晚餐，赫頓欣然應允。好的還在後頭呢，他心裡想。僕人在涼廊上擺設起餐桌椅。兩人坐在那裡通過拱廊遠眺往下傾斜的花園，直到遠方的山谷與山丘。日光漸漸消逝，悶熱及靜默壓得人有點透不過氣來，天空開始聚集濃厚的烏雲，也有悶雷聲從遠處傳來。雷聲愈來愈近，接著起風了，然後雨點開始落下。餐桌收拾乾淨，史朋絲小姐和赫頓先生靜靜地繼續坐在黑暗中。

經過一段頗長時間，史朋絲小姐終於打破沉默，「我想，每個人都有追求幸福的權利，你也這樣想嗎？」

「當然啦。」但她真正想說的是什麼？一個人用這種方式來提起人生，一定是想說什麼有關她自己的事。幸福？他回顧自己的一生，那是一個平靜、快樂，未曾經歷過重大悲傷、不舒服或突發事件的一生。他一直有足夠的金錢與自由，有能力做自己想做的事。是的，他認為自己很幸福，比許多人都幸福得多。而現在，他不僅僅是幸福而已，他還發現了不負責才是快樂的泉源。就在他準備對自己的幸福發表意見時，史朋絲小姐開口說話了。

「像你跟我這樣的人，在一生中的某段時間，應該有權利追求自己的幸福。」

「我？」赫頓先生略顯驚訝地說。

「可憐的亨利（赫頓的名字）！我們的命運似乎都沒那麼好。」

「是啊，我的命運還可能更糟一點。」

「可是你一直表現得很快樂，但你是硬撐的，別以為我看不到你的另一面。」

雨愈下愈大，史朋絲說話的聲音也跟著愈來愈大。偶而，雷聲奔騰而來，史朋絲就更加提高聲量，幾乎是用喊的了。

「我認識你這麼久了，我相信自己很瞭解你。」

一道閃電照亮了史朋絲的臉龐，她顯得異常堅毅，全神貫注地身體傾向他。她的目光如炬甚至像兩柄槍管，一瞬間，黑暗又吞噬了她。

「你是一個四處搜尋伴侶的孤單的人，對於你的孤獨，我寄以無限的同情。你的婚姻……」雷聲打斷了史朋絲的話，雷聲結束後，她的聲音又變得清晰可聞，「……對你這樣的人沒有幫助，你需要一個真正的心靈伴侶。」

一個心靈伴侶，他？一個心靈伴侶？簡直太妙了。法國歌手喬潔特・李布朗（Georgette Leblanc）是比利時詩人莫理斯・梅特林克（Maurice Maeterlinck）的心靈伴侶，他幾天前才在報紙上讀到他們兩人的故事，所以，在簡妮特・史朋絲的想像中，他是她的心靈伴侶。對桃樂絲來說，他是這世界上最好最聰明的人。可在現實裡，他是什麼？誰知道？

「我的心是跟你在一起的，我可以了解你的心情，因為我也感到孤單，」史朋絲小姐伸出手放在他的膝蓋上，「你是那麼有耐心。」天空中出現另一道閃電。她還是那麼專注，帶著危險性的專注，「你從來不做任何抱怨，但我猜得到，我猜得到。」

「妳真的太好了！」所以，他一直是個不為人瞭解的人，「只是出於一個女性的本能……」

此時空中響起爆裂的雷聲，接著轉為隆隆悶響，接著轉小轉弱而漸漸消失，最後只剩下雨聲。其實那是他的笑聲，響亮無比，十分具體，帶著閃電與雷擊，一個接一個，就響在他們的頭上。

「你不覺得你內在的某些部分有點像這場風暴嗎？」他可以想像當她說這些話時，身體前傾向他的樣子，「激情對一個人來說往往是必要的元素。」

他現在該採取什麼策略？很明顯地，他可以回答「是的」，然後進而採取一種更明確的態度。可是他感到有些不安，他內心裡的薑汁啤酒瓶洩氣了，這個女人是認真的，太認真了。認真得讓他感到驚慌。

激情？「不是的，」他有點慌亂地回答，「我不是一個激情的人。」

不過史朋絲小姐顯然不是故意沒聽到，就是完全不理會他的答話，兀自興高采烈地在那邊自說自話，她的話語快如機槍，又是那種親密曖昧的耳語形式，赫頓先生幾乎已無法分辨她在說些什麼，只約略聽得出來，她似乎是在述說自己的人生故事。閃電的頻率現在已經降低，以致於黑暗相對變長，但每次閃電出現時，他依然可以看到她的專注眼神，一種讓人不由得感到心驚的渴望。黑暗、落雨，然後還有閃電，她的臉孔就在眼前，蒼白的臉孔，略帶綠色的蒼白，睜得大大的眼睛，細小嘟起來的嘴，濃厚的眉毛，古羅馬皇后艾格麗皮娜？還是——沒錯，還是英國喜劇演員喬治・羅貝（George Robey）？

他此刻已經開始思索脫身之計。也許可以突然跳起身來，假裝自己看到了一個破門而入的小偷。小偷別跑！小偷別跑！然後尾隨其後追出去，跟小偷同時消失在暗夜中。或者，他可以聲稱頭暈，也許是心臟病發作了？又或許，他可以說看到了一個鬼魂，艾米麗的鬼魂站在花園裡？他忘其所以地沉浸在自己孩子般的詭計中，以致於根本忽略了史朋絲還在一旁喋喋不休。只有史朋絲一邊說話一邊還間歇性捏他的手的時候，才會讓他短暫地回到現實。

「亨利，我要為了這個向你表達敬意。」史朋絲說道。

向他表達敬意，為了什麼？

「婚姻是神聖的結合，就算是你的婚姻是，以你的例子而言，是個不幸福的事，你還是予以尊重。這一點，就讓我尊敬你而且羨慕你。我可以斗膽這樣說嗎？」

啊，小偷，花園裡的鬼魂，可是現在再用這招已經太晚了。

「……是的，我愛你，亨利，而且愈來愈愛你，現在我們也都自由了，亨利……」

自由了？赫頓感到黑暗中有人在移動，然後發現史朋絲已經跪坐在自己的椅邊。

「喔，亨利，亨利，我也一直不幸福、不快樂啊。」

史朋絲伸出雙臂緊緊擁抱住赫頓。赫頓感到她的身軀顫動，隨即察覺她在啜泣，就像是在懇求同情、關愛。

「不要這樣，簡妮特，」他有點氣急敗壞地說。那些眼淚太恐怖，太可怕了，「不要這樣，現在不要這樣！妳一定要冷靜下來，早點去睡吧。」他拍拍她的肩膀，然後起身擺脫了她的擁抱，把她一個人留在椅邊的地板上。

他半摸索地在四周一片黑暗中走回大廳，連帽子都顧不得找就急急走出屋子，然後小心翼翼，生怕驚動別人一樣地帶上身後的大門。此刻烏雲已經消散，天空清朗，月光如晝。路上有灘灘積水，路邊溝渠中則是潺潺水聲。赫頓先生踏水而行，也不關心是否會弄濕了自己。

史朋絲啜泣得多麼傷心啊。赫頓回想起剛才的場景，心中固然有對史朋絲的同情與懊惱，但也有一定程度的怨怒：她為什麼就不能像我一樣地來玩這場遊戲，一場雖然有趣但卻無情的遊戲呢？但他同時也知道，她不會也不能和他一樣遊戲人間。他一直都知道。

她所說的激情及元素指的是什麼？那不過就是些陳腔濫調，可卻是事實，真切存在的事實。她就像蓄滿暴雷的烏雲，而他，就像那個呆頭呆腦的班傑明．富蘭克林，讓風箏飛往風暴的中心，結果卻抱怨自己的小玩具引來了雷電。

而史朋絲本人此刻恐怕還跪在陽台上哭呢。

他為什麼無法繼續玩這場遊戲呢？為什麼不能繼續做那個不負責任的人，突然之間變成冷酷世界裡一個清醒的人呢？他自己找不到答案，腦中只出現一個明確又迫切的想法：趕快逃。他必須立刻離開。

4

「泰迪熊，你在想什麼呢？」

「沒有啊。」

兩人都沒再說話。赫頓俯身靜靜地靠在陽台的欄杆上，雙掌支撐著下巴，若有所思地遠眺山下的佛羅倫斯。他在佛羅倫斯南邊的山丘上買下了這棟花園別墅，從花園一端架高的小陽台上，可以看到肥沃的山谷一直往市區方向延伸，越過市區之後，則是大片略顯荒僻的莫瑞羅山區。[9]往東去，是人煙較為密集的菲耶索萊附近山區，[10]可以見到星羅棋布的白色屋舍。在九月的陽光之下，一切都顯得那麼清晰、明亮。

「你在煩惱著什麼嗎？」

「沒有啊，謝謝妳的關心。」

「有什麼煩惱就告訴我吧，泰迪熊。」

「親愛的，真的沒事啊，」赫頓先生轉過身來，面帶微笑，輕輕拍了幾下女孩的手，「我想，妳還是進房午休一下，外邊太熱了。」

「好吧，我的小泰迪熊，你也一起來吧？」

「等我先把雪茄抽完。」

「好。那就快一點囉，泰迪熊。」然後她就慢慢地，有點不太情願地走下陽台階梯，往屋內走去。

赫頓先生繼續沉浸在自己對佛羅倫斯的想像中。他需要獨處。有時候，躲開桃樂絲以及她那無休無止的激情關懷，其實是件好事。他從來不知無望的愛會帶來痛苦，但他現在卻經歷了被愛的痛苦。過去幾星期來，他感覺相當不舒服，桃樂絲一直在他身邊，像個揮之不去的困擾，時時在提醒自己的罪過。是的，還是自己一個人比較好。

他從口袋裡掏出一封信，有點心存猶豫地打開閱讀。他一直很討厭讀信，信的內容老是讓人不舒服——其實也只是現在，從他的第二段婚姻之後開始。這封信來自於他的妹妹，在他匆匆瀏覽那些他並不真正想知道的細瑣敘述時，一些諸如「不入流」、「社交自殺」、「屍骨未寒」、「卑賤人士」等等字眼映入眼簾。他的妹妹一向正面思考，立意良善，現在怎麼卻都用這些字眼。他正準備不耐地把這封蠢信撕碎時，卻不經意看到第三頁下方的一行字。他一邊讀，一邊感到心跳急遽加速，相當不舒服。簡直太惡毒了。簡妮特・史朋絲竟然到處說他為了能和桃樂絲結婚而毒殺了自己的太太。真是太可惡了！赫頓本來是一位脾氣溫和的人，但此刻也氣得全身發抖，他忍不住像孩子一樣發起脾氣，以各種惡毒的語言出聲詛咒那個女人。

但他突然也發現整個事情的不合理之處。他為了跟桃樂絲結婚而去謀害人！怎麼可能？要知道我跟她在一起是多麼的無趣。親愛的史朋絲啊，妳也太可憐了吧，妳想要做這麼惡毒的事，下場就是人人會看到妳的愚蠢。

此時他聽到一些腳步聲，於是四處環顧，結果看到年輕女僕正在下方的花園裡摘水果。

---

9 Monte Morello，義大利佛羅倫斯山谷中最高峰。

10 Fiesole，義大利托斯卡尼大區佛羅倫斯廣域市的市鎮。

她是位從那不勒斯到佛羅倫斯來工作的年輕女孩，很典型出身卑微的那種。她的臉部輪廓很有西西里銅幣鑄像的味道，身材浮華動人，感覺上很完美但又有點蠢，她的口唇之間是最美的部分，上天的巧手把它雕塑成一種桀傲不馴的弧線……在她那並不怎麼樣甚至有點醜陋的黑色衣服下，赫頓不禁冥想出一副堅實豐滿的身軀。赫頓從前就曾對她有過一點興趣與好奇，如今，這個好奇更確定了，而且已經變成一種慾望。他的心中不由得升起希臘詩人泰奧克里托斯（Theocritus）的牧歌。現在，這個女人就在眼前。他呢？雖然並不真是那個站在火山岩山腳下的牧人，他還是張口呼喚她了。

「阿蜜達！」

阿蜜達回報的微笑是那麼地挑逗，不貞潔的想像已讓赫頓幾乎有點招架不住。他再度來到了臨界點，來到瀕臨噴發的邊緣了。他必須懸崖勒馬，而且要快，動作要快，否則恐怕就難回頭了。但阿蜜達還是抬著頭在看他。

「你是在喊我嗎？」阿蜜達終於開口問道。

究竟是蠢還是理智？可現在似乎已別無選擇，每一次都是蠢占了上風。

「我馬上過來。」他高聲回話。從陽台到花園共有十二層階梯，赫頓先生一邊往下去，一邊在心裡一階一階地計算著……他好像看到自己從一個罪惡的深淵下到另一個，從風暴不止的黑暗之處深陷入另一個無法脫身的泥沼。

5

連續很多天，赫頓的案件都是當地所有報章的頭版新聞。自從連續殺人犯喬治・史密斯將他的第七任妻子溺死在浴缸中，使得當時的歐戰新聞也相形失色之後，就只有赫頓的新聞更為轟動。這個謀殺事件是在事發後幾個月才爆發出來，其中的曲折故事更加激發了大眾的各種想像。在人類生活中所可能發生的各種事件中，赫頓的案件都甚為少見，一個邪惡的人僅只為了一段婚外的激情，就把自己的妻子殺掉，這已經足夠讓上帝伸出懲罰之手，然而之後的幾個月，他還能若無其事地在自己的罪惡以及幻想已經安全中如常過日子，但最後終於落在他為自己所挖好的陷阱裡。若要人不知，除非己莫為。現在這個案子已經相當明確。廣大的讀者鉅細靡遺地追蹤著案件報導，各種耳語也隨著報導傳遍四方，致使警方最後也不得不採取行動。法院發出了開棺掘屍的命令，繼之而來的驗屍、偵訊、審訊、專家證詞、驗屍官陪審團結論、審判、定罪。這一次，老天真是報應不爽，很明確、不打折扣甚至還帶有教訓意味，就如同通俗劇中的一個橋段那麼引人入勝。各家報章雜誌當然也看準了這一點，紛紛把這件案子當作一整季的智力精神糧食來炒作。

赫頓當時是從義大利被召回取證，他個人的感覺無寧有些憤慨，他認為警方居然把這樣一個惡毒的謠言當回事來偵訊、調查，簡直太不像話了。他也打定主意，等警方偵訊過後，他要對警長的惡意檢控採取行動，也要對史朋絲提出毀謗訴訟。

審訊按照正常程序進行，令人吃驚的證據一一呈現，專家的驗屍結果發現砷毒蹤跡，並且一致達到赫頓夫人是中砒霜毒而死的結論。

砒霜中毒……艾米麗是中砒霜毒而死？之後，更令赫頓吃驚的是，他的溫室中竟然儲存有足以毒殺一整個軍隊、成分有砷毒的殺蟲劑。

一直到現在，他才驚訝無比地發現，原來對他的指控是可以成立的。這個案子就像一株怪異的熱帶植物，他眼見案子不斷地成長變大，愈長愈大，慢慢將他包圍起來，吞噬了他，他像迷失在一座巨大又難以脫身的森林裡。

那個毒藥是什麼時候下的？專家們同意是在死前八至九個小時。那就是大約午餐時間？是的，沒錯，大約午餐時間。也就是艾米麗要大堂女僕克萊拉去取藥的時候。克萊拉在庭上作證時指出，當時赫頓先生主動表示可以代她去拿藥，而且他是一個人進屋。史朋絲小姐——啊，那場暴風雨，她那慘白專注的臉孔！太可怕了！——史朋絲小姐證實了克萊拉的說法，而且說赫頓先生從屋中回來的時候並非取來藥瓶，而是把藥已經倒好在一個酒杯中。

聽到這些證詞後，赫頓先生的憤慨消失了，他現在感到的是絕望、害怕，這些說法被嚴肅看待，簡直是太讓人難以想像。然而夢魘卻變成了現實，真實地一步一步發生在他眼前。

司機麥納比作證時指出，他經常看到赫頓和桃樂絲親吻。就在赫頓夫人死的當天，他還駕車載著兩人出遊，他可以從擋風玻璃的反射中看到後座兩人的情況，當然，有些時候是從眼角偷窺。

法庭審訊宣布休庭。桃樂絲當天晚上上床時頭疼不已。赫頓先生在晚餐之後進入她的房間，看到她在低聲飲泣。

「妳還好吧？」赫頓坐在她的床沿，同時伸出手來撫摸她的頭髮。桃樂絲沉寂了頗長一段時間，並未答話。赫頓則機械式甚至有些無意識地繼續他的撫弄動作。他也間歇地腑下身親吻她裸露的肩膀，同時在腦中反覆思考。究竟發生了什麼事？那些愚蠢的傳言怎麼就變成事實了？艾米麗是中了砒霜毒？太荒謬了，怎麼可能？整個事情都混亂了，他的不負責任終於帶來了惡果？到底發生了什麼？還會發生什麼？接著，他的思緒突然被打斷。

「都是我的錯，都是我的錯！」桃樂絲哭著說，「我不應該愛你，我也不應該讓你愛我，我真不想活了，寧願自己從未出生。」

赫頓先生並未答話，只是低下頭來，靜靜地看著這位躺在床上的賤人。

「如果他們對你做出任何事，我就不要活了。」

她坐直了身子，伸出雙臂抓著他，然後用銳利的眼神看著他，好像她將再也見不到他一樣。

「我愛你，我愛你，我愛你，」她把像木頭一樣的他拉向自己，緊緊擁抱住，並且把身體擠壓過去，「我不知道你是這樣地愛我，小泰迪熊。但你為什麼要那樣做？為什麼？」

赫頓先生掙脫了她的擁抱並且站起身。他的臉孔脹得通紅，「妳好像也認為我真的謀殺了自己的太太，這簡直太荒唐了，你們把我當作什麼了？電影中的男主角？」他開始失去控制。白天經歷的所有惱怒、恐懼及困惑，突然之間全湧上來，並且轉化為針對她的憤怒，「妳不覺得自己很蠢嗎？妳瞭解一個文明男子的心理狀態嗎？我看起來會像是一個那種到處殺人的人嗎？我想妳大概以為我愛妳愛到已經失去理智，肯為妳做任何蠢事的地步。妳們這些女人，什麼時候才能瞭解人不會愛到瘋狂、失去理智？人們需要的只是一個平靜的生活，可是妳們這些女人卻不懂。我不知道究竟是什麼鬼讓我想到要跟妳結婚，那根本就是個大蠢事、大笑話。而妳現在也到處說我是個謀殺犯，我不能忍受也絕不接受。」

赫頓先生大步走向房門。他知道自己對桃樂絲說了重話，那些他應該趕快收回的重話。但他不會收回，他把房門在身後重重地關上。

「小泰迪熊！」他轉動門把，門栓「嗒」地一聲扣上了。「小泰迪熊！」門後傳來的桃樂絲呼喊聲顯得那麼焦急。他應該轉身回去嗎？他想他應該。他伸手握住門把，但又立刻收手快步離開了。他下到階梯半途時又停步下來。她會不會做出一些傻事呢？從窗戶跳出去還是天知道她會做什麼事！他靜下來仔細聆聽，什麼聲音都沒有。但他的腦中卻出現她的清晰影像，躡手躡腳地橫過房間，把窗格高高拉起，然後探身躍入清冷的夜。天空下著小雨，窗下是房屋的平頂。有多高呢？二十五英尺？三十英尺？有一次，他在倫敦的皮卡迪利廣場看到一隻小狗從麗茲旅館三樓的窗口跳出，看到牠直直墜下，也清楚聽到小狗摔落地面的聲音。他應該轉回去嗎？他才不要呢，他恨死她了。

赫頓在自家的書房裡坐了很久。到底發生了什麼事？還有什麼事情會發生？他在腦中反覆地想，但始終無法得到任何答案。如果這個夢魘一直持續到那個殘酷的結局，死亡就在眼前等著他了。想到這裡，他的眼中不禁充滿了淚水，他是多麼想活下去啊。「只要能夠活下去。」可憐的艾米麗不也曾這樣希望著嗎？他還記得她說的：「只要能夠活下去。」這個世界還有那麼多沒去過的地方，那麼多古怪又快活的人還來不及去認識，那麼多可愛的女人還沒見過。托斯卡尼大街上的白牛仍然拖著牛車，柏樹依然昂然生長，並像巨柱般挺向藍天，但他再也無法親眼目睹了。還有那甜美的南方醇酒基督之淚和猶大之血，別人還可以喝，但他已經不行了。別人可以在大英圖書館裡尋覓書香，享受各種奇怪書名所帶來的滿足與樂趣，發現前所未知的作者，探索浩瀚的知識之海。可是他必須躺在墓穴中。為什麼？為什麼？他的腦中一片混亂，只覺得降臨在他身上的是個他無法理解的司法正義。在過去，他一直玩世不恭，有時會做些不負責任的蠢事。現在，命運對待他也同樣地玩世不恭以及不負責，這是一報還一報嗎？還是，這個世界真有上帝？

他覺得想要祈禱。四十年前，他每個晚上都會跪在床前祈禱。現在，這個孩提時的習慣無預警地從過去封閉的記憶中走到眼前，「上帝啊，請保佑我的父親、母親，湯姆、西希還有寶貝，小姐及護士，還有所有我曾經愛過的人，讓我做個好男孩。」現在除了西希之外，其他人都已經過世了。

他的心緒逐漸軟化，逐漸平靜。他走回樓上，企圖懇求桃樂絲的原諒。他發現桃樂絲躺在床腳前的躺椅上，地板上有一瓶藍色的鎮痛油，瓶上寫著「不可內服」。看起來，她好像喝了半瓶。

「你不愛我。」桃樂絲睜開眼睛看到彎身下來的赫頓時，就只說了這句話。

李巴特醫生及時趕到，避免了憾事發生。「下次千萬別再這樣做了。」李巴特趁赫頓不在房間裡時對桃樂絲說道。

「沒有任何事能阻擋我。」她仍然很倔強地說。

李巴特用他那大大的、充滿哀傷的眼睛看著她，「除了妳自己以及妳的孩子，沒人能擋著妳。妳不覺得只因為妳不想活，而讓妳的孩子也不能來到這世上，是很不幸、很不公平的事嗎？」

桃樂絲沉默了半晌，「好吧，」她幾乎是耳語，「我再也不會了。」

赫頓先生在她的床邊陪伴了整晚。他現在倒真的覺得自己是個謀殺犯了。有一陣子，他說服自己是真的愛這個可憐的孩子。他坐在椅子裡打瞌睡，醒來之後覺得很冷又全身僵硬，並且發現自己像被搾乾了一樣，無悲無喜，好像已經變成了一個疲憊不堪又充滿悲苦的行屍走肉。六點鐘的時候，他脫下衣服上床小寐了幾小時。當天下午，驗屍官陪審團做出結論：「蓄意謀殺。」赫頓被正式提控受審。

6

史朋絲小姐其實並不好受。她覺得自己在證人席上飽受難堪，當整個程序結束的時候，她已經接近崩潰邊緣。她的睡眠品質很差，神經緊繃也讓她痛苦不堪。李巴特醫師每隔兩三天就來看診，她則對著他喋喋不休，大多數時候都是在談赫頓的案子。她老是顯得情緒憤慨，不停抱怨竟然曾經有位謀殺犯來過家裡，這還不嚇人嗎？而且她還一直不瞭解這個人的真正本性，這還不恐怖嗎？（但她也不忘強調，其實從一開始，她確實有點懷疑）。然後，他約會並且娶的那個女孩那麼下等不入流，就只比妓女好一點點。至於這個第二任赫頓太太懷孕的消息，一個被定罪並執行死刑罪犯身後所留下的孩子，真讓她反胃。整件事太讓人震驚了，簡直就是下流、淫穢。李巴特醫生一邊靜靜地聽，一邊態度溫和地回答，同時開出鎮定劑。

有一天早上，李巴特終於在史朋絲老調重彈時插話，「那個……」他的聲音一如往常輕柔、憂鬱，「我認為妳才是真正給赫頓夫人下毒的人。」

史朋絲睜大眼睛注視著他兩三秒鐘，很平靜地說：「是的。」然後就止不住痛哭起來。

「應該是放在咖啡裡吧，我想。」

史朋絲看起來是點了點頭。李巴特隨即拿出他的墨水筆，以一貫整潔、一絲不苟的字跡，開出一劑安眠藥。

一九二二年，收錄於《塵世紛擾》（*Mortal Coil*）

提勒森盛宴

The Tillotson Banquet

青年史波帝並不是一個勢利的人，他的聰明才智以及優雅正派都遠遠超過那種水準。所以，他不是個勢利的人。儘管如此，當他想到可以單獨和白覺利勛爵一起進餐時，還是禁不住自我感覺相當良好。這在他的生命中注定是件重要的事，是往前邁進的重要一步。往最後的社會、物質以及文藝上的成功勇往邁進，本來就是他來到倫敦的既定目標。他在心中思索，此次能抓住白覺利勛爵，就是達到這個目標的重要戰略行動。

艾德蒙是第四十七任白覺利勛爵，其先祖的姓氏為布萊魯奧，是跟著威廉一世踏上英國土地，然後受到威廉二世策封爵位。白覺利家族是少數歷經玫瑰戰爭以及許多改變英國歷史事件而倖存下來的家族之一。這個家族的繁衍力甚為強大，但家族中並沒有任何人參戰過，也沒有任何人涉入政治，他們很滿足於生活，居住在有三層護城河並有槍垛的巨大諾曼式城堡中，靜靜地繁衍後代，偶而搖船出城巡視所擁有的廣大租地並收取租金。

到了十八世紀，白覺利家族的生活相對穩定，他們於是開始涉足文明社會，從地方鄉紳搖身一變為身分更高的貴族階級，並且附庸風雅成為藝術以及各種大師的贊助者。

他們本來擁有的地產數量就十分驚人，當然也十分富有，其後隨著工業化的發展，財富就日益增長，位在他們土地上的村莊也紛紛轉化為小型生產中心，原先那些貧瘠的高沼地底層也發現了先前所不知的煤礦。到了十九世紀中葉，白覺利家族已經成為英國最富有的貴族之一，艾德蒙身為第四十七任勛爵，每年可供支配的收入已達至少二十萬英鎊。承續白覺利家族的傳統，他也絕不涉入戰爭及政治，只全心全意收集畫作，也對劇院製作頗有興趣，並且積極贊助作家、畫家、音樂家。正因為他是這個領域內有影響力的知名人物，史波帝才選擇他做為自己的晉升之階。

史波帝才從大學畢業不久。《世界評論》的主編西蒙．格拉米看上了他，格拉米一直在注意年輕又有才華的人，看上他有潛在的發展能力，聘雇他擔任藝術評論員。格拉米喜歡弄一些他認為可以教誨的年輕人圍繞身邊，這可以滿足他的一些虛榮，利用這些比較容易控制的學徒來經營報紙，強過用那些已經有些年紀而且在思維行事方面已定型又固執的人。另一方面，史波帝在工作上的表現也不錯，不論怎麼說，他的文章相當有水準，以致於能引起白覺利勛爵注意。不過對白覺利這一方面來說，史波帝今晚能夠到白覺利的家，在晚餐室一同進餐，還是他們給予的恩典。

品過數輪美酒以及一杯陳年威士忌之後，史波帝感覺自己更為放鬆，也更有自信了。白覺利是位會讓客人不安的主人，他習慣大約每兩分鐘就跳換說話的主題。舉例來說，史波帝發現當他正準備在他所專長的巴洛克藝術上大加發揮之際，白覺利卻打斷他的發言，眼睛環顧四周，突然沒頭沒腦地問他是否喜歡鸚鵡。這讓史波帝感覺頗為尷尬，臉頰發紅滿腹狐疑望向主人，心中在想是否對方不懷好意。但他很快就發現並不是那樣。白覺利那張白晰、多肉的漢諾威人典型的臉孔上表現出來的是十足的善意，他那細小略帶碧綠色的眼睛也絲毫看不出一點惡意。很顯然地，白覺利是真心想知道史波帝是否真的喜歡鸚鵡。於是史波帝就把剛剛感覺到的些微惱怒吞下，然後回答他確實滿喜歡鸚鵡。白覺利聽到史波帝如此表示之後，就開始滔滔不絕講述起一大段有關鸚鵡的故事，然而就在史波帝找到一個空檔，也想賣弄一下自己的鸚鵡知識時，白覺利卻開始轉換話題，談起了貝多芬。這個戲碼一直不斷地重複，史波帝也必須不時打斷自己的發言來勉強配合主人，短短的十分鐘內，他已經先後談到本韋努托・切利尼（Benvenuto Cellini）的警世名言、維多利亞女王、運動、上帝、詩人史提芬・菲利普斯（Stephen Phillips）以及北非的摩爾式建築。白覺利勛爵也認為這位年輕人聰明睿智，極為迷人。

「如果你喝完咖啡了，」白覺利一邊起身一邊說，「我們可以去看看我所收藏的畫作。」

史波帝敏捷地一躍而起，但隨即發現自己似乎喝多了一點，現在動作必須要小心一點，說話要留意一點，兩腿要站穩了，先跨出一步，穩了，再跨出另一步。

「這個房子裡面已經畫滿為患，」白覺利勛爵略帶誇耀地抱怨道，「上星期，我已經運了一車的畫到鄉間去了，但還留下來一大堆。我的祖先居然請羅姆尼（George Romney）幫他們畫像，你不認為他是一位很糟糕的肖像畫家嗎？他們為什麼不選庚斯博羅（Thomas Gainsborough）或者他的競爭對手雷諾茲（Joshua Reynolds）？我現在把所有羅姆尼的畫都掛在僕人的用餐室裡，這樣一來，別人就看不到它們了，想到這裡，我就感覺很舒服。我想你應該知道亞洲古國西臺吧？」

「這個嗎……」史波帝盡可能表現得很謙虛。

「你來看看，」白覺利指著放在餐室大門旁一個盒子中的巨型石雕頭像說道，「這不是希臘的東西，也不是埃及、波斯或其他任何地方的東西，所以，如果不是古西臺國的東西，那我就真不知道會是什麼了。這也讓我想起馬戲之王喬治．桑格閣下的故事……」然後根本沒有給史波帝仔細檢視那個西臺國頭像的時間，他又引路走上巨大的階梯，並不時停下來對沿著階梯擺放的各種收藏品指指點點，興致勃勃地說出與它們有關的軼事。

「我想，你應該知道狄布勞（Deburau）的默劇吧？」史波帝一等到白覺利說完他的故事就趕快插嘴，他實在忍不住想賣弄一下他所知道的狄布勞，還真虧了白覺利提起那個可笑的馬戲之王桑格，為他開了一個頭，「他真是一個近乎完美的人，是吧？他一直……」

「這裡就是主要的畫廊，」白覺利勛爵推開一側高大的折疊門，「我必須要跟你說不好意思，這裡就像是個滑輪溜冰場。」他接著東按西按牆上的開關，突然之間四周大放光明，一個巨大的畫廊出現眼前，大到房間的後方好像都在隨著剛剛打開的燈光往後退去。「我大膽地猜測，你應該聽過我那可憐的父親吧，」白覺利勛爵繼續說道，「他有點點神經，你知道，少了一顆螺絲的機械天才。他在房間裡弄了玩具火車、鐵道，每天趴在地上玩得不亦樂乎。他把所有的畫作收藏都堆在地窖裡，我找到它們的時候，哎唷，波提切利的畫上面都長出蘑菇了。現在我比較喜歡這幅普桑（Poussin）的畫，他是為法國詩人史卡倫（Scarron）畫的。」

「太棒了，」史波帝有點誇張地驚呼，還用手在空中做出手勢，「那些怒放的樹木畫得多麼好啊，還有那些略微前傾的人物！他真的抓住了主題的神髓，利用互相抵觸的移動，表達出只應天上有的形式，你看那帷幕畫的……」

但白覺利勛爵並未理會他，逕自向前走去，同時駐足在一尊十五世紀聖母瑪利亞木雕像前。

「雷姆斯學派作品。」他解釋道。

他們兩人隨後快速瀏覽完畫廊。白覺利從未讓客人在任何藝術作品前停留超過四十秒，史波帝其實很希望能夠在這些美麗的作品前靜觀、思考，無奈卻辦不到。

看完畫廊之後，他們又進入另一個小房間，當燈光打開之際，史波帝不禁倒抽了一口氣。

「這簡直跟巴爾札克小說中描寫的一樣，」他讚嘆地表示，「你知道，真是一間豪華的休息室啊（用法文說的）。」

「這是我特別設計的十九世紀房間，」白覺利解釋道，「我敢說是除了溫莎堡外交大廳以外最頂級的房間。」

史波帝小心翼翼地在房中梭巡，睜大雙眼檢視那些擺滿房間，色彩形狀各異帶有頹廢派味道的玻璃器皿、鎏金銅器、陶瓷器、羽飾品、繡品、彩絲、珠串、蠟品。牆上掛了許多畫作，一幅馬丁、一幅威爾基、一幅蘭德瑟的早期作品、幾幅埃蒂、一幅海登的巨作、一幅懷紐賴特的水彩女孩畫像，以及其他十幾幅畫作。懷紐賴特是布萊克的學生，他被懷疑以砒霜毒殺幾位親人而聞名。但吸引住史波帝目光的是一幅中等大小的油畫，描繪特洛伊羅斯在遍地鮮花以及群眾鼓掌歡呼中騎馬進入特洛伊城，他完全沒注意任何其他事物（可以從他的表情看出），而是專注地看著站在上方窗口的克瑞西達深情款款的雙眼，克瑞西達身後則站立著面帶微笑的潘達羅斯。

「多麼荒誕又令人著迷的一幅畫啊！」史波帝禁不住脫口而出。

「啊哈，你注意到這幅特洛伊羅斯的畫了。」白覺利勛爵有點得意地說道。

「顏色用得多麼鮮豔、平衡！就像埃蒂一樣，只不過用得更好而且更美，裡面透露出的力道讓人想起海登的畫，只不過海登也無法表現出這樣無可挑剔的品味，這幅畫是誰的作品呢？」史波帝轉身向主人問道。

「你能聯想起海登，已經很不簡單了，」白覺利勛爵說道，「這是他的學生提勒森畫的，我真希望還能找到更多他的作品，但似乎好像沒什麼人知道他，他的作品好像也不多。」

這一回，輪到這個年輕人插嘴了。

「提勒森，提勒森……」史波帝舉起手來放在額頭，努力思考起來，紅通通的圓臉上突出幾條不協調的皺紋，「不會吧……是的，我想起來了，」他很興奮地抬起頭來，眉毛像孩子般挑起，「提勒森，華特・提勒森。這個人還活著。」

白覺利微笑著說，「你要知道，這幅畫是一八四六年時畫的唷。」

「我知道，但那有什麼關係，他在一八二〇年出生，二十六歲時畫出這幅傑作，現在是一九一三年，換句話說，他現在才九十三歲，還沒義大利畫家提香那麼老呢。」

白覺利勛爵略微不服地說，「但是從一八六〇年起，就沒人知道他的下落了。」

「沒錯，您提到他的名字，讓我想起前幾天我翻閱《世界評論》的預存訃聞檔案（每年都要更新存檔，以防這些老傢伙突然過世而讓報社措手不及）。就在這些檔案裡，我發現了華特・提勒森的傳述，我還記得當時吃了一驚，一直完整記述到一八六〇年，之後就是空白，只有鉛筆寫的註記，大意是一九〇〇年代早期，提勒森從東方回來了。這份預存訃聞從未被用到也未增添內容，我認為最可能的狀況就是這老頭還沒死，只不過大家都不再注意，都忘了他。」

「這就太好了，」白覺利勛爵忍不住高聲說道，「你一定要找到他，史波帝，你一定要找到他。我要聘用他幫這間房子畫壁畫，我一直想要讓一位真正的十九世紀畫家幫我裝飾這個地方。天啊，我們必須立刻找到他，立刻。」

白覺利勛爵興奮地在房間裡不斷前後踱步。

「我已經可以想像出怎樣美化這間房，」白覺利繼續說道，「我們可以把那些箱箱櫃櫃都移開，整面牆畫上特洛伊王子赫克托爾和他的妻子安卓瑪姬的英雄事蹟，或者複製名畫《為租金而煩惱》，[1]也或者可以把女演員凡妮．坎伯畫成《保存威尼斯》[2]裡的貝爾薇德拉。不管什麼都好，只要能和三〇或四〇年代的偉大作品比擬就好。你看，在這邊可以畫上具有景深透視效果的風景，或者有如《伯沙撒的盛宴》裡那種雄偉的建築。然後，我們也可以把這個亞當式壁爐拆掉，換成毛盧哥德式，在這些牆上，我想放置些鏡子，不行！不行！讓我再想想看……」

白覺利說著說著就陷入了沉思，然後又突然站起大喊：「那個老人，那個老人！史波帝，我們一定要找到這個老傢伙，但千萬要祕密進行，別跟任何人說，提勒森將是我們之間最大的祕密。哎呀，簡直太完美了，真難以置信啊，想想看，那些壁畫。」

白覺利勛爵的臉孔此刻異常煥發，他已經就提勒森這個主題前後足足談了二十五分鐘。

---

1 *Distraining for Rent* 是畫家大衛．威爾基（David Wilkie, 1785-1841）的作品，現存於蘇格蘭國家畫廊。

2 *Venice Preserved* 是英國劇作家湯瑪斯．奧韋（Thomas Otway, 1652-1685）創作的知名悲劇。

2

三個星期之後，白覺利勛爵在午餐之後的睡意朦朧中接到一封電報，電報內容相當簡短，「找到了。史波帝」。白覺利那個通常顯得飽食終日無所事事的臉上現出了愉悅的表情。他說道：「不用回覆。」送件人聞言後躡手躡足退下。

白覺利勛爵閉起雙眼陷入沉思。找到了！他將會擁有怎樣的一個房間！那會是世上獨一無二的，壁畫、壁爐、鏡子、天花板……一個身材瘦小乾枯的老人，像隻動物園裡有鬍子的小猴子，動作敏捷地攀爬在鷹架上畫啊畫的……畫化身為貝爾薇德拉的凡妮·坎伯、赫克托爾和安卓瑪姬或淹死在葡萄酒桶裡的克拉倫斯公爵，克拉倫斯大酒桶……想著，想著，白覺利勛爵就睡著了。

史波帝並未浪費時間，發出電報後的當天下午還不到六時，他就來到白覺利的家。勛爵當時正在他那十九世紀的房間中，親自忙東忙西地清理零碎物件。史波帝發現他汗流滿面，氣都有點喘不過來。

「啊，你來啦，」白覺利勛爵說道，「你看，我已經在為那個了不起人物的到來做準備了，現在你來告訴我整件事的經過。」

「他比我想像中的還要老，」史波帝說道，「他實際上出生於一八一六年，現在已經九十七歲了。真難以想像，是吧？所以我一開始就搞錯了。」

「沒關係，你就開始說吧。」白覺利和藹可親地說。

「我不想說怎麼找到他的所有細節，您不會相信的，那簡直就像一個福爾摩斯偵探故事，太複雜了，真的太複雜了，我想我可以寫成一本書。不管怎麼說，我終於找到他了。」

「在哪裡找到的？」

「霍洛威那邊一個還過得去的貧民區。他看起來比想像中更老、更窮、更孤單。我現在也知道他為什麼會被人遺忘，他是如何從自己的人生中出局。大約在六〇年代，他突然興起念頭前往巴勒斯坦，希望為他的宗教畫尋找些當地色彩，你知道，就是代罪羔羊還有其他那些類似的東西啦。他去了耶路撒冷，然後又去了黎巴嫩山以及許多地方，結果最後停留在小亞細亞某地，一留就是四十年。」

「那麼這麼多年，他都在做些什麼呢？」

「畫畫啊，然後主持了一個小傳教會，曾經讓三位土耳其人轉信基督，他也教當地軍政要員基本的英語、拉丁語、透視原理以及天知道還有什麼。一九〇四年前後，他似乎發現自己已經老了而且也確實離家太久，所以他啟程回到英國，只不過卻發覺認識的人都已過世，當地的藝術交易商都沒聽過他，認為他只不過是一位可笑的荒謬老頭，當然也沒興趣買他的畫。無奈之餘，他在霍洛威的一個女子學校找到一份教畫的工作，就此安定下來，年紀愈來愈老，身體隨著愈來愈虛弱，眼睛與耳朵也愈來愈不靈光，逐漸成了一位老糊塗。終於，學校也不要他了。我找到他的時候，他全身大概就只剩下十英鎊。他住在充滿各種蟲子的地下室裡，一處有點像個黑洞的地方，如果他把身上最後的十英鎊花光了，我想，他大概就會靜靜地死在那邊了。」

白覺利舉起他那白白胖胖的手說道，「別說了，別說了，文學藝術真是讓人絕望，我就是認為人生應該至少要輕鬆愉快一點。你有沒有告訴他，我想請他畫我的房間？」

「但他已經不能畫了，他的視力很差，而且四肢有麻痺的問題。」

「不能畫了？」白覺利狀似驚恐地說，「那麼，這個老頭還有什麼用呢？」

「你如果這麼說……」史波帝說道。

「那我就沒法讓他幫忙畫壁畫了。幫我摁一下鈴，好嗎？」

史波帝遵命摁了鈴。

「提勒森如果不能再畫了，那他還有什麼繼續存在的意義？」白覺利勛爵繼續理所當然地說，「畢竟，那應該是他在太陽底下活著的唯一正當理由。」

「他那地下室裡反正也沒什麼太陽光。」

此時，聽到喚人鈴的僕人已經來了。

「去找一些人來把這些東西都放回去，」白覺利揮舞著手，指著那些散置一地的凌亂箱盒、玻璃器皿、陶瓷器還有那些他從牆上取下的畫作，開始發號施令，然後接著對史波帝說，「我們去書房吧，那裡舒服些。」

白覺利領路通過長長的畫廊然後走下階梯。

「真不好意思，老提勒森讓您失望了。」史波帝帶有點同情意味地說。

「我們談談別的事吧，我對他已經沒興趣了。」

「您不覺得我們應該為他做一些事？他現在身上只有十英鎊，花完之後，恐怕就要去救濟院了。還有，您如果看見那個地下室裡的那些蟑螂！」

「夠了，夠了，你說吧，我們可以做什麼。」

「我想，我們可以在藝術愛好者中發起認購或認捐。」

「可是現在愛好藝術的人並不多。」

「確實不多，但有不少人會為了顯示自己的派頭而出錢。」

「但總要給他們一點回報吧。」

「沒錯，我還沒想到這一點，」史波帝沉默了一會兒，然後說道，「我們也許可以為他辦一場晚宴，名目也許可以是『偉大的提勒森盛宴』、『向英國藝術的老前輩致敬』或者『與過去的連結』。您可以想像一下這個新聞出現在報紙上的情況，我會在《世界評論》上發表，應該可以吸引來那些想出風頭的人。」

「我們也可以邀請許多藝術家及藝評家來共襄盛舉，那些互相嫉妒無法忍受彼此的人。我們可以旁觀他們吵來吵去，那就太好玩了。」白覺利笑著說道。但他的臉孔突然又沉鬱下來，「再怎麼說，現在我想要的壁畫沒了，也只能退而求其次。你留下來晚餐吧。」

「既然您這麼說了，我就恭敬不如從命。」

3

提勒森盛宴就這樣訂在三個星期後舉行，並且由史波帝主其事。史波帝也沒辜負所託，證明了自己確實有傑出的組織能力。他接洽好著名的孟買餐廳大宴會廳做為場地，同時軟硬兼施讓餐廳經理同意以一個人頭十二先令的代價，提供五十人份包括水酒在內的晚餐。他寄出邀請函同時收取了入場費用，也在《世界評論》上發表有關提勒森的報導，一篇引人入勝充滿智巧的文章，既暗捧並滿足可能贊助者的虛榮，也藉著輕貶了這位偉大的一八四〇年代人物，以便贏得贊助者的同情。

與此同時，他並未忽略提勒森，每隔幾天就會去霍洛威拜訪，傾聽這位老人說不完的有關小亞細亞、一八五一年世界博覽會以及班傑明・羅伯特・海登[3]的故事。他是真心同情這個來自另一世代的老人。

提勒森在南霍洛威的地下室住處大約離地面十英尺，通往其間的小路靠著周圍酒吧間所透出的微光照明，年久失修的窗格因為積垢而呈現不透明狀態，在黑暗中看起來就像是滴在墨水瓶裡的混沌牛奶，整個地方像一座地牢。房間裡充滿了壁癌以及腐朽木頭所散發出來的霉味，陰暗角落以及僅有的見光空間裡散置著幾件凌亂家具，包括了一張床、盥洗台、小五斗櫃、一張桌子、一兩張椅子。史波帝現在幾乎天天來，主要是向老人匯報盛宴的籌備進展。每次到的時候，他都看到籠罩在微弱光線下的提勒森坐在窗前的同一個位置。史波帝看著他的時候，心中不禁想著，「這可能是最老的一位有著灰白頭髮的人。」其實提勒森那光禿、枯乾的頭頂上已經沒有多少頭髮了。每次聽到訪客敲門的聲音，提勒森都會坐在椅子上轉過身來，用不斷眨動而且缺乏肯定的眼神望向門口。他也每次都為自己不能馬上認出來者而表達歉意。

「不好意思啊，」他每次都會這樣說，「不是因為我忘記了你是誰，只是這裡實在太暗，我的視力又大不如前了。」

然後，他就會發出一些笑聲，指著窗外的那些欄杆說道，「這裡是給視力好的人用的，是

---

3 Benjamin Robert Haydon, 1786-1846，英國畫家，專門繪製歷史事件。一生有財務問題，幾次因負債入獄。一八四六年自殺，遺留大量日記於日後出版。

讓你看別人腳踝的大看台。」

盛宴的前一天，史波帝如常來到提勒森住處，提勒森如常準確無誤地說了有關腳踝的笑話，史波帝也如常準確無誤地發出陪笑聲。

「是這樣的，提勒森先生，」史波帝等到笑話的殘響遠盪之後說道，「明天，我們要讓你重回藝術及時尚的世界，你會發現，一切都將改變了。」

提勒森說：「我一直都有非比尋常的好運。」史波帝可以從他的表情看出他是真的相信自己的好運已到，他已經把自己所住的黑洞、蟑螂，以及讓他暫時不至於住進救濟院並且已經快花完的十英鎊，統統拋諸腦後了。「真的是想不到的好運啊，你竟然能找到我。現在，這場盛宴會把我帶回我在這個世界上應有的位置，我將會有錢了，然後，誰知道呢？也許我的視力會恢復，然後又可以再畫畫了，你知道，我真的覺得我的眼睛漸漸好了。哎呀，未來真是一片光明呀。」

提勒森先生說著抬起臉來，擠出一個微笑，同時點點頭，好像是在贊同自己剛才所說的話。

「你相信來生嗎？」史波帝問道。但他立刻就因慚愧而紅了臉，對自己說出這樣殘酷的話而感到懊惱。

還好提勒森興致高昂，心情愉快，根本沒注意到史波帝這句話的原始意涵。

「來生，」他跟著重複了一句，「不會啊，我一點都不信這些，從一八五九年開始就不信了。《物種起源》這本書改變了我的看法，你知道，對我而言，並無來生這回事，謝謝你！你可能不記得那些令人激動的事了，你還太年輕，史波帝先生。」

「這麼說吧，我已不像先前那麼老了。」史波帝接著話說，「你應該知道中年人去做小學生或大學生會是怎麼樣的光景，現在，我已經老到知道自己還算年輕。」

史波帝本來還想繼續這些頗具哲學意味的詭論，但他發現提勒森先生根本沒在聽，於是他決定把話題保留起來，以後可以用在更能體會這種高論的人身上。

「您剛才提到《物種起源》。」

「是嗎？」提勒森先生好像大夢初醒地答道。

「是啊，有關這個主題對您的信念所產生的影響。」

「的確，它確實粉碎了我的信念。但我記得有位桂冠詩人曾經寫過，似乎是有關真誠的懷疑帶來的信念，相信我，比所有的……所有的……我忘記他確實是怎麼說的。但你知道……思路有時就是如此。哎唷，現在不是談宗教的時候。我很欣慰我的老師海登沒活著親眼見到這個狀況。他是個充滿熱情的人，我還記得他在里森葛羅夫街上的工作室裡徘徊踱步，同一時間不停歌唱、咆哮、祈禱，那真是嚇壞我了，但他真的是位很棒、很了不起的人，不管怎麼說，我們可能再也碰不到像他這樣的人了。說書人還是對的，不過都是太久以前的事了，你應該都不知道，史波帝先生。」

「嗯，我並不比以前老，」史波帝說，他似乎希望這次能夠接續先前斷掉的哲學詭論，但提勒森顯然沒理他，還在繼續自己的話題。

「那真是很久，很久以前的事了。但我每次回顧，都好像只是一兩天前才發生。那種感覺很奇怪，單單挑出一天，你會覺得很長，但把好些天加在一起，卻覺得好像還不到一小時。海登先生在那邊前後踱步的樣子，到今天還如在眼前！而且還更清晰，真的，比我現在看眼前的你還清晰，史波帝先生。記憶之眼不會黯淡下去，我可以告訴你，我的視力也有改進，每天都在進步，我應該很快就可以看到那些足踝了。」他說著說著，不禁像個破鈴般大笑起來，聲音像那種舊的小破鈴。史波帝想到的則是古老房子裡僕人居處的叫人鈴聲。

「很快的，」提勒森先生繼續說，「我應該又能夠畫了，哎呀，史波帝先生，我的運氣真是出奇地好，我相信自己的運氣，我有信心，說到底，什麼是運氣呢？其實也不過就是天命的另一種說法吧，也別管什麼《物種起源》還是什麼其他的東西了，那個桂冠詩人說得真對，他說真誠的懷疑會帶來信念，相信我，比所有的……呃……這個……呃這個嘛，你知道。我把你當作，史波帝先生，當作是天命派來的使者，你的到來是我的生命轉捩點，也是一個起點，對我來說，未來將是更加快樂的日子。你知道嗎？當我的運氣恢復時，我要做的第一件事就是去買一隻刺蝟。」

「一隻刺蝟？提勒森先生。」

「為了對付那些蟑螂。只有刺蝟能對付那些蟲子，它會猛吃蟑螂，吃到自己都受不了，吃到自己都脹死。這也讓我想起我曾經對我那偉大的老師海登所說，當然是玩笑話啦。我跟他說，他應該在新建國會大廈裡畫一幅英格蘭國王約翰吃七鰓鰻噎死的卡通壁畫。我告訴他，那是英國解放史上最值得注意的事件，一個暴君受到天譴的範例。」

提勒森先生說著又笑了起來，小鈴聲在一間空屋裡響起。就像一隻鬼魅的手拉動起居室中的叫人鈴線，然後男僕就如鬼魅一樣悄悄現身。

「我還記得他的笑，像頭公牛一樣，但當他們回絕他的設計時，那真是對他的無情打擊！那件事就是最後導致他自殺的最初原因。」

提勒森說到這裡停了下來，然後有一段長長的沉默。

雖然他並不清楚究竟是什麼原因，但史波帝覺得面對提勒森時，他有一種莫名的感動，這個人是這麼虛弱，這麼老，就身體而言，他已經七零八落，心智上卻這麼充滿活力，充滿了等待希望的耐心。他甚至感到有點羞恥，他何曾好好運用過自己的年輕及聰明呢？他突然覺得自己好像一個拿著撥浪鼓企圖嚇走小鳥的孩子，只不過他搖動的是自己那有點喧鬧的小聰明，不止歇又徒然地揮舞雙臂，希望能嚇走那隻企圖停駐在心中的小鳥。那是隻什麼樣的鳥啊！大展雙翼又美麗，這些來到心中的思緒、信念、情緒都會使得一個人平靜下來，可是他卻想盡辦法要趕走。然而這個老人，帶著他的刺蝟、他的真誠懷疑還有所有其他東西，他的心緒因自由來去而充滿美景，有著鮮豔翅膀的白色生物一批一批無懼無畏翩翩降臨。史波帝此刻真的自慚形穢了。但是有可能嗎？一個人有可能改變另一個人的人生嗎？改變難道就不會帶來新的風險嗎？史波帝禁不住聳了一下肩膀。

「我會馬上幫你弄一隻刺蝟來，」他說，「惠特尼那邊一定會有。」

當晚離開之前，史波帝赫然發現提勒森先生沒有參加宴會的晚禮服，可是第二天就要舉行晚宴，是絕對來不及訂做了，而且，也沒必要花那個錢。

「提勒森先生，我想我們必須要去借一套禮服。我怎麼事先沒想到呢。」

「哎呀，哎呀，」提勒森顯得有些懊惱、失望，「借一套禮服？」

史波帝於是急急忙忙跑到白覺利大宅去求救。白覺利勛爵聽完之後立刻起身，「去叫伯翰來見我，」他按鈴把男僕叫來，然後做出交代。

伯翰是大宅裡至今還留下來，服務過幾代人的老管家之一，今年已經超過八十歲，彎腰駝背、皮膚乾燥、整個身體已隨著年齡而蜷縮。

「老頭子的體型都差不多。」白覺利勛爵說道，當然，這麼說也是要自我安慰，「你看，他來了。伯翰，你有多出來的晚禮服嗎？」

「報告勛爵，我有一套很久不穿的舊禮服，讓我想想，應該是一九〇七或〇八年以後就沒穿過了。」

「就是它了，伯翰，你可以借給史波帝先生用一天嗎？我會很感激你。」

老頭子走出去，一會兒倒轉回來，手臂上多了套老舊的黑色禮服。他把外套及長褲呈上供勛爵檢視。在白天的光線之下，那套衣服看起來的狀況確實很糟。

「你想不到的，先生，」伯翰的語氣幾乎有點像是要懇求史波帝原諒，「你永遠想不到，不管你怎麼小心，衣服還是很容易受到油脂、肉汁沾汙。不管你多小心，先生，不管你多小心。」

「我可以想像。」史波帝略帶同情地說。

「不管你多麼小心，先生。」

「但在燈光之下，看起來應該還好。」

「沒錯，應該沒問題，」白覺利勛爵再次強調，「謝謝你，伯翰，你可以星期四就過來取回。」

「沒關係的，勛爵大人，沒關係的。」老頭彎腰行禮後就走開了。

盛宴即將舉行的當天下午，史波帝帶著一個包裹匆匆去到提勒森在霍洛威的居所，包裹裡面是伯翰那套已經「退休」的晚禮服，以及所有其他諸如襯衫、衣領等必要配件。由於房間的陰暗和視力欠佳，興致高昂的提勒森顯然沒有注意到禮服的缺陷，他其實處於一種極度亢奮的狀態，雖然當時才剛剛下午三時，他已經迫不及待要整裝出發了，史波帝費盡力氣才勸阻了他。

「輕鬆點，提勒森先生，放輕鬆點。七點半時再開始準備都還來得及。」

一小時之後，史波帝離開了提勒森的住處。一等到史波帝前腳踏出，提勒森就開始為晚上的盛宴做準備了。他點亮了瓦斯燈跟幾支蠟燭，並且因為近視而眼睛眨吧眨吧地集中精神努力注視五斗櫃上小鏡子中的自己。他開始了，就像個即將參加生命中第一次舞會的小女孩，充滿了熱情。六時到了，他已做好最後的準備，但他並不滿意。

他在地窖中來回踱步，輕鬆地哼唱著當年所熟悉的歌曲：

「啊，啊，安娜．瑪麗亞．瓊斯！

妳是鈴鼓、銅鈸、骨柝之后！」

一小時之後，史波帝乘坐著白覺利勛爵的第二輛勞斯萊斯來到。打開老人所住「地牢」的門後，他靜靜地在那裡站著，兩眼大睜站在門檻前。提勒森先生站在空無一物的壁爐架前，手肘靠在壁爐台上，兩腿交叉而立成一種有點做作的優雅紳仕姿態。蠟燭光在他的臉上產生了戲劇效果，加深了皺紋的線條以及臉上的陰影，讓他看起來益發地顯老。那是一個看似高貴實則可憐的臉，另一方面，伯翰那套破舊的禮服穿在提勒森的身上，簡直就像馬戲班裡小丑服的組合。西裝外套的袖子和下擺都太長，長褲寬鬆得像穿著個布袋，並在腳踝處堆起難看的皺褶。有些油脂污漬即使在微弱的燭光下也都可看得一清二楚。那個讓接近半盲的提勒森先生費盡力氣才結好的白色領結，他也自認為完美無缺，但實際上卻一邊大一邊小。至於背心，一粒扣子扣錯了位置，另外一粒根本就沒扣上。他還在胸前配掛一個有綠色飾帶，不知是什麼的動章。

提勒森在招呼史波帝之前，口中還低聲唸著，「妳是鈴鼓、銅鈸、骨柝之后！」

「嗯，史波帝，你來啦。我已經穿好衣服了，你看看，這套禮服正好合我身，就好像是為我量身訂做一樣。我真要謝謝那位借衣服給我的紳士，我一定會小心照料。借衣服給人是很冒險的事，莎翁就講過，借衣服給人，經常是一去無回，朋友也沒了。莎翁是不會錯的。」[4]

「還有一件事，」史波帝說，「讓我幫你把背心重新整理一下。」史波帝說著就幫提勒森解開背心扣子，再重新扣好。

提勒森先生看起來好像是被人抓到小毛病而稍有不悅。「多謝，多謝，」他一面扭動身子，一面說，「沒問題的，你知道，我可以自己來，呵呵，我沒注意到。不過這套衣服真的很合身。」

「還有這個領結，也許……」史波帝試探地說道。但是老人家顯然不想聽。

「不用，不用，領結沒問題，我知道怎麼打領結，史波帝先生，領結沒有問題，就不要去動它了，拜託。」

---

4 典故來自莎翁《哈姆雷特》。

「我喜歡你的那個動章。」

提勒森面露得意之色，低頭看著自己胸前，「啊呀，你注意到我的動章了。我已經很久沒戴它，那是大土耳其政府頒發給我的，你知道，褒揚我在俄土之戰中的表現，那是一個節操動章，屬於二等動章，一等動章只頒發給君王，你知道，君王跟大使級人物。但也只有最頂級的軍政大員可以獲得二等動章，我的就是第二等，只有君王可以獲頒第一等動章……」

「當然，當然。」史波帝說。

「你覺得我看起來還好嗎？史波帝先生。」提勒森面帶焦慮地問道。

「太棒了，提勒森先生，太棒了。這個動章簡直太棒了。」

老人的臉孔又再度煥發起來，「不是我自誇，」他說，「這套借來的禮服真的很合身。我並不喜歡跟人家借衣服，莎翁就講過，借衣服給人，經常是一去無回，朋友也沒了。莎翁是不會錯的。」

「哎呀，這裡有一隻討厭的蟑螂！」史波帝叫道。

提勒森先生彎身注視著地板，「我看到了。」接著他就一腳踏下，結果是一小塊煤渣在他腳下粉碎，「我真的應該去買一隻刺蝟。」

現在，他們出發的時間到了。白覺利動爵的那輛勞斯萊斯豪車周圍聚集了一大堆好奇的小男孩、小女孩，司機顯然覺得自己的尊嚴面臨危機，所以裝出一副對那些小孩視而不見的樣子，坐在那邊像座雕像般眼觀遠方。當史波帝和提勒森現身之際，孩子群中突然爆出驚呼夾雜著揶揄聲，但在他們低身進入車內時，聲音又迅速退去，靜默一片。「去孟買餐廳。」史波帝對司機說道。勞斯萊斯的引擎發出像是打鼾的聲音，然後開始前行。孩子們又開始喊叫並且跟在車旁奔跑，興奮地揮舞著雙臂。也就是在此刻，提勒森先生以無比高貴的姿態，身體前傾，將身上僅餘的銅板掏出，扔向那群興奮的孩童。

4

人群逐漸在孟買餐廳的大廳聚集。大廳裡鑲著金邊的長鏡映射出一群非凡卓越的人。有些是對那些年輕人投以懷疑眼光的中年學術院士，他們認為前者都是反傳統的人；有些是專長後印象主義的會展組織者；有些則是互不相讓的藝術評論者。這些人突然都同聚一堂，面面相覷，因為努力壓抑對彼此的憤恨而全身顫抖。諾比斯夫人、凱曼夫人，還有曼德拉葛爾夫人，都是藝術界數一數二的發掘人才高手，她們本來都以為自己是單獨受邀，卻沒想到大家都來到這個精心設計的「動物園」，必須互相拚個你死我活，所以心中都充滿了怒氣。處身這一群互相排斥的虛華人士當中，白覺利勛爵倒是游刃有餘，展現出柔軟身段周旋其中，完全無視於那些人彼此之間的仇視與怨怒，而且他似乎也很享受自己所展現出的交際手腕。只不過在他那戴著厚重面具的臉、漢諾威人特有的鼻子、細小無光彩有如豬一般的眼睛，以及蒼白厚唇的後面，卻藏著一個快樂的邪惡小魔鬼，正笑得前仰後合呢。

「真高興見到妳們大家都為了向英國的老藝術致敬而賞光，曼德拉葛爾夫人，也很高興看到妳把凱曼夫人也帶來了，啊，那不是諾比斯夫人嗎？她也來了？沒錯！我以前沒注意到她，真高興啊，我就知道我們可以信賴妳們對藝術的喜愛。」

然後他又趕緊走開，因為他不想錯過把傑出雕塑家賀伯特．賀尼爵士介紹給那位前程似錦年輕藝評家的機會，後者曾經公開在報紙上把前者稱為「墓碑石匠」。

一會兒之後，餐廳領班來到金碧輝煌大廳門前，提高聲量姿態誇張地宣布：「瓦特．提勒森先生駕臨。」史波帝跟在提勒森身後引路，提勒森的腳步有些遲疑，他的雙眼迷離，眼皮在燈光之下猛眨不已，像一隻受困飛蛾的翅膀。走進大門之後，他停下腳步，有意識地努力擺出莊嚴的姿態。白覺利勛爵見狀立刻快步向前迎去，並且握起提勒森的雙手。

「歡迎啊，提勒森先生。為了英國的藝術而歡迎您！」

提勒森先生頭部略向前傾致意卻未說話，他太激動了，激動得無法答話。

「我有這個榮幸把您介紹給現場的年輕藝術家跟評論家嗎？他們都是因為您而聚集在這裡。」

白覺利勛爵接著把在場的人士一一介紹給老畫家。老畫家則一一彎身致意、握手，喉嚨裡發出咕嚕咕嚕的聲音，就是說不出話來。諾比斯夫人、凱曼夫人還有曼德拉葛爾夫人都親切地問候了提勒森。

晚宴開始了，派對正式上場。白覺利勛爵坐在主座，提勒森先生坐在他的右手邊，左邊則是賀伯特．賀尼爵士。孟買餐廳的美食和美酒讓提勒森開懷地大快朵頤，過去十年，他一直與蟑螂、蔬菜、馬鈴薯為伍，此刻自是胃口大開。喝完第二杯酒之後，他終於開始說話了，好像是水閘突然被打開，他的話語像洪水般湧出。

「在小亞細亞，」他以此為起頭，「當地的習俗是吃飽了就要打嗝，以示讚賞食物美好。就像讚美詩作者所描寫的『我心所屬』（Eructavit cor meum），這位作者本人也是東方人。」

史波帝故意把自己的座位安排在凱曼夫人旁邊，他的心中有些盤算。他當然並非對她有任何非分之想，但她有錢也有利用價值，他是想哄騙她買一些提勒森的畫。

「住在地窖裡？」凱曼夫人說，「還有蟑螂？哎呀，太可怕了，可憐的老傢伙。你是說他已經九十七歲了？真嚇人啊！我希望有人可以出多點錢，當然，每個人都希望能多出些錢，但現在每個人的開銷也很多，生活也不容易啊。」

「我知道，我知道。」史波帝說，心裡卻不是味道。

「都是工黨害的，」凱曼夫人解釋道，「當然，我可以找個時間請他吃晚餐。另外，我覺得他實在太老也太害羞了，這樣對他並不好，是吧？你現在是為格拉米先生工作？他真的很迷人又很有才，說起話來……」

「我心所屬，」提勒森先生已經說第三遍了。白覺利勛爵想要打斷他繼續談土耳其禮儀，可是提勒森根本充耳不聞。

到了晚上九點半，大家都喝得差不多了，氣氛也緩和許多，不像晚餐前那麼劍拔弩張，充滿怨恨與猜疑。賀伯特．賀尼爵士發現坐在旁邊的那位立體派小伙子並非腦筋不正常，而是實際上對那些年長大師頗有研究、涉獵的人。至於在場的年輕人，他們也瞭解到身旁的年長者也並非壞蛋，他們只是愚蠢、可憐罷了。只有諾比斯夫人、凱曼夫人以及曼德拉葛爾夫人還在彼此憎恨，勾心鬥角。這恐怕是因為她們身為老古板的女人，幾乎滴酒不沾的緣故。

發表講話的時刻來到。白覺利勛爵起身說了些無甚出奇的應酬話，接著就請賀伯特爵士發表祝酒演說。後者起身先乾咳了幾聲，然後面帶微笑，接著開始講話。這個演說大概持續了二十分鐘，賀伯特爵士講了有關格萊斯頓先生、雷頓男爵、[5]阿爾瑪—塔德瑪爵士，[6]以及以逝孟買主教等人的軼事。其間說了三個雙關語，引述了莎士比亞、惠提爾，他說起話來一派輕鬆，口若懸河但有時也很嚴肅……。在他終於結束長篇大論之后，他交給提勒森一個內有五十八英鎊及十先令的錦囊，這就是當晚所籌得的所有金額。提勒森在一片鼓掌歡呼聲中更加醉了。

提勒森頗為困難地站起身，枯乾如蛇皮般的臉孔此刻已一片通紅，領結比先前更歪向一邊，第二等節操勳章的綠色佩帶歪斜地貼在縐巴巴有污漬的襯衫上。

「勛爵、女士們、先生們，」提勒森語帶哽咽地開了口，接著就哭出聲來。那真是一個非常悲苦又可憐的景象，在場的眾人見到他站在那裡顫抖流淚，不知所云地發表講話，簡直就像過去世代所留下來的一個遺跡，都感到極度的不舒服，好像有股死亡氣息突然吹過整個房間，酒氣及煙味突然消失了，眾人的笑聲及燭光也都隨之熄滅。提勒森雙眼顯得有些不知所措，不知往哪裡看才好。白覺利勛爵及時遞上一杯酒，提勒森先生才慢慢回神，接續喃喃自語了一些不太連貫的話。

「真是太榮幸了……你們對我太好了……這個豐盛的晚宴……我真不太習慣……在小亞細亞……我心所屬。」

白覺利勛爵暗中扯了一下提勒森的禮服下擺，提勒森停了下來，喝了一小口酒，似乎重新恢復了精力以及邏輯，於是再度開口。

「藝術家的一生真的很艱難，他的工作跟其他人不一樣，其他人的工作都一成不變，甚至在睡夢中都可以做，但藝術家不同，藝術家的工作是經常性地消耗精神，他貢獻出生命中最好

---

5 Frederic Leighton, 1830-1896，英國畫家、雕塑家，主要以歷史、聖經、古典時代的題材。最知名作品是《燃燒的六月》（Flaming June），被認為是維多利亞時期最偉大的畫作之一。

6 Lawrence Alma-Tadema, 1836-1912，英國知名畫家，以創作古希羅時代的繪畫聞名。

的部分，得到的回報只是心中的喜樂而已，這是真實的，也許是名聲，但物質上的報酬卻很少。從我第一次為藝術奉獻至今已經八十年過去了，八十年，幾乎每一年都帶給我既鮮活又痛苦的感受，也證明了我所說的：藝術家的生活真很艱難呀。」

提勒森這個出乎意外的表達，益發加深了在場人士的不舒服。現在，大家覺得似乎應該嚴肅看待這位老人，把他當作一個人來看待。直到那時為止，他不過就是一個引人好奇的物件，一具裝在可笑晚禮服裡面、胸前還有綠色勳章佩帶的木乃伊。在場人士開始覺得他們真應該多貢獻一些，五十八英鎊又十先令真不是大數目。不過他們很快又心情平靜下來，因為提勒森又開始了他那聽起來讓人感覺有些荒謬的講話。

「我想起那個偉大人物的一生，班傑明．羅伯特．海登，英國有史以來最傑出的人物之一……」在場人士不禁鬆了一口氣，還好就只是這樣。現場爆起鼓掌及歡呼聲。提勒森先生用他那視力欠佳的眼睛環顧四周，對著那些他無法真正看清楚的人報以感激的微笑，「那個偉大的人物，班傑明．羅伯特．海登，」他繼續說道，「我很自傲於曾經向他學習，也很高興地發現，他仍然鮮活地存在各位的記憶裡，同時得到各位的敬重。這位偉人，英國有史以來最偉大的人物之一，過的卻是那樣悲慘的生活，每當想起來，我就忍不住流淚。」

提勒森先生就這樣不斷錯亂重複地講述班傑明．羅伯特．海登的故事：他陷於重重債務之中，他與學院派之間的鬥爭，他的勝利，他的失敗，他的絕望，他的自殺。十點半的鐘聲響了，提勒森先生還在大聲譴責那些心存偏見又愚蠢的評審，他們否決了海登為裝飾新建國會大廈提出的設計草案，卻接受了德國人的塗鴉設計。

「那個偉人，英國有史以來最偉大的人物之一，那個偉大的班傑明．羅伯特．海登，我引以為傲的恩師，我也很高興地發現，他還活在您們的記憶中，還獲得您們的尊敬。他當初就是因為不受尊重而心碎，那是對他最無情的一擊。他原先為了要國家認同藝術家而奉獻一生，他向幾乎每一任總理提出訴願，包括威靈頓公爵，前後長達三十年，希望他們聘用藝術家來裝飾公共建築，而他自己也提出了裝飾國會大廈的最佳計畫……」提勒森突然語塞，然後又開始另起一段，「那是對他最無情的一擊，是壓死駱駝的最後一根稻草，藝術家的生活真的是很艱難啊。」

到了晚上十一時，提勒森先生還在談有關前拉斐爾派的種種。十一時一刻的時候，他又重頭開始再談班傑明．羅伯特．海登的人生故事。到十一時三十五分時，他已癱在椅子中，說不出話了。此時大多數的客人都已經離開了，少數留下的也迫不及待地要離開。白覺利勛爵帶著老人去到前門，然後把他塞進他的備用勞斯萊斯車中。提勒森盛宴宣告落幕，大家都很盡興，只是拖得太長了一點。

史波帝一邊吹著口哨一邊步行回到他在布魯姆斯伯里的住所，牛津街上的弧光燈映射在光亮的路面上，感覺上像條暗銅色的運河。他想，有天他會把今晚的經歷寫成一篇文章。凱曼夫人很知道如何拒絕人。他用口哨吹著〈你知道的〉這首曲子，雖然有一點走調，但他自己感覺不到。

第二天上午，提勒森的女房東來到他的住處，看到老人合衣躺在床上，看起來好像病得很重而且很老，很老。伯翰的那套禮服現在看起來更糟了，節操勳章的綠色佩帶已經全毀。提勒森靜靜地躺著，但他並未睡著，他聽到腳步聲靠近，把眼睛微微睜開並發出一聲呻吟。他的女房東從上而下看著他。

「噁心死了，」她說道，「噁心死了，我必須這麼說，已經這把年紀了。」

提勒森先生又發出一聲呻吟，然後努力從褲袋中掏出一個錦囊，打開它，取出一個金幣。

「藝術家的生活真是艱難啊，葛林夫人，」他一邊說，一邊把金幣遞給她，「妳可以幫我去找個醫生來嗎？我覺得身體不太舒服。還有，這些衣服該怎麼辦？我要怎麼樣跟借給我衣服的那位先生交代。借衣服給人，經常是一去無回，最後連朋友也沒了。莎翁是不會錯的。」

一九二二年，收錄於《塵世紛擾》（*Mortal Coil*）

少年阿基米德
Young Archimedes

我們會選擇這個地方，主要是看上了它的景觀。說真的，這間屋子確實有其缺點，離鎮上太遠，連電話都沒有，房租高得有點離譜，排水系統很差。有風的夜晚，大小不合的窗子在窗框中哐啷哐啷響，你會以為自己坐在一輛旅館用來接送客人的馬車裡。至於電燈，不知是什麼神奇的原因，老是會斷電，不時讓你陷入一片黑暗之中。浴室其實看起來很不錯，但那個放在陽台上抽取所收集雨水的馬達卻是壞的。每年的秋天，飲用水的水井準時乾涸。而我們的女房東根本就是個大騙子。

不過這些都還算是小缺點，全世界的出租房都一樣。就義大利來說，那就更不算回事了。我見過許多房子都有同樣而且更多的缺點，但我們現在所看的這間房有可以蓋過前述所有缺點的優點：面向南方的花園，春冬兩季的梯田景致，房間相當寬大，足以抵擋仲夏酷暑，來自山頂的涼風，沒有蚊子，還有就是無敵美景。

那是個多麼美的景色啊！或者也可以說是一連串的景色，因為景色變幻無常，每天都不一樣，而且從房子的方向望去一無遮攔，感覺上就是眼前永無止境的景色變化，就像一趟不知疲勞的快樂旅行。秋天的時候，山谷中霧氣瀰漫，亞平寧山脈的暗色山峰從白色的湖面昇起。有些時候，霧氣會直襲我們房屋所在的山頂，使得我們身處柔軟輕飄的水氣之中，霧色的橄欖樹從我們的窗前一直往下方的山谷延伸，最後像精靈一般消失。在這個因霧氣包圍的小小世界中，唯一輪廓清楚而直挺聳立的，是往下大約一百英尺處兩株長在梯田突出處的黑色雄偉柏樹，它們就像是大力士海克力士兩條站在宇宙盡頭的巨腿，越過那裡，就只有灰色的雲，以及圍繞著它們生長的橄欖樹了。

那是冬天的景色，另外還有春天跟秋天，那時經常是晴空萬里，或者，那就更可愛了，各種形態變幻莫測的水氣漂浮在白雪覆蓋的遠山山頂之上，以淺藍亮麗的天空為背景，逐一變化出壯麗的景象。遠方的天際有天鵝在飛，看起來像是被風鼓起的簾幕現出如大理石般的紋路，交織成一幅似乎天神因為疲倦而在動手創作之後便放手留下的未完成傑作，這個景色慵懶地隨著風飄移，一邊兀自改變著形狀，太陽在其後忽隱忽現。現在，山谷中的小鎮逐漸隱去，終於消失在陰影之中，一會兒又像褪色的珠寶現身於山丘之間，好像自己會發出光芒。如果望向比較近的支流，底下的山谷一路蜿蜒向阿諾河。越過山丘的肩部直到最邊緣的岬角，是聖明尼亞托鎮（San Miniato）巍巍聳立的教堂。你可以看見石磚建築上巨大的圓頂，方形的鐘塔，聖十字神殿的尖塔，還有政府大樓有頂篷的塔樓，鶴立雞群於密布的民宅迷宮中，這些民宅各有明亮的色彩，就像是用寶石雕刻出來一樣。僅僅一剎那之間，它們的光芒再度消失，僅餘的光線在遠方靛藍色的山丘上，映照出一個發出金色光芒的山頂。

有些時候，空氣因為雨後或雨即將來臨而呈現潮濕狀態，此時遠方的景色就顯得特別近又特別清晰，在遠處的斜坡上，株株分明的橄欖樹矗立著，村莊像令人疼愛的精緻玩具一樣。夏季的某些時候，天空中有雷雨欲來的感覺，那時陽光映照在黑紫色的積雲上，山丘和其上白色的房子就像是要大難臨頭。

幾乎每天甚至每個小時，山丘的景色都在變化，都不一樣。越過佛羅倫斯的大平原，有的時候看到的只是一個以天空為背景的暗藍色輪廓，這個景色並無任何深度，只像是掛起一大型窗簾，然後把山丘畫在上面。然而突然之間，也許只是因為飄過一朵雲，或是太陽沉降到一定的高度，那個平淡無奇的景色就開始產生變化，原先只是一幅平面的畫，現在出現了有層次的山丘，色澤從褐色、灰色、綠金，到遠方的藍色。原先融合為一體的各自不同形狀，現在也分別跳出來歸隊。菲耶索萊原先看起來只像莫瑞羅山嘛起的一個小嘴，現在倒成了另一座山系的突出岬角，它與隔鄰更大市鎮的稜堡被一條陰暗的深谷分隔開來。

盛夏的正午，風景則像蒙上了一層灰，變得昏暗隱晦幾乎無色，山丘也消失於天際，然而到了下午，風景再度現身，再度告別隱匿，恢復了形狀與生命，而這個生命隨著太陽逐漸下沉而益加豐盛、益加強烈。特別是在拉長陰影的水平光線下，土地的高低起伏更是顯得鮮活有緻。譬如山丘，所有西邊的斷崖都閃亮起來，每個陽光照射不到的斜坡都成了一條陰影，感覺上變得更為巨大、突出、堅實。平地上的皺褶及小坑小洞也都顯現出來。從我們所在位置的小山丘頂往東看去，越過艾馬平原，是一個拉出長長陰影的斷崖，附近明亮的山谷包圍著一個暗影中的小鎮。當太陽逐漸接近地平線時，遠處的山丘就沐浴在溫暖的光線中，直到它們的側邊變成黃褐色。此時山谷已經瀰漫著向晚的淺藍色薄霧，然後愈來愈厚重，斜坡上許多人家西邊的窗戶上已逐漸無光，只有鑲著金邊的山脊還看得到，最後，它們也不見了。山脈逐漸退去，再度融成蒼白夜空上的一幅畫，一會兒之後，夜晚降臨了，如果月亮夠大夠圓，漸漸消逝的風景就還能在地平線上殘存半晌。

對我而言，這個風景的美麗與多變是無與倫比的，但也有其一定的人味與馴化成分。人們每天經歷它的不同美感，這個旅程也如同我們祖先的壯遊一樣，是一個體驗文明的旅程。托斯卡尼風景裡的山脈、斜坡和深谷，其實是由居住其中的人來支配、主導。他們開發了每一吋可以開發的土地，就算是山丘上，也都密布著他們的房舍，山谷中就更不用說了。單獨住在山上也並不意味著一定孤單，其實鄉間到處都有人蹤，而且對人們來說，只要遠眺一下，你就可以感覺到，幾世紀以來，幾千年以來，這就是他的世界，一個添增了人味並且已經馴化的世界。那些廣大空曠的高沼地、沙地、一望無垠的森林，都是偶而可以造訪的地方，對身心的健康都有益處，然而全然的孤獨對人確實也有不好的影響。對於人類而言，植物的生命似乎與他們不相容而且甚至是敵對。人類似乎一定要主掌自己的生活環境，群聚的人數似乎也必得超過周遭的植物，他們才能夠放心地過日子。所以他們砍伐森林，自己栽種其他作物，由平地直到山頂都開墾出田地。托斯卡尼的風景就是這樣被賦予了人味，也唯有這樣，他們才覺得安全。但有的時候，居住於其間的人也會渴望有個能獨處、非人化、無生命的地方，或者是性質全然不同的生活。但這種渴望一旦滿足之後，他們又會很樂於回到並且臣服於文明生活。

我發現這座位在山頂的房子是個理想住處，因為那是一個已歷經人化風景裡的安全地點，一個孤立的地點，在那裡，你想要多孤單就可以多孤單。你在那裡也不可能在近距離裡看到鄰居，那就是最理想及完美的「鄰居」。

最靠近我們的鄰居，其實也就在不遠處。事實上我們有兩戶鄰居，幾乎就是在同一間房子裡。一個是農夫家庭，他們住在一個長形、連結著別墅的低矮房子，房子分為住宅、馬廄、儲藏間及牛欄。另外一個鄰居只能算是偶而的鄰居，因為他們只在完美無瑕的天氣才出門，他們就是這間別墅的房東，在L型巨宅中只占住了較小的側廂，大約十來間房吧，剩下的十八到二十間則是我們的。

我們的房東是一對奇特的夫妻。丈夫年紀頗大，頭髮灰白，精神萎靡，走起路來顫巍巍，看起來至少有七十歲了。女士則大約四十歲，矮個子，身材豐滿，小而肥厚的手掌、腳掌，一對非常大、色澤非常黑的眼睛，滴溜溜轉得就像是個天生的喜劇演員。她整個人生氣勃勃，如果你可以好好利用她的能量，應該可以點亮整個小鎮的電燈。物理學家談到從原子粒中取得能量，其實在他們身邊就有。找出一些方法來開發居家樂天女子所積蓄的巨大能量，應該會發大財吧。這些女子在現今不夠完美的社會與科學環境下，只能以一些糟糕的方式來發洩自己，譬如說管別人家的閒事，沒事爆發一些情緒，胡思亂想愛跟做愛，去煩那些男人直至對方無法繼續工作等等。

邦帝夫人消耗多餘能量的方法除了前述之外，她還可以「惡整」她的房客。邦帝先生是位退休的商人，被人認為是個正直的完人，他通常不與我們直接打交道。因此當我們去看房子時，都是他的太太出面接待。也就是她，表現得十分會哄人的她，轉動著她那令人無法抗拒的大眼睛，為我們詳述房子的各項優點，大大讚美那個電動幫浦以及浴室（她不停地提醒我們，房租還這麼便宜）。當我們提議找個驗屋員來檢查一下時，她態度誠懇地請求我們，就好像她考慮的完全是我們的利益，她勸我們不要為這種沒必要的事多花那些冤枉錢。「說到底，」她說，「我們都是誠實的人，這間房子要不是很完美，我絕不會租給你們。相信我。」然後她用她那美麗的大眼睛，面帶祈求又痛苦的表情注視著我，好像是希望我不要用我那粗魯又不禮貌的猜疑來侮辱她。還沒等到我們繼續驗屋員這個話題，她立刻轉而稱讚我們的小兒子是她此生所見到最美麗的小天使。因此在邦帝夫人結束帶我們看房之前，我們已經決定要租下來了。

「可愛的女人。」離開那裡的時候，我對太太說。但我認為伊麗莎白應該沒像我這麼有把握。

然後，那個幫浦的插曲就上場了。

搬進房子的那晚，我們打開房子的電源開關，幫浦發出相當專業的嗡嗡聲，啟動了，可是浴室的水龍頭卻沒有水出來。我們面面相覷，不知如何是好。

「可愛的女人？」伊麗莎白的眉毛不以為然地挑起來了。

我們於是要求與房東會面。不過那位老紳士無法來見我們，那位女士又老是不在家或是身體不舒服。

我們留字條給他們，卻從來無法獲得答覆。最後，我們發現要跟住在同一棟房子裡的房東溝通的唯一方法，就是下山去到佛羅倫斯發一封掛號快信給他們，他們就必須要簽兩個收條，證明他們收到信了。另外，我們如果再多付四十生丁（分），他們就必須再簽署一份對他們提出指控的文件。如此一來，他們就不能像對待普通信件一樣，假裝沒有收到。這樣做了之後，我們終於開始得到回覆。

負責寫回信的是那位女士，她在信中告訴我們，幫浦之所以失去作用，是因為長時間乾旱而導致蓄水池裡沒水。然後，我必須再走三英里路到郵局，再寄出一封掛號信，告訴她就在上個星期三才有過一場狂烈的暴風雨，之後，蓄水池的水量其實已經過半了。然後她的回答來了：租賃合約內並未保證一定有洗澡水，如果我要洗澡水，為什麼不在看房子的時候檢驗一下幫浦？於是，我再次走路到鎮上，發信詢問住在隔壁的那位女士，她是否記得她當初懇求我們要相信她，我同時也告訴她，房間內既然有浴室，就意味著應該保證有洗澡水。關於這一點的回答是，那位女士沒法跟寫這麼粗魯的信給她的人繼續交換意見。之後，我只好把整件事交給律師，兩個月後，幫浦終於換新了。那是因為我們送了一張法院傳票給她，她才屈服。那張傳票可讓我們花了不少錢。

在前述插曲即將落幕的某一天，我在路上遇到那位老紳士，他正在遛他那隻巨型馬瑞馬牧羊犬，或者說是他被那隻狗遛，因為是他一直被狗拖著走。每當那隻狗停下來嗅聞，或者用爪子扒抓土地，或者在別人家的門柱上撒尿，或者對其他的狗、路人有挑釁動作時，他就只好緊握牽繩靜靜地等著。我走過他身邊時，他正帶著狗站在離我們住處大約幾百碼的路邊，那隻狗正在嗅聞一個農場入口處柏樹的根部，我可以聽到那隻狗低聲怒吠，表現得好像是聞到了什麼難以忍受的侮辱。被狗牽著的老邦帝先生就這樣耐心地在一旁等著。他那灰色長褲裡的雙腿略微彎曲，拄著枴杖，帶著憂鬱的眼神茫然望向前方，一雙老眼的眼白已經褪色，看起來就像舊的台球一樣。他那張布滿皺紋、表情暗鬱的臉上，有一個看起來不太健康的紅色鼻頭，嘴唇上方花白的鬍鬚參差不齊，鬚邊已經泛黃，兩邊鬚腳向下沉降，形成一種頗帶憂鬱感的曲線。他在黑色的領帶上別著一粒頗大的鑽石。也許，這就是邦帝夫人覺得他這麼迷人的原因。

我走近他的時候，摘下帽子向他致意。這個老人卻好像心不在焉，視而未見。一直到我已經走過他身旁，他才好像如夢初醒，想起我是誰。

「等一等，」在我身後追喊，「等一等！」那隻狗嚇了一大跳，牠那時正處於不利的情況，因為牠正在向柏樹的根部撒尿。雖然受到驚嚇，但此時也只好跟著主人跑過來。

「等一下！」

我站在那裡等。

「先生，親愛的先生，」這位老紳士一把抓住我西裝的領口，口臭直接吹到我的臉上，他氣喘吁吁地說，「我要向你道歉。」他四下張望了一下，好像有點擔心別人會聽到他在說什麼。「我要對你說抱歉，」他接著說，「有關那個水幫浦的事，我向你保證，如果是我在管事，我一定第一時間就處理好，你說得對：既然房間裡有浴室，當然意味著要保證有洗澡水可用。從一開始我就知道，如果這件事鬧上法院，我們絕對沒有勝算，除此之外，我也認為房東應該盡可能照顧好房客的需求。但是我太太，」他降低了說話的聲音，「真實的情況是，她就是愛攬事，就算她知道明明是自己不對，而且一定輸定了。其實她也希望，我敢說，她也希望把你搞煩，你就會乾脆去自己解決了。從一開始我就告訴她不要爭了，但她就是不聽，你看，她就是喜歡這樣。不過現在她已經知道問題必須解決，兩三天之內，你們應該就可以有洗澡水了。我只是想，我應該先告訴你……」這時，那隻已經從驚嚇中復原的馬瑞馬牧羊犬突然躍起，並且對著路上吠叫。這位老紳士緊握著牽繩，希望能讓牠安靜下來，但卻完全無法有效控制，反而腳步踉蹌地被那隻狗拖著走了。「……我真的很抱歉，」老人一邊逐漸遠離一邊說著，「這只是一個小誤會……」但是狗還繼續拖著他走。「再會。」老人擠出一個微笑，並且做了一個無奈的手勢，好像突然記起一個必須馬上趕去又沒時間解釋的重要約會。「再會。」老人摘下帽子致意，然後就放棄了，聽任那隻狗把自己拖走了。

一星期之後，水真的來了。在我們終於洗上澡的第二天，身穿淺灰色綢緞衣服，戴上所有珍珠配件的邦帝夫人來了。

「沒問題了吧。」她問道。握手的時候，她也讓人感覺坦白直爽。

我們告訴她沒問題了，至少目前為止是沒問題了。

「但是你們為什麼要發給我那種粗魯的信件？」她說，並且用一種會讓任何罪大惡極者痛悔的責備眼光看著我，「還有那個傳票，你們怎麼可以這樣？對待一個淑女……」

我低聲嘟囔了幾句有關幫浦以及我們真的需要洗澡水。

「但是你們那麼情緒化，又怎麼期待我會好好聽你們呢？為什麼你們就不能用另一種方式，禮貌一點，可愛一點呢？」她對著我展開一個可愛的微笑，接著就低頭垂目看著地下。

我趕忙轉移了話題。明明自己是對的，卻被對方弄成好像自己是錯的，這種感覺真的不太好。

幾星期之後我們收到一封信，一封由信差送達的掛號快信，邦帝夫人在信中問我們要不要續租（租約僅有半年），同時告訴我們，如果要續約的話，租金要上調百分之二十五，因為房子的設施已經有所改善。我們真的覺得很幸運，因為通過討價還價之後，我們獲得了一整年的租約，同時租金調漲也降為百分之十五。

我們之所以忍受這種勒索行為，主要還是因為這座房子的景觀。其實我們住進來幾天之後，就發現了還有喜歡這棟房子的其他原因。其中之一就是我們發現那個農家的小孩子會是自己小孩的最佳玩伴。小奎多——這就是他的名字——他和兄弟姊妹中最小的一位相差大約六至七歲。他的兩個哥哥在田裡當父親的幫手，他們的母親大約在兩三年前過世，自此以後，家務就由年長的姊姊操持，年紀比較小的女孩也輟學在家協助，同時照顧奎多。其實此時的奎多已經不需要照顧，他大約六至七歲，就如同許多窮人家的小孩一樣，有些早熟，頗有自信也負責任。窮人家的孩子大多如此，幾乎在剛學會走路的時候就讓他們自行成長。大抵上都是如此。

奎多比小羅賓大兩歲半。在那種年齡，三十個月已經相當於他們半生的歲月了。奎多的才智和體能都相當不錯，我也沒見過像他那樣有耐心，有韌性，又不強人所難的孩子。譬如說，羅賓常常想模仿他心目中奎多的「偉大」作為，但每次都表現得笨手笨腳，可是奎多從不取笑他。他不嘲笑也不霸凌，反而經常在小同伴遇到困難時出手相助，有不瞭解的事情時盡力解釋。也正因為如此，羅賓十分喜歡奎多，把他當作模範以及一位完美的「大男孩」，同時亦步亦趨地想盡辦法模仿他。

羅賓在模仿小同伴方面所做的努力，經常會顯得十分滑稽可笑。根據一個晦澀難懂的心理法則，嚴謹的語言和行為被複製的時候，往往都會變成一件可笑的事；更準確一點來說，如果這個模仿又是刻意要顯得滑稽，就會變得更可笑，因為對我們熟知的某人做過度的模仿，並不會讓我們覺得更好笑，除非所做的模仿跟原先所模仿的對象難以區分。差勁的模仿多數都帶有不成功的阿諛成分，所以才會讓人覺得可笑。羅賓的模仿就屬於此一類。對奎多來說，那種英雄行徑及行事技巧都是輕而易舉的事，但羅賓拚了命去模仿，卻往往畫虎不成反類犬，就顯得特別可笑了。他每次小心翼翼，費盡力氣去模仿奎多的習性及做事方法，自然也變成很可笑的結果。最可笑的情況就是羅賓企圖模仿奎多陷入沉思，因為他刻意的努力反而會讓人覺得根本就不自然、不協調。奎多是個會思考的孩子，常常會突然陷入沉思。有的時候你會看到他一個人坐在角落，雙手支著下巴，手肘靠在膝蓋，進入忘我的沉思境界。有的時候，甚至是在玩耍的半途，他會突然停下來，雙手反背在身後，皺起眉頭，雙目低垂望著地面。每當這個時刻，羅賓就好像是被震攝住，會變得有點坐立不安，他在帶著困惑的靜默中看著他的玩伴，「奎多，」他會輕聲地喊道，「奎多。」但奎多通常都不理會他。羅賓此刻也不敢繼續叫奎多的名字，以免過度打擾對方，他於是悄悄地爬近奎多身邊，然後盡其可能地採取奎多所採取的同一姿態站著。像拿破崙一樣，他的雙手交握置於身後。或者像米開朗基羅所畫的《偉大的羅倫佐》[1]那樣坐著。當然，他也要企圖沉思。每隔幾秒鐘，他都會轉頭用他那兩顆明亮的藍眼珠偷瞄一下奎多，看看自己做得對不對。只不過大約一分鐘之後，他就失去耐性了，沉思畢竟不是他的強項。「奎多，」他再次呼喊，只是聲音更大些了，「奎多！」他其實很想拉起奎多的手，把他拉回現實。有的時候，奎多會從他的白日夢中醒過來，重新開始跟羅賓玩遊戲。有的時候，

1 指的是梅地奇家族的羅倫佐·梅地奇（Lorenzo de' Medici）。

他就完全不理羅賓。此時心情鬱悶又困惑的羅賓就只好自己走開去玩耍。奎多則繼續坐著或站著，幾乎一動不動，而他的眼睛，如果你可以看進去，你可以發現裡面透露出來的是一種既嚴肅又充滿憂思的美麗。

奎多的眼睛很大，分得很開，對一個黑髮的義大利小孩而言，淺藍色的明亮眼珠並不尋常。除了在陷入沉思的時候，他的眼神並不算嚴肅也不寧靜。當他玩耍的時候，當他談話或是笑的時候，它們會突然明亮起來。這時他的兩眼就有如清亮的湖面，因為思想的激盪而產生了層層閃著陽光的漣漪。眼睛之上是優美的額頭，額頭很高並且有像玫瑰花瓣一樣美麗細緻的弧線。他的鼻梁挺直，下巴略微尖細，嘴角下墜的線條讓人有點悲傷的感覺。

我曾經幫這兩個孩子拍了一張坐在陽台欄杆上的照片。奎多幾乎是正面對著相機，但臉孔稍微偏向一側，眼光朝下。他的兩手交叉放在膝上，表情跟姿勢都顯得比較嚴肅，好像正在思考著什麼。這就是奎多，就算是在玩耍或者高聲大笑的時候，都會不經意露出一種出神的樣子，很突然也很澈底，就好像他腦袋裡突然興起要離開的念頭，然後把那個不會說話的美麗身軀留下，就像一座空的房子，靜靜地在那裡等他回家。奎多身旁坐著小羅賓，他轉過身微微仰頭看著奎多，臉孔一側對著相機鏡頭，從他臉頰的曲線可以看出他在笑，一隻小手舉起做出一個手勢，另外一隻手抓著奎多的衣袖，好像是要拉他離開一起去玩。兩腿掛在欄杆上，看得出來是在不安的蠕動，感覺上他是想要快點滑下欄杆，跑去花園裡玩捉迷藏。那張照片精準地抓住了兩個小孩的特點。

「如果羅賓不是羅賓，」伊麗莎白常常說，「我還真的希望他是奎多。」

雖然那個時候我對奎多還沒有感到特別的興趣，但我也同意她的看法。對我來說，奎多是我所見過最可愛、最迷人的小男孩之一。

我們也不是唯一喜愛他的人。在我們多次爭吵的較緩和空檔裡，邦帝夫人也會來拜訪我們，她也常常提起奎多。「多麼漂亮，漂亮的小孩啊！」她會興奮莫名地說，「多可惜啊，他出生在農夫的家中，他們連給他穿好的能力都沒有。如果是我的話，我會給他穿上黑天鵝絨的衣服，配上白色燈籠褲以及白色絲質針織運動衫，衣領和袖口都有紅色線條的那種，或者，白色的水手裝也不錯。冬天的時候，我會幫他穿上皮草外套，松鼠皮帽子，也許再來雙俄羅斯皮靴……」她的想像已經越飄越遠了，「我會讓他把頭髮留起來，就像貴族的隨侍那樣，髮尾燙捲起來。然後前額頭修剪成瀏海。這樣一來，如果我帶他走上托納波尼大道，[2]每個人都會轉頭來看我們。」

我真的想告訴她，妳所要的不是一個小孩，而是一個機器娃娃或是一隻耍猴戲的猴子。但

---

2 Via Tornabuoni，佛羅倫斯古城中心的奢華街道。自從文藝復興以來一直是佛羅倫斯最優雅的街道之一，內有許多高級時裝店和珠寶精品店。

我沒說，一方面是因為我想不起來機器娃娃的義大利文該怎麼說，另一方面是由於我可不想冒房租又被漲百分之十五的風險。

「啊，如果我可以有那麼一個小男孩！」她嘆了一口氣，「我喜歡孩子，有時也想去領養一個，我是說，如果我先生同意的話。」

我想起那個被白色大狗拖著跑的可憐老紳士，忍不住在心裡笑了起來。

「但我不知他會不會准我，」邦帝夫人繼續說道，「我不知道他是否會准我。」她沉默了一會兒，好像是在思考有沒有什麼新的想法。

幾天之後，我們午餐後在花園小坐喝咖啡，奎多的父親不像過去只是在經過時點個頭打招呼並且心情愉悅地問好，他這次停下來和我們說話了。他是一個頗為英俊的人，個子不算很高，但身形比例很好，動作敏捷充滿活力。他有棕色的皮膚，臉型瘦削，相貌有點羅馬人的味道，他還有一雙我所見過最精明的灰色眼睛。其實那雙眼睛經常透露出過度的精明，特別是當他企圖說服某個人，或是想從某個人身上得到些什麼的時候，那雙眼睛就會顯現出他很坦誠乃至於像孩子般天真，此時，他的精明就帶著點淘氣成分在眼中閃爍。他的臉孔也許直率、木然，甚至表情還有些癡愚，但在前述的那種時候，眼神是藏不住的，當它們閃閃發光之際，你就要小心了。

今天就還好，他的兩眼並未閃出危險的光芒。他並沒有希望從我們這邊得到什麼，至少沒有想得到什麼有價值的東西，他只是想聽聽我們的意見。他知道所謂有價值的東西也不過就是身外之物，大多數的人都樂於放棄，他要的只是聽聽我們的意見。然而對我們來說，他要談的事情中的主角卻有點弔詭：邦帝夫人。事實上，卡羅經常在我們的面前對她有所抱怨。那個老頭人還不錯，他告訴我們，真的很不錯也很和善。那意味著，我敢說，他很容易受騙。但是他的太太，好吧，那個女人根本就是一頭野獸。卡羅告訴我們有關她貪得無厭的故事：她老是要求卡羅一家繳出收成的一半以上，可是按照土地收益的法律，那是地主才有資格要求的份額。他也談及她對他們的猜疑：她一天到晚都在說他要小動作或根本就是直接偷取。他悲憤地用拳搥胸，表示他是個誠實的人。他也提到她的短視近利：不願意買肥料，不願意幫他增加一頭耕牛，也不願意在馬廄中裝電燈。我們真的很同情他，但這個同情也表達得很小心，因為我們不想表達出太強烈的意見。義大利人很懂得含糊其詞，除了很確定那樣講是正確的，不會導致沒必要的枝節，以及完全有其必要，他們絕不會對好奇者輕易吐露心中的真正想法。我們在義大利人圈子中已經生活了夠久，因此也學會了他們的小心。我們對卡羅說的只是「沒錯」、「遲早」、「再去跟邦帝夫人說說」等無關痛癢的話。畢竟，沒必要把自己和那位女士之間的關係搞壞，對我們也沒好處，還很可能會讓我們再多損失百分之十五。

今天，他倒沒有抱怨太多，因為他感到很困惑，也有點不知所措。原來邦帝夫人找他去，表示如果她想要收養小奎多，他的意下如何，他喜歡這個建議嗎？當然，根據義大利人一向的小心態度，那也是個假設性的建議。卡羅的第一反應是想說他不喜歡這個想法，但這樣的回答又似乎太粗糙。他比較想說的是他會考慮一下。現在，他就是來尋求我們的意見。

按照你自己認為最好的方式去做吧，我們是這樣回答他的。與此同時，我們也若無其事但很明確地讓他瞭解，我們不認為邦帝夫人會是一位好養母。卡羅也比較傾向於同意我們的看法。除此而外，他也是真心喜歡、捨不得奎多。

「可是，」他有點沮喪地說道，「如果她已經決定要得到那個孩子，她會不擇手段達到目的。」

我可以看得出來，卡羅可能會很希望物理學家在探討原子能之前，先去研究一個無職業、無子嗣的樂觀婦女可能產生的能量。現在想起來，當我看他沿著梯田慢慢走遠並且高聲唱著歌曲的時候，我可以感覺到一股力量，感覺到他那靈活的四肢以及明亮的灰眼睛裡充滿生命力，足以面對積聚了無比能量的邦帝夫人，好好地打上一仗。

幾天之後，我收到從英國送來的留聲機及兩三箱唱片。對於居住在山上的我們而言，那真是難得的慰藉。唯一可以在人們獨處時提供精神食糧的東西就是音樂，否則的話就是標準的魯賓遜漂流記了。當時的佛羅倫斯並沒有什麼音樂可聽，英國音樂歷史學家伯尼博士當年到義大利旅行，一路像接力賽一樣聽新的歌劇、交響樂、四重奏、清唱劇的日子已經一去不復返了。同樣的，像他那樣僅次於波隆那馬蒂尼神父的博學音樂家，能夠欣賞鄉村農夫清唱以及巡遊音樂家的日子，也一去不復返了。我曾經在義大利半島旅行數周之久，聽到的幾乎都是類似德國歌劇《莎樂美》或者跟法西斯有關的歌曲。義大利北方的都市區裡，也只有音樂能讓人覺得生活還可以忍受下去，這也可能是一個理性的人還能在那邊生活的唯一誘因。另外的誘人之處如聚會、社交、閒聊，這些算什麼呢？只不過是沒有任何回報的精神消耗罷了。然後還有寒冷、黑暗、朽土、潮濕和骯髒……當沒有真正需要保存的必要物品時，音樂就成為唯一的誘因。這都要感謝發明天才愛迪生，現在音樂可以被裝在一個盒子裡帶著到處走，不管到了什麼所在，只要打開盒子，音樂就在那邊了。你可以住在非洲的貝南，或者英格蘭的納尼頓，又或者撒哈拉沙漠的托澤爾，你都可以聽到莫札特的四重奏、巴哈的平均律鍵盤曲集、第五號交響曲，以及布拉姆斯的單簧管五重奏和羅馬樂派巨匠帕萊斯特里納[3]的經文歌。

卡羅駕著騾車到火車站去幫我領取包裹，他對那個留聲機特別有興趣。

「這樣就又可以聽到音樂了，」他看著我拆箱取出留聲機和唱片，「自己來可就沒那麼容易。」

只不過就我記憶所及，他倒是滿會自己來的。我們常常在氣候溫煦的夜晚聽他玩音樂。他會坐在家的門口，一邊彈吉他一邊輕柔地唱，他的大兒子用曼陀林彈奏旋律，有時候全家

3 Giovanni Pierluigi da Palestrina, 1525-1594，義大利文藝復興時期作曲家，被稱為「教會音樂之父」。

人一起加入合唱，帶有喉音充滿感情的歌聲迴盪在暗夜之中。他們最常唱的是皮亞迪格羅塔（Piedigrotta）那一帶的歌，那種歌的特色就是聲音慵懶低沉悲傷，特別是在轉調時，會突然夾插幾個抽泣聲。在星夜裡，歌聲隔空而來，特別讓人有感。

「在戰前，」卡羅說道，「也就是正常的時候，」（卡羅有一個希望，甚至可以說是一個信念，也就是正常的時候會再度來臨，生活會變得更加容易，就像是大洪水來臨之前），「我常常去巴勒莫的波力提亞馬劇院聽歌劇，他們真是太棒了，但是門票要五里拉。」

「太貴了。」我同意他的說法。

「你這兒有《遊唱詩人》嗎？」他問道。

我搖搖頭。

「《弄臣》呢？」

「很抱歉，我也沒有。」

「《波希米亞人》？《西部姑娘》？《丑角》呢？」

我只有繼續讓他失望了。

「連《諾瑪》都沒有？《理髮師》呢？」

我把義大利男中音巴提斯蒂尼演唱《唐喬望尼》的那曲〈讓我們手牽手〉（*La ci darem*）放上留聲機。他同意巴提斯蒂尼唱得很好，但我看得出來他並不是那麼喜歡。為什麼不喜歡呢？他覺得很難解釋清楚。

「跟《丑角》不能比。」他終於說出來了。

「沒有那種悸動感？」我試探著問，還特別用了一個我確信他應該會很熟悉的詞。因為幾乎每一個義大利政治演說或者愛國文章裡都會用到它。

「沒悸動感。」他附和著我的說法。

我認為，正是由於《丑角》和《唐喬望尼》之間的差異，以及悸動和不悸動之間的差異，才造成了現代音樂與老音樂之間的品味差別。我也認為，最好的墮落了才是最糟糕的事。貝多芬用他的智力跟熱情為音樂灌注入悸動，從他以後，那種悸動的因素就不再了，取而代之的是較次一等的熱情而已。我認為，貝多芬對《帕西法爾》、《丑角》、以及《火之詩》產生了間接的影響。《參孫與大利拉》和《長春藤纏住我》也是一樣，只不過是更間接一點。莫札特的旋律也許很傑出，令人難忘又富感染力，但它們無法讓人有悸動感，無法抓住你最脆弱的部分，也無法讓聆聽的人產生情色狂喜的想像。

我有點擔心卡羅和他那幾個較大的孩子會對那台留聲機感到失望。他們都是很有禮的人，所以不會公開說出來，只是一兩天之後，他們好像就對那個機器以及我所放的音樂沒興趣了，他們情願拿著吉他自彈自唱。

然而奎多卻對那台留聲機以及唱片極有興趣。他所喜歡的並非那些輕快的跳舞音樂，那些是小羅賓的最愛，他聽到那些節奏就會忍不住在房間裡跺腳打轉，假裝自己是一整個兵團。奎多喜歡的是貨真價實的音樂。我記得他聽的第一首是巴哈D小調雙小提琴協奏曲。我當時是等卡羅走了之後，迫不急待地把那張唱片放上留聲機的轉盤。對我來說，那是我認為最能讓我為自己枯竭心靈再度注入活水的最佳音樂，最清涼、最清爽的對流風。奎多和羅賓當時正從外邊的陽台走回屋內，奎多在前，羅賓氣喘吁吁跟在後頭，他們進屋時，樂章剛剛開始進入純淨及憂傷的部分。

奎多立刻在留聲機前停住腳步，站在那裡一動不動，他在聽音樂。他那淺藍色的眼睛睜得很大，他當時做了一個我以前就曾注意到，每當他精神緊張時都會做的一個動作，用他的拇指跟食指拉扯自己的下唇。他應該也深吸了一口氣，因為我也注意到他聽了幾秒鐘之後長長地呼出一口氣，然後又深深吸了一口新鮮空氣。有一會兒他看著我，用一種帶有疑問、感到震驚又狂喜的眼神，他臉上現出一個淺笑，隨即又似乎因為緊張而顫動了一下，然後再次轉頭面向那個難以置信的聲音來源。羅賓一如往常，亦步亦趨地模仿他的年長同志，跟奎多一樣站在留聲機前，位置也完全一樣，他也不時偷看奎多，確認自己每一個動作都做對了，甚至也用手指去拉扯自己的下唇，而且要用跟奎多一樣的方法。可是大約一分鐘之後，他就已經覺得無聊了。

「士兵，」羅賓轉過頭來對我說，「我要士兵，就像在倫敦一樣。」他想起了那些散拍音樂，還有在房間內打轉的快樂行軍。

我把食指放在嘴唇上比了個手勢，「等一下。」我小聲地說。

羅賓大約安靜了二十秒鐘，然後就抓住奎多的臂膀大叫，「來啦，奎多！士兵，我們來玩士兵啦。」

也就是在那個時候，我第一次見到奎多有不耐的表情。「走開！」他有點生氣地小聲說道，一邊拍打著羅賓抓住他的手，有點粗魯地把他推開，然後身體往留聲機前傾，好像是因為剛才被打攪到，現在要更用心聽回漏失的部分。

羅賓看著他，一臉驚訝。這樣的事從未發生過，然後他放聲大哭，走向我尋求慰藉。

後來兩人前述的不愉快爭吵終於過去，奎多也很真誠地表現出悔意。現在音樂已經停止，他也再度像過去一樣友善，事事為羅賓著想了。我問他，他認為那個音樂好在哪裡？他說他認為那個音樂很美。但Bello（美麗）在義大利文中的意義頗為模糊，太容易出口，所以表達出來的意義反而不大。

「你認為最好的部分在哪裡？」我追問道。因為他看起來真的對那個音樂很有興趣，所以我想知道究竟哪一部分打動了他。

他沉默了一會兒，眉頭蹙起陷入思考。「嗯，」他終於說道，「我喜歡這一段。」接著就哼起一段旋律，「旁邊還有另一種樂器的聲音，那是什麼？」他打斷了自己，「聲音是這樣的？」

「那是小提琴的聲音。」我說。

「小提琴，」他點點頭，「嗯，另外一隻小提琴是這樣的，」他接著又哼起另外一段，「為什麼可以分成兩種聲音呢？那個盒子裡有什麼東西？為什麼會發出聲音？」這孩子拋出一連串問題。

我只有盡我所能回答他的問題，讓他檢視唱片上的螺線溝紋、唱針，以及其上的震動板。我也告訴他撥吉他弦的時候，聲音因弦的震動而產生。我跟他說，聲音就是在空氣中的震動，也解釋給他聽，這種震動如何壓製在唱片上面。奎多一臉嚴肅地聽我解釋，不時點頭認可，我得到的印象是，他聽懂了我所說的每一件事。

這個時候，可憐的小羅賓已經無聊得幾乎不想活了，為了可憐他，我要兩個孩子去花園裡玩。奎多很聽話去了，但我看得出來，他其實很想留在屋裡聽音樂。一會兒之後我望向窗外，他躲在一株高大月桂樹的隱蔽處，口中發出模仿獅子吼的聲音。至於羅賓呢，雖然咯咯地笑卻面露緊張之色，好像是在擔心那個可怕的聲音是真的獅子在吼。羅賓手中拿著一隻木棍擊打灌木叢，口中則說著，「出來，出來！我要開槍打死你。」

午餐之後，羅賓上樓開始例行的午睡。奎多又來了，「我現在可以聽音樂了嗎？」他問道。接下來的一小時，他一直坐在留聲機前面，他的頭略微偏向一邊，我則負責一張一張地換唱片。

自此以後，他每天下午都來。很快的，奎多已經弄熟了我所收集的所有唱片，也有他自己的喜好、偏愛以及不喜歡的，同時能哼出他想要聽某張唱片的主題旋律。

「我不喜歡那個，」他說的是史特勞斯的《搗蛋鬼提爾》，「那就像我們在自己家裡唱的那種一樣，不是真正的很喜歡，你知道，但還可以啦，都差不多，你們明白我的意思嗎？」他面帶困惑及懇切的表情看著我們，好像是要請求我們瞭解他所說的話，所以他就不用再繼續解釋。我們點點頭。奎多就繼續說道，「還有，」他說，「那個結尾跟開頭有點不搭調，不像你第一次放給我聽的那首。」說著他又哼了巴哈D小調協奏曲慢版樂章中的一兩個小節。

「確實，」我試探著說，「就好像是說：所有的小孩都喜歡玩耍，奎多是個小孩，所以奎多喜歡玩耍。」

奎多皺起眉頭。「是的，也許就是那樣。」他最後說道，「你第一次放的那首就是那樣，但你知道，」他有點像是要特別強調真實的情況，「我並不像羅賓那樣愛玩。」

他不喜歡的還有華格納、德布西。當我放德布西的《阿拉伯風》時，他說：「為什麼他老是在重複？他應該表現一些新的東西，或者是往前進，或者是讓現有的東西繼續成長、發展。難道他就沒法想出一些不同的東西了嗎？」但他對《牧神的午後》就沒那麼挑剔。「這首曲子的聲音部分很美。」他說。

莫札特則讓他興奮莫名。雖然他的父親覺得《唐喬望尼》裡的二重奏不那麼令人悸動，可是奎多卻覺得很迷人，不過他喜歡的是四重奏和管弦樂的部分。

「我喜歡音樂，」他說，「音樂比歌唱還要好。」

就我所知，多數的人喜歡歌唱超過喜歡音樂，也就是說他們喜歡表演者高過他們所表演的東西，所以會覺得無人味的管弦樂不如獨唱表演家。鋼琴演奏家觸碰琴鍵是打動人心的觸碰，女高音飆唱高音C音符是帶有個人意味的音符，正因為鋼琴家觸碰琴鍵，女高音飆出那個音符，聽眾才坐滿了表演廳。

然而奎多喜歡的卻是音樂。這是真的，他喜歡〈讓我們攜手同行〉，喜歡《唐喬望尼》裡的〈第一小夜曲〉，他認為〈微風輕輕吹起〉是那麼一首優美的曲子，每一場音樂會都應該用它作為開場曲。但除此之外，他還喜歡其他的東西。《費加洛婚禮》的序曲就是他最喜歡的作品之一，曲子開始後不久的一段，就是第一小提琴突然往上拔高最後抵達優雅樂章的頂峰，每當旋律逐漸接近那個頂點時，我都會注意到奎多的臉上現出微笑，同時逐漸燦爛起來，而當那個時刻準確發生之際，他就會充滿喜悅地拍掌歡笑。

那張唱片的反面是貝多芬的艾格蒙序曲，他喜歡的程度也幾乎超過了費加洛婚禮。

「你可以從裡面聽到更多的聲音。」他解釋道。我聽到他能做出這麼敏銳的評論，心中也頗感欣慰，因為正是由於管弦樂部分的豐富多樣，才讓艾格蒙序曲超過了費加洛婚禮。

但最讓他「悸動」的還是貝多芬的柯里奧蘭序曲、第五交響曲第三樂章、第七交響曲第二樂章、皇帝協奏曲慢樂章，這些音樂在他心目中都有幾乎同等地位，但其中只有柯里奧蘭序曲最讓他激賞。有一天，他要求我連續放了三到四次，然後就把那張唱片放到一旁。

「我不想再聽了。」他說。

「為什麼呢？」

「這首曲子太……太……」他有些欲言又止，「太大了，」他終於說出口，「我並不是聽得很懂，你能放這個給我聽嗎？」他哼了D小調協奏曲的一小段。

「你更喜歡這個嗎？」

他搖了搖頭，「也不真的是這樣，是因為它比較容易。」

「比較容易？」對我來說，用這個來形容巴哈的作品，感覺上有點怪。

「我比較聽得懂。」

一天下午，當我們正在聽音樂的半途，邦帝夫人來了。她立刻對那個孩子大表親熱。親吻他，拍他的頭，誇他有多好看多好看。奎多則悄悄地往旁邊移動。

「你喜歡音樂嗎？」她問道。

那孩子點點頭。

「我覺得他很有天分，」我說，「他的音感很好，聽音樂的能力很強，我從未見到這種年紀的孩子能對音樂做出那樣有水準的評論。我們考慮租一台鋼琴來給他練習。」

但我馬上就忍不住暗中責怪自己，為什麼要這麼坦誠地誇獎他。因為邦帝夫人聽我那麼說之後，也立刻以略帶埋怨的口吻說道，如果這個孩子是由她來扶養的話，她一定會幫他找來最好的師傅，讓他的天才盡情發揮，培養他成為音樂大師，當然在達到最後的大師地位之前，他已經會先是一個音樂神童了。我確信，她在說這些話的時候，已經把自己想像成身穿華服，戴滿珠寶配飾，像母親一樣坐在巨型史坦威演奏鋼琴旁邊，天使般的奎多則被打扮成小王子的模樣，在滿座的表演廳中彈奏李斯特和蕭邦。她心滿意足地看著仰慕者送來的花束、禮物，享受著如雷的掌聲以及資深大師的讚美之詞，讓她感動得幾乎落淚。一個小天才終於誕生了。對她來說，得到這個孩子這件事已經愈來愈重要了。

「你已經讓她變得愈來愈貪婪。」當邦帝夫人離開後，伊麗莎白這樣對我說，「下一次你最好跟她說你搞錯了，這個孩子根本就沒有音樂天分。」

後來，鋼琴送到了。我教他一些基本的彈奏方法之後，就讓他自己上手。他從已經聽過的旋律開始，重新組合裡面本來就已有的和聲。幾次課程之後，他已經學會了音符的基本，雖然速度還有點慢，但也已經學會讀簡單的樂節。這整個過程對他當然是新鮮的經驗，他已經學會了字母，但還需要有人來教他如何讀出完整的單字、句子。

我再次見到邦帝夫人的時候，就乘機告訴她奎多讓我很失望，他根本就沒有音樂方面的天賦，還加強語氣跟她說，「這是真的。」她口頭上說聽到這件事後感到很遺憾，但我可以看得出來，她根本不相信我說的話，也許她認為我們也想要那個孩子，想搶在她之前下手，把這個小神童據為己有而剝奪了她所擁有的領主封建權力。因為，他們不就是她轄下的農民嗎？所以，如果任何人要從收養這個孩子得利，那就必須是她自己。

也就是在這種情況下，她很技巧地也很外交手法地跟卡羅重啟了談判。她跟他說這個孩子有天分，而且是那個很懂這方面事情的外國人告訴她的，如果卡羅願意讓她領養奎多，她會讓他接受良好的訓練，他會變成一個大師，然後阿根廷、美國、巴黎和倫敦都會爭相邀請他演出，他會百萬、百萬地賺。想想男高音卡羅素吧。至於賺來的那些百萬，當然有一部分屬於卡羅。但在這些百萬滾進來時，奎多還是要先接受訓練，可是訓練的費用十分昂貴，為了他自己和兒子的利益，最好的方式就是讓她來接手。卡羅說他會詳加考慮，並且再一次尋求我們的意見。我們建議他最好再等一陣子，先看看這個孩子在音樂學習的進步情況再說。

儘管我向邦帝夫人保證奎多沒有音樂天分，但他真的進步很快。每天下午羅賓午睡之後，他就來我這邊聽音樂並且學習，他在讀譜方面很有長進，小指也變得更強健、靈敏。更讓我感興趣的是，他已經開始試著創作短曲，我在他彈奏這些短曲時用筆記下，很奇怪的，大多是輪唱曲。他對輪唱曲特別有感覺，當我對他說明這種曲式的原則時，他聽得簡直是入迷了。

「真是很美啊，」他帶著欽羨的表情說，「美極了，美極了，而且很容易。」

又一次，他用的這個詞讓我感到有點驚訝。畢竟，輪唱曲並不是這麼簡單的東西。從那時開始，他大多數的時間都坐在鋼琴前面企圖創作輪唱短曲。這些小曲都頗為精巧，但對於創作其他形式的曲子，他卻不如我的期待。在這一方面，他創作了一或兩首類似聖歌的短旋律，幾首生氣勃勃的進行曲。考慮到他還僅是個孩子，這些作品已稱得上是非比尋常。許多孩子都會做非比尋常的事，其實在十歲以前，包括你我都是天才，但我希望奎多到了四十歲還是天才。就這一方面來說，一個普通的孩子僅僅能做出不尋常的事是不夠的。「他還不算是莫札特。」這是我們反覆聽他的作品之後所得到的結論。我覺得即使是感到有些委屈，也必須要承認任何趕不上莫札特的東西，就不值得再提了。

他不是莫札特。不是。但我發現他還真不是普通人，真的相當非比尋常。這是我在一個初夏的早上發現的。那天我坐在西向的溫暖陽台上工作，奎多和羅賓在下方的小花園裡玩耍。我當時埋首在自己的工作當中，要不是底下安靜了很長一段時間，我也不會注意到兩個小鬼怎麼都沒發出什麼聲音，沒有喊叫聲，沒有跑步聲，只有輕聲的交談。根據經驗，當小孩很安靜的時候，他們多半是沉浸在自己的小惡作劇裡面。我於是起身從欄杆上方望去，想看看他們究竟在做什麼。我原先預期自己會看到他們赤足戲水，或者是生起一個小篝火，或者是身上沾滿了黑油。可是我看到的是奎多手持一支燒焦的木棍，在花園步道平滑的石板上畫出圖形，證明直角三角形斜邊上的正方形，等於另兩邊上正方形的總和。

他當時是跪在地上，用手中燒焦木棍的尖端在石板上畫。羅賓一如往常，模仿著奎多的動作跪在一旁，我可以看得出來羅賓對這個費時間的遊戲已經逐漸心生不耐。

「奎多。」他說。但奎多根本沒理他，只是微蹙眉頭繼續畫他的圖。「奎多！」羅賓把身子彎下，然後扭脖仰望奎多說道，「你為什麼不畫一個火車？」

「等一下，」奎多說，「我想先告訴你這個，真是太完美了。」他帶著哄人的語氣說道。

「但我要火車。」羅賓有點堅持。

「等一下，再等一下就好。」奎多的聲音幾乎有點懇求的味道。羅賓只好勉強忍耐下來。一分鐘之後，奎多完成了兩個圖樣。

「好了！」奎多有點得意地說，然後站起身來注視著它們，「現在，我來解釋給你聽。」

於是他就開始證明畢氏定理，不是用歐幾里得的方法，而是用畢達格拉斯本人所採用的更簡單、更容易說服人的方法。他先畫了一個正方形，用兩條互成直角的直線將它分割成兩個正方形及兩個等大長方形，然後再用對角線把兩個長方形分割成四個等面積的直角三角形。那兩個正方形現在就位在直角三角形非斜邊的短邊上。這就是第一個圖形。至於第二個圖形，他把那四個直角三角形重新安置，斜邊向內，直角跟正方形的四個角重疊，直角三角形非斜邊的長短兩邊各自與正方形的邊重疊（按照第一個圖形，正方形的邊等於直角三角形非斜邊的兩邊相加），如此一來，原先的正方形就被分割成四個直角三角形與用其四個斜邊組成的一個正方形，按照第一圖，這四個三角形的面積等於圖中的兩個長方形，因此，第二個圖形裡由斜邊組成的正方形就等於第一個圖形裡兩個正方形的總和，位在第一圖直角三角形非斜邊短邊上的正方形。

用非常不技術性但很清楚又有極強邏輯性的語言，奎多對著羅賓詳盡闡述他在兩幅圖中所畫出來的證明。羅賓是很用心在聽，但他那明亮卻長滿雀斑的臉上所顯現出的，是一副完全聽不懂的模樣。

「火車，」羅賓沒事就重複一句，「火車，畫一輛火車吧。」

「等一會兒，」奎多用懇求的口吻說道，「等一會兒，你先看看這個，看一下嘛，」他連哄帶巴結地說，「你看這多完美、多容易啊。」

多容易啊……畢氏定理似乎說明了奎多在音樂上的偏好。我們之前所珍惜的並非是個小莫札特，而是一個小阿基米德，只不過像大多數跟他有同樣資質的孩子一樣，偶而在音樂方面有出人意外的表現而已。

「火車，火車，」羅賓喊著。奎多愈解釋，羅賓就愈發失去耐性，終於在奎多堅持要繼續解說時爆發了，「壞蛋奎多。」他生氣地大喊，同時握起他的小拳頭作勢要打。

「好啦，好啦，」奎多終於屈服了，「我現在就畫個火車給你。」然後開始用他那根炭棒在石板上畫起來。

我靜靜地看了一會兒，他畫的火車真的不漂亮。奎多也許長於發明並且有能力證明畢氏定理，但他絕非一個好繪圖員。

「奎多！」我叫他。兩個孩子都轉頭看向我。「是誰教你畫這些圖的？」這是可以想像的，應該是有人教他。

「沒有人教我。」他搖搖頭。然後他顯出有點焦慮的樣子，好像是擔心畫那些圖是不對的事，他帶著道歉跟解釋的語氣說，「你看，」他說，「對我來說，那些圖真的很美，因為那些正方形，」他用手指著第一個圖形裡的兩個正方形，「就跟這個一樣大小。」他接著手指第二個圖形斜邊上的正方形，帶著有點不好意思的微笑，抬頭看著我。

我點點頭，「沒錯，非常美，」我說，「真的很美。」

他的臉上顯現出放鬆的愉快，「你看，就像這樣，」他繼續說道，感覺上好像是急於帶我去看他的偉大發現，「你把這兩個『長的正方形』切開」，他的意思是說長方形，「每個切成兩塊，這樣就會有大小一樣的四塊，因為，因為……啊，我應該這樣說，先前……因為這些長的正方形是一樣的，因為這幾條線，你看……」

「但我要的是一個火車。」羅賓在一旁不高興地說。

我靠在陽台的欄杆上看著這兩個孩子，心中想著剛才所看到的不尋常事情，以及其中的意涵。

我想到人與人之間的巨大差異。我們根據頭髮、眼睛的顏色、頭顱的形狀來對人做出分類，為什麼不能根據智能來分類呢？不是更有意義嗎？根據心智狀態來做分類，可以發現其間的差異可能遠大於非洲布希曼人[4]和北歐人之間的差異。我認為這個孩子成長之後，他在智能方面，至少對我來說，就像拿一個人跟狗來做比較。同樣的，也有其他的男男女女，對我來說，幾乎就像是狗一樣。

也許有天才的人才能算是真正的人。在所有各種族類歷史中，大概只有幾千人稱得上是真正的人吧。那麼剩下的我們，我們又算什麼呢？可受教的動物？沒有那些真正的人來幫忙，我們也許什麼都發現不了，幾乎所有現在我們所熟悉的思想或知識，都不是我們這種腦袋想得出來的。如果把種籽放進我們的腦袋，也許它們會發芽生長，我們卻沒能力自己生產種籽。

我想，有時候可能全國都是狗，或整個世代根本沒有「人」出生過。希臘人從平凡無奇的埃及人那邊汲取經驗，然後根據經驗法則創造了科學。阿基米德是在千年之後才終於有了可堪比擬的繼起者，就我們所知，佛陀、耶穌、巴哈乃至於米開朗基羅，至今都只有一個。

我不禁疑惑著，一個「人」的降生難道是全靠機會嗎？有什麼方法可以讓他們同時降臨，而且是來自單一族群呢？法國歷史學家泰納認為達文西、米開朗基羅和拉斐爾在那個時候出生，是因為偉大畫家和義大利風景相契合的時機已經成熟。這個說理出自這位十九世紀法國人之口，使得這個理論顯得更加神祕了。這個理論也許是事實，但那些在時機不對時出生的人呢？譬如說布萊克，[5]他們又是怎麼回事呢？

這個孩子，我認為，很幸運地出生於一個可以好好發揮他所長的時代。他會發現最詳盡的分析方法以及前人的寶貴經驗已經擺在他的眼前。試想一下，如果他出生於巨石陣被設置好之前，他也許要花畢生的時間，只為能夠找出一些基本知識，他也只能在黑暗中胡亂摸索、猜測他現在已經可以輕易證明的東西。又如果他是生在諾曼人征服英格蘭的時代，他也許就必須在那些根本不夠用的符號裡掙扎。舉例來說，他恐怕要花很長的時間去學如何用MMMCCCLXXXVIII來除以MCMXIX。但以現在來說，他只需要花五年的時間，就學會幾代「人」發現並遺留下來的知識。

我也想到那些降生在不對時空的「人」的命運，他們將毫無希望，將難有或者根本沒有成就。貝多芬如果生在希臘，我想，他大概只能用長笛或者七弦琴玩玩無足輕重的旋律。在那種智識環境中，他大概難有機會去想像和聲是怎麼回事。

畫完火車之後，這兩個孩子在花園裡開始玩起火車的遊戲。他們繞著花園跑，鼓脹著腮幫子，嘟著小嘴，像無邪的小天使。羅賓是噗、噗、噗的火車頭，奎多則拉起罩衫的邊，跟在後頭當作車廂嘟、嘟、嘟。他們前進、倒車，在想像中的車站停駐、轉軌，呼嘯而過橋樑，一頭鑽進隧道，偶而發生碰撞或出軌。少年阿基米德跟頭髮透黃的小野人玩得一樣盡興。幾分鐘之

4 生活在非洲的一個原住民族，稱為「桑人」或「薩恩人」，布希曼人意指「叢林人」，是外人對他們的貶稱。

5 William Blake, 1757-1827，英國詩人、畫家，浪漫主義文學代表人物之一。出生於倫敦一個貧寒的家庭，未受過正規教育。

前，他還在汲汲於畢氏定理，現在，卻在想像中的鐵軌上不知疲倦地嘟、嘟、嘟，滿足於在花床、陽台的立柱之間前進、後退，把月桂樹林當作隧道鑽進鑽出，做為阿基米德，並不妨礙他同時也是一個普通的無憂小孩。

我想到這種心智很明顯有所區分，而且與經驗毫不相關的天分，不禁有點異樣的感覺。典型的神童大多出現在音樂和數學的領域，其他的天才大多隨著經驗和成長的影響才日趨成熟。一直到三十歲以前，巴爾札克表現出來的就是無能而已，但莫札特在四歲時已經成為音樂家，帕斯卡大多數的傑出工作都是在青少年時便已完成。

接下來的幾星期，除了鋼琴課之外，我又為奎多增加了數學課，其實我也只是提點他而已，告訴他基本的方法，其他就讓他自己去自由發展。所以我教他如何用另種方法去證明畢氏定理，藉以引導他認識了代數。這個方法是從直角拉一條與斜邊成互成直角的線，分割出來的兩個三角形以及原先的三角形形狀都一樣，因此相應各邊的互相比例也相同，這就可以用代數的方式表達出來：c^2+d^2（兩邊的平方和）等於 a^2+b^2（斜邊分割出來兩段的平方和）+2ab，用幾何的方式表達出來就是（a+b）^{2}，也就是斜邊的平方。奎多立刻就著迷於這個基礎代數了。這樣說吧，如果我給他的是一個用酒精燈加熱的蒸氣引擎玩具火車，他也一樣會很著迷，但他也許會更著迷於代數，因為引擎遲早會報廢，也會失去它的吸引力。但代數卻會在他的腦袋裡一直存在並開花結果，每一天，他都可以多發現一些他認為精緻、完美的東西。簡單地說，這是一個潛在上永遠用不壞、用不完的新玩具。

在教他如何把代數應用在歐幾里得第二部《幾何原本》上的空檔，我們也試著就圓形做些實驗，我們把竹竿立在乾燥的地面，在不同的時段度量陰影的長度，從中得到讓我們十分興奮的觀察結論。有的時候純粹因為好玩，我們裁剪紙片並摺成立方體或角錐體。有天下午奎多來了，看起來很骯髒的雙手上小心翼翼地捧著個十二面體。

「太美了。」他一面展示他的紙晶體，一邊興奮地說。當我問他怎麼做出來的時候，他只是笑笑，然後說其實很容易。我看看伊麗莎白，也忍不住跟著笑了出來。但我覺得當時自己真應該像狗一樣五體投地，搖著尾巴，然後大聲吠出我對他的欽佩。

當年的夏天異常炎熱，七月來臨之際，一向不習慣於高溫的小羅賓變得臉色蒼白，易於疲倦，他一天到晚萎靡不振，食慾和精力都消失殆盡，醫生建議我們到空氣清涼的高山中避一下，所以我們決定到瑞士去住十到十二個星期。離開的時候，我送了歐幾里得《幾何原本》義大利文版的前六本給奎多為禮物。他立刻迫不急待地翻閱，欣喜之情溢於言表。

「我真希望能好好地讀，」他說，「我實在太笨了，但我現在一定會努力學習。」

我們從格林德瓦的旅館寄發了印有牛群、人們在吹阿爾卑斯長號、瑞士小屋、雪絨花……等等圖案的明信片給奎多，但他都沒有回覆。不過，我們其實也並沒有期待他會回覆。奎多不會寫字，他的父親和姊妹們大概也不會自找麻煩幫他寫信。我們只能告訴自己，沒有消息就是好消息。結果在九月初的某一天，一封怪異的信來到旅館，送信的人把他放在旅館大廳的玻璃告示窗裡招領，這樣所有的旅館客人都有機會看到，自認為是收件者的人可以去領取。那天我們去午餐的半途，伊麗莎白注意到那封信並停步下來審視。

「這一定是奎多寄來的。」她說。

我走過去站在她身後，越過她的肩膀看著那封信。那封信並未貼郵票但蓋了郵戳，信封上的字是用鉛筆描出來的，大大的歪七扭八字體幾乎填滿了整個信封，第一行用義大利文寫著：致羅賓的父親，底下則是歪歪斜斜的旅館名稱及地點，看不懂的郵局職員則在這些字的周圍加註了他們可以想到的可能投遞地點。這封信顯然前前後後已經在歐洲大地上流浪了至少兩星期。

我看到「致羅賓的父親」這幾個字不禁笑出聲來，「郵差能把這封信送到這裡也真夠厲害了。」我於是去到旅館經理的辦公室，補交了五十生丁郵資請領那封信，旅館工作人員打開了公告窗，然後把那封信交給我。我們就帶著它去午餐了。

我們現在可以近距離仔細觀看奎多寫的地址。「這個字寫得真好啊。」我們都同意，也都笑了。「那還得謝謝歐幾里得，」我說，「這就是專注於一個人最大樂趣所能帶來的結果。」

但當我拆開信封並看到書信的內容時，我笑不出來了。信件很短，簡直就像電報一樣。「女主人來了，」信中寫著，「我不喜歡，偷了我的書，我不想玩，我要回家。」

「寫了什麼？」

我把信交給伊麗莎白，「那個該死的女人終於逮住了他。」我說。

戴著小禮帽的男人半身雕像、被大理石眼淚包住的天使、熄滅的火炬、小女孩雕像、胖嘟嘟的小天使、蒙著面紗的人物雕像、刻在石頭上的寓言——當我們走過時，周圍都是既奇特又多種樣貌的神偶雕像對著我們招呼或比出各種手勢。鑄印在金屬上或嵌在天然石頭裡，那些已呈褐色的照片從玻璃鏡後面、從十字架、從墓石、從已斷裂的墓柱探出頭來。照片裡，死去的女士穿著三十年前流行的立體派幾何圖案時裝，兩個黑緞的錐體在腰際及手臂部分尖端對尖端配置，肘部是一個球體，下方則是發亮的筒型，透過大理石框現出悲傷的微笑：微笑的臉，白晰的手，是唯一從她們所穿幾何圖案衣服裡所露出，可資分辨的人類要素。嘴唇上方蓄著黑鬍鬚的男人、蓄著白落腮鬍的男人、年輕氣爽嘴上無毛的男人、兩眼直視或是側轉頭擺出羅馬雕像的姿態、雙目圓睜姿態僵硬的孩子，好像是在期盼照相機的鏡頭裡會飛出一隻小鳥，或者是因為知道不可能發生那樣的事而帶著懷疑的微笑，又或者是被長輩要求而很費力、很勉強地做出笑容。有錢的死者長眠於大理石尖頂哥德式私人墓室中，透過鐵柵欄，可以看到裡面的雕像，有些是傷心欲絕、臉色灰白、圍在棺廓旁飲泣的人，有些是守護墳墓中祕密的精靈。比較沒那麼有錢的死者，大多數安葬在集體墓園區，雖然有點擁擠，但布置得還算高雅，墓面是平滑的大理石，每一塊石板就象徵著墓塋的入口。

我和卡羅行走在其間時，我不禁想到，這些歐洲大陸的墓園其實滿嚇人，因為他們比我們還在意死去的人，他們對死者的固有膜拜心理，以及對死後物質生活是否充裕的關心，使得即使本身住的只是板條屋或茅草屋，也要讓死者有個像樣的石造安眠之處。在英國墓園中有成千上百比著各種手勢的雕像，這裡有更多的家庭墓室，更多「陳設豪華房間」（就像是遊輪、旅館所強調的），每一個墓碑上都有照片，告訴大家在最後審判日時，死者將會以何種形象復生。墓碑旁懸掛著在萬靈節可以點燃的燈。我想，他們應該比我們更接近建造金字塔的人吧。

「如果我早知道，」卡羅不斷重複這句話，「如果我早知道的話。」他的聲音好像是從遠處傳來，「當時他表現得並不在意，我哪裡會知道他後來承受了那麼多。她欺騙了我，她對我說了謊。」

我再次告訴他不是他的錯。然而實際上卻是，至少有一部分是。對我也是一樣，我也必須承擔一部分的責任。我應該早就可以想到會發生那樣的事而出面防止，他也不應該讓那個孩子去，就算是暫時或者試一下都不可以。雖然那個女人給他很大的壓力。

從他們的祖先算起，他們已經在那塊土地上工作了超過一百年，結果她現在要那個老人趕他走。離開那裡是一件難以想像的事，想要找另一個地方也不是那麼容易，整件事情很清楚，只要他讓她收養孩子，他們就可以留下。其實她原先只是試探一下，看看他的反應再決定下一步怎麼走。她跟他說，如果他決定要離開，她也不勉強他留下，但這一切都是為了奎多好，而且最終對他也有好處，那個英國人說奎多沒有音樂天分，但這都不是事實，完全是出於嫉妒及心胸狹窄：那個英國人自己想獨占奎多，就是這麼回事，但很明顯的，奎多從他的身上學不到任何東西，奎多需要的是一位真正專業的教師。

如果物理學家真正瞭解的話，他會知道這個女人已經把全副精力放到這件事上了。從我們離開那個房子的那天開始，她就已經開始著手進行她的計畫，而且是集中全副精力。毫無疑問地，邦帝夫人認為我們不在的時候，她有更大的成功機會。此外，她也認為應該要好好把握機會，以免被我們搶先。她顯然認為我們也有意搶奪奎多。

從那天以後，她就天天對卡羅疲勞轟炸。一星期後，她要她的先生對卡羅一家照應的葡萄樹提出抱怨：它們的情況遭透了，所以他已經決定，或幾乎已經決定要給卡羅下達警告。這位謙和、害羞的老紳士表示是得到主人的命令，才做出不得已的決定。第二天，邦帝夫人又回來繼續猛攻，她說主人發了很大的脾氣，但她盡了很大的努力，用盡了全身的力氣，才讓主人暫時消了氣。她停頓了一會兒，接著又開始提起收養奎多的話題。

最後，卡羅屈服了。那個女人態度太堅決而且手上有太多王牌，卡羅同意奎多可以過去和她們試住一兩個月，之後，如果他真的表示願意跟她，她就可以收養他。

想到可以到海邊度假，邦帝夫人確實跟他說要去海邊，奎多很歡喜也很興奮。他曾經很多次聽羅賓形容過海，「很多水！」所以聽說要去海邊，他簡直不敢相信會是真的，現在，他真的要去了，去看此生從未見過的奇景。他離開家人的時候，心情異常地興奮。

但海邊假期結束之後，邦帝夫人把他帶回佛羅倫斯的住處，他就開始想家了。夫人對待他確實很好，幫他買新衣，帶他到托納波尼大道喝茶，給他一大堆蛋糕、冰草莓汁、鮮奶油和巧克力。但她要他長時間練習鋼琴，遠遠超過他想練的時間，更糟的是，她把他的歐幾里得都收走了，理由是他花太多時間在那些書上面。當他說他想回家的時候，她就會給他許多承諾、藉口或直截了當的謊言來打消他的念頭。她告訴他沒辦法馬上帶他回家，要等下個星期，如果他乖乖的努力練習鋼琴，然後到了下星期，當時間到了，她又說他的父親並不希望他回去。然後她又會加倍安撫他，給他昂貴的禮物，給他一大堆其實並不健康的食物。

奎多覺得他的生活已經失去了目標，他不喜歡這個新生活，也不想再練習音階，他想念他的書，想要回家和兄弟姐妹在一起。至於邦帝夫人，就一直繼續寄望著時間和巧克力會終於讓她能保有這個孩子。為了讓他的家人跟他保持距離，她每隔幾天就假裝從海邊發信給卡羅（她不厭其煩先把信寄到朋友處，朋友再貼上新的郵票寄往佛羅倫斯），並且在信中描述奎多是多麼的幸福。

應該就是在那個時候，奎多給我寫了那封信。他覺得自己已經被家人拋棄了，因為他們住得那麼近，但卻不來看他，只能解釋成他們已經不要他了。他當時一定把我當成他的最後一線希望。那個信封上寫著奇怪地址的信，在路上又耽誤了兩個星期。兩個星期，他一定感覺像一百年那樣長吧。隨著長如世紀的時間一點一點消逝，這個可憐的孩子一定認為我也放棄了他。現在，最後的希望都沒有了。

「我們到了。」卡羅說。

我抬頭看見一個巨大的紀念碑，這個灰色沙岩巨石的中央挖出一個洞，裡面是尊抱著骨灰甕的銅雕聖像，那些用鉚釘釘在石柱上的字寫著：悲傷的厄尼斯托．邦帝為了紀念愛妻安儂齊阿塔而立起這座紀念碑，藉以表達他對早逝愛妻無止境的愛，同時希望能早日與她在這個紀念碑下重逢。第一代的邦帝夫人逝於一九一二年，我想起那位被白狗拖著走的老人，他想必一直是個怕老婆的丈夫。

「他們把他埋在這裡。」

我們靜靜地在那裡站了很久。想到這個可憐的孩子就躺在地面之下，我感到眼淚開始在眼睛裡積聚。我想起他那閃閃發光的嚴肅眼神，還有曲線優美的額頭，微微下垂的憂鬱嘴角，想起他學會一些新的東西，聽到一段喜歡的音樂時，面色發光的開心表情。而這個美麗可愛的小孩現在卻死了。原先在他身體裡的美麗靈魂，令人欣賞讚嘆的靈魂，還沒有開始真正存在就被摧毀了。

而在他生命最後結束之前所遭遇到的不幸，他的絕望，深信自己被拋棄了，真是令人不忍想起，太讓人難過了。

「我想，我們該走了。」我碰了一下卡羅的臂膀。我也終於能開口了。卡羅像一個盲人一樣站在那裡，雙眼緊閉，臉孔微微上抬迎向光線，從他閉著的眼皮下，眼淚開始湧出，在眼角停留了一會兒，然後流下他的面頰。他的雙唇顫抖著，我可以看出他在努力克制自己。「走吧。」我又說了一次。

他那原先力持鎮靜的悲傷臉孔突然劇烈地抽搐起來，他睜開雙眼，透過那些淚水併發出憤怒，「我要殺了她，」他說，「我要殺了她。每當我想起他飛身而出，從空中往下摔落……」他高舉雙手做出暴烈的手勢，然後再將手臂放下緊緊貼在胸前，「然後摔死，」他全身顫抖著說，「她必須負責，等於是她把他推下，我要殺了她。」他咬牙切齒地說。

生氣其實比悲傷容易得多，因為生氣比較沒有痛苦，而且心中想到報復，總是會有一些安慰的感覺。「別那樣說吧，」我對他說，「那樣沒有好處，而且愚蠢，又有什麼用呢？」他曾經有過同樣的經驗，當悲傷帶來過多的痛苦，就會使得他想逃避，生氣總是逃避痛苦的最簡單方法。在此之前，我也曾經說服他用更艱難的方法來面對悲傷。「那樣不是聰明的做法。」我又重複了一遍，然後帶著他穿過像迷宮一樣的墳區。死亡在這裡顯得更加可怕。

在完全離開墳場之前，我們要經過聖米尼亞托大殿往下到米開朗基羅廣場。這時，他已逐漸平靜下來，他的氣憤已再次消散為原先給他帶來力量及痛苦的悲傷。我們在米開朗基羅廣場停留了一會兒，從那邊往下望向山谷中的市鎮。天空中飄著浮雲，很美麗的形狀，有白色，有金色，也有灰色，雲朵之間則是呈透明的藍色，在幾乎與視線平齊的平面上，聖母大教堂的圓頂發出耀眼的光亮，讓人感受到它的雄偉與力量。市鎮裡無以計數的褐色、玫瑰色屋頂沐浴在午後柔軟卻又華麗的陽光下。那些塔尖都像上了帶有老舊味道的金漆。我想起所有曾經在此生活過的「人」，想起他們曾經在這兒留下他們亙古的精神，想起他們在這裡孕育出許多不尋常的事。我也想起那死去的孩子。

一九二四年，收錄於《小墨西哥人》（*Little Mexican*）

喬德倫
Chawdron

我從展讀的報紙後面出聲說道，「哎呀，你的朋友喬德倫過世了。」

「死了？」提爾尼半信半疑地說，「喬德倫死了？」

「是的，很突然，心臟病發作，」我一邊讀著報紙上的訃聞，一邊跟他說，「在他位於聖詹姆斯廣場的住所。」

「是的，他的心臟……」他若有所思地說，「他的年紀多大了，六十？」

「五十九，我不知道這個痞子一直以來都這麼有錢『……非凡的商業直覺，再加上蘇格蘭人那種有決心以及堅毅不拔的精神，讓他在三十五歲以前就從默默無聞的貧困狀態，搖身一變而成為富人』，你難道不希望自己有能力寫出那樣的文字？我父親曾經投資過他所擁有的一間公司，結果把二十五年的積蓄都賠掉了。」

「他死得活該！」提爾尼突然惡狠狠地說道。我嚇了一跳，抬頭從報紙上方望著他。他的臉孔扭曲脹紅，一副既生氣又沮喪的表情，這個新聞顯然讓他覺得心情低落。除此而外，他本來就習慣在早餐時發脾氣。而且，我那值得同情的父親也確實是付出了代價。「你旁邊的那個是什麼果醬？」他沒好氣地問道。

「草莓醬。」

「這樣啊，我想要柳橙醬。」

我沒管他的怪脾氣，把柳橙醬遞過去給他。「當老頭子，」我繼續說道，「和大多數跟他一樣的投資人，在股票大跌時以損失百分之八十的股價拋出後，喬德倫耍了一些小花樣讓股價再度上揚，可那時候，幾乎所有的股票都已經在他的手上了。」

「我一直是跟那個無賴站在同一邊的，」提尼爾說道，「我是說原則上啦。」

「我也是，都一樣。不過我也真的很婉惜那一萬兩千英鎊。」

提爾尼沒說話，我則再回去讀那則訃聞。

「訃聞裡怎麼說新幾內亞石油公司醜聞案？」他沉默了一陣子之後問道。

「不多，只略微提到一點，『負責調查的皇家委員會雖然認為喬德倫當時的做法有些考慮不周。但整體而言，調查結果對他都是比較有利』。」

提爾尼笑著說，「考慮不周的這個說法還不錯，我還真希望每次考慮不周時都能賺十四萬英鎊呢。」

「那就是他在新幾內亞石油生意上賺到的錢？」

「他是那樣說的，我也不認為他有誇大，他不是那種為了好玩而說謊的人，下了班之後，他通常都很誠實。」

「你應該跟他很熟吧。」

「確實很熟。」提爾尼邊說邊推開餐盤，同時開始把煙草裝入煙斗裡。

「我還滿羨慕你，收集了那麼多標本！但你不覺得在博物館裡的生活太無聊了嗎？這樣說吧，好像一天到晚都在動物園的欄柵裡？每天與標本為伍一定很難受吧。」

「如果那個標本很有錢的話，就不會，」提爾尼答道，「你要知道，我喜歡拿破崙白蘭地和皇冠雪茄。寄生蟲也有寄生蟲的報償，而且如果你懂得一些技巧的話，當個寄生蟲也不壞。做為一隻具有高尚情操的虱子，一條獨立自主的絛蟲，並不是不可能。喬德倫能給我的，也不僅僅是拿破崙白蘭地跟皇冠雪茄，我對那些超級巨富頗有公平客觀又帶有科學研究的好奇心，你想想看，一個年收入超過五萬英鎊的人真是太神奇，簡直讓人覺得不太可能存在這樣的人。喬德倫又特別引人興趣，因為他賺錢主要通過不誠實的手段，那就是最引人興味之處。他是那種像拿破崙時代的大尾無賴。而且，我的老天，他看起來也像！你見過他嗎？」

我搖搖頭。

「他就像是義大利犯罪學家龍布羅梭描繪的那樣，標準的罪犯模樣。但他是那種智慧型罪犯，不是暴力型，他並不殘暴。」

「我以為他看起來像一頭大猩猩。」我插嘴說道。

「確實，」提爾尼說，「不管怎麼說，大猩猩看起來也不殘暴啊。大猩猩讓人吃驚之處，就是牠的外表幾乎像人一樣，也幾乎像人一樣聰明。喬德倫的臉孔就讓人有那種感覺，但還是有些不同之處。大猩猩看起來很溫和、安靜、端正，沒什麼情緒表現。喬德倫則是狡猾，閃爍、滑稽的外表下卻是無情、殘酷。哎呀，他就是一個奇怪又引人興趣的人。我從研究他的這方面還得到不少樂趣，但說到底，他還是讓我覺得厭煩，厭煩得要死。他無知得可怕，很多明明很明顯的事，他就是搞不清楚，就算是普通論述，他也不懂，然後又很沒品味，沒有也不懂美學修養，更是形而上學和藝術方面的白痴、笨蛋。」

「不過，寫訃聞的人和你的意見好像不一樣唷，」我說完之後，再次轉過頭去讀《泰晤士報》，「剛剛讀到哪裡了？啊，有了！『當喬德倫當年轉而進入財務領域時，我們卻失去了一位傑出的作家，也不能說失去了，因為他在一九二一年出版的那本自傳，至今為止仍然是對喬德倫做為一位引導趨勢以及敘事者的最佳詮釋』，你認為呢？」我抬起頭來看著提爾尼問道。

他帶著讓人捉摸不透的微笑答說，「那倒是沒錯。」

「我承認自己從來不曾讀過那本書，寫得好嗎？」

「寫得太好了。」他的微笑帶有一點嘲諷、令人費解的味道。

「你是在跟我說笑嗎？」

「沒有啦，是真的寫得很好。」

「那麼，他應該就不是你剛才所說的藝術白痴囉。」

「不是嗎？」提爾尼順著話說，不一會兒他突然大笑起來，「但他還真是個白痴，」接著提爾尼似乎決定不要再繼續吊胃口，而是帶著深信不疑的態度說道，「那本書確實寫得很好，正是因為寫得很好，我現在才有辦法告訴你，真正的作者不是他，而是我。」

「是你寫的？」我看著他，想確定他是否在開玩笑，但是他的臉孔在大笑之後轉而變得很嚴肅、陰鬱。一張令人好奇的臉，我想，有其獨特的英俊之處，頗有智慧，通曉情理，卻又透露出一絲幾乎令人反感的邪惡。藏在這個人表面上的魅力以及幽默感之下，是本質上的冷酷、無情乃至於敵意。過度的優裕生活也在他的臉上留下印記。他的臉上堆積出斑駁的塊狀物，跟原先頗為細緻的臉孔混雜在一起，變得有些讓人厭惡。我喜歡提爾尼嗎？其實我也弄不清楚，也許，這個問題根本也無關緊要。也或許，提爾尼根本就不是要讓人家喜歡或是不喜歡的那種人，他就只是個表演者罷了。我喜歡聽他說話，他說的話很有趣，也能讓人學到東西。但如果要問我自己是否喜歡他這個人，那就完全不是重點了。

提爾尼從桌邊站起身來，開始在房內踱步，嘴上含著煙斗，「可憐的喬德倫現在死了，所以，也沒有理由……」他欲言又止，接著沉默了幾秒鐘，然後站在窗邊，從雨水模糊的玻璃窗望出去，望向窗外肯特郡雨中的綠地以及灰濛濛的風景，「英國的風景就像是布魯姆斯伯里寄宿房晚餐桌上的蔬菜，」他緩緩地說，「太糟糕了！我們為什麼會住在這個糟糕的國家，真噁啊！」他有點像故意打了個寒顫，然後轉身離開窗前。接著又是一陣子靜默。門打開了，女僕進來收拾早餐桌。我說：「女僕來了。」但是「女僕」這個沒人情味的字眼不太準確，完全不足以描繪出郝翠瑞這個人。從門開處走進來的其實是個極有效率的擬人化物件，一個悍婦，冷冰冰的醜物，一個社會的棟梁，會走路的十誡。提爾尼並不認得她，所以不會懂得我對這位居家惡魔的恐懼感。提爾尼完全無法感受到從她身上散發出來的怒意（那時已經超過十時。提爾尼賴床睡懶覺的習慣把她日常早晨的工作完全打亂了），而我卻感受到了，當她在忙於收拾桌子的時候，他還在那邊兀自地前後踱步。突然之間，他笑了起來。「喬德倫的自傳還真的是我唯一賺到錢的書。」他說道。我有點擔心地聽著，生怕他會不經意說出什麼可能得罪悍婦的事。「他把所有的版稅都給我了，」提爾尼繼續說道，「這本自傳讓我賺了三千英鎊，他另外還給我五百英鎊的潤筆費。」（這樣好嗎？我有點疑惑，在一位比我們都自命清高但又比我們窮困的人面前，提及這麼大的一筆金錢？還好，提爾尼立刻就轉變了話題）「你應該去讀讀它，」他說，「老實說，你到今天都還沒讀過那本書，我還真覺得有點被得罪到了。想想我在皮布爾斯度過的中下階層童年，我還算是真有本事了。」（中下階層——我不禁打了個寒顫。郝翠瑞的父親曾經擁有一間店鋪，但他卻後來遭逢不幸）。「那是《克雷漢格家庭》三部曲（*The Clayhanger Family*）、《情感教育》（*L'Education Sentimentale*）和《塊肉餘生錄》（*David Copperfield*）三本書的綜合體，真的很棒，而且首次涉入財務、金融領域內，簡直可以媲美巴爾札克——就是太棒了。」他說著又笑了起來，這次倒是沒有酸溜溜的感覺，反而很開心，看來他對自己所講的主題還很滿意。「我甚至還在書中加入了《人間喜劇》中拉斯提甘尼亞（Rastignac）在聖保羅教堂圓頂上的獨白，讓他對著市鎮揮舞著拳頭。可憐的老喬德倫！他真是興奮得不行，『如果我知道自己的一生會那麼精采有趣，』他常常對我說，『而且是在活的時候就知道』。」（我偷看郝翠瑞，想確認她是否會對所謂的『精采有趣的一生』表示反感。但她面無表情，好像聾了一樣埋首工作。）「『你也許本來無法那樣活著，』我告訴他，『所以應該把這個大發現留給專家來處理。』」說完，他又沉默了。郝翠瑞把最後一根湯匙收上托盤，然後移步朝門口走去。真是感謝上帝！「是的，專家，」提爾尼的聲音再次變得有些愁緒，「我就是一個，你知道。」（正在走出去的郝翠瑞一定聽到了提爾尼這個該死的說法，然而我想，她也一直知道我和我的朋友就是一群壞蛋。）

「我真的是一個了不起的作家！」他顯然很堅持自己的看法，「可是我這一輩子做的事都是在毀滅自己的一生，毀滅，毀滅，毀滅。我就是太懶惰而且因為真是太閒了，可是我明年六月就要四十八歲了。四十八歲！時間不多了，可是又懶惰成性，結果就是成天空談。至少對一個人來說空談太容易了，而且很好玩。」

「對其他人也是如此，」我是真心如此認為。也許我並不確定自己是否喜歡提爾尼，但我真心喜歡他的講話表演。有的時候，也許，他的表現太過專業。但說到底，藝術家不都需要很專業嘛。

「這是愛爾蘭人共有的特色，」提爾尼繼續說道，「空談是整個國家的惡習，就像是中國人吸鴉片一樣！」（郝翠瑞此刻又靜靜地回來，開始清掃落在地上的麵包碎屑，同時將桌巾摺疊好）「如果你知道就在晚餐桌上，還有飯後吸雪茄和喝白蘭地的這段時間裡，我的腦袋裡已經閃過多少大師之作！」（我只知道他所說的其中兩項，就不會為我們的「社會棟梁」所認同）。「整個叢書，也許是——什麼？好吧，我想我也許令人討厭。」他用一種不甘不願的自嘲方式自問自答，「艾德蒙・提爾尼全集共有三十八冊，每冊都是長七英寸，寬四點五英寸的版本，我敢大膽地說，說這個世界應該感謝我這麼節省。同樣的，每當我瀏覽過期的《星期四評論》所刊登的我所寫的小塊文章時，也不免感到有些沮喪。就好像一天到晚只能在山區做苦工一樣……」

「但那些都是好文章呀，」我為他抱屈地說。其實如果要說真心話，應該是有時候還寫得不錯，而且是當他特別用心時。另外的時候，就正好相反了。

「親愛的大師，謝謝你！」他帶著點嘲諷地說，「但你必須承認，它們不像黃銅那樣雋永，充其量只是木漿做成的紀念碑吧，失敗確實讓人沮喪，特別是出於自己的失誤，讓你自己無法有所成就。」

我含含糊糊說了幾句，其實哪有什麼好說的？除了是一個專業的大嘴巴，提爾尼基本上就是個失敗者。他是有些才能，也是一位有時能寫出些好文章的記者。但他確實也有理由覺得沮喪。

「然而最荒謬、諷刺的是，」他繼續說道，「我所寫過的最佳作品竟然是別人的自傳，而且即使我很想，也無法證明我才是作者。喬德倫老頭非常用心地消滅了所有證據，我們之間的安排全是口頭上的，沒有任何文件，至於手稿，我的手稿，他也花錢買去，然後一把火燒了。」

我笑了，「他還真做得萬無一失啊。」感謝上帝，那個悍婦正準備離開了。

「真的是萬無一失，」提爾尼說，「他就是要確保他能享受所有的榮耀，不能容忍有別人出面。那個時候，我並不在意這種小事，我比較看重名譽以及好的藝術作品，喬德倫的自傳就是好的藝術作品，真正的一流小說。藝術作品本身就是一種獎賞了。」（郝翠瑞對提爾尼這個說法的反應，就是在離開的時候『哐』的一聲把門重重地帶上。）

「你知道我們做事時應當遵循什麼嗎？以這件事來說，它的獎賞遠超過於它的本身。這裡面有錢牽扯在內，五百英鎊頭期款加上所有的版稅，而且我那時正好缺錢，如果不是缺錢的話，我可能永遠不會寫那本書，也許這就是我屈居於劣勢的原因，收入太少，再加上品味也沒那麼高。喬德倫提議讓我幫他寫書時，我正好跟一位喜歡花錢的年輕女孩談戀愛，如果你一年只賺五百英鎊，你要怎麼去跳舞、喝香檳，所以喬德倫的支票來得正是時候。所以我才決定幫他寫回憶錄，當然，那也是件很無聊的事。好在那個年輕女孩很快就甩了我，我才有時間浪費在那件事上面。就寫那本自傳來說，喬德倫還真盯得一點都不講情面。不過從另一方面來說，我開始動手之後，也還滿喜歡那個工作，那工作的本身就是對我最好的報償。但現在，現在書已經完成而且錢也已經花掉，我也不再是當年的四十歲，而是已經快五十歲了。現在，我想說，我應該至少有一本歸於我名下的好書，我希望別人都知道我是那本傑出小說的作者。班傑明．喬德倫自傳的作者，但是，哎呀，卻不是我。」他嘆了一口氣。「是班傑明．喬德倫而不是艾德蒙．提爾尼會在文學史上占有一席地位，並不是我有多在意文學史上的地位，但我也必須要承認，我現在確實很企盼能有一席之地，能在豪門貴族的客廳裡被人提起，能登上報紙的版面，獲得年輕人的敬重以及女人的好感。這些都是作家成功之後所能帶來的附加產品。但是現在，我卻把所有的一切都賣給喬德倫了，價錢其實不錯，我沒什麼好抱怨，但是，我還是抱怨了。你那邊還有煙草嗎？我的用完了。」

我把自己的煙草袋遞給他。「如果我還有精力，」他一面添加煙草一面說，「或者說假如我又缺錢了，哎呀，感謝上帝，我現在並不缺錢，我可以再寫一本有關喬德倫的書，而且是更好的一本，更好，」他開始解釋自己的想法，然後停下來就著點燃的火柴吸煙斗，「因為……那麼多……傷人的。」他把滅掉的火柴丟開，「你要寫一本好書，就必定會傷到人。以喬德倫的自傳來說，我是因為收費才把他描述為一個英雄，而且資料都是他提供的。可是在這本書裡，他將是個惡棍，或者我們換個角度來講，他將是別人眼中所看到的他，而不是他自己眼中所看到的自己。這個，就是我藉之分辨何者為高尚，何者為邪惡的不同之處。當你放縱自己於致命的罪惡之際，你永遠可以找到正當的理由，堅稱它們並非致命。但是當其他人做同樣的事，你就會義憤填膺。盧梭老頭有膽子宣稱自己是全世界道德最高尚的人，我們只能默默地接受並相信。現在再回到喬德倫，我只是想寫他的傳記而非自傳，這個傳記將會是有關他的故事但出自不同角度，非關乎一個實踐者、工業領袖、財政金融大亨……等等，而是關於一個居家、有隱私以及感性的喬德倫。」

「《泰晤士報》是這樣說的，」我順手再拿起報紙唸給他聽：「『在不安、窘迫、粗魯、唐突甚至於苛刻嚴厲的外表下，藏著一個本質善良仁慈的喬德倫，陌生人第一次遇見他時，會被他表面上的嚴厲嚇住，他只有在面對親密的人，才會顯現出……』」猜猜是什麼！「『一顆金心。』」(Heart of Gold，赤子之心之意)

「金心！」提爾尼從口中取出煙斗，然後開始大笑。

「然後，他還有『很深的宗教情操』。」我放下了報紙。

「很深？根本就是無底洞吧。」

「太厲害了，」我大聲地說，「這些人都有金心跟宗教情操，每一個人，從那個無禮的科學老頭、手段凶狠的生意人，一直到粗聲粗氣的政客。」

「金心！」提爾尼又重複了一遍，「但金子是很硬的東西唷，泥心、凡士林心、豬食心，我看豬食心還比較像。他們的外表愈虛張聲勢愈粗暴，內心就愈軟弱，這是自然的法則，我從來沒遇到一個例外。喬德倫也是一樣，這就是我想要在這本，這本我可能會寫的書中要表現的，冷酷無情的金融界拿破崙為他的冷酷無情付出代價，他的拿破崙主義最後在心中化成一灘豬食。這就是真實發生在他身上的事：他化成了一灘豬食。就像愛倫坡所寫的《弗德瑪先生案例的真相》中所描寫的那樣，我親眼看見的，那真是個駭人的景象，但感謝上帝的恩典，當你認知到自己也是那樣時，你會感到更駭人。還有，當你開始懷疑上帝的恩典而且確認你自己真的是那樣，那就加倍駭人了。是的，你和我，小伙子。因為不僅僅是那個手段凶狠的老生意人才會有豬食心，就像你剛才所說，還有那個粗野的老科學家，那個粗聲粗氣的學者，愛吹牛的老將軍及主教，以及所有基督教社會裡的棟梁。簡單地說，每一個人都把自己變得過硬，不僅僅是腦袋，連軀殼都是。每個人都想把自己變成『人』以外的東西，變成天使或機器，其實這也都不重要。超人性和次人性都同樣糟，因為它們到頭來都是一樣。這就告訴我們，如果你自認為是一個知識分子，那就真的要很小心，就算是像我這樣不上不下的知識分子，也要很小心。舉例來說，我並不算是你們那種純正的苦行學者，我也但願自己不是！但我確實有高度文學修養，甚至是報章雜誌所稱的『思想家』，然而對於思想的熱情也讓我受盡折磨，從小到現在都是這樣，結果呢？能吸引我的女人也都是蕩婦。」

我笑了。但提爾尼舉起手來做出一種不太高興的手勢，他說，「我是說真的，真的很慘，全都是蕩婦，你想想看！」

「我是在想，」我說，「書本和思想是什麼時候出現的？事件的先後也並不意味著它們就一定有關係。」

「就這件事來說確實是這樣，也是因為書本和思想之間的因果關係，我從來沒有學會如何處理真正的情況，特別是關於人和事。我從來就無法妥善處理個人之間的關係。只有思想，只有在面對思想時，我才感到輕鬆自在。就有關人與人之間關係的思想來說吧，人們認為我是一個傑出的心理學家，我也認為如此。我是說從旁觀者的角度來說。但我對生活的體驗卻很糟，我這一生多數時候都是後知後覺，你如果聽得懂我在說什麼，就是說都在事實發生之後才反思，對話，就好像我的存在只是一部小說，一部心理學教科書，或是一本傳記，就跟那些被收藏在圖書館書架上的書一樣。這樣的狀態真的很糟，這也是為什麼我一直喜歡那些蕩婦，也一直很感謝她們，因為她們就是唯一我企圖建立起屬於這輩子有堅實關係的人。沒錯，唯一的。」他靜靜地吸了一會兒煙斗。

「但為什麼她們是唯一的呢？」我問道。

「為什麼？」提爾尼重複了我的問話，「難道還不清楚嗎？對於一位害羞的人來說，我是說像我這種不知如何處理發生事情及人際關係的人，蕩婦才是唯一可能的情人，因為她們才是隨時準備跟相遇的人發生關係的人，她們才是在他們不知所措時會採取主動的人。」

我點點頭。「害羞的男人確實有理由被蕩婦吸引，這個我可以瞭解。但為什麼蕩婦會被害羞的男人吸引呢？是什麼誘因會讓她們採取主動？這是我搞不懂的地方。」

「啊，當然啦，也要那個害羞的男人本身就有誘惑力才行，」提爾尼回答道，「但就我的狀況來說，那些蕩婦都很迷人。都是。但坦白地說，我也是啊，我也有獨特之處，我有專業愛爾蘭人的魅力，我懂得怎麼說話，比她們可能會認識的那些年輕小伙子聰明幾百倍。還有，我認為我的害羞是個大加分，你要知道，因為我看起來不算是真正的害羞，而是像神一般遙不可及地高高在上，這才是讓那種女人最感到興奮之處。在她們的眼中，我就像是珠穆朗瑪峰或者北極，對那些有打破紀錄本能的蕩婦而言，我就是那個不容易也還未被征服的目標，自然會激起她們的鬥志。同時，我那略帶孤傲的害羞，會讓我顯得更優越。就如同你所知，把一個較自己優越的人拉下來，同時證明對方並非比自己更高明，那真是無與倫比的樂趣。我散發出那種故意無視於她們的孤傲特質，才是真正征服她們的大成功啊，她們都因為我那麼『與眾不同』而喜歡我。『但你和別人都不一樣，艾德蒙，你和別人都不一樣』。」他故意用男高音假聲很誇張地說，「這些蕩婦！她們在感情用事以及個人慾望的驅使下，只想儘快讓我拜倒在她們的石榴裙下，讓我臣服，成為和其他人無區別的人……」

「她們成功了嗎？」我問道。

「呵，當然啦，一直是成功的。一個人不會因為害羞或是書呆子就無法成為上等鮮肉，事實上，愈是害羞或書呆子，他才更有可能會被當成鮮肉，或者即使不是鮮肉，也會被當作是驢、鵝或小牛。這就是法則，就像我剛剛所說，自然的法則。這是無法規避的。」

我笑了，「我還真不知道自己算哪一種動物呢？」

提爾尼搖搖頭說道，「我不是動物學家，」他接著說，「至少在我和那些標本對話時不是。

這件事，你得問問自己。」

「喬德倫呢？」我想多知道喬德倫一些，「喬德倫是豬、驢還是牛？」

「都有一點吧。如果地蜈蚣能發出聲音……不是，不是地蜈蚣，比地蜈蚣還糟糕。喬德倫是極端的例子，極端的例子是在動物世界的範疇以外。」

「那又會是什麼呢？蔬菜？」

「不是，不是，比蔬菜還糟糕。蔬菜還在心靈的層次。天使，沒錯，就是天使，腐爛發臭的天使。他們在腐化初期會像羊咩咩一樣喋喋不休，之後就會發出像豎琴一樣的彈撥聲，然後一邊拍打著翅膀。當然，拍打的是豬的翅膀。他們是披著豬皮外衣的天使。豬食心，我告訴過你有關喬德倫和夏綠蒂．沙爾蒙之間的事嗎？」

「你是說那個大提琴家？」

他點點頭，「真是一個很棒的女人啊！」

「而且她的演奏！時而濃郁，時而鬆軟，有時又很滑膩……」我索盡枯腸尋找貼切的形容詞。

「簡單地說，真是一個很厲害的猶太人，」提爾尼說，「那種嘔心瀝血的愁緒，讓人暈眩的靈性，純粹的希伯來人。我多希望音樂世界裡能多有一些亞利安人！我每一次見到金髮動物坐在鋼琴旁，就忍不住熱淚盈眶。但這只是順便說說，我是要跟你說夏綠蒂，你當然認識她，是吧？」

「不，我不認識。」

「好吧，其實是夏綠蒂最先讓我認識到喬德倫那顆豬食心的人。唉，其實從某個角度來說，我也是啦。那是有天晚上在老克萊雷的家，喬德倫、夏綠蒂還有我都在，我記不得還有其他什麼人。總之龍蛇雜處什麼人都有，就像你所知道，克萊雷認識的人就是三教九流，而且他認為把大家聚在一起就是他的使命。他就是上帝和財神之間的牽線人，他在當時也一定認為自己圓滿完成了任務。喬德倫就是那個財神，至於我們也許會對把夏綠蒂當作上帝有保留態度，但老克萊雷顯然不這麼認為。總之，她是個大提琴手，一個藝術家，你還能再要求什麼？」

「確實，確實。」

「我必須承認那天晚上我真的很欣賞夏綠蒂，」他繼續說道，「她完全知道如何對付喬德倫，同樣讓我驚訝的是，她卻沒有應付得很好。對我來說，她一方面很迷人，另一方面又有如一個謎團，對於我的普通見解，她的回應都很複雜費解，但顯然也都很有深意。舉例來說，如果我問她，『妳今年會去參觀賽馬會嗎？』她會回我一個非常和藹可親的微笑，然後回答，『不會，我沒空，因為我要觀賞心中的帆船大賽。』好吧，我想，這個答案應該是被我的提示所激發出來的。『奇妙的人面獅身啊，』我應該順著她的話這樣問，『跟我說說妳心裡的那個帆船大賽吧。』或者是其他可以有類似效果的話。這樣的話，我肯定會是那艘奪標船的划槳手。可是我就是那種不願落入他人陷阱的人，所以我只說了，『太可惜了，我還準備組一個團去埃普索姆[1]呢。』然後就匆匆走開。毫無疑問的，如果她是那種缺少黑色幽默感的閃族人，我會對她所說的賽船很有興趣，但事情的經過就是，她的計謀沒有得逞，而且她一時之間好像也想不出來其他更好的計謀。可對於喬德倫就不同了，她從一開始就找到了正確的策略。無須誘惑也無須故作神祕，他的心太善良太豬食了，應付不來的。況且，他已經五十歲了，那是神職人員會開始不停幻想火車上的小女孩穿著什麼樣內衣的年齡，是知名考古學家開始真正對童軍運動發生興趣的年齡。在喬德倫那假道學的面具下，夏綠蒂察覺到一個像豬一般的天使，一個喜愛反叛期孩子的肥胖肺換氣不足症男子。夏綠蒂是個實際的女人，你現在如果需要一個孩子，她就立刻變成一個孩子了，而且變成一個讓人驚訝萬分的孩子！我真的大開眼界，簡直就是天真爛漫！一雙純淨無邪的大眼睛！那樣愉悅動聽的笑聲！說起傷風敗俗的事情時，竟然可以那樣不著痕跡，而且還不懂自己在說什麼（真是甜蜜的天真啊）！我驚駭莫名地看著她，聽著她說話。她的表演簡直太嚇人了。對真正的小孩來說，肯定是受罪……但當這個小孩已經是二十八歲，啊呀，那豈止是受罪，簡直就是地獄了。不管怎麼說，我確實如此認為。但喬德倫卻被迷住了，他似乎真的想像自己可以抓住這個低於法定年齡的小女孩。我面帶驚訝地看著他，他可能會受騙嗎？她的表演簡直一塌糊塗，一點說服力都沒有。法國舞台劇演員莎拉．伯恩哈特[2]七十歲時扮演艾格穠[3]都比我們這個小夏綠蒂更像個孩子。但喬德倫顯然視而未見。這個人終其一生以聰明著稱，他不僅僅是活著而已，還賺取了大筆金錢。所以，我們這個時代最傑出的偉大金融家有可能這麼笨嗎？『年輕人就是有感染力，』晚餐之後，當婦女都走出餐室時，他對我這麼說道。然後，你真該看看他臉上的微笑：天使般的溫潤，『她就像隻快樂的小貓，你認為呢？』可我想到的是新幾內亞石油公司。這怎麼可能？但我隨後就發現不但有可能，而且還有其必要。正因為他可以從新幾內亞石油公司弊案裡賺取一萬四千英鎊，他會把一隻像夏綠蒂這樣的毒蜘蛛誤認為一隻快樂的小貓，就不足以為奇了。就像是我也無可避免地被每一位撞見的蕩婦收服，也是不足以為奇啊。喬德倫一生都在從事石油買賣、股票交易及發行債券，我則把我的一生花在閱讀英國詩人馬休・阿諾德（Matthew Arnold）的著作，譬如說《思想及語言的極致》（*Best that has been Thought or Said*）。我們兩個都沒有時間或精力去活，盡心盡力在每一層存在的意義上像個人去活。所以他被一隻假小貓收服，我則臣服於那些蕩婦，更糟的是，我們自己都清楚到底是怎麼回事。其實我也並不是真正臣服了，我知道蕩婦就是蕩婦而不只是雪白的屁股而已，我現在已經知道自己為什麼會被她們擄獲，當然，知道了這一點，也不會妨礙我自己繼續被她們擄獲。雖然《塊肉餘生錄》裡麥考伯夫人的父親是那樣的，但無論就

1 Epsom，有著名的埃普索姆賽馬場。

2 Sarah Bernhardt,1862-1922，法國舞台劇和電影女演員，被認為是當時世界上最知名的女演員。

3 *L'Aiglon* 是以拿破崙二世生平為本所寫的舞台劇。一九〇〇年初次公演時由莎拉・伯恩哈特飾演主人翁。

經驗或知識這兩方面來說，都不會妨礙到我。」

「那麼，什麼東西會呢？」我問道。

提爾尼聳聳肩膀，「一旦你遠離直覺的軌道，就沒有東西可以再妨礙到你。」

「我不確定真有這些東西嗎？我是說那個軌道。」

「我也不確定，」他表示，「但我衷心地相信。」

「大哲學家盧梭和雪萊也很誠心地相信。但有人看過他所說的『自然人』嗎？那些高貴的野蠻人……可以去讀讀波蘭人類學家馬林諾斯基，讀讀社會學家弗雷澤，讀讀……」

「啊，有啊，我都讀過。當然啦，那些野蠻人並不高貴，原始人其實很可怕的。這個我很清楚。但自然人也並非原始人，他不是人的原料而是成品，自然人是個製造出來的物件。不，不能說是製造出來，其實算是藝術品。至於像喬德倫這樣的人到底出了什麼差錯呢？那就是，他們是件差勁的藝術品，因為缺少藝術性而顯得不自然。就像是浪漫主義藝術家阿瑞・謝佛（Ary Scheffer）而不是印象派藝術家馬內的作品，這其中是有差別的，謝佛的作品過於靜態，所以不好，但也不會隨著時間而變得更壞。至於缺少藝術性的人嘛，就會隨著時間而變糟，急遽地變糟，而一但他開始變糟，就會愈來愈缺乏藝術性。在這種時候，就需要一種道德的衝擊來阻止其惡化，至於經驗或知識，這個時候就像跳蚤叮一口一樣，根本無關痛癢。一個人的經驗值此時是無效的，否則我就根本不會臣服於那些蕩婦，也不至於陷入財務困難而答應寫喬德倫的自傳，因此而獲得收集那些私密又不名譽傳記資料的機會，哎呀，我應該不要寫的那部傳記。不，不，經驗並沒有讓我躲過再一次成為受害者的命運，而且是代價高昂又具毀滅性的命運。不僅僅因為她唯利是圖，」他附加說明如下，「她其實已經過得很寬裕，根本無須那麼做，也可以說她已經寬裕到我根本無能力以她所習慣的方式去滿足她、取悅她。當然，她自己從來並不瞭解這一點。一個生來就可以有一年超過五千英鎊過日子的人，你真的不用期待她會瞭解。但如果她真正瞭解的話，恐怕也會覺得十分沮喪，因為她有一顆金心，跟我們大家一樣，」他的笑聲聽起來滿悲傷的，「我是說那個可憐的西貝兒！我希望你還記得她。」

這個名字讓我想起一位淡色眼睛、淡色頭髮的鬼魅，「她是多麼可愛的人啊！」

「過去是，過去是，」他附和著說，「沒錯，可愛又致命，帶給我太多痛苦跟煩惱！但同樣的，她也帶給自己很多痛苦跟煩惱。可憐的西貝兒，每當我想到她那無可避免、無可違逆的命運，我也都想哭呢，」他伸出食指在空中畫了一個上下起伏的曲線，「我認識她的時候，她正好跨過人生的最高點，但下降的幅度相當大，等待她的根本是一個深淵！她甚至還嫁給了東區那個糟糕的小猶太人！小猶太結束了之後，又是那個墨西哥印地安人。就這樣，原先只淺嚐香檳的她變成常喝香檳，最後變成狂喝白蘭地，本來偶而才有的『美好時光』也變得無窮無盡，進而成了必需品。然而那種生活真的很無聊，一成不變的例行公事，會讓你覺得筋疲力盡。我是在跟她最後一次吵架的四年之後與她重逢，然後（你不知道那有多痛苦）我那時覺得好像是在跟『勿忘你終有一死』（*Memento Mori*）握手言歡。她看起來已經那麼衰老，整個人就像洩了氣的皮球，一身是病，滿臉疲態。那時她才三十四歲啊。我上次見到她的時候，她倒是滿容光煥發，然而十八個月後，她就死了。那時跟她在一起的是一個中國人，古柯鹼取代了白蘭地。所有的一切好像都已注定，都可預見又無從躲避，真可說是報應不爽啊，那就讓人更難過了。對陌生人或不太相熟的人，報應還說得過去，但對於某個人自己，或者是他喜歡的人，哎呀，還是不要的好！我們應該可以只問播種不問收穫，但卻辦不到。我用書本播種，結果收穫了西貝兒。西貝兒用我播種（別提還有其他人了），結果收穫了墨西哥人、古柯鹼、死亡。無可避免的結局，但對一個人的獨特性和差異性卻是一種帶有侮辱的否定。至於像喬德倫這樣的人呢，他播種了新幾內亞石油公司，結果收穫了小貓一般的夏綠蒂，命運的準時到來，總是會讓人感到愉悅。」

「我從來不知夏綠蒂被喬德倫收割了，」我插嘴道，「這個收割一定是在很祕密的情況下進行的，因為夏綠蒂一向很喜歡公開，這種事情也不例外，我真的沒想到她……」

「其實他們在一起的時間並不長，而且也並不那麼你儂我儂。」提爾尼解釋道。這就更讓我吃驚了，「夏綠蒂一向是個意志堅定又黏人的人啊，而且喬德倫有上百萬的身價……」

「他們未能更進一步，也不能算是她的錯。她的本意當然是心甘情願被收割，然後永久被收藏。可是她那時早已安排好要去美國做兩個月的音樂表演，取消合約會造成很多麻煩事，而且喬德倫當時正對她神魂顛倒，她心想也不過就是兩個月，所以就充滿信心地去了。哪裡知道回來的時候，喬德倫已經另結新歡。」

「另外一隻小貓？」

「小貓？如果真要比較，夏綠蒂只算得上是隻有著灰鬍鬚的老邁母老虎罷了。她那時滿懷沮喪來找我，完全沒有從前那種謎一樣的細緻了。她已經忘記自己曾經是神祕的人面獅身，『我認為你應該警告一下喬德倫，那個女人不是什麼好東西，』她跟我說，『他應該要瞭解，她只是想利用他，真太可怕了。』她一副義正辭嚴的樣子，但表現得很不自然，甚至於對我的不欲插手置身事外感到生氣。『但他就是喜歡被利用啊，』我告訴她，『那是他人生中唯一的樂趣。』這當然完全是事實，可我忍不住還想更殘酷一些，『妳為什麼要破壞他的樂趣呢？』我問道。她聽到我這麼說之後臉都脹紅了，『因為我感到很噁心，』提爾尼故意提高聲音模仿夏綠蒂用尖細的聲音說道，『看到像喬德倫先生那樣的人被玩弄於股掌之間，實在讓人震驚。』可憐的夏綠蒂！她的感覺雖然真實但卻徒勞，喬德倫完全無視於她的道德憤怒，繼續心甘情願被人玩弄，夏綠蒂最後只好退讓，因為敵人深溝高壘無法撼動。」

「但她是誰？我是說那個敵人。」

「她可能會是你所見過最致命的女人，小個子，面貌醜陋，一天到晚病懨懨的令人作嘔，是的，真是一天到晚病懨懨，我是這樣認為啦，雖然她也經常可憐兮兮地裝病。整體來說，她還算是個淑女，優雅，有教養；你知道，就是那種像家庭女教師一樣的女人，不是那種樂天活潑的現代類型，故作高貴，像簡愛，牧師的女兒那種。她唯一可見的優點就是年輕，我猜，大約二十五歲上下。」

「他們是怎麼相遇的？百萬富翁和家庭女教師……」

「純屬奇蹟，」提爾尼說道，「算是喬德倫的天命吧，其中帶有很強的宗教意味。『如果不是因為我的兩位祕書都在同一天生病，』他曾經莊嚴肅穆地對我說（你永遠不會知道，他一臉莊嚴肅穆時會顯得多麼可笑，就是一個故作神聖的造假者，站在聖壇上的樑上君子），『如果不是因為那個原因，說到底，一個人的兩位祕書突然在同一天生病根本就是不太可能的事，那可真是個命中注定的事！我哪裡會有機會認識我的小仙女。』你一定要去想像一下，當他說出最後一個字『小仙女』的時候，臉上所掛著的那個虔誠又美麗的微笑。在那張無賴的臉上，真是無法形容的不協調、不合適。『我的小仙女，』（她真正的名字叫做瑪姬．史賓黛爾）『我的小仙女！』提爾尼也做出天使般純真的微笑，然後翻了一個白眼，『你一定想像不出來那個表情，就像是羅馬天主教會樞機聖嘉祿．鮑榮茂(St. Charles Borromeo）敲破金櫃的那幅名畫。』」

「卡羅．朵西（Carlo Dolci）畫的？」我試探著說。

「諷刺畫家羅蘭森（Thomas Rowlandson）也幫了他的忙，你應該也知道吧？」

我點點頭，「那兩個祕書呢？」我真的很想聽有關她們的故事。

「她們負責整理那些來請求幫忙的信件，那些瘋子、投資者、自認懷才不遇者以及那些女人寄來的信件。她們的工作相當繁重，我可以告訴你，你永遠無法想像一個富豪的郵袋會是怎樣的一個景況，那真是令人難以置信。好吧，就如同我所說的，天意讓兩位私人祕書都得了流行性感冒，而且喬德倫那天早上也正好無事可做（又是天意），所以他就親自拆信閱讀，第三封信就是來自於小仙女，那可讓他欣喜若狂。」

「信裡面寫了什麼呢？」

提爾尼聳聳肩，「他並沒有讓我看，但就我所知，她在信中泛泛談及上帝及宇宙，也特別提及她的靈魂，而且還有他的靈魂。喬德倫沒受過什麼教育，也沒什麼品味，所以特別容易被小仙女那些哲學意味頗重的冗長廢話打動。信中的訴求主要集中於宗教方面。他是真的被打動了，於是立刻寫了回信請她來會面。她來了，兩人見了面，她也把他征服了。『天意啊，老弟，天意啊。』當然，他說得也對。只不過我還是覺得應該把它稱作天譴、報應。史賓黛爾小姐就是天譴的工具，她是穿著華麗衣服的復仇女神阿提（Atè），而喬德倫的生活態度讓他難以抗拒她，她是喬德倫在新幾內亞石油公司以及類似商業冒險中所播下種籽而結出的果實。」

「但如果你所說的是真的，」我插嘴說道，「那也是個可口的果實。我是說，符合他的品味。被小貓利用或剝削不就是他的唯一樂趣嗎，這可是你說的唷。復仇者其實是在給冒犯者獎賞而非懲罰。」

提爾尼停止在房間裡來回踱步，眉頭打起結來，他取出原先含在口中的煙斗，用微燙的斗缽揉擦著鼻子。「是的，」他緩緩地說，「這是個重點，在此之前我就曾經想過，只不過你現在是很明確地說出來，從冒犯者的角度來說，復仇者的懲罰看起來還更像是獎賞。這是真的。」

「因此，你的復仇女神不能被當作是一名女警察，」他舉起手說道，「復仇女神當然不是女警，她也談不上什麼道德不道德，至少，她只是偶而才有道德感，而且是純屬意外。復仇女神有點像是一種引力，也有點漠不關心。她的所做所為只是要確保你怎麼栽種就怎麼收穫。如果你像喬德倫一樣那麼沉迷於金錢遊戲，你所播下的種籽就是自我愚弄而已，而你能所能收穫的，就將是荒謬絕倫的羞辱。但當你把自己的冒犯行為降低為一種次人類的狀態，你就無法察覺那種荒謬絕倫的羞辱是一種羞辱。你剛才解釋了為什麼復仇女神的天譴有時看起來像是獎賞。她所帶來的是嚴格意義上的羞辱，那是對理想的、完整的人類而言，或者在現實意義上對接近理想、接近完整的人類而言。然而對次人類物種來說，也許看起來是勝利、圓滿、心中慾望的完成。但話又說回來，你必須記得，那個有慾望的心其實是顆豬食心。」

「道德，」我下了結論，「像個次等人類活著，復仇女神就將為你帶來幸福。」

「沒錯，但是什麼樣的幸福！」

我聳聳肩膀。

「不管怎麼說，對那些相對論者而言，每一種幸福都差不多，你採取的是上帝的視野。」

「希臘人的視野。」他糾正我道。

「隨你怎麼說，但不管怎麼說，從喬德倫的視野來看，幸福就是完美，所以我們就都得效法他。」

提爾尼點點頭。「沒錯，」他說，「你必須多多少少信奉柏拉圖主義，才可以看出來懲罰就是懲罰。當然，那還得有來生……或者再進一步，有輪迴：有些卑鄙的人就是難以置信地讓人作嘔……但就算是從功利主義者的觀點來看，喬德倫主義都是一個很危險的東西，具有社交方面的危險性。如果一個社會的組成分子都是情緒上的次等人，那麼，這個社會將無法運作。如果大多數人的心都變成了豬食心，災難就會發生。最後，復仇女神就會變成女警。這樣說，希望你還滿意。」

「說得太好了。」

「但尊重法治和道德，老是會讓人有種丟臉的感覺。」他帶著一點抱怨地說。

「但它們也必須存在……」

「我也不知道為什麼。」他打斷了我的話。

「也許是讓你我在不道德的時候能感受到一些慰藉吧，」我解釋道，「法治之所以存在，就是要讓那些不守法、不守秩序的人覺得安全。」

「更別提像喬德倫那種惡棍了，從他那裡，哎呀，我們似乎……我剛才說到哪裡了？」

「你說到他經由天命認識了小仙女。」

「對，對，就像我所說的，她來了，她見到他，然後就征服了他。三天之後，她在屋子裡的地位便已確立，他讓她管理他的圖書，成為他的圖書館員。」

「同時也是情婦，我猜。」

提爾尼把肩膀聳起來，同時伸出雙手做了一個他也不清楚的手勢，「啊，」他說，「這就是問題的所在，你是真的觸及這個謎團的核心了。」

「但你不是想告訴我……」

「我沒想告訴你什麼事，因為我也不知道，我只是在瞎猜。」

「那你猜到了什麼嗎？」

「有時這個有時那個吧。小仙女確實像個謎，她不像夏綠蒂那個可憐的虛假人面獅身，她是一個真正的謎團，就她來說，什麼都可能發生。」

「但對喬德倫而言，肯定就不是這樣了。在這些方面，他是不是……嗯，太人類了。」

「不是，他只算是個次人類。這有很大的不同。小仙女激起了他心中的次人類靈魂及宗教情緒。至於夏綠蒂呢，她所激起的就好像是為變壞的小孩所準備，等級相當的次人類激情。」

對他的說法，我提出了異議，「你說的太粗糙簡略，不算是一個好的心理分析。情緒的狀態不可能這樣明確清楚，不太可能有一個包廂給靈性，另一個密不透風的給變壞的小孩，兩者之間其實是有重疊、混雜、融合的部分。」

「你也許是對的，」提爾尼說，「老實說，我的想法也正好就是融合。你知道有些事這樣的：嚴肅的談話常常會在不知不覺中讓路給激情的行動，雖然用『行動』這個字眼來描述我心中所想的，似乎太強了一些。我心中想的是比較柔軟、略顯老邁、像少女般天真的事。一種有決斷性的心靈接觸。天使之愛這樣天真無邪，因此當一切都結束的時候，你都還無法確定你和他之間的神祕對話是怎麼中斷的。這也讓小仙女聽到有人似乎在暗示她其實不只是喬德倫的圖書管理員時，她完全有生氣的正當理由。其實認真說起來，她也相信她自己不是。『人言可畏呀，』每當碰到前述情況時，她就會對我說，『那些人就是讓人倒盡胃口，他們就不能相信確實有純潔這回事嗎？』她生氣、暴怒、受傷，而且看起來像是真的。這在小仙女的一生中倒是很少見，至少對我來說是如此，我是被迫相信她真有生氣的正當理由。」

「當我們聽到認識的人用我們議論他們的事來議論我們的時候，我們難道都不會真正生氣嗎？」

「當然會生氣，而且那些流言蜚語愈真實，我們就會愈生氣。只不過小仙女之所以會生氣，是因為那些流言不真實。她相當堅持這一點，真心誠意地堅持（這也是我要強調之處）以致於我不能不相信她確實是有某些正當性。或者是根本沒發生任何事，或者是發生了一些稀裡糊塗的事，躲過了大家的注意，最後也就不算回事了。」

「但不管怎麼說，」我提出不同的看法，「一個人不是因為他看起來很真誠，就一定會說老實話。」

「不錯，但你也並不瞭解小仙女，不論看起來或聽起來，她從來就不是一個真誠的人。她所說的所有事情，對我來說，都是太過於明顯的謊言，以致於她好像在說真話的時候（那還真是很少見的情況），我就會深有感觸，而且不免會認為一定有什麼原因。這也是為什麼我認為當她自稱和喬德倫之間的純潔關係遭人質疑，她會打從心底這麼生氣的這件事，其實是很重要的原因。我相信他們之間的關係確實純潔，或者這麼說吧，不純潔的部分真的很小，所以她可以真心認為根本就不存在。如果你聽到她說話，我相信你也會有同樣感覺。她的生氣跟憤怒都顯而易見，然後突然間，她好像想起來自己是個基督徒，而且實際上是個聖人，所以立刻開始原諒她的仇敵。『我為他們感到難過，』她會這樣說，『因為他們不知道他們犯了什麼錯，可憐的人啊！對於所有更好的事物，所有更美好的關係，他們都不懂。』我真的無法形容『美好』這個字眼從她的口中冒出時給人的感覺有多糟！那真是讓人毛骨悚然，『美——好。』她會故意把聲音拖得很長，『美——好。』真噁啊！」他誇張地聳聳肩，「我真想當場掐死她，那是像她那種基督徒才會有的做作音調，讓人想掐死她。當她說她要原諒那些不懂得她和喬德倫之間美——好關係的可憐蟲時，你真的會感覺太可怕了，你會覺得噁心，全身發冷。因為整個就是謊言，徹徹底底大錯特錯。當那個憤怒傾洩在醜聞散播者的身上後，原先的錯誤就變得更錯了。太明顯了，確定無疑的，充滿了痛苦，就像一架未經調音的鋼琴，就像六月就忘記自己聲調的布穀鳥。不過當然啦，喬德倫在這方面是個聾子，他完全聽不出任何錯處，如果你是個宗教狂熱分子，我想，你確實不會去注意這種事。『我認為她是我所見過的人當中，性格最美好的一位。』他常常對我這樣說。（又是『美好』，你一定也注意到了。喬德倫倒是從她身上學會了，但這個字眼出自他的口，只讓人覺得好笑甚至厭惡）『最美好的性格』，然後，他那天使般的微笑。真荒誕啊！根本就跟夏綠蒂一樣，他一口就把她吞了。夏綠蒂扮演快樂的小貓，他就把她當作一隻快樂的小貓接收了。小仙女則企圖被當作一隻聖化的基督小貓，一隻恰如其分的基督小貓，一個被認可的聖餐領受者。他也真的把她當作一隻天主教的封聖小貓。很難以相信吧，但就是那麼回事！如果你花盡腦筋跟精力去探索、瞭解石油，別人就不會期待你還會知道什麼別的東西，舉例來說，別人不會期待你知道狼蛛和小貓的區別，也不會期待你知道十四世紀天主教女聖人錫耶納的聖凱瑟琳和瑪姬・史賓黛爾這樣一個小騙子之間的區別。」

「但她知道自己在說謊嗎？」我問道，「她知道自己是個虛偽的人嗎？」

提爾尼重複了一遍他也不確定的表情，「誰知道呢？」他說道，「這是一個始終沒有答案的問題，但這個問題也把我們帶回喬德倫，也就是剛才所談到的傳記與自傳，這兩者究竟何者更趨近真實呢？你自己看到的你，還是別人看到的你？你就是你的意圖和動機，或者你僅是你的意圖的產物？你就是你的行動，或者你是行動的結果？話又說回來，你的意圖和動機又是什麼呢？誰又是那個有意圖的『你』？所以，當你問起小仙女知不知道自己是個騙子及虛偽的人時，我也只能說我不知道。沒人知道，甚至小仙女自己也不知道。因為說到底，小仙女也有好幾個，其中有一個希望假定喬德倫的太太正好翹辮子了，她就可以被養、被照顧、收受喬德倫給的金錢，也許有一天，還可以結婚呢。」

「我不知道他有太太。」我有點吃驚地打斷他。

「有啊，但是瘋了，」提爾尼解釋道，「過去二十五年都住在瘋人院裡。老實說，如果是我嫁給喬德倫，我也會發瘋。但這並不妨礙小仙女想成為第二個喬夫人的心意，錢就是錢，永遠都是錢。這樣說吧，我們這個小仙女，這個冒險家，適者生存的標本人物，也是個真心想成為基督徒和聖人的小仙女。一個充滿靈性的小仙女。那麼，如果這個靈性小仙女正好迎合上像喬德倫這樣因為忙做生意而疲憊不堪的人，那就一湊即合，而且顯然好多了。」

「但你所提到的那些虛假、謊言、偽善呢？」

「只稱得上是能力欠佳吧，」提爾尼說道，「也可以說是演技太差，說到底，什麼是偽善？就是演得不好罷了。就像是法國演員魯錫安・圭特瑞（Lucien Guitry）跟他兒子的演技天差地別一樣，一個有藝術天分，另一個沒有，僅此而已。」

我笑了，「你忘了我是道德家啊，至少你曾經說過我是，這些美學的異端邪說……」

「也不能說是異端邪說，只是把明顯的事實陳述出來，究竟什麼是道德的實踐？不就是假裝自己是那個根本不是自己的某人嘛，不就是扮演聖人、英雄或是一位值得尊敬的普通公民角色。基督教裡的最高道德理想是什麼？文藝復興時期宗教作家坎皮斯（Thomas à Kempis）開了處方給我們，《師主篇》，[4] 所以那些有組織的教堂其實只是巨大又精細的戲劇藝術學院，每一所學校也都是表演學校，每一個家庭都是克朗里斯家庭，[5] 每一個人都成長為默劇演員，所有的教育，除了智能教育之外，都是耶穌、帕茲奈普、[6] 亞歷山大大帝或者任何當地人所熱愛角色的排演。一個道德高尚的人就是能徹底學習他的角色，同時能演好演滿的人。聖人和英雄都是了不起的演員，他們是坎寶和西登斯，[7] 那種本身絕非英雄但卻能準確詮釋英雄的人，或者是那些有幸生來就有理想的英雄特質，根本無須綵排就可直接上場演出的人。壞人是那種既不能又不願意學習表演的人。你現在可以想像一下，一個微醉的換布景人，口含煙斗，身穿吊帶連身工作服，搖搖晃晃走上《威尼斯商人》的試景舞台，對波西亞大呼小叫，照安東尼奧的屁股就踢上一腳，撞倒幾位劇中的權貴角色，一把抓下夏洛克的假鬍子。這是一個犯罪的

4 *The Imitation of Christ* 又譯輕世金書、師主吟、遵主聖範、效法基督，著名的天主教靈修書。
5 狄更斯著作《少爺返鄉》（*The Life and Adventures of Nicholas Nickleby*）的角色。
6 狄更斯小說《我們共同的朋友》（*Our Mutual Friend*）中的人物。
7 英國兩個知名的戲劇家族 Kemble 和 Siddons。

行為。至於偽君子呢，他或者是暫時為了自己的目的而偽裝成演員的阻絕犯罪者（那就是莫里哀喜劇中所描述的偽君子），又或者是（我認為這就是一般常見的狀況），他只是一個糟糕的演員。就本質上來說，他跟我們所有人一樣，都是犯罪阻斷者，他卻在本地的戲劇藝術學院內擔任教職，同時認為每個人的最高目標就是在滿座的劇院中演出主要的角色。可是他卻是個蠢才，當他想到自己所扮演的高貴角色時，他只會高聲咆哮、指手劃腳，讓你在看他表演時充滿羞恥心，為你自己、為他、為全人類感到羞恥。『依我看來，那個女士，或者是那個紳士，都抱怨得太多了。』那就是你會說的。一會兒之後，你觀察到那個口出怨言的人，根本忘掉他是在演戲，而且正如同他原本的樣子，表現得像個阻絕犯罪的人，使得你覺得他的抱怨實在有點過頭了，但他自己又不是個好的默劇演員，完全沒有能力做出可以說服人的表演，以致於他連自己的不連貫都注意不到，或者只是約略注意到一點點，而且自以為別人都沒注意到。換句話說，大多數的偽君子或多或少是不自覺的偽君子，我確信小仙女就是其中之一，她只是不知道自己是個眼光聚焦在喬德倫百萬財富上的投機分子罷了。她清楚知道的是自己所扮演的角色，錫耶納的聖凱瑟琳。她對自己的表演很有信心，她也有成為倫敦西區高級藝術家的野心，然而不幸的是，她沒什麼才能，她的演技十分不自然，怪誕離奇誇張，正常的人看到她的演出只會覺得全身發顫。那種表演，只能說服心靈上既聾又瞎的人。這倒要感謝喬德倫一直把全副精力放在新幾內亞石油公司，因為這也使得他在心靈上既聾又瞎。他的宗教情操就是次人類的宗教情操。當小仙女刻意展露她那封聖小貓的一面時，我只感到噁心想吐，但喬德倫卻認為她有他所見過的人當中最美——好的個性。而且不僅是最美好的個性，他也認為，這就更可笑了，她有最佳的心智狀態。」

「喬德倫之所以這樣認為，顯然是因為她說起話來形而上又莫測高深。她常常會引用哲學家史賓諾莎和柏拉圖所說的話，以及有關基督教神祕主義書籍和神智學的作品，這些論述雖然疲軟無力，卻在當時的花園郊區以及在那些已退休的軍人和有一定年齡的女士圈中大受歡迎。也就是如此，她完全有能力大談特談宇宙的偉大思維。而且天哪！她還是真有深度唷。我每次聽到她胡言亂語大放厥詞，看到她那種完全沒有文藝修養的表現，總是忍不住要生氣。但喬德倫卻不是，他老是睜大了眼睛，帶著欽慕又崇拜的表情傾聽。他相信她所說的每一個字。雖然你根本沒受什麼教育，而且是通過坑矇拐騙才累積到大筆財富，但這並不影響你會去相信那些泡沫幻影，那種根本就不存在的邪惡，那些奇奇怪怪結合在一起的東西，以及所有有關靈性的東西。喬德倫終其一生都謹守自孩提時就奉行的長老教會教義，極度虔誠地奉行。現在，他把小仙女的喋喋不休嫁接到自己所信奉的教義上，或者說是長老教會教友從小就學到的管他是什麼的教理之上。就如同他無法認清一位好的長老教會教友和一個完美的騙徒之間有什麼格格不入，他也無法分辨小仙女所說的和自己所信奉的會有什麼矛盾之處。他從來不在做生意的時候而只在星期天和生病時才扮演長老會教徒的角色，他也從來不會讓宗教侵犯到神聖的私生活領域。但進入中年以後，他的心智開始趨向疲軟，感覺到自己的一生是否快要虛度了，與此同時，退休也讓他少了許多可能分心的煩惱，他也因此有更多的機會來表達內心深處的宗教意念，也可以不受干擾地沉溺於感懷或糊裡糊塗中。小仙女在此刻應天意而出現了，在他面前展示出可以沉陷於其中的最柔軟、最帶感情、最具智能的渣土堆。他心存感激，全心全意但顯得有點滑稽。我永遠無法忘記，舉例來說，他那次談起小仙女的天才。我們在他的家裡共進晚餐，他和我，還有小仙女。跟集錫耶納的聖凱瑟琳和聖雄甘地於一身的小仙女一起吃飯，那頓晚餐真是遭透了，她一直在解釋自己為什麼會選擇素食和苦行，她有那種很糟糕的中產階級優雅進食的情結，相形之下使得里昂街角餐廳[8]的進餐儀節更顯得令人驚訝得好，由於擔心自己會被人看不起或顯得粗俗，結果搞得明明是在進食，卻像是沒有在進食一樣。他們從不大口進食，而且只用門牙細細咀嚼，像隻小兔子，而且絕不用手指觸碰任何食物。有一次，我還真的看到一位婦人用刀叉吃櫻桃。最離譜又令人反感的是，我要說，小仙女的情結不就是社會階級嘛，她以不殺生和基督教的苦行將之合理化。整個晚上，就聽到她絮絮叨叨愛的精神以及愛跟葷食是走不到一塊的理論，為了靈魂提升，肉體必須承受一些委屈，佛祖和聖方濟各，充滿神祕的宗教狂喜，還有，她自己。我都快瘋了，更別說她那些讓人倒胃的激情發言，也使得我胃口大減。晚餐之後，她終於讓我們可以安安靜靜地喝白蘭地、抽雪茄。真是謝天謝地啊。但喬德倫當時面向我，雙手扶在桌子上，這個造假者每一寸的臉上都充滿靈性的光芒，『你看她多棒啊，』他說道，『你說是吧？』『是啊，是很棒。』我表示同意。然後，喬德倫非常嚴肅地伸出食指，面向我搖了搖：『在我的時代中，我知道有三位滿是智慧的知識分子，』他說道，『三個天才頭腦：英國現代新聞事業奠基人諾斯克利夫子爵（Lord Northcliffe），曾經擔任過樞密院議長的強恩・莫立（Mr. John Morley）以及眼前這個小女孩。就這三個。』然後他又背靠椅背坐回去，對我猛然點了幾下頭，好像是要挑戰我敢不敢否定他的說法。」

「那麼，你接受了這個挑戰嗎？」我笑著問他。

提爾尼搖搖頭，「我只是又喝了一口他的一八二〇年白蘭地，這也是一個理性的人在那種情況下所能做出的最好反駁。」

「小仙女贊同喬德倫對她的看法嗎？」

「這個嘛，我相信是如此，」提爾尼說，「我認為是如此。她跟所有那些有宗教情操的人一樣，既自負又自大，過度的自我認同，自我感覺良好，可是她這個高人一等的角色扮演得很差，也扮演得前後不一致，但不管怎麼說，有一件事是一致的，就是她自認高人一等。這也是沒辦法的事，你看，她有巨大的自我感覺良好，任何事情，她只要對自己說三遍就變成真理了。舉例來說，一開始我會認為她的那些苦行、禁慾都只是些花招，她在公開的場合吃得那麼

8 Lyon's Corner House，十九世紀末英國知名餐廳，倫敦的地標。

少，少到我認為她一定在私下偷吃很多東西，但我後來覺得我錯怪她了。由於她不斷地告訴自己和其他的人，吃東西是件不屬靈又噁心的事，還是不禮貌也不入流的事，以致於她真的成功地，我認為，讓自己討厭食物了。到最後，她真的已變成只能吃非常少，這也應該是她體弱多病的原因。她應該就是營養不良，但營養不良也只是其中一個原因，她的病懨懨其實也是一種外交操作，她就像政治人物用死為要脅來動員群眾一樣，她也會用死要脅，達到她想要達到的目的。實際上就是敲詐勒索，只不過不是為了錢。她在很多方面都顯出漠不關心也沒興趣的樣子，她想要的，就是希望他對她產生興趣，想要征服他，想要自我肯定。她抱怨頭疼的理由跟小孩哭鬧的理由是一樣的，如果你屈服於哭鬧而滿足了小孩的需求，他就會再次哭鬧，然後哭鬧就會便成一種習慣。喬德倫就是那種禁不起小孩哭鬧的父母，每當小仙女又有了她那個遠近聞名的頭疼時，他就會驚慌失措，你就只看到他在房間裡跑進跑出，一會兒冰塊，一會兒熱水，一會兒古龍水！《泰晤士報》那位撰寫訃聞的作者如果看到此景，恐怕都會感動落淚，心地多麼善良，多令人感動啊！結果小仙女每隔三四天就會頭疼一次，真是煩人，令人無法忍受。」

「但她的頭疼真的是想像出來的嗎？」

提爾尼聳聳肩，「是，但也不是，這裡面有些生理的因素，這個女人確實常常有頭疼的問題，其實也不令人意外，她吃得太少，以致於身體相當衰弱，她的運動量也不足，所以長期以來都有便祕的問題，而長期便祕又可能導致子宮輕微發炎。另一方面，她也有視覺疲勞的問題，你可以從她那迷迷濛濛的眼神中看出來，從那未經矯正的近視眼神中看出來。所以你可以知道，她的頭疼其實有很多生理因素，也可以這樣說，她的身體是病痛泉源，而她的心神進而將病痛轉化為另一種更讓人注意的形式。透過她的想像，頭疼就變得更神祕、玄奧。那就是一粒沙裡的無限，便祕裡的永恆。每個星期二和星期五，她就準時地『死了』，像個順服命運的基督徒，像個烈士一般堅忍不拔地『死了』。在這種時候，我們常常可以看到喬德倫眼眶含淚從『病房』走下來，他從未見過這麼有勇氣，這麼有毅力的病人。她就是有能力讓男人感到羞愧，她就是個最佳楷模，而且我敢說這些都是真的。她剛開始只是小小詐病，她確實有點頭痛，但卻假裝痛得很厲害，然而她的想像太過生動，以致於她自己都失去了控制，漸漸地，她居然弄假成真，結果變成每次都真的頭痛了，而且幾乎痛得要『死了』。慢慢地，她也習慣於變成殉道的『烈士』，頭痛也跟著規律化起來。想像刺激了發炎子宮以及受到毒害腸道的正常活動，疼痛出現了，而且立刻變成神祕事件、靈性殉道可以在更高層次發生的原料。不管怎麼說，過程既複雜又隱晦。如果讓小仙女自己來說她的存在意義，那就會聽起來像是『殉道的聖勞倫斯』回憶他被放在烤架上的故事，或者會聽起來像是假造的前述故事。對小仙女而言，就如同我先前所說，她就是欠缺才能，真誠與高尚的品德卻是才能的要件，偽善跟不真誠是一個人本質上無能的結果，具有這些特質的人，就是缺少了行為藝術及自我表達的技巧。小仙女說話的時候，你會覺得她完全是鬼扯，但她自己卻認為再真實不過。她是真正在受苦，真正『死了』，真正很好、放棄了、充滿勇氣。就像真正的拿破崙其實只是個偏執狂以及罹患早發性失智症的年輕人，結果最後也不免於被一群極為聰明的敵人凌遲。如果我從她的角度來敘述這個故事，那將會聽起來十分美好，不是『美——好』，而是真的十分美好，因為我有很好的表達天分，但小仙女沒有。所以，除了白痴如喬德倫，大家都會認為她是個偽善者，是個慣於說謊的人，其實這也有點病態，因為自我認同、自我感覺良好本來就是一種病態，她會把事情弄得過度真實，不僅僅是疾病、殉道和聖潔這些事，也包括了歷史事實甚至於歷史的非事實。她的方法是藉由不斷地重複訴說來認證那些非事實。舉例而言，她希望人們相信，她也希望自己會相信，她跟喬德倫已經相好很多很多年了，他們兩人是青梅竹馬，從她出生時就開始了。喬德倫從她已經那麼『高高在上』時就已經認識她，已經說明了她和喬德倫目前的關係。那些散布醜聞的人可以住口了，所以她就開始一步一步地編造跟喬德倫之間長達一生的故事，甚至於兩人還有了實質上的親戚關係，他是她的『班尼叔』。我告訴過你她就是那樣稱呼他的嗎？這個暱稱可是意義重大唷，讓他立刻在血緣表上占有一席之地，也為他們兩人之間的關係進行了消毒，這樣說吧，讓他們兩人之間的關係自動變得天真無邪了。」

「或者是亂倫關係。」我說。

「或者是亂倫關係，也可以這麼說。但她想到的倒不是義大利詩人鄧南遮（D'Annunzio）

所描寫的情境，當她賦予他那個暱稱時，她已經把喬德倫提升到親愛的老親戚階層，或者至少是親愛的家庭老友。有的時候她會稱他為『妙叔叔班尼』，故意顯示出她從小就認識他，叫妙叔叔，妙叔叔就來了。但那樣還不夠，證據還得更完整一些才行，還要更多的環境證據。所以她就開始發明了，在草堆裡跟怪叔叔嬉鬧玩耍，跟他一起去看默劇，諸如此類一整個的兒時記憶。

「喬德倫呢？」我問道，「他也有同樣的兒時記憶嗎？」

提爾尼點點頭，「但對他來說，當然，那些記憶都是小仙女發明出來的，其他人都理所當然地接受了，她的回憶是那麼詳細、鮮明，除非你本來就知道她說謊成性，你也只好照單全收了。就喬德倫本人來說，她當然無法裝作她真正對他的過去瞭若指掌，至少在剛開始時不是這樣。在她的口中，兩人長達一生的親密關係是以比喻、象徵這種抽象說法開始述說，『我覺得自己是從很小的時候就認識了我的班尼叔叔，』有次她在喬德倫的面前跟我說。那是她剛剛認識他不久，跟每次在類似的場合一樣，她的聲音哼哼唧唧，比平常更像個撒嬌的小孩。那個聲音真的很可怕，撒嬌得有點過頭，甜蜜得非常虛假。『從我還是很小、很小的小貝比開始，您說是不是啊，班尼叔叔？』喬德倫忙不迭地點頭認可。當然，他很樂意地認為就是那樣。從那時開始，她就開始一件一件地詳細敘述和親愛的妙叔叔之間在遙遠的童年應當發生過的許多事情。其實她說的事情都差不多，因為她記得的都是他不在場時，她跟其他人所說的故事。她說他曾經給了一些他自己的老照片，照片上是他坐在四輪摺篷馬車上，穿著高領禮服、諾福克夾克，頭戴高頂禮帽。這些故事也使得她的幻想成真，她就用這些故事再加上喬德倫的回憶，建構出她和他所共度過的一生時光。『你記得嗎，班尼叔叔，我們那次搭乘你的遊艇到英格蘭的考斯，結果我落到海裡的那件事？』她問道。已經完全融入這個遊戲的喬德倫就會回答，『當然記得啦，我們把妳救起來之後，把妳包在熱毯子裡，給妳溫熱的蘭姆酒和牛奶，結果妳還喝醉了。』『喝醉了？我那時看起來很可笑嗎？班尼叔叔？』於是喬德倫就開始努力加油添醋，發明了一些古怪又有趣的情節加入其中。如此一來，小仙女下次再說同一個故事的時候，就可以這樣開始：『妙叔叔班尼，你還記得那次我在考斯掉進水裡，後來你給我蘭姆酒和熱牛奶，結果害我醉了還胡說八道的糗事嗎？』雖然整件事有點怪誕、甜美、讓人感動得過頭，就像是蘇格蘭劇作家巴瑞或是英國作家米恩（A. A. Milne）的作品，但喬德倫卻還滿喜歡這種遊戲而玩得不亦樂乎。至於小仙女呢，因為對她來說，那可並不是一場遊戲而已，那是把非事實不斷重複，然後變成為事實。『但聽我說，史賓黛爾小姐，』我有次對她說，當她告訴我——我！有關她還在學步時和班尼叔叔的一次探險故事時，『聽我說，聽我說，史賓黛爾小姐，』（我一直這樣稱呼她，雖然她一直也希望成為我的小仙女，而且如果我給她一點小鼓勵的話，她應該也會很想稱我為泰德叔叔。但我在這一點上絕不退讓，對我來說，她就是史賓黛爾小姐，永遠都是）。『聽我說，』我說道，『妳好像忘了，妳是一年多前才認識喬德倫先生的啊。』她沒有回話，兩眼茫然地注視了我一會兒。『妳不會以為我也忘了吧？』我又追了一句。這個可憐的小仙女！她眼中的茫然突然轉換為一種痛苦、窘迫。『啊，當然，當然，』她神經質地笑了起來並且說道，『我只是感覺上好像已經認識了他一輩子，那只是我自己的想像……』她又再度陷入沉默，不一會兒，她就找了一個藉口離開了。我可以感受到她相當沮喪，真真實實的沮喪，就好像是突然從一個美夢中被喚醒，從先前一個沉醉中的世界，突然被扔進另一個方向不同的世界。但是當我第二天再見到她的時候，她好像已經回神了。她又再次回到那個夢想世界，我聽到午餐桌另一頭的她，正在跟喬德倫的一位美國生意朋友大談她和班尼叔叔在他那蘇格蘭松雞沼澤地界上曾經發生過的趣事。但我同時也注意到，從那時開始，她再也不跟我談那些杜撰出來的童年舊事了。這倒挺有趣，因為這使得我可以從另一角度來檢視她的虛假。也是從那時開始，我瞭解到她那些發自內心深處的謊言，其實是一種不自覺的行為，是一種病理上的異常現象，也是因為本身欠缺才能所致。主要是，但有時也正好相反，那些謊言太過自覺也太過故意。最顯著的例子，就是那個有關聖痕的謊言。」

「聖痕？」我回應他的話，「那是一個有關宗教的虔誠謊言囉。」

「虔誠，」他點點頭，「這也是她得以將謊言對自己合理化的方法，雖然在她的眼裡，她所說過的所有謊言都是虔誠的。虔誠，因為她說這些謊言都有其目的，而且她自認為自己是個聖人，她的出發點是神聖的。當然，她之後也會將這些謊言進行想像中的消毒，以致於它們不再是謊言，而變成了像天使拍打著翅膀、純淨無瑕的事實。我們可以一開始假定它們都是無庸置疑的虔誠謊言，甚至也可以假定對她來說也是如此。這個聖痕事件可以清楚說明小仙女這個人，我這次是當場把她抓個正著。這件事是以喬德倫腳上長的那個癤子開始。」

「腳上長癤子？這倒挺新鮮。」

「確實不尋常，」他也同意，「我小的時候也長過一次，我可以告訴你，真的很不舒服。好吧，同樣的事也發生在喬德倫身上了。那時他和我一起去他的鄉間住所，有次在編造那本自傳的空檔去打高爾夫球。我們在休息的時候坐下來喝白蘭地和抽雪茄，我就趁那個時候詢問一些寫作的素材。如果任由他述說，他很快就會迷失方向東拉西扯，講的東西會變得很不連貫，時間序也串不起來。所以我必須時時導正他的敘述，他其實還算滿坦白。我可以告訴你，我也從中學習到一些有關商業領域內奇奇怪怪的事，這些事，我都沒有寫進那本自傳裡，我會把它們保留給『生命』，也就是說，以後也不會有人知道這些事。好吧，就如同我所說，我們那次在鄉間共度長週末，從星期五到星期二，小仙女則留在倫敦。她偶而會非常嚴肅看待自己那份圖書館員的工作，而且會特別強調自己要專注於圖書目錄，『我有工作要做，』當喬德倫建議她也跟我們一起到鄉下時，這就是她的答覆，『你要讓我負起我的責任啊，我不認為一個人應該無所事事，你認為呢？班尼叔叔。此外，我也熱愛我的工作。』我的老天啊，她的那種嗲聲嗲氣真快把我搞瘋了！但是喬德倫，當然，他是既感動又著迷，『她是多麼與眾不同啊！』我們一起離開的時候，他對我這麼說。可能比你設想的還與眾不同唷，我想。他的狂想曲已經飛到華特佛（Watford）那邊去了。可是從某一個角度來說，我也看得出來，當我們抵達鄉下的時候，他其實還滿欣慰她不能跟我們一起來。對他來說，他也滿希望有個純男性的小假期，而她也很聰明，知道他偶而也會需要這麼一小段時光。所以，我們就恰如其分地打我們的高爾夫球，結果到了星期天早上，星期五那天不以為意的小癤子，竟然因為運動時的摩擦撕裂而腫脹為一個巨大的紅色小半球，使得他舉步維艱。毫無疑問的，這樣確實很不舒服，但對一般人來說這也算不上什麼，無須太過於沮喪。不過面對癤子這個玩意，喬德倫卻不像一般的人不以為意，因為他有疥瘡情結，也就是一種癤子恐懼症。也許算是一種藉口吧，但喬德倫的哥哥就是死於某種惡性壞疽，那個從臉頰開始長出的壞疽起先看起來完全無害，以致於喬德倫就算只是臉上長青春痘，他都會想起他的哥哥所得的病。所以這個腳上的癤子真是嚇壞他了。他似乎已經看到他的骨頭受感染，然後整條腿開始腐爛、截肢，然後死亡。我一方面盡力安慰、鼓勵他，一方面找來當地的醫生。醫生立即趕來了，是個年輕人，非常有決斷力、效率而且充滿信心的那種。他對那個腫脹的癤子施用了麻藥，穿刺擠破，徹底清創，然後包紮起來。醫生告訴喬德倫不會有併發症，結果也確實沒有，那個癤子經過處理後很正常地復原，喬德倫於是決定按照原訂計畫在星期二回去，『我不想讓小仙女失望，』他解釋道，『我如果沒有按時回去，她一定會很傷心，而且一定會為我緊張，你不瞭解那個小女孩有怎樣的直覺，她有種超乎尋常的先見之明。她一定會猜測究竟出了什麼事而心煩意亂，你要知道，讓她心煩意亂會是件很糟糕的事。』我當然明白，她那些神祕的頭痛事件已經煩死我了，我當然同意一定不能讓她心煩意亂，所以我們決定在回到喬德倫家之前，不要讓小仙女知道有關癤子的事。但問題又來了，他要怎麼回去？我們是駕著喬德倫的布加迪跑車來到鄉下，主要原因就是他喜歡速度，但現在他瘸了，布加迪顯然不是給瘸子用的。後來我們決定讓司機先把跑車駕回去，然後換駕勞斯萊斯回來，但交代他萬一碰到史賓黛爾小姐的話，不要跟她說他為什麼先回去。這就是他得到的命令。司機去了，也按照計畫駕著勞斯萊斯回來。我們把喬德倫扶上車，就好像是送上救護車一樣，然後向倫敦進發。那真是一場激動人心的返鄉啊。由於預期到他將可從小仙女那兒得到同情，所以當車子快到家的時候，他的癤子小小地復發了。『我覺得有點顫動的抽痛。』他跟我說。然後當他下車時，哎唷，真是瘸得厲害呀！感覺上他好像是在加里波利戰役中丟了一條腿似的，管家必須要攙扶著他上到接待大廳，然後再小心翼翼地扶他坐進沙發。『史賓黛爾小姐在她的房間嗎？』男管家點頭稱是。『叫她立刻到這裡來。』男管家鞠躬退下。喬德倫閉起雙眼，一臉疲倦像個病重的人。看起來他是準備要盡其可能博取同情，而且我可以看得出來，他已經在開始享受那種感覺了。『還在抽痛嗎？』我有點無禮又捉狹地問道。他點點頭，但並沒有睜開眼睛，『是的，還在抽痛。』他的表情相當嚴肅、陰鬱，我必須極力克制，才能忍住不笑出聲來。接著我們都已無話好說，只好那樣等著。一會兒之後，門開處小仙女現身了，卻是一個跛腳的小仙女，一隻腳穿著高跟鞋，另一隻腳則是拖鞋。哎唷，真是瘸得厲害呀！『又是一條丟失在加里波利戰役的腿。』我不禁這樣想。喬德倫聽到門打開的聲音，眼睛閉得更緊了，同時轉過頭面對著牆壁，或者更準確地說，是面對著沙發背面。我可以看出來小仙女有點尷尬，因為她的進場故意安排得有點戲劇化，她的原意應該是期待喬德倫一眼就看到她不良於行，卻沒想到面對的卻是一個垂死病人的場景，她原先準備好的表演居然沒用上，她必須趕快想出另一套劇本，一套全新的套路。但尷尬的是我也在場，一位非常冷靜的旁觀者，而且就她所知，我完全不是瑪姬．史賓黛爾的粉絲。她在門前猶豫了一會兒，希望喬德倫會轉臉過來，但他還是緊閉雙眼，臉轉向另一邊。很顯然，他是想演一齣奄奄一息的好戲。所以小仙女有點緊張地再看了我一眼之後，一拐一拐地穿過房間走向沙發，『班尼叔叔！』聽到小仙女的聲音後，他開口了，好像他並不知道她已經來了，『是妳嗎？小仙女。』他的聲音相當於樂曲中的最弱音。接著是來自於小仙女的急速快板：『怎麼了？班尼叔叔，你怎麼了？哎呀，快告訴我。』她現在已經走得很近同時伸出手扶著他的肩膀，『告訴我。』他轉過臉來對著她，一個溫柔變貌的小倫。他的心中充滿了感動，『小仙女！』簡直就是一灘豬食餿水。『你是怎麼回事啊，妙叔叔班尼？』『沒事的，小仙女。』他的音調有點像菲立普．西德尼爵士[9]那樣故作輕鬆的英雄氣慨，

---

9 Philip Sidney, 1554-1586，英國詩人，伊莉莎白女王時代最有名望的人物之一。

『沒什麼，只是我的腳而已。』『你的腳！』小仙女驚呼的聲音把我們兩個人都嚇了一跳。『你的腳出了問題？』『是啊，有什麼嗎？』喬德倫似乎有點惱火，他並沒有得到他原先所期盼的同情。她轉向我問道，『提爾尼先生，是什麼時候的事情？』我故作輕鬆地說，『只是一個討厭的癤子，在球場上走來走去讓它惡化了，不過星期天的時候已經處理過了。』『大概是星期天上午十一時三十分的事嗎？』『我想是的，大概十一時三十分。』我回答道，但覺得那個問題有點奇怪。『這個，也是在十一時三十分發生的。』她用頗戲劇化的語調說道，同時用手指著自己那隻穿著拖鞋的腳。『這個又怎麼了？』喬德倫問得有點彆扭。他為自己想要的同情落空而真的惱怒了。我倒有點同情小仙女，事情似乎是朝著不利於她的方向發展，我可以看得出來她想出乎意料地偷襲，只不過未能成功。『史賓黛爾小姐好像傷到她的腳了，』我企圖向喬德倫解釋，『你剛才沒看到她一拐一拐的。』『妳是怎麼傷到自己的？』喬德倫問道。他還是有點悻悻然。『我坐在圖書室裡整理目錄，』她說道。根據句子從她嘴裡出來的方式，我猜，她終於可以用上先前所準備的材料了。『突然，幾乎正好就在十一點三十分（我記得曾經看了一下鐘），我感到腳部一陣劇痛，好像有人用一把很尖、很尖的刀子插進去，我痛得差點昏倒過去。』她停了一下，似乎在等待一些相應的評論，但喬德倫並無回應，所以我很禮貌地插嘴，『天啊，真是太可怕了。』我想，她應該滿意了。『當我站起來時，』她繼續說道，『腳痛得我幾乎無法站立，從那時開始，我就開始一拐一拐了。但最讓人吃驚的是，我的腳上出現了一個像傷疤一樣的紅色印記。』她又做了一個等待評論的暫停。但是喬德倫還是沒說話。他緊閉雙唇坐在那兒，把臉頰與像猴子一樣的寬廣上唇分開的皺紋，現在僵硬得看起來好像是刻在石頭上。小仙女看著他，發現自己似乎弄錯了劇本。現在改正還來得及嗎？她立刻採取行動，推出了新的計畫；『但是你，可憐的妙叔叔！』她以一種跟病犬說話的音調開口說道，『我真是太自私了，你已經都躺下來，而且腳都已經包紮起來，我還在說我的小傷痛！』聽到這個話的小狗，尾巴立刻搖起來了，臉上也再度恢復了天使般的純潔表情，他拉起她的手。我簡直受不了了。『我想我該走了。』我說。然後我就走了。」

「但是那個腳呢？」我問道，「那個在十一點半如刀刺般的痛楚呢？」

「你問得好。我後來見到喬德倫，他是這樣說的：『天地之間的事情，其實不是只有那些你根據自己的人生哲學所能夢到的。』」提爾尼說著笑了起來，「小仙女勝利了。當他欣然接受小仙女那母性的愛、基督的施捨以及小貓咪的同情之後，我想，他已經準備好要聽她的故事了，十一點三十分的刺骨劇痛，紅色的傷疤，奇異、神祕、難以理解的故事。他以非常嚴肅、明智的態度跟我討論，我們談了通靈跟心電感應的問題，也仔細區分了神蹟與超凡。『如你所知，』他告訴我，『我這一生都是虔誠的長老教會信徒，因此不相信羅馬天主教的那些聖人事蹟，我認為那些都是虛構出來的故事，譬如說我從來不相信聖方濟各那個有關聖痕的故事，但現在我信了！』接著是一陣子莊嚴又隆重的暫停，『現在，我知道那是事實了。』我只有低頭靜默不語。但是當我再次見到司機麥格雷先生時，我問了他幾個問題，不錯，他那天駕布加迪跑車回倫敦去換勞斯萊斯時確實見到了史賓黛爾小姐。他那時是去祕書室，看看是否有什麼信件要先帶去給喬德倫先生，而在走出祕書室時正好撞見史賓黛爾小姐。她問他在倫敦做什麼，儘管喬德倫事先已有交代，但他還是一五一十地把喬德倫的狀況跟她說了。他希望這件事沒有造成任何傷害。『不會的，不會造成任何傷害。』我跟他做出保證，也跟他保證我不會對喬德倫說。當然，我也真的沒說，我想……哎呀，我的老天！」他打斷了自己的話，「現在是怎樣？」現在是郝翠瑞又進來了，開始在午餐桌上擺設餐具。她根本無視於我們的存在，其實也並不僅僅是我們好像不存在，而是我們好像根本沒有存在的權利。提爾尼拿出他的懷錶，「一點二十了，我的天！從早餐之後，你是說，我已經在這邊說了一上午的話了？」

「看起來是這樣。」我回答。

他咕噥了一聲。「你知道，」他說，「你知道一個人有嘮叨的天分是怎麼回事嗎？就像這樣，一個早上的寶貝光陰就報銷了。」

「還好我沒有。」我說。

他聳聳肩膀，「也許沒有，但對你來說，這個故事既新鮮又有趣。但對我來說，這已經是個老掉牙的故事。」

「不過對莎士比亞來說也是一樣啊，在他寫奧賽羅之前，他不就已經知道那個故事了。」

「話是不錯，但他是寫而不是說啊，而且他確實有些花了時間的東西要表現，他的奧賽羅也不像我那可憐的喬德倫就這樣消失在空氣中。」他嘆了口氣後又陷入沉默。郝翠瑞板著臉孔在桌邊窸窸窣窣忙東忙西，金屬餐具碰擊時鏗鏘作響，我一直等到她離開房間才再開口說話。當一個人的僕人比主人還顯得受人敬畏時（現在確實是如此啊），這個主人就要特別小心了。

「那麼，整個事情的結局如何呢？」我問道。

「整個事情的結局？」他重複了一遍，聲音顯得很平淡，感覺上好像已經覺得這個故事開始乏味，準備要想想別的事了。「結局嘛，就我來說，完成了那本自傳之後，我也對這個主題產生厭倦，逐漸淡出了喬德倫的生活，就像愛麗絲夢遊仙境裡那隻柴郡貓一樣。」

「小仙女呢？」

「她過去玩了太多那種臨終的把戲，久走夜路終於遇到鬼，就在聖痕事件的一年之後，她也弄假成真離開人間了。其實，她一直都有這種危機，只是這次真的死了。」

房門又開了。郝翠瑞端著餐盤再次進入房間。

「喬德倫呢？我想，他一定痛不欲生吧？」幸運的是，痛不欲生有時也是受人敬畏的。

提爾尼點點頭，「他開始寄情於招魂術，又是天譴、報應那一套東西。」

郝翠瑞掀開餐盤的蓋子，一股炸比目魚的味道立時瀰漫。「午餐來了。」她說，語氣讓我感到帶有一絲沒有特意隱藏的輕蔑和不贊同。

「午餐來了，」提爾尼重複著說道，同時走向他的位子坐下，打開餐巾，「一餐復一餐，準時得很，一天又一天，一天又一天，這就是人生。如果在每餐之間可以完成一些事，這樣的生活就還可以忍受，但對我來說，卻是什麼都沒有，一餐接一餐，中間則是一片空白，某種形式的空白……」郝翠瑞那時正在為他擺上塔塔醬，也就是正在那時，她悄悄地用手肘輕推了他一下。提爾尼轉過頭來，「啊，謝謝妳唷。」他說。然後就開動了。

一九三〇年，收錄於《短蠟燭》（*Brief Candles*）

單片眼鏡
The Monocle

招待廳位在一樓，從樓梯上方傳下許多人嗡嗡的談話聲音，聽起來好像是遠方駛來火車的隆隆聲。葛萊哥利脫下他的大衣交給負責接待的女僕。

「不需要帶路，」他說，「我知道怎麼上去。」

他一直都是思慮這麼周到！然而話又說回來，那些僕人其實也都不會為他做什麼事，他們也都看不起他，甚至討厭他。

「不麻煩妳了。」他頗為堅持地對女僕說道。

那位臉色紅通通有著黃色頭髮的女僕看著他一會兒，然後就扭頭走開了。他總認為她的表情似乎帶著一點鄙視意味。不管怎麼說，他相信她本來就無意帶路。他覺得有一點受辱的感覺。不過也還好，也不過就是加多一次罷了。

樓梯底層邊掛有一面鏡子，他打量了一下鏡中的自己，用手輕輕扶整頭髮，收緊一下領帶，他的臉孔光滑呈雞蛋型，面容一般，淡色的頭髮，嘴生得很小，上唇呈弓型，臉孔長得像個正經八百的助理牧師。私底下，他自認算是英俊，也老是訝異為什麼別人沒有同樣的看法。

葛萊哥利一邊走上樓梯一邊擦拭著他的單邊眼鏡，樓上的聲音也開始愈來愈近，愈來愈響亮。在樓梯的轉角平台處，他已經可以看到開著的招待廳門口。起初他只能看到門道的上半部，以及裡面的部分天花板，但每上一層就可看到更多一點：挑簷下方的牆壁、一幅畫、人們的頭部、身體、他們的腿跟腳。在倒數第二階時，他戴起他的單片眼鏡，同時把手帕收回口袋裡。他調整並端正了一下自己的肩膀，然後昂首闊步地走了進去，自認頗有軍人氣慨。進去之後，他看到派對的女主人站在房間另一端的窗邊，於是就對著她走過去，雖然她還沒看到他，他已經滿臉堆上打招呼的機械式微笑。房間裡擠滿了人，更加讓人覺得鬱熱，整間屋子瀰漫著香菸濛濛的煙，以及人群吵雜的聲音。葛萊哥利覺得自己是在奮力穿過某種厚重的障礙，穿過層層的噪音之海，然後還必須盡力抬高頭部保持微笑。他終於辦到了，終於能夠將一路以來保持得完整無缺的微笑獻給女主人。

「晚安，荷米翁妮。」

「啊，葛萊哥利，真高興見到你啊，晚安。」

「妳今晚穿得真美啊。」葛萊哥利說道。他其實是有意識地遵從一位頗為成功友人的勸告，對方告訴他，儘管你自己知道是虛情假意，還是不要忽略掉讚美別人這件事。其實那件衣服並不算差，只不過可憐的荷米翁妮不管穿什麼上身，最後都會毀了。她就是那種又醜又不優雅的女人，葛萊哥利甚至認為她是故意變成那樣的。「真的太可愛了，」他的聲音雖然有點高，卻像鴿子咕咕咕一樣地輕柔。

荷米翁妮露出寬慰的微笑，「很高興聽到你這麼說。」她開口回答，但正準備繼續話題時，卻有一個濃重的鼻音大聲插話進來打斷了她。

「看呀，怪獸波利菲莫斯[1]在這裡。看呀，怪獸波利菲莫斯在這裡。」來者唱的是韓德爾歌劇《阿西斯和加拉蒂亞》（*Acis and Galatea*）裡的一段。

葛萊哥利登時臉都紅了。說時遲那時快，一隻巨掌已經用力拍在他的肩胛骨下方的背部中央，發出像是獵犬被拍打身體時那種「砰」的一聲。「哎呀，波利菲莫斯，」來者此時已經停止歌劇表演，轉而為正常的說話，「我說，波利菲莫斯，你近來可好啊？」

「很好啊，謝謝你的問候。」葛萊哥利回答道。他並未轉頭看對方，但他知道對方就是那個一天到晚醉醺醺的南非畜生派克斯敦。「很好啊，謝謝你的問候，西勒努斯。[2]」

派克斯敦是因為葛萊哥利一天到晚戴著單片眼鏡而將他稱為波利菲莫斯，就是那個有環形眼的的獨眼巨人。以牙還牙，以眼還眼，既然這樣，他以後都會稱派克斯敦為西勒努斯。

「那太好了！」派克斯敦誇張地大聲說道。與此同時，葛萊哥利又被對方重重地拍擊了一下，痛得他呲牙裂嘴，讓他忍不住吁了口大氣。「這個派對很高檔唷，是吧？荷米翁妮，有文化唷，什麼？不是每個派對都可以聽到客人互相用希臘羅馬神話裡的妙語來交談的，我要恭喜妳辦得這麼成功，荷米翁妮。」他伸出手臂攬住她的腰，「我要代表我們大家來恭賀妳。」

荷米翁妮掙脫開攬住她腰的手，「別那麼討厭，派克斯敦。」她有點不耐煩地說。

派克斯敦誇張地笑起來，「哈，哈！」他的笑聲就是通俗舞台劇中那種無賴的笑法，而且不僅僅是笑得誇張，他整個人的表情動作都在模仿老一輩的悲劇演員。他的側面似鷹，兩眼深陷，一頭長長的黑髮，算是他的代表性特色。「跟妳致千萬個歉意，」他看似有禮卻又帶著嘲諷意味地說，「這個殖民地居民（指他自己）根本忘了他自己是誰，他就是一個酒鬼跟沒禮貌的粗人罷了！」

「白痴！」荷米翁妮說道，同時轉身走開。

葛萊哥利眼看這種狀況，也想前腳後腳跟著她離開，卻沒想到被派克斯敦一把抓住袖口，「告訴我，」他熱切地問道，「你為什麼要戴單片眼鏡？波利菲莫斯。」

「如果你真正想知道，」葛萊哥利面容僵硬地答道，「那只是因為我的左眼正好有點近視跟散光，右眼卻很正常。」

「近視加散光？」派克斯敦帶著故意顯得驚訝的語氣重複道，「近視加散光？天哪，我還以為你是想學音樂喜劇裡的那些小公爵呢。」

葛萊哥利的笑聲本來是想凸顯派克斯敦的說法純粹是說笑，所以應該沒有人會真把它當一回事！簡直太難以令人置信！太滑稽了！但事實的狀況卻是派克斯敦的說法讓他感到尷尬、不舒服。因為派克斯敦所說的其實很接近事實，而且還真的很準確，他就是廢物、鄉巴佬一個，想要表現得自大自負，卻又沒那個能耐，還用眼科醫師的診斷當藉口，企圖讓自己看起來

1 Polypheme，希臘神話中吃人的獨眼巨人。

2 Silenus，希臘神話森林之神，酒神巴克斯的老師。

更帥、更不可一世、更讓人印象深刻，只可惜這一切都宣告無效。他的眼鏡無助於增加自信，每次戴上的時候，都覺得心情有些沉重。他認為戴單片眼鏡的人都應該像詩人，天生的而不是後來才成就的那種。劍橋大學會接受的，不就是那些出身重點中學的學生？他也是受過培養的人，有些文學修養，但他也沒忘記自己是間大皮靴廠的繼承人。儘管戴上單片眼鏡是眼科醫師所建議，可大多數的時候，他還是無法習慣自己的那副單片眼鏡。那個眼鏡像個鐘擺一樣吊在根鏡繩上，走動的時候晃呀晃的煩死人。吃飯的時候可能會掉進湯碗或茶杯中，或者沾到柑橘果醬、牛油。所以通常都是在一些特別「有利」的場合，他才會戴起來，而且很少超過幾分鐘甚至於幾秒鐘，然後他就會揚起眉毛，讓它落下來。

可是對葛萊哥利來說，有利於戴上眼鏡的時機真的不多啊！有的時候是因為他所處的環境過於邋遢、骯髒，有的時候又因為環境太好。在窮人、受苦的人或目不識丁者的面前戴起眼鏡，總讓他覺得似乎有點示威的味道。此外，那些窮人和目不識丁者也免不了會嘲笑這種代表優越感的象徵。葛萊哥利可抵擋不了嘲笑，他缺少那種高傲者的信心，也不是真正很瞭解戴單片眼鏡者的內心狀態。他不知道如何對窮人視而不見，在必須要面對他們的時候如何對待他們，是要把他們當作是機器呢，還是家裡養的動物。他的父親還在世時，他見過太多這樣的窮人，也是因為如此，才讓他不得不接收了父親所遺下的相關實際利益。

但同樣的，也是因為缺乏信心，他才不願意在那些有錢人面前動手戴上眼鏡。有他們在場的時候，他從來就無法確認自己有權戴上他的單片眼鏡。他覺得自己就是一個單眼暴發戶。再來就是那些知識分子，有他們在場的時候，他也覺得不適合戴上眼鏡。戴上眼鏡，是要如何跟別人做嚴肅的討論？「莫札特，」舉例而言，你可以說，「莫札特是那麼純淨，精神層面是那麼完美。」可是當你說這些話的時候，左眼的眼眶上竟然夾著一個水晶圓片。多麼令人難以想像啊！不可能的，這種狀態實在太糟糕。不過，有的時候確實也會出現比較友善的環境。譬如說荷米翁妮這次辦的半波西米亞式派對就是如此，但他還必須思考如何甩開派克斯敦。

面對著派克斯敦的調侃，他有點像是被逗樂了，也有點像是吃了一驚。他笑了出來。接著，有些像是不小心，他的單眼鏡片落下來了。「哎呀，放回去，」派克斯敦大喊，「放回去！我求求你。」他同時一把抓住落下來並吊在葛萊哥利腹部晃來晃去的那片眼鏡，企圖幫葛萊哥利裝回去。葛萊哥利往後退了一步，伸出手來把派克斯敦推開，同時伸出另一隻手，想要搶回派克斯敦手中那只單片眼鏡。但派克斯敦不肯鬆手。

「我求求你。」派克斯敦還不肯放棄。

「馬上還給我。」葛萊哥利生氣地說，但是壓低了聲音，以免旁邊的人看到這荒誕的一幕。他從來沒有像這樣被人當作傻瓜羞辱過。

派克斯敦最後還是把眼鏡還給他了。「對不起，」他用半嘲諷的懺悔語氣說道，「原諒我這個殖民地的可憐醉鬼吧，我搞不清楚在高尚的社會該怎麼做，你要記得，我就是一個酒鬼，一個又窮又愛喝的酒鬼，你知道，當你進到法國旅館後他們給你的入住登記卡？要你填寫名字、生日……等等，你知道我在說什麼嗎？」

葛萊哥利一臉尊嚴地點了點頭。

「你知道，每當要填寫職業欄的時候，我就會寫上 Ivrogne（酒鬼）。也就是說，如果當時我還清醒到記得『酒鬼』的法文該怎麼寫，如果還酒醉未醒，我就只能寫上英文的『酒鬼』。反正現在他們都看得懂英文。」

「是唷。」葛萊哥利冷冷地回道。

「那可是一個非同小可的職業啊，」派克斯敦滔滔不絕地說道，「它允許你想幹什麼就幹什麼，任何你想得到的事，一把摟住你朝思暮想的女人，大膽地跟她說那些噁心、肉麻又魯莽的話，盡情侮辱那些你想侮辱的男人，當著他的面取笑他。對於窮酒鬼來說沒什麼不能做的，特別當他還是個不知道什麼是好東西的窮光蛋殖民地人民。聽我說，老伙計，別再戴那個單眼鏡了，那有什麼好的，就來當個酒鬼，我告訴你，有趣得多了。這倒提醒我了，我現在應該趕快再去找點酒來喝，因為我已經有點清醒了。」

他一瞬間就消失在人群中。葛萊哥利感覺到鬆了一口氣，於是開始四下打量，看是否有熟人在場。與此同時，他又拿出手帕擦拭他的單片眼鏡，也順便擦了一下額頭，然後戴上了眼鏡。

「對不起，借過，」他遊走在擺得很密集的椅陣中，「對不起，借過，」他像條蛞蝓般地在兩組背對背站立的客人中間穿過，「對不起，借過。」他看到壁爐旁邊有幾位他認識的人：蘭森和瑪麗．海格，還有坎波當小姐。他加入了他們的談話：他們正在談有關曼德拉戈爾夫人的事。

其實他們所談的也就是不斷重複個人所知，有關這位著名獵獅人的家庭故事，他自己就重說了兩三個故事，除了口頭訴說之外，還加上有如默劇般的手勢。也就是在比手劃腳講故事的高潮中，他似乎也看到了自己說故事時所做的鬼臉，聽到自己那抑揚頓挫的聲音，背誦並一再重複那些老掉牙的句子。

為什麼人要參加派對，究竟為了什麼？老是同一批無聊的人，同樣枯燥乏味的醜聞，以及每個人不知道表演了多少遍的社交小把戲。每次都一成不變。可他還是一樣的虛情假意陪笑，表演默劇，大呼小叫地說完他的故事。聽的人還真的笑了。這應該算是成功吧，但葛萊哥利卻自覺有些羞愧。蘭森也開始談他所知道的曼德拉戈爾夫人和帕塔里亞波（Pataliapur）統治者之間的故事。他不禁在內心深處自問，為什麼？為什麼，為什麼，為什麼？有人在他的身後高談闊論政治，他一邊帶著微笑假裝在聽曼德拉戈爾夫人的寓言故事，其實真正在聽的，是後面的政治八卦。

「這就是末日的開始。」那位政治人物說道，他用高昂又愉悅的聲音正在預言一場大毀滅。

「親愛的君主啊，」蘭森模仿著曼德拉戈爾夫人那激昂的聲音、堅定又帶有渴望的手勢說道，「如果您知道我是那麼地喜愛東方。」

「我們獨特的地位來自於我們比任何人都先開始建立起工業體制，而現在，當世界上其他國家開始追循我們的腳步時，我們才發現先行者並不見得就占到便宜。因為我們所有的設備都已過時——」

「葛萊哥利，」瑪麗・海格在呼喚他，「你那有關無名戰士的故事呢？」

「無名戰士？」葛萊哥利有點含糊其詞地答道，另一方面又想聽清楚身後的人在說什麼。

「最近運送到的都是最新式的機器，很明顯地，我們……」

「你知道的啊，那個曼德拉戈爾夫人所辦的派對，你知道的。」

「啊，我想起來了，她邀請我們去喝茶，同時會見那些無名戰士的母親。」

「……就像義大利。」那個政治人物還在高談闊論，「以後，我們就將有一或兩百萬人失業，必須要靠國家來養。」

一或兩百萬人。這讓他聯想起賽馬大會，每場也許有十多萬人吧，一或兩百萬人就意味著十場、二十場，大家都是窮得半飢餓狀態，跟著軍樂隊以及大橫幅遊街。想到此刻，他讓單眼鏡落下。要寄五英鎊到倫敦醫院去了，他想，一年四千八百英鎊，每天十三英鎊。當然是扣掉稅之後。稅太可怕了，簡直駭人聽聞，先生，駭人聽聞啊。他很想讓自己能夠感覺一下那些老紳士提到稅務時氣得脹紅臉的憤怒，但就是辦不到，說到底，稅也算不上是藉口，無法當作合理化的藉口。想到這裡，他突然之間陷入了深沉的沮喪。不過他還是企圖自我安慰，以他的收入來說，大概還可以養活兩百萬人裡面的二十到二十五人，兩百萬裡面的二十五人，太荒唐、太可笑了。結果連想要自我安慰都宣告失敗。

「奇怪的是，」蘭森還在說有關曼德拉戈爾夫人的事，「她其實對她的那些獅子一點興趣都沒有。她會告訴你詩人安那托爾・佛朗士（Anatole France）跟她說了什麼，可是說了一半就會因為覺得無聊而忘了她自己在說什麼。」

我的老天啊，葛萊哥利心中想著，曼德拉戈爾夫人的這個心理狀態，蘭森到底要說幾遍呀！到底要說幾遍！他等一下一定還會再提那個大猩猩的故事。老天啊，幫幫忙吧！

「你們曾經在動物園看過那些大猩猩嗎？」蘭森說道，「牠們用手抓起稻草或香蕉皮，然後聚精會神觀察的樣子。」他接著就學猩猩的動作表演了一場默劇，「然後突然之間，牠們沒興趣了，就把稻草或香蕉皮扔掉，開始去找別的東西，我每次看到牠們，就會想起曼德拉戈爾夫人和她所邀請的賓客，一開始時她是那麼熱情，好像那些客人是世界上的唯一，然後突然之間……」

葛萊哥利實在無法忍受了，他低聲跟坎波當小姐說他看見某一位必須要談一下的朋友，於是就走開了。「抱歉，借過。」他又像一條蛞蝓一樣穿過人群。天哪，真是受罪，真是無聊透頂！他在一個角落找到小伙子克蘭恩和其他兩三位朋友，他們手持飲料正在那兒聊天。

「嗨，克蘭恩，」他說，「拜託一下，請問，你們的飲料是在哪裡拿的？」

那金色的液體現在看起來是唯一的希望了。克蘭恩並未答話，只用手指指了一下通往後方客廳的拱廊，然後舉起杯子喝了一口，並對葛萊哥利眨了一個眼。他的臉孔看起來就像是上帝不小心失手的作品，簡直其醜無比。葛萊哥利再次左閃右避穿過人群，「抱歉，借過。」他這次說得比較大聲了，可是內心裡，他說的是：「救救我們吧，上帝。」

後方客廳的另一頭是張上面擺了瓶裝飲料和玻璃杯的桌子，那位專業酒鬼就坐在旁邊的沙發上，手上一杯酒，正在自言自語，有意識地對所有在聽力範圍之內的人品頭論足。

「我的天啊！」葛萊哥利走過去的時候，聽到他在說，「我的天啊，你看看！」他說的是穿金戴銀但面容憔悴的拉巴蒂夫人，「我的天啊！」她那時已經撲上躲在桌子後面那位羞怯怯的年輕人了。

「告訴我，佛利先生，」她把她那張長長的馬臉貼近那位年輕人，以幾近哀求的聲音說道，「你這麼懂數學，請告訴我……」

「可能嗎？」專業酒鬼大聲說道，「在這片英格蘭碧綠如茵的大地上？哈，哈，哈！」又是他那誇張的劇場笑聲。

自以為是的笨蛋，葛萊哥利心中想著，他還以為自己多浪漫呢，一個動不動就大笑的哲學家？因為這個世界對你不夠好，就喝得爛醉？根本就是個小浮士德罷了。

「啊，波利菲莫斯也來啦，」派克斯敦繼續他的自言自語，「好玩的小波利菲莫斯！」他又大笑，「所有世代的繼承者，我的天啊！」

力持鎮定的葛萊哥利為自己倒了一些威士忌，然後往杯中注滿了蘇打水，保持力持鎮定的樣子以及有意識的優雅跟精準，好像他在舞台上表演一個人如何為自己倒酒和蘇打水。他輕啜了一口威士忌，然後繼續表演一個人如何取出手帕來擤鼻涕的優雅動作。

「他們不想讓人們相信家庭節育嗎？所有的人，」專業酒鬼還在繼續說，「但願他們的父母可以和瑪麗．史托佩斯[3]交換一些私密談話，史托佩斯！嗨唷！」他發出了一聲典型的莎士比亞嘆息。

真是個小丑啊，葛萊哥利心中想，但最糟的就是如果別人真的稱呼他為小丑，他可以顧左右而言他，假裝那只是他自嘲的說法。所以，他始終是立於不敗之地。但在現實中，很明顯地，這個人認為自己是詩人謬賽或是現代拜倫，只是因為個人經歷而充滿了怨懟。真噁啊！

葛萊哥利還在假裝不知道那個專業酒鬼就在身旁，繼續演著一個啜飲小酒的人。

「你說得多清楚啊！」拉巴蒂夫人說這話的時候，一張嘴幾乎已經要湊到那位數學家的臉

---

3 Marie Stopes, 1880-1958，英國優生學家，倡導女性節育的先驅。

上了。她對他展現了嫵媚的微笑。這匹馬，葛萊哥利心中想，還真有個可怕的人類表情哩。

「這個嘛，」年輕的數學家有點緊張地說道，「現在我們講到黎曼了。」「黎曼！」拉巴蒂夫人面帶驚喜地喊著，「黎曼！」好像那個幾何學大師的靈魂就在他的名字裡面一樣。

葛萊哥利此刻真希望還有別人可以談談話，某個可以讓他避開派克斯敦那雙如雷達般的眼睛，讓他可以不要再繼續扮演別人其實也看不出的心不在焉角色。他靠著牆，擺出一副突然不小心進入一間書房的姿態，兩眼透出漫無目的的沉思表情，注視著對面牆上正好在天花板下面的一個定點。他想，其他人一定很好奇他在想些什麼。他在想些什麼呢？他自己？虛無，虛無，啊，還是愁悶、悲苦！

「波利菲莫斯！」

他假裝沒聽到。

「波利菲莫斯！」這次是用喊的了。

葛萊哥利這次演一個從深度沉思中突然被叫醒的人，只不過演得有點過頭了。他先是發動了自己身體的引擎，做出突然醒覺的樣子，眨眨眼做出有點困惑的表情，然後才轉過頭來。

「啊，是你，派克斯敦，」他故作驚訝地說，「西勒努斯！我沒注意到你在這邊。」

「你沒注意到？」專業酒鬼說道，「那你太聰明了。你對這兒這麼生動的畫面有何看法呢？」

「哎呀，我沒有什麼看法。」葛萊哥利說道，同時露出一個思想家略帶困惑的微笑。還在繼續演。

「我也是這樣認為，」派克斯敦說，「沒有，什麼都沒有。我的老天啊！」他好像是在對自己說的那樣又追加了一句。

葛萊哥利的笑容看起來有些無精打采，他轉開頭，再度陷入沉思狀態。對他來說，這恐怕是在當時情況下所能做得最好的一件事。他一副夢遊的樣子，好像對自己正在做的事也不甚了了。他一口飲盡了杯中的酒。

「克里彭[4]！」他聽到專業酒鬼在一旁喃喃自語，「就像個葬禮，毫無樂趣，毫無樂趣啊。」

「葛萊哥利。」有個聲音在叫他。

葛萊哥利再次啟動他那個優雅的引擎，也再次眨起略帶困惑的眼睛。有那麼一陣子，他其實很擔心史匹勒會因為他正陷入冥想情境而不跟他說話，那將會多尷尬啊。

「史匹勒！」他做出忘情地表情驚呼，「好小子。」一面熱情地跟對方握起手來。

方臉闊嘴高聳的額頭，一頭濃密的捲髮。史匹勒有那種維多利亞時期名人的派頭。他的朋友都說，由於他更喜歡說話而非寫作，所以他更像是喬治王朝時期的名人、貴族。

4 Hawley Harvey Crippen, 1862-1910，順勢療法醫師，因毒殺妻子而被判處絞死。

「我才剛剛上來，」史匹勒解釋道，「我在鄉下真的無法忍受了，再多待一小時就要瘋了，你知道，從早到晚工作，而且就只有我一人，無聊得真不想活了。」他為自己倒了杯威士忌。

「我的天啊！偉人來了，哈，哈！」專業酒鬼用手遮住臉，全身劇烈顫抖起來。

「你的意思是你專程來參加這個派對？」葛萊哥利問道，同時揮手示意他說的是這個派對場面。

「也不算是專程，只是我聽說荷米翁妮要辦這個派對，所以就來了。」

「為什麼人會喜歡參加派對呢？」葛萊哥利說，他也無意中模仿了專業酒鬼那個拜倫式的怨懟。

「也許就是要滿足身處人群的本能吧，」史匹勒毫不猶疑地回答了葛萊哥利的問題，語氣帶有「我不可能錯」的武斷，「就像男人因為傳宗接代的本能而去追求女人一樣。」史匹勒有一種本事，就是把自己所說的事都包裝得很科學。其實嘛，那些都可以說是從馬嘴裡吐出來的謬論。可是對頭腦不清的葛萊哥利而言，他倒認為史匹勒的話都很有啟發性。

「你的意思是說，人們去參加派對，只是因為想身處人群？」

「沒錯，」史匹勒答道，「只是想在人群中取暖，嗅聞同輩的味道。」他說著也吸了一口室內厚重的熱空氣。

「我想你說得對，」葛萊哥利說，「不然也很難找到其他的理由了。」

他在房間裡四下打量，好像想找出其他理由，而且還真的給他找到了一個：莫麗・福爾斯。他從前並未見過她，所以她一定是新來的。

「我有一個開辦新報紙的大計畫。」史匹勒說道。

「是嗎？」葛萊哥利並未顯出有什麼興趣的樣子。她的頸項之間多美啊，還有那纖細的臂膀！

「藝術、文學還有科學，」史匹勒繼續說道，「我的構想十分摩登，簡單地說，就是把科學融入藝術，融入到生活之中。生活、藝術、科學，三者一體，一起成長，你知道我在說什麼嗎？」

「是啊，」葛萊哥利說道，「我知道啊。」可是他的眼睛卻盯著莫麗，希望能跟她四目交接。終於，他們互相看到對方了。那對冷靜又鎮定的淡色眼睛。她對他微笑了一下，並點頭打了招呼。

「你喜歡我的構想嗎？」史匹勒問道。

「我覺得你的構想太好了。」葛萊哥利答道，口氣溫暖到讓史匹勒感到有些詫異。史匹勒那張平時顯得嚴厲的大臉綻出了笑容，「啊，太好了，」他說，「我真的很高興聽到你這麼喜歡這個構想。」

「我真的覺得這個想法太好了，」葛萊哥利誇張地說，「就是很了不起。」她好像很高興能看到他，他想。

「我是這樣想的，」史匹勒打鐵趁熱但又故作輕鬆地說，「我是在想，也許你願意在開創時幫一些忙，如果有一千英鎊的資本，應該就可以做起來。」

葛萊哥利臉上原先相見時的喜悅消失了，表情轉化為像辦公室書記一樣的圓融、空白。他搖搖頭，有點懊惱地說：「如果我有一千鎊的話。」這個混蛋！他心裡想，居然設個陷阱讓我跳。

「如果，」史匹勒重複道，「但是，我的好兄弟！」他笑了。「我跟你說，這是一個很安全的投資，報酬率大概是百分之六，我還可以找到另外一些很有實力的投資者，你知道。」

葛萊哥利再一次搖搖頭，「哎呀，」他說，「哎呀！」

「除此之外，」史匹勒還不死心，「你還將會造福社會。」

「不可能，」葛萊哥利的態度頗為堅定。他的雙腳像騾子一樣緊緊地站在地上，誰也別想移動它們。只要談到錢，他就異常堅定不動搖，這件事倒沒什麼困難。

「唉唷，」史匹勒說，「唉唷，對你這麼一位百萬富翁來說，一千鎊算得了什麼？你有，你到底有多少？」

葛萊哥利目光有些呆滯地瞪著他看。

「一年一千兩百英鎊，」他說，「也許一千四百英鎊。」他可以看出來史匹勒根本不相信他。這個混蛋！其實他也並不是一定要他相信，但……「另外，還有要繳稅的問題。」他帶著一絲哀怨接著說，「還有慈善捐款要照顧。」他想起來要捐給倫敦醫院的五英鎊。「譬如這個倫敦醫院就老是缺錢。」他滿臉憂傷地搖搖頭。「我怕是真的不可能。」他想起所有那些失業的人，相當於十場賽馬會的人，吃不飽的人，那個軍樂隊以及他們高舉的橫幅標語。他感到自己的臉都紅了，這個混蛋！他對史匹勒簡直充滿了怒氣。

這時，他的耳中同時出現了兩個人的說話聲音：那個專業酒鬼和另外一位女人，莫麗的聲音。

「那個女妖，」專業酒鬼低聲吼道，「那是唯一錯過的事。」

「不可能？」莫麗的聲音說道。他倒沒想到莫麗會接著他剛才所說過的話。莫麗又問道，「什麼事不可能？」

「這個嘛……」葛萊哥利有點尷尬，有點遲疑。

結果是史匹勒出面解釋。

「為什麼呢？葛萊哥利當然有能力出一千英鎊，」莫麗搞清楚他們談話的主題之後說。她同時用有點憎惡、有點輕蔑的眼神看著他。好像在責怪他為什麼這麼惜財。「妳比我知道得還清楚啊。」葛萊哥利企圖用開玩笑的方式四兩撥千金。他又記起那位他所羨慕事業有成的朋友告訴他有關讚美別人的妙處，於是接著說，「我說莫麗啊，妳穿的這身白色衣服真好看。」另一方面，為了沖淡先前開玩笑的態度，他的眼神此刻意已換上強硬與溫柔兼具。「真是太可愛啦。」他邊說邊把單眼鏡戴上仔細打量對方。

「謝謝你的讚美。」她用一種堅定不移的眼神回看他。她的雙眼平靜又明亮，當場刺破、壓扁了他企圖傳達的溫柔與堅定。他只好轉移目光，同時也讓眼鏡落下。他始終不敢也不知道該怎麼使用單片眼鏡這個武器，戴起它的時候，他總覺得自己看起來很可笑。他就像搖著扇子賣弄風情的馬臉拉巴蒂夫人。

「不管怎樣，我很願意討論這個問題。」他對史匹勒說。其實他很高興能有一個藉口來躲開莫麗的那雙眼睛。「我只能告訴你，我真的沒辦法……不管怎麼說，不可能整整一千。」他說完之後感覺自己好像已經被迫不得不低頭，簡直就絕望了。

「莫麗！」專業酒鬼大聲叫道。

她很順從地走過去，在他的身邊坐下。

「呃，湯姆，」她邊說邊把手放在他的膝蓋上，「你好嗎？」

「我？還是老樣子，不像妳到處跑。」專業酒鬼帶著悲劇的口吻答道，「瘋了，」他一把摟住她，並且貼身過去，「全都瘋了。」

「我倒情願我們不要像這樣坐著，你知道。」她對他展露出甜美的微笑，兩人四目相接，然後派克斯敦抽回他的臂膀，靠回沙發上他所坐的角落。

看著他們，葛萊哥利突然省悟他們原來是一對戀人。當我們看到時，我們必須愛那最低的，[5]所有莫麗的愛人都一樣：痞子，無賴。

他轉身面對著史匹勒，「我們是不是應該回到我的住處再談？」他打斷了正在滔滔不絕解釋報紙大計畫的史匹勒，「那邊比較安靜，也沒有這麼擠。」莫麗和派克斯敦，莫麗和那個酒醉的畜生，可能嗎？應該是確定了：他的心中已無疑問。「我們趕快離開這個讓人討厭的鬼地方吧。」他說。

「好吧，」史匹勒表示同意，「多喝一點威士忌再上路吧。」說著，他又伸手去拿酒瓶。

葛萊哥利這時已經喝了大約半杯，純的，才走到街上幾碼的距離，他已經察覺到自己有點醉了。

「我認為我自己並沒有那種群聚的本能傾向，」他說，「我真的很不喜歡群眾！」莫麗和西勒努斯派克斯敦！他開始想像他們兩人之間的愛情，他第一眼看到她的時候，還以為她很高興能見到他呢。

他們來到了貝德福德廣場（Bedford Square），那個花園有點陰暗，有點神祕，有點像是鄉

---

5 英國詩人丁尼生男爵（Alfred, Lord Tennyson）的原句是：當我們看到時，我們必須愛那最高的。（We needs must love the highest when we see it.）。

間的林地。林地在外，威士忌在內，兩者相加引發了葛萊哥利那略帶憂鬱的歌聲，輕聲地唱起《我永遠失去了尤莉迪絲》[6]「沒有她，你也會過得很好，」史匹勒回應葛萊哥利唱的歌詞，「那就是愛情的愚蠢跟欺騙。每當你相信有些事情是無比重要又能長久時：每一次，你都會感覺那將會是永恆。然而三個星期之後，你就會開始對她厭煩，或是因為有人不珍惜、不以為意，那種無止境的情緒就發生了改變，所以，你只好繼續忍受另一個無止境的週末。在一定程度上，這是生命中的一個惡作劇，很蠢，很讓人討厭。可是話又說回來了，這也是我們無法瞭解的本質問題。」

「你認為那只是個笑話？，我是說那種永恆的感覺，」葛萊哥利似乎有點不悅地問道，「我不認為，我相信那代表了一些真實的東西，超越我們之外，譬如說在宇宙的架構裡。」

「充滿了情婦的另一個宇宙，是吧？」

「但如果一生只有一次機會呢？」葛萊哥利用一種酒醉後的傷感聲音問道。他很想告訴他的伙伴，他覺得莫麗其實過得很不幸福，比所有的人都過得不幸福。

「不會的。」史匹勒說。

「但如果我說會呢？」葛萊哥利說著打了一個酒嗝。

「那是因為沒有機會，」史匹勒用他那最具決定性與權威性的科學方法答道。

「我不同意你的看法。」葛萊哥利只能這樣虛軟無力地回應。他決定不要再提他所感受到的不幸福，因為史匹勒很可能也無動於衷。這個無禮的老鬼。

「就我個人來說，」史匹勒說道，「我長久以來已經不太在意這種事，對於這些無止境的情緒，我只是照單全收，當它們還在那邊的時候，你會覺得很興奮也很有啟發性，你也不會想去合理化它們或是做出任何解釋，這是對待事實的唯一理性及科學態度。」

他們接著沉默不語地走了一段路，然後進入以電器商品而出名的圖騰漢廳路（Tottenham Court Road）。馬路在弧光路燈的照射下顯得相當平整，劇院的入口像是發出黃色光芒的洞穴，兩輛巴士呼嘯而過。

「它們其實很危險，我是說那些無止境的情緒，」史匹勒開口繼續說，「非常危險，我有次就是受到情緒影響，差點就結婚了。那次我們在一艘汽船上，你應該知道汽船是怎麼回事吧，海上旅行總是比較催人春情，特別是對那些不常搭乘的人而言，特別是女人！生理學家真應該好好把女人當作研究的對象。當然啦，在汽船上容易被催動春情很可能只是因為大家都很空閒，整天被餵得飽飽的無所事事，而且空間比較受限以致很容易接觸的關係。不過我也很懷疑，難道在陸地上就不會有同樣的結果嗎？也許是環境的改變，從陸地到海上而影響到在陸地

6 Che faro senza Euridice，出自德國作曲家格魯克（Christoph Willibald Gluck, 1714-1787）創作的歌劇《奧菲歐與尤莉迪絲》（*Orfeo ed Euridice*）。

上已習慣的既有觀念。也許是因為海上旅程通常都相對短暫，那種很快就將結束的感覺，還有那種有花堪折直須折的心理，誰知道呢？」他聳聳肩膀，「但不管怎麼說都非比尋常。好吧，就如同我剛才所說，一切都始自於那趟汽船旅程。」

葛萊哥利靜靜地聽著，貝德福德廣場的樹影在黑暗中搖曳，他那感情脆弱微醉的靈魂也跟著搖曳不已。燈光、噪音、圖騰漢廳路上行人、車輛的移動，忽前忽後讓他疑惑，他靜靜地聽著，不時露出一絲微笑。聽著，聽著，不覺已來到查令十字路（Charing Cross Road）。

在聽完故事之前，葛萊哥利已經處於完全愉悅、輕鬆的狀態。他已經充分認同史匹勒，史匹勒的大冒險，就是他的大冒險。他大笑不已。他重新調整了一下單眼鏡的位置，那個眼鏡一直吊在鏡繩的另一端晃蕩晃蕩，每走一步就撞在西服背心的鈕釦上，發出輕微的叮叮聲（任何有一點點感性的人應該都會知道，一顆破碎的心是不會戴上眼鏡的）。現在，他也算是個卑鄙的人了。他打嗝了，一點點噁心想吐的感覺稍稍壓下了先前快樂的情緒，但也只是一點點而已。沒錯，沒錯，他也知道汽船上的生活是怎麼回事，雖然他有過的最長海上旅程也不過就是從英國的紐黑文（Newhaven）到法國的迪耶普（Dieppe）。

當他們走到劍橋圓環時，劇院正好散場，觀眾魚貫而出，人行道上擠滿了人，空氣中充斥著噪音和女人的香水味。頭頂上的廣告牌閃爍抖動，劇院的門廳大放光明。那是一種庸俗的奢華，葛萊哥利覺得自己超於其上。他通過他那獨眼巨人的單眼鏡，細細打量擦身而過的每一個女人，他覺得自己在此完全不用顧慮任何事情（那個噁心想吐的感覺只是微不足道的小小不舒服罷了），可以放心大膽地肆意妄為，盡情享樂，同時（是的，這倒有點引人好奇）可以過得更有趣，更引人注目。至於莫麗．福爾斯嘛，他會教導她。

「可愛的東西，那個。」他說，手指著櫥窗內一件粉紅色鑲金銀邊，頭套剪裁得宜的斗蓬。

史匹勒敷衍地點了點頭，「關於我們那個報紙的計畫，」他擺出一副深思熟慮的樣子，「我的想法是開始的時候，我們也許可以刊登一系列以超自然為基礎的科學、推理以及有關歷史和哲學的文章，建立起科學事實就是真理的風格。」

「嗯。」葛萊哥利說道。

「就眼前來說，也可以刊登一些有關藝術觀點與意義的文章，跟剛才所說的主題一齊進行，這個想法不錯吧，你說呢？」

「確實，」葛萊哥利說。他那戴著單眼鏡的眼睛瞟到一個有點挑逗意味的微笑。不幸的是，她實在長得太醜了，而且很可能是阻街女郎。所以他的眼光很不禮貌地瞟過她，就好像她根本不存在似的。

「但究竟托爾斯泰是不是對的，」史匹勒還在若有所思地說著，「我一直不是很確定。他所說的藝術的功能即在於傳達情感，是這樣的嗎？也許有一部分是吧，我應該這樣說，但不是全部，不是全部。」他一邊說一邊搖著他的大頭。

「我覺得好像更醉了，」葛萊哥利說道，可是好像不是在告訴同伴，而是在對自己說。他的腳步還算正常，神智也算清醒，其實是清醒有點過頭。因為他發現那一點點的噁心感現在更明確了。

史匹勒沒有聽到葛萊哥利說的話，或者是聽到了，但故意裝著沒聽到。「對我來說，」他繼續說道，「藝術的主要功能就是傳授知識，藝術家的知識比我們都豐富，他天生下來就比我們更清楚明白自己的靈魂，以及他的靈魂和宇宙之間的關係，他是站在更高的地方來看待普通的知識，跟那些過去最進步的東西比較起來，現代的大部分東西其實都滿原始。」

「沒錯。」葛萊哥利說道。其實他並沒有聽史匹勒在說些什麼，他的腦袋跟著目光所及，早不知道飛到哪裡去了。「此外，」史匹勒繼續說道，「他可以盡情說他所知道的，通過他的說法，我們那些一知半解、不連貫的基本知識就會各就其位，就像鐵粉在磁鐵的吸引下各就各位。」

那邊有三個人，三個令人神魂顛倒，讓人看著就覺興奮的年輕女孩，她們站在人行道的邊緣嘰嘰咕咕談話，不時用略帶嘲弄的眼神注視著來來往往的行人，同時用別人可以聽見的耳語對過往的人評頭論足，偶而又爆出不加抑制的大笑聲。史匹勒和葛萊哥利走過去的時候，其中一位看到他們，然後用手肘輕推了一下她的同伴。

「我的老天！」

她們起先吱吱咯咯地笑，接著愈笑愈大聲，最後整個笑到東倒西歪了。

「看看那老高利格娃娃[7]！」她們在說史匹勒，他當時把那頂超大的灰色帽子拿在手上。

「再看看那個蠢蛋！」這次說的是葛萊哥利。

「那就是所謂的磁力，」史匹勒說道，他好像對那些嘲弄絲毫無感，「把金屬雜亂無章整成有組織模式的力量，這麼一來，事實就會帶有詩意並以藝術的形態展現，比用科學方式展現的散文形式更有價值。」

葛萊哥利對那幾個嘲笑他們的人搖搖手指，表達一種故作輕鬆的不贊同，結果立刻引來另一陣刺耳的喊叫聲。他們兩個人繼續行走：面帶微笑。走過去之後，葛萊哥利再回頭看了一眼。他感到更加愉悅輕鬆了，但此時身體不舒服的感覺已經十分明顯。

「舉例來說，」史匹勒說道，「我也許很清楚人終有一死，但這個知識有固定的形式，甚至還經過加油添醋，莎士比亞就說過，我們的過去會為那些愚蠢的人指點出一條通往幽暗死亡之路。」

葛萊哥利很努力地想找個藉口讓史匹勒不要再繼續這個話題，同時轉回頭去找那三個女

7 Golliwog，大頭黑捲髮的黑人娃娃，漫畫家暨作家的佛羅倫絲・凱特・厄普頓（Florence Kate Upton, 1873-1922）所創作童書系列的人物。

孩，他覺得他可以同時和她們嬉耍，同時愛上她們三個人。

那亂糟糟的一綹香吻
經過上帝之手
彼此融合得天衣無縫

馬拉美[8]的詩句湧上心頭，以一種最優美的形式，壓在他那若隱若現的慾望之上（老頭史匹勒是對的，這個老蠢蛋！）史匹勒所說的話，此刻聽起來像是從遙遠的遠方傳來。

「貝多芬的柯里奧蘭序曲算是一種新知，也是對已存雜亂無章的重整。」

他想提出建議到摩尼科餐廳（Café Monico）小坐，其實也就是想藉口打斷史匹勒的嘀嘀咕咕。這個老蠢蛋，簡直沒完沒了！那些事情如果在對的時間談，也不見得會枯燥乏味，但現在……而且他想，毫無疑問地，他不就是想要讓他，葛萊哥利，拿出一千英鎊嘛！葛萊哥利想到這裡幾乎要大笑出來。不過此刻他的微醺好像慢慢變得真的酒醉了，這讓他感到有些不安。

「塞尚的一些風景畫。」他聽到史匹勒說。

就在此刻，在他們前面幾碼處一個門廊的陰影裡，出現了一個行動緩慢、全身顫抖的東西：一眼看去就是一堆移動的黑色破爛碎布團，下方是一雙已經骯髒壓扁的靴子，頭上一頂扯爛的狗耳帽。它有一張臉，氣色灰敗，兩頰瘦削。它也有手，其中一隻手拿著一只盤子，裡面擺了些火柴盒。它張開嘴的時候，你可以看到缺了兩三顆的一嘴髒牙。它口中唱著歌，聲音卻低到不可聞的地步。葛萊哥利感覺到這個形象似乎有點熟悉，「上帝啊，讓我再靠近些。」他們於是走上前去。

「沒錯，整個就活像是喬托[9]的壁畫，早期的希臘雕塑。」史匹勒於是開始沒完沒了地數說他所知道的藝術史。

那個「東西」注視著他們，葛萊哥利也注視著那個「東西」，兩者四目交接。葛萊哥利張開了左眼眼眶，單眼鏡隨即落下，吊在絲質鏡繩上晃蕩晃蕩。他把右手伸入收有銀幣的長褲口袋，他想摸出一個相當於半先令的六便士硬幣，結果口袋裡面是四枚相當於兩先令的半冠銀幣，半冠？他猶豫了一下，把那枚半冠握在手裡提升到離褲袋口半途，想了一想，又讓銀幣落回，還發出了「叮」的一聲。然後他用左手伸入左邊的褲袋，抓了一把硬幣放進那個「東西」遞過來的盤子裡，總共是三枚三便士硬幣及一枚半便士。

「沒關係，我不要火柴。」他說。

8 Stéphane Mallarmé, 1842-1898，法國象徵主義詩人。

9 Giotto,1267-1337，被譽為「西方繪畫之父」的義大利畫家。

讚美詩被感謝之詞打斷了。葛萊哥利此生從來沒有感覺如此屈辱，他的單眼鏡「叮叮」地敲擊著背心上的鈕釦。他很刻意地維持步履正常、直線，一腳前一腳後，但看起來卻像是在走鋼索。他簡直覺得更加羞辱了，他乞求上帝讓他清醒一點。他祈求上帝，他真希望自己不曾希求那「亂糟糟的一綹香吻。」三個半便士！但他現在還有機會轉回身，再給那個「東西」半個半冠或兩個半冠，他還可以轉回身。一步一步地，他好像是在走鋼索，他繼續前行跟上史匹勒，四步，五步……十一步，十二步，十三步。哎呀，真是不幸啊。十八步，十九……太遲了。現在再轉回頭就太荒唐了，那會顯出自己那過於有意識的愚蠢。二十三，二十四步，那小小的不舒服現在已成了真正的噁心想吐。愈來愈噁心，愈來愈想吐。

「與此同時，」史匹勒還在說，「我真的不知道大部分的科學真理和假設如何可以變成藝術的主題，我也不知道如何為它們注入藝術以及感情元素而不損及其精準性。舉例來說，你要怎麼把電燈的光磁原理用一種變動不居的文學形式來表達，根本就不可能嘛。」

「哎呀，拜託啦！」葛萊哥利突然爆發出一股怒氣大聲說道，「真的要拜託了，你可以閉嘴了嗎！你怎麼一直要東拉西扯這些？」他又開始打酒嗝，這個酒嗝打得比先前顯得益發嚴重了。

「但為什麼不能談呢？」史匹勒有點訝異地問道。

「談藝術、科學和詩歌？」葛萊哥利面帶憂傷，幾乎要哭出來似的說道，「現在有兩百萬英國人還在飢餓邊緣啊，兩百萬耶。」他認為重複一遍可以加強語氣，只是他又打了一個酒嗝。

他現在真的感覺很不舒服了。「他們都生活在臭氣沖天的茅棚裡，」他繼續說道，只是聲音愈來愈弱了，「像動物一樣混雜在一起，其實，他們的狀況比動物還糟。」

然後，他們都不說話了。他們兩個人對上了。

「你怎麼可以？」葛萊哥利終於開口說話，他企圖重複剛剛所發出的怒氣，但一股噁心感從胃部湧上來，就像沼澤地升起的瘴氣，一股腦地衝進腦部，衝光了他的思維、情緒，剩下的只是不舒服的生病感覺。

史匹勒這一方呢。他那張大臉瞬間失去了維多利亞貴族的不朽氣息，碎裂成一塊、一塊。他張大了嘴，兩眼向上挑起，額頭疊堆起層層皺紋，自鼻旁而下的兩條法令紋直達撇下的嘴角，活像一個手套撐架。突然之間從他的身體發出巨大的聲音，他那龐然大物的身軀因為大笑而顫動不已。

耐住性子，現在他也只能忍耐。忍耐，再加上一點愈來愈渺茫的希望。葛萊哥利靜靜地等待對方的爆笑退潮，他把自己弄成了一個傻瓜，變成別人嘲笑的對象。他也管不了這麼多了。

史匹勒終於可以開口說話了，「你很棒啊，親愛的葛萊哥利，」他說道，一面還喘著氣，眼裡積著剛剛笑出來的淚水，「真的很棒。」說著他熱情地挽起對方的臂膀，一邊笑，一邊繼續往前走。葛萊哥利也只得跟著走。他其實別無選擇。

「如果你不介意的話，」走了幾步之後，他說，「我想我們應該攔一輛計程車。」

「去哪裡？傑明街（Jermyn Street）？」史匹勒說。

「我覺得最好還是叫輛車。」葛萊哥利堅持。

兩人爬進計程車後，他把不小心纏在車把上的單眼鏡解開，鏡繩突然斷了，鏡片掉在車內的底板上。史匹勒把鏡片撿起來交還給他。

「謝謝你啊。」葛萊哥利說道，然後小心翼翼地把它放進背心的口袋裡。

一九二六年，收錄於《千面葛瑞絲》（*Two or Three Graces*）

千面葛瑞絲

Two or Three Graces

「厭煩」（Bore）這個字的起源有不同的說法。有些權威人士指出它在動詞有穿透、穿刺的意涵。所以，一個無聊的人就意味著他有能力在你的精神層面鑽孔，毫不留情地在你的耐性上進行穿透，穿過你有意識築起的不理不睬、故意忽視，以及粗魯無理的硬殼，一直鑽，一直鑽，直到他穿透到你的要害。

另外一派有大體上差不多但也許是更好的說法。他們認為這個字起源於法文的「填塞」（Bourrer），也就是填滿、飽足。如果這個說法是正確的，就意味著讓人厭煩的人會用自己那讓人受不了幾乎要窒息的論述來硬塞給你，他會把他那些像牛脂一樣的想法，當作餃子一樣硬塞進你的喉嚨。他硬塞給你，而你呢，我們就用一個現代的隱喻來形容吧，「實在受夠他了。」

雖然覺得有點不太可能，但我倒認為這兩種起源都算正確，亦即一個讓人覺得厭煩的人既是穿透者也是填塞者。他們就像是牙醫用的鑽子，也像是酸臭的麵包，然而他們也有其他特質，那種電鑽和甜甜圈所沒有的特質：他們很黏人。這就是為什麼（雖然我不是語言學家）我膽敢建議還有第三種起源，也就是來自「鑽孔器」（Burr）。鑽孔器、填塞、令人厭煩的人，所有有關「煩人」這個字的穿透、沾黏、填塞特質，都潛藏在前述三種可能的起源之中，而各自都有被當作正確的理由。

賀伯．康佛瑞就是一個很黏人又讓人厭煩的傢伙。每一個跟他接觸過的人，都會很倒楣地被他黏上，而且一黏上後就甩不掉。他就是個會黏人的麻煩人，但他本人個性溫吞吞無精打采，消極被動，並非一個主動積極者。也許是天意吧，賀伯還好不是個特別喋喋不休的典型，主要是因為個性過於懶散甚至懶得說話。但從另個角度來說，他又是個很容易相處的人，就像一條不習慣於獨處又相當婆婆媽媽的狗，老是要在人前人後跟著。打個比方吧，他喜歡在壁爐前面躺在主人腳邊，而且也像條狗一樣，他不說話，只要有你陪伴，他就很高興了。能夠跟在你的腳邊慢跑或者在你的椅邊打個盹，他就很滿足了。他不要求你關注，只希望能享受一下你的認同、讚許，沉浸在你所帶來的溫暖之中。一星期一次，如果你拍拍他的頭，「你真是條好狗啊，賀伯。」他就會高興得全心全意搖起尾巴來。

對我的一些朋友而言，那些沒耐性的，坐不住的還有個性緊張的朋友，這個溫吞吞無精打采的賀伯真是會把他們逼瘋了。他的最大優點是天性善良、個性溫和、無比忠誠，反而讓他們受不了。甚至於他的外表都讓他們無法忍受。他那張開口微笑的臉，笨拙的巨大身軀、四肢，已經足以讓他們像鳥籠內受到驚嚇的鳥吱喳亂跳了。我還真的知道有人和賀伯住在同一間房子三天之後，偷偷收拾行李，搭上第一班火車，地址也不敢留，只為了能躲開賀伯而逃到幾百英里之外。

對我來說，可憐的賀伯確實令人厭煩，但還沒有過分到讓人無法忍受的地步。我是個很有耐性的人，神經也夠大條。就某方面來說，其實我還滿喜歡他。他是那種很乖、很忠心、很善良的老狗。跟他相處的時候，我很快就找到如何不把他當作一回事的竅門，或者說根本就把他當作是件家具，甚至已經到了他坐在我身旁的地板上時（只要可能，他老是愛坐在地板上），我會把喝光的咖啡杯若無其事地放在他的頭上，或者把煙灰彈進他的脖子和外套衣領之間的空隙。

我們小的時候就讀同一間公立小學，但由於我們住在不同的房子，而且他比我長兩歲（在那個年紀，兩歲已經算是老資格多了），所以我們幾乎沒有交談過。儘管如此，這次也還是因為我們曾經同校的關係，他再次闖入我的生活。這對我來說可算是雙重災難。首先，一個惹人厭煩的人又來了；其次，在他又進入我的生活的同時，他也擠出了（就算是暫時也罷）某些東西。至於他的其他特質，基本上就是無聊、乏味。

那次是在巴黎全景廊街（Passage du Panorama）的一家小餐館裡。我和金恩漢已經在那裡坐了一個小時，邊喝苦艾酒邊談話。其實兩樣事都是金恩漢在做，喝酒跟講話，這是他的特點。他還有一個特點就是喜歡折磨我，用喝酒跟講話來浪費我的時間，消耗我的精神。

「你每天無所事事坐在那邊空談，」他說道，「腦袋裡面也沒什麼有用的思想，那是因為你根本就不敢思考，你做什麼事都未經思考，你創建出來的生意一無是處，東跑西跑見到的都是你不喜歡、不感興趣的人，你一間一間酒吧跑，狂飲到變成恍恍惚惚，全都是因為你不敢思考，無法讓自己去做有意義的正經事。部分原因是由於你懶，另外就是缺乏信心，面對萬事該有的信心。你就是個廢人！」他又點了一杯苦艾酒，「這就是現代的罪惡，」他繼續說道，「是對那些既聰明又具有良知青年男女的巨大誘惑，所有那些可輕易上手、能帶來樂趣又有麻醉效果的誘惑，人群、空談、暢飲、通姦。至於那些困難艱鉅的事，那些需要思考及努力的事，一概不碰。那都是戰爭造成的，根本別提什麼和平了。但這些也都不是一夕之間就發生的，是現代的生活使其成為必然。看看那些跟戰爭毫無瓜葛的年輕人，戰爭發生時，他們還都是孩子，他們才是最糟糕的一群。是時候讓這一切停止了，是到了我們應當做些事情的時候了，你難道看不出來你不能再這樣下去？你難道看不出來？」

他是整個人趴在桌子上對我說那些話，而且是很生氣地說。他痛恨那些實際上是他推諉到我身上的罪惡，他之所以那麼痛恨它們，正因為那其實也是他的罪惡。他其實是在承認自己也痛恨存在於自身的軟弱，痛恨但又無法去除。

金恩漢生氣的時候還顯得滿英俊。他有一雙烏溜溜的眼睛，漂亮又明亮，暗褐色的頭髮，髮質很好很濃密；鬍鬚修剪得很短很齊整，色澤較頭髮略深，密布於臉的下半部，跟他那淡色、光滑的臉孔皮膚顯得有點不太協調。他全身散發著一種傑出、生氣勃勃的氣質，如果我的反應夠快的話，應當可以隨著他的激情一起發光發熱。然而我一向冷靜、嚴謹、小心，因此不管他是多麼激情，我還是一貫冷靜自持。我相信自己的這種慢熱特質多少也讓他覺得稀奇吧。所以儘管我時常讓他惱怒，他還是願意跟我一起廝混。他主要還是想折磨我吧，想告訴我，我是多麼的無望。我雖然對這種無情的剖析感到不舒服，但就我來說，他的說法終究還是亂槍打鳥（就像是這次他指責我的軟弱，其實在一定程度上也是在指責他自己，討厭他自己）。當然，他的分析雖然讓人感覺痛楚，但經常也很有穿透力，很準確。所以我雖然會覺得不舒服，但還是願意跟他廝混，也覺得滿高興。換句話說，我們都在折磨彼此，但也還都是朋友。

我想，當時金恩漢的問題一定引我發笑了，這只有天知道，我不是滴酒不沾的人，偶而浪費點時間在一些無益的事情上，我也覺得無妨。只不過跟金恩漢比較起來，特別是一九二〇年時的金恩漢，我確實是更為勤奮、穩重、清醒，這也不是說我有多麼了不起，只是天生如此。這麼說吧，我沒什麼能力去過那種偶而失序的生活，就如同我也沒什麼能力去寫一本好書一樣。但金恩漢卻天生就兼具兩種才能。也正因為如此，他提出那種帶有勸說性的問題，就讓我有點荒謬的感覺。其實我並不想笑，但我的臉上一定表現出好像覺得他可笑的樣子，因為金恩漢突然顯得有點生氣。

「你以為我在說笑？」他激動地用拳頭搥在大理石桌面上大聲說道，「我告訴你，那是冒犯聖靈的罪惡，無可原諒的罪惡，這些罪惡會掩蓋過你的才能。這該死的聖經，」他帶著憤怒的表情繼續說道，「為什麼人們一談到嚴肅的事情時，就會情不自禁地捲入其中？」

「但聖經是本很嚴肅的書啊。」我小心翼翼地說。

「很多像你們一樣的人都瞭解這一點，」金恩漢說，「我告訴你，」他聲色俱厲地說。也就是在此時，賀伯再度闖進了我的生命。

我感覺到一隻手掌扶在我的肩膀上，我抬起頭來，看到一位陌生人。

「喂，維爾基，」那位陌生人說道，「你不認識我啦？」

我再仔細地看了一眼，還真的認不出來他是誰。

「我是康佛瑞啊，」他解釋道，「賀伯．康佛瑞，在唐希爾班上的啊，你不記得了嗎？你是在史特勞澤班上的，是吧？還是蘭恩？」

前述這些老師的名字在我的童年中占有極為重要的地位，後來隨著時間而漸漸淡忘，現在經他一提，立刻像魔術一樣噴發出來。陰暗的課室、足球場、板球場、壁手球場、學校教堂，突然之間交錯出現腦際，也就是在這些有關學校的混亂記憶中，唐希爾老師班上那位粗魯無文的康佛瑞影像冉冉升起。

「啊，當然，當然，」我拉起他的手，我從眼角看到金恩漢微微皺起看起來有點生氣的眉頭，「你怎麼記得我的？」

「哈，我記得每一個人。」他答道。我事後發現，他還真不是吹牛的，他真的記得，他記得所遇見的每一個人，以及過去發生在他生命中的大大小小事情。他的記憶庫異常龐大，就像是那些達官顯要以及他們的家族僕從，那些從來不讀書、不講理、不思考的人，所以他們只能沉浸在回顧過去之中。「我只要見過某張臉，就永遠不會忘記。」他接著說，然後就不經同意，一屁股在我們這張桌子旁坐下來。

金恩漢面露慍色往後靠坐在椅子上，伸出腳在桌下踢了我一下。我只有望著他做了個鬼臉，表示我也無計可施。

我為他們兩人草草地做了介紹，金恩漢什麼都沒說，但跟賀伯握手時卻滿臉不高興地皺著眉頭。賀伯這一邊也沒好到哪裡去。不錯，他的笑容縱然冷淡也還算可親，但他也沒說話，而且幾乎沒有正眼看過金恩漢，只是很急切地轉身過來跟我談以前學校裡的事，那似乎是唯一能讓賀伯侃侃而談的主題，讓他從一個對任何事都沒興趣的無聊漢，變成了一個主動積極、有如牙醫電鑽一樣的人。他對學校有一股熱情，認為過去的同學都應該經常保持友善的聯繫。然而我卻注意到，一般來說，那些有決斷個性的人鮮少會在日後還跟過去的同學保持友誼，充其量只是把維持友誼當作是個良好的願望而已。真實情況是，他們在學校這種小環境裡所能找到自己所喜歡的朋友，在他們成長之後——在彼此認同中成長——都會散失而變得非常少。這種小團體的組成分子通常都是同一時間在同一學校，鮮少有例外。由於這些人結合在一起的理由就只有這個，也說明了他們本身就是無趣的人。可憐的賀伯也是如此，他認為我們僅僅在幼年的某一時期戴過同樣的學生帽，穿過同樣的學生制服，就已經足以成為可以交心的朋友，正是這種極端的典型。

我故意表現得很冷淡，拒其於千里之外，但沒用，賀伯逕自在那邊滔滔不絕，說個沒完沒了。他問我還記得一九一〇年那場和溫徹斯特公學的比賽嗎？那個一身邋遢的可憐老頭卡特勒先生？還有，派伊半夜爬上學校的教堂，在哥德式尖頂掛上一個尿壺的往事？我有點擔心地看了金恩漢一眼，他的表情現在已從惱怒轉為輕蔑，雙眼緊閉，身體向後傾，以致於椅子也隨之後仰傾斜。

金恩漢從來沒有進過公立學校，他也沒那種運氣（或者是不幸）生而為一脈相承的專業紳士。不過他還滿以自己的出身為傲，甚至有時還會自吹自擂。不過儘管如此，關於他自己的出身，他還是免不了有些病態的敏感。他一直很在意來自於那些「紳士」的侮辱，並不是那種明明白白的侮辱，而是無意識甚至無意中所表現出的完全不把你當一回事，而不管是什麼樣的侮辱，都會讓他因痛苦、氣憤而全身發抖。我不只一次看過他因為對方其實立意良善的話而覺得受辱。那麼，他現在會不會因為賀伯嘮叨不休講那些無聊又老掉牙的學校故事而覺得受辱呢？我確信他在這一方面的能力還是頗強的。我緊張兮兮地在等他爆發、暴走。但這一次，他似乎不想在公開場合表演。金恩漢靜靜地聽賀伯講述那些軼事幾分鐘之後站起身來，帶著有幾分嘲諷意味的禮貌向我們道晚安。我用手按住他的臂膀。

「多留一會兒吧。」

「真的很抱歉，我必須要走了。」他把手放在胸前致意，微笑、鞠躬，然後就走了，還讓我（我必須特別說明，他一向如此）幫他付了酒錢。

我們兩個小學同學被丟在那裡。

第二天早上我賴在床上未起。大約十一點的時候，金恩漢突然衝進來，昨天晚上我僥倖避過的場景，他現在以加倍的激情在我面前演出。對其他人而言，像昨天晚上那種所謂的「侮辱」，其實睡過一覺後就雨過天青了，對金恩漢來說卻不是那樣。他就是放不下那些不順心的事，然後讓原先的小事愈變愈大。事實的真相就是金恩漢喜歡鬧脾氣，他喜歡在情緒中愈陷愈深，不管是自己的或是別人的情緒。他沉浸在激情中會益覺亢奮，他會感覺到自己真正活著，真正像個男人甚至超過一個男人，而這種微醉的感覺異常美味，他沉浸其中無法自拔，甚至於不會去考慮可能的後果。或者更準確一點地說，他會去考慮後果（就心智上來說，沒有人會比金恩漢更清醒了），但是根本就不在乎後果會是什麼。

當我說他（金恩漢）很會掀起一池風浪，我並不是說他會假造出一些激情，他的那些激情都是真的。不但真而且很強烈，只不過太易於產生，而且他很喜歡把那種情緒愈養愈大。舉例而言，對其他人來說，一些情緒只是短暫的，只要能自我控制，或是用意念都可予以緩和，但金恩漢就是會，而且幾乎都是故意的，把它變成無法控制的怒氣，完全沒有將之減緩的意圖。通常，這種激情都是將之激起的人自己所犯的錯誤。但金恩漢一旦在情緒上失去控制，他絕不會認為是自己的錯。當然，除非他當時自我羞辱的情緒大過於自我肯定的情緒。常常，他對其他人所採取的態度也一成不變，一個意念會壓過所有其他的意念，他自己的心智變成了馬眼罩，使得他對明明是很清楚的事實都視而不見，除非又收到其他指令，否則的話，對方的所做所為只會引發金恩漢意想不到的反應。

當他向我的床邊走近時，我從他那鐵青臉上的表情就可以看出，我接下來可要慘了。

「怎麼樣，你還好嗎？」我的口氣盡量放得輕鬆自在又和藹可親。

「我一直認為你是個有知識分子水準的勢利眼，」金恩漢抓過一張椅子到我床邊坐下，同時用一種很低沉又專注的聲音說道，「但說真的，我現在認為你是個遠超過一般水準、平淡無趣、中下階級的勢利眼。」

我做了一個在法國小說裡常常用「——？」這個符號所代表的鬼臉。

「我知道我的父親只是個水管工，」他繼續說道，「我受的是國家公立學校的教育，靠那些幫助有點頭腦的窮光蛋的獎學金來完成學業。我知道我說的英語是考克尼口音[1]，不是伊頓腔或牛津腔。我知道自己的各種禮儀都欠佳，用餐時老是杯盤狼藉，也不常常清洗牙齒。」（其實他說的都不是事實，只是在那個時候，金恩漢希望相信那些都是事實。他要感覺自卑，然後才有理由發大脾氣。他要藉由侮辱自己，再把那些讓他退避畏縮的侮辱推到我身上，如此一來，他才有藉口對我發脾氣。）「我知道我是個混蛋，也有點無賴，」他說這些話的時候真是

1 Cockney，倫敦東區工人階級使用的語言。

口沫橫飛，好像很享受他加諸於自身的痛楚，「我知道我是個局外人，別人只是因為我有點小聰明而不計較，可我在那些紳士的眼中，不就只是個小丑，一隻為了取悅他們而受過訓練的猴子。這些我都知道，我想你也知道，但我認為你真的不介意，我們仍然能以同為人類而相交，而不是上層階級對下層階級。可是我發現自己還是太笨了，以為你不會因為上面所說的那些而不喜歡我，以為你會更看重我。現在我才發現自己多麼無知，一個紳士來了，一個兒時學校裡的玩伴來了，那算什麼呀？」（他還特意略帶嘲諷地用了公立學校學生在音樂廳舞台上表演時慣用的口音）「然後，你就親熱地用手摟住他的脖子，我這個邋遢的小外人，就真的變成局外人了。」他說完狂笑起來。

「金恩漢啊，」我說道，「你幹嘛要這樣嘲諷自己，把自己搞得像傻瓜一樣呢？」

金恩漢當然和我一樣清楚他是故意把自己弄得很蠢的樣子，但他依然樂此不疲，他是決心要把自己描繪成一個蠢蛋，每次還變本加厲。金恩漢接著又告訴我一些讓我聽到會很不舒服的事情，真正讓我感到很不舒服的事。到最後，我也開始生氣了。

「對不起，你可以出去了嗎？」我說。

「啊，我還沒說完呢。」

「請你出去，等你的歇斯底里稍微減退之後再說，你現在的樣子就像一個急著找丈夫的小女孩。」

「就像我所說，」金恩漢繼續說，他的聲音變得較為柔軟，但卻更為惡毒，棉裡藏針，聲音也愈來愈大，言詞愈來愈嚴厲，「你最大的缺點就是精神層面的無能，你的道德觀，你的藝術觀，基本上從裡到外都無能。你那整個對人生的看法也是無能。你現在所具有的能量，你那令人詫異的消極抵抗，全都建基於無能。」

「你再不出去，我就要把你踢下樓了。」一個人有自知之明是一回事，但是由別人來告訴自己就是另一回事了。我知道自己就是個天生的小資產階級，但從金恩漢的口中說出，而且是用他的說法，對我來說，就好像是得知一個新的、讓人非常不舒服的事實。

「等一下，」金恩漢慢條斯理地說。他那個不在乎的樣子就更惹惱我了。「再等一下，等我說完這些話，我就走。」

「滾出去，」我說，「現在就給我滾。」

這時有人敲門了。我把門打開，賀伯那張紅咚咚的大臉探過來，不住地對房間內四下打量。

「希望沒有打攪到你們。」賀伯露出一張笑臉對我們說。

「啊，不會，不會，」金恩漢大聲說道，同時立即起身，表現出過度禮貌的樣子讓出並將他的座位推過去，「我正好要走了，坐下，坐下，維爾基一直在等你呢，來，坐下，坐下。」

他把賀伯推向那張椅子。

「是嘛，你真的要走哇。」賀伯頗為有禮地說道。

金恩漢打斷他的話說道，「我應該讓你們兩個老朋友相聚才對。」

「再會，再會。我只是感到有點可惜，還沒有機會說完我想說的話呢。」

賀伯顯得有點笨拙地裝出要起身的樣子，「還是我走吧，」他說，「我真的不知道你們在談事情……真的很抱歉啊。」

但金恩漢把手放在他的肩膀上，硬把他按回椅子裡，「不，不，」他態度頗堅持地說，「你就坐下，我要走了。」

說著他就順手拾起他的帽子，快步走出房間。

「奇怪的傢伙，」賀伯說，「他是誰啊？」

「啊，就是一位朋友罷了。」我答道。此時我的憤怒已經消退，我有點悲傷地想，把他稱作是一位朋友，我是否在說真心話？而且，如果我不再把他當作是朋友，理由竟是因為這個笨蛋自作主張坐在我的床邊！想到這裡，我轉頭看著賀伯，他對著我露出一個微笑，一個全然善意的微笑。對賀伯這樣的人，你很難有什麼怨怒。

這次和金恩漢之間的破裂還滿澈底的，我們再次見面，已經是兩年多後的事了。但如果說我失去了金恩漢這個朋友，我卻也同時得到了賀伯，而且是徹頭徹尾。實際上從金恩漢離開我的房間那刻開始，我在巴黎的生活就已經不屬於我自己一個人了，我必須和賀伯分享。賀伯在那時沒什麼朋友，就像是條無主的野狗，一天到晚黏著我，而且真心真意地認為只要有他在，我一定快樂無比，就像有我在，他就會快樂無比一樣。他當時理所當然地住進我的旅館房間，從那時開始，我在巴黎的日子就幾乎從來沒有一個人度過。我知道我應該對賀伯堅決一點，應該粗魯一點，告訴他滾遠一點，把他一腳踢下樓。但我做不出來，我太好心了（這也是精神無能的另一徵兆！我的道德觀就是一整個無能，我知道，我知道）賀伯吃定了我，我就像那個毫無抵抗能力，任由路過吸血鬼、蚊蟲、老虎噬咬的婆羅門一樣，只能任由賀伯噬咬。我能做到的只是偶而躲開一下。還好賀伯是個遊手好閒的懶惰鬼，他是個就算最後審判日到了，你都沒法讓他在十點鐘以前起床的人。如果我想要有一天自由日，我就會要求早餐在早上八時就送到，然後就可以在賀伯還熟睡時趕快離開旅館。每當這種難得的假期結束後，在晚間回到旅館，就會發現賀伯像條狗般在房間等著我。我一直有個感覺，就是他已經在房間裡等了一整天了，從黎明（對他來說，黎明大約是中午）直到午夜。而且他多麼高興看到我回去，幾乎讓我感到羞愧不已，好像自己是個背信棄義的人。結果我會一直對他說抱歉和解釋：我必須早些出門去看一個人，去談一些事情；然後，我又必須去看另一個人，因為他邀請我一起午餐；然後，我要去看我那親愛的老朋友杜博伊斯夫人，一起喝個下午茶；之後，我們去了蘭格羅伊斯飯店一起晚餐，隨後一起去聽音樂會。這麼一來，他就會明白，我為什麼沒辦法提前回來，連提前一分鐘都辦不到。

我之所以願意道歉，其實是因為對不起自己的良心而已。賀伯倒是從來不做任何埋怨，他只是很高興看到我回去。我不禁想，他這樣忠貞不二地黏我，在一定程度上是吃定了我，讓我在不知不覺中似乎應該為他的一舉一動負起責任。當然，這聽起來很荒謬，不合理又愚蠢。為什麼受害者反而要可憐加害者呢？真太荒謬了。然而事實上就是我還真的可憐他，我一直心太軟，不夠狠。

後來回倫敦的時候到了，賀伯那時身上的錢讓他什麼都做不了，哪裡都去不了，於是就收拾行李上了我搭乘的同一班火車。那真是一趟非常不愉快的旅程。火車擁擠不堪，換搭輪船後，海浪起伏又讓我暈船，當船靠近多佛港時，我們上到甲板，我看到賀伯神清氣爽，不由得心中有些惱火。要不是我暈船得厲害，我還真想跟他吵一架，可惜我沒那個精力，而且我必須要承認，賀伯至少還能幫忙抬行李。

其實，經驗等一下就要教會我，與其對可憐的賀伯感到憤怒，我其實應該謝天謝地他還不算更糟呢。因為再怎麼說，賀伯也不過就是個讓人討厭的消極無趣黏人精，我還可能被更主動、更具穿透性、同樣煩人的另一個人黏上呢。舉例來說，賀伯如果像他的姊夫強恩．培德利那樣，我就可能只有三種選擇了：謀殺、自殺或自我流放。我們搭乘的船緩緩穿過多佛灣時，我確實對賀伯有些惱怒。但數個小時之後，我就瞭解到我應該感謝一個事實，就是他並不算更糟。因為在多佛碼頭上，我們遇到了強恩．培德利。

我認為，培德利是我所見過最令人厭煩又精力充沛的人，他是個不知疲倦、不屈不撓的穿透者、填塞者、餵養者。說起話來滔滔不絕，知識豐富，興趣廣泛。後來我所有有關瑞士銀行體系、化學肥料、保險公司法律問題、繁殖豬隻、土耳其前蘇丹、戰時白糖配給以及成千上百的其他知識，都來自於培德利。他簡直太讓人驚奇了，真的太讓人驚奇，沒什麼好說的。但我恐怕連跟他共處一個小時都會受不了。

不過他其實人十分溫和，本性也很好。他有一顆善良的心，充滿活力，做起事來很有效率，甚至也還滿聰明的。你如果聽過他談那些有關保險公司及人造肥料的事，你就會知道他真的對那些主題做過深入研究。此外，身為一個善於懇求他人的人，培德利絕無可能是個笨蛋。至少，我們這種不善於懇求別人的人都會相信他絕不笨。只不過他也確實有折磨人的本事，這是因為他有讓自己看起來顯得魯鈍的天才，他那自我感覺良好的酸腐學究氣，他的聲音，成熟的社交本能以及最後，他對人對事的欠缺敏感度。他那天才般的魯鈍，讓他對其他人都不感興趣的事產生興趣。尤有甚者，譬如說在面對比瑞士銀行系統更有趣的主題時，他還有本事把這些本質上很令人興奮、感到有興趣的事變成平淡乏味。也就是經過這種反轉的神奇魔力，他可以把最純的純金變成鉛塊。他的自我感覺良好以及好為人師的本能，讓他自認為是同輩們的導師。他對自己放言高論教導眾生的聲音十分自得。那可真是了不得的聲音啊！不能說是不悅耳，但聲音很響亮還帶有低音的厚重回音，口氣則十分堅決，在聽者的腦袋裡會產生奇異甚至帶有危險性的迴響。以我來說，只要聽幾分鐘，就會覺得頭腦暈眩充滿困惑。如果要我跟那個聲音共存亡，我相信總有一天我會開始像那隻日本華爾滋老鼠一樣轉啊轉的，永遠轉個不停。

培德利的聲音會影響你耳朵裡的半規管。另外，還有他性喜社交，那是一種激情、一種惡習，他基本上離不開周邊的伙伴獨自存活。對他來說，孤單是一種無法忍受的痛苦，所以他積極四處獵取同伴，就像野獸追獵受害者，但奇怪的是，他渴求的又不是友情或某種親密關係。就我所知，以一般的意義來說，他根本就沒有朋友。他要的只是彼此認識同時願意聽他說話的聆聽者，因此他所擁有的也就是彼此認識而且勉強願意聽他說話的人。在我跟他相識的初期，當他想要分享一些私密感覺時，我往往會覺得莫名其妙。再其後，我會搞不清楚他到底有什麼私密的生活需要告訴別人。只有在很少見的情況下，譬如說某些爆炸性的災難事件戳破了他公眾生活的外殼，他才會暴露出他所謂私密的一面。當日常生活過得很順暢時，他只會展現出公眾的那一面，在辦公室裡，在俱樂部裡，在晚餐桌上，只要有人聽他說話，他就很滿足了，至於聆聽的人是否聽得很勉強，他就完全不關心了。

就像賀伯一樣（賀伯才真是最惹人厭煩的人），培德利並不確知那些人正在受他折磨，他只知道他們在那邊，人在那邊，如此而已。至於他們的想法和感受，他是完全無感的。而正是這種無感，再加上他那種充滿熱情的社交慾望，給了他無比的力量。他用這種力量獵取受害者並無情地予以折磨。狼如果對羊有感，恐怕都會變成素食者了。但牠無感，牠只對自己的飢餓有感，只對那美味的羊肉有感。培德利就是這樣。他對自己在別人身上引發的恐懼及心理上的痛苦毫無所覺，完全可以用泰然、鎮定的態度貫徹自己的無情。

我對培德利的第一印象並不好。譬如說我們到港的那一天，像羊群一樣你推我擠中等著從舷梯下到地面，結果他在碼頭邊的那聲「嗨～～囉」，聽在我的耳裡，其實是那種有點超乎尋常、讓人不太舒服的熱情、誠懇。賀伯幫我在人群中指認出他來的時候，他那粗獷、強壯的健康外表，讓我相形見拙覺得稍許不悅。賀伯幫我們兩人做正式介紹時，他那猛烈的握手方式，以及大聲對我們旅途上的折騰表達同情的誇張表情，也都讓我覺得不太舒服。但另一方面，他確實人滿好，做事也有效率。他當場就從口袋裡取出一個銀質的扁酒瓶，讓我痛飲了一口很棒的陳年白蘭地。他也注意到我當時冷得臉色發白，於是堅持要我披上他的毛皮外套。然後他又快步衝往海關辦公室，轉眼又回來了，快得令人稱奇，我們的行李箱上已經多了海關的神祕放行戳記。一分鐘之後，我們已經坐進他的車裡，沿著坎特伯里路急駛出多佛港。

一路以來，我都因為身體不舒服而不想說話也不想思考，所以當時並未料到整個情況有點怪異。培德利在港口出現，其實並不是去迎接我們。我們根本沒通知任何人來接。那麼，他是在等誰呢？我腦中當時確實出現這個疑問，但我也沒認真對待，主要就是因為先前暈船暈得厲害，根本沒心情想這些事。現在坐在車裡，我也不想去煩惱這件事，就把有個不知道我們會跨海而來的人在岸邊等我們這件事，當作一個再自然不過的事。而且我們這位同伴接下來的作為，還真的證明了這是件再自然不過的事了。因為，培德利似乎是從一開始就理所當然地認為我們應該到他鄉間的住處去休息。對於賀伯來說，反正什麼地方都一樣，所以他立即接受了邀請。我剛開始還覺得有些不好意思而出言推拒，可是主要是基於禮貌，所以也沒那麼堅持。當晚，我並不是一定要回倫敦，想到累人的多佛到倫敦的海上旅程，再想到還要搭乘計程車在清冷的夜裡穿越倫敦，才能回到我那間沒壁爐火又空無一人的房間，想想都怕了。但如果接受培德利的邀請，不要半個小時，我就可以進到溫暖舒適的房間裡，放下一切盡情休息。對一個飽受暈船折磨的旅人來說，這個誘惑可不小哇。所以，我屈服了。

「好啊，」培德利很高興地說，他的聲音就像是伸縮喇叭那樣高昂，「太好了，我真是太幸運了。」然後用他那隻巨掌在我的膝蓋上重重地拍了一下，好像在拍打一匹馬，「真是太好運啦！想想看，我竟然可以在舷梯旁遇見你和賀伯！而且可以載著你們一起離開！太讓人高興了，太讓人高興了！」

我當時確實被他的興奮之情感染，他那興奮之情顯得那麼真誠，那麼真實。那麼真實，就像一個食人魔在在森林裡發現一個落單的胖娃娃之後顯得那麼出自真心的興奮。

「太好了，」培德利繼續說道，「你知道一個人可以在多佛碼頭碰到多少熟人嗎？你知道，只要我到鄉下來住，就每天都會來，每天，每天下午都來等進港的船，這是打發無聊時光的最好方法。這就是參加鄉下倫敦俱樂部的好處，你一定會有時間在火車開走前跟認識的人好好聊上一天，這就是我為什麼這麼喜歡肯特區的原因，我一直企圖說服房東把房子賣給我，而且我認為已經快成功了。」

「可是，」賀伯說道，他偶而會打破習慣性的沉默，發表一下他那簡單但又絞盡腦汁，可是會讓兒童在講究禮貌的成人世界中陷入被嘲笑危險的幼稚意見，「你會發現大家都在搭飛機旅行，然後你就要把房子再賣掉，並且搬去靠機場較近的克羅伊登。」

但培德利卻不是一個會被哪怕是最恐怖的兒童嚇倒的人。他把自己用「無感」保護起來，基本上對孩童的挑戰視若無睹。

「呸！」他回嘴說道，「我對飛機沒信心，它們既不安全也不便宜，舒適度也比不上汽船，至少在我們的時代會是如此。」他接著開始滔滔不絕討論起直昇機、導航定位的陀螺儀、會讓飛機突然落下的氣穴以及燃料油的價格。

與此同時，我帶著一點警覺開始琢磨，這個好心、做事有效率、馬上要熱情招待我的人，究竟是怎麼樣的一個人。這個人自己承認每天下午都會駕車到多佛港，去接到港的郵輪，攔截那些因暈船而東倒西歪的熟人，然後在他們等火車的時候聊天談地，而且他這麼喜歡自己的下午港邊之遊，以致於會義正辭嚴地駁斥那些宣揚空中旅行的人……這樣的人肯定很詭異，肯定很危險。而且他的聲音，就像低音大喇叭在我的耳中嗡嗡作響，直到我感到暈眩。只不過現在太遲了，我現在覺得我寧願面對那怕人的海上旅程，那冷冷清清穿過倫敦的計程車程，然後回到那冰冷、空無一人的家。可是一切都太遲了。

我後來發現，培德利的假期都是安排在鐵路交叉點、邊境城鎮或國際休閒旅遊點。在那裡，他可以找到取之不盡的攀談對象或「受害者」。平日的週末或是像五旬節和復活節，他會到鄰近多佛港的鄉間住處。耶誕節期間，他會到蔚藍海岸消磨一星期到十天。夏天的時候，他就把社交活動和山中風景融在一起，他會前往法瑞、義法或者瑞義邊界，他會在山中漫步，其間就會去那些行駛於大陸之間的火車停駐點。譬如說有一年他帶家人去法國的蓬塔爾利耶（Pontarlier），另外一年去瑞士的瓦洛爾布（Valorbes），再一年去莫達納（Modane），然後再一年去布里格（Brigue）或是瑞士的基亞索（Chiasso）。幾年之間，他就跑遍了中歐和南歐山區裡的所有主要邊境城鎮。他也很清楚造訪這些地方的最佳季節。舉例來說，如果要去瓦洛爾布就要趕在旅遊季節開始之際，那就是落在七月及八月初，那時有很多英國人會通過那裡前往瑞士。當他看到他們在八月底開始往回走的時候，培德利就會跑到其中一個義大利邊境市鎮待大約兩星期，以便能堵到九月間前往佛羅倫斯或威尼斯的旅客。他在這個季節最喜歡去的地方是莫達納，那附近有很多散步的好地方，而且那些主要幹線火車一停就是兩個半小時。因為健走而面頰紅潤的培德利會準時到達快車停駐點，尋找對象並抓住對象，然後把他們帶去車站裡的自助餐廳。接下來的兩小時，培德利就完全沉浸在他口中所謂「很棒的交談」之中。

培德利所熟識的人還真多。他自己經營了一個法律事務所，所以能夠藉以接觸各式各樣的人。另外，他是三到四個俱樂部的會員，非常勤於參加各種活動。最後，他經常設宴請客，說起來可能會讓人感到驚訝，就算是最有錢的有錢人，也都會為了還不錯的免費晚餐來忍受培德利的嘮叨。正因為如此，他的談話對象應該有幾百人吧，也許幾千人也說不定。也是在這種情況下，我們也無須訝異他在莫達納的海關辦公室裡都有熟人。當然也有很多時候並沒有他認識的人往南方去，這時培德利就會設法找一些看起來頗為疲憊的陌生人，主動協助並開始搭訕。就培德利來說，他是全心全意展現他的好心，他並不意識到自己只是隻披著羊皮的狼，只是覺得自己應該友善待人，熱心助人，有機會的話就談天說地，而且他還真幫得上忙。只不過當培德利幫忙把海關方面都搞定之後，那個陌生人在餐廳裡聆聽培德利不厭其煩鉅細靡遺地解說瑞典的金融政策之時，都慢慢會得出一個結論，那就是，早知道的話，他就應該自己單獨去應付那些貪得無厭的行李腳夫和粗魯無禮的海關稽查員了。

我們抵達目的地的時候，培德利還沒講完他認為飛機不可能取代跨越海峽汽船的大道理呢。

「哎呀，我們到了，」他說道，同時開車門讓我下車，「但如同我剛才所說，」他轉身接著對賀伯說，「陀螺儀的最大缺點就是笨重，以及它們讓機器操作起來過於僵硬，現在，我同意你，小朋友……」

我真的不記得他同意我的什麼了，我只記得我們已經走進客廳，他還在喋喋不休。培德利夫人和孩子也坐在客廳。

從一開始，我就覺得葛瑞絲・培德利很迷人，很正向、很生動的那種迷人。她是賀伯的姊姊，兩人在許多方面也很相像，那就意味著（說到底，已經很明顯了）我要開始準備忍受甚至欣賞她將展現出的異性氣質，而這個氣質如果是呈現在同性的身上，反而會激怒我們。我認為賀伯很令人厭煩，那是由於我認為他腦袋空空，沒有主動性、積極性，只會黏人。雖然葛瑞絲本質上跟賀伯頗為類似，卻讓我感到迷人，儘管，或者也可以說是因為她具有我認為她弟弟也同樣具有，卻讓我感到會帶來災難的特質。

但讓我們產生愛或恨的，並不僅僅是因為同儕的道德和心智特質。以賀伯來說，如果他的身材不是那麼笨重、笨拙，我相信自己不會覺得他那麼厭煩，就我的品味而言，他就是個惡魔般的傻大個。以體型來說，葛瑞絲跟賀伯並不相似，她的個子很高但相當苗條，行動也很輕巧。賀伯則體型厚重，走起路來腳步蹣跚慢條斯理。賀伯身形雖然巨大，但還算得上英俊。從側面看過去，他的鼻子跟下巴很有羅馬人那種高貴的味道。遠遠地望過去，甚至會有一種令人敬畏的凱撒勇士的錯覺。但如果靠得夠近去注視他的眼睛，並觀察他那自命不凡臉孔上的表情，你就會發現，如果一定要說他像羅馬人，他就是最魯鈍、腦袋最空的那一種。

葛瑞絲也不是那種出類拔萃或者經典的類型，不管從哪個角度來看，你絕不會把她誤認為是格拉古兄弟[2]的母親。她的面容五官屬於纖細型，看起來還帶有些孩子氣。暗紅棕色的頭髮相當濃密，那個年代所風行的是紮起辮子然後在耳朵的上方盤繞幾圈，深色的頭髮也襯托出相對蒼白又孩子氣的臉孔。她那兩粒圓圓淡色的眼睛睜得很大，透露出一股天真無邪的氣質。她的臉孔雖然算是比較醜，但看起來也像個還不錯的小女孩。當她微笑的時候，突然之間就讓人覺得她還真的美麗起來了。賀伯的微笑也有同樣的效果，突然的微笑，充滿了好心與善意。也正是因為他的那種微笑，讓我無論如何都無法對他疾言厲色。就這兩位姊弟來說，他們的微笑中都混雜著一種不算很明顯的善意。譬如說賀伯，他的微笑裡就帶有一種溫和的、潛藏在外表魯莽、鄉氣之下的善意。儘管賀伯很善良、仁慈，但他就是個鄉巴佬。葛瑞絲的微笑固然也很含蓄，但在本質上又細緻得多，這是和賀伯不同地方。他們是姊弟關係，但顯然她更具有一點貴族氣。

葛瑞絲在待人處事方面的不足，也可以從她和孩子之間的關係看出。她很愛他們，但她並不知道該如何跟他們相處或如何對待他們。還好她算是很幸運，孩子也算幸運，因為她請得起照顧孩子的保姆跟家庭教師。如果是她自己的話，她根本沒能力把孩子帶大，他們可能連嬰兒期都過不了，或者在頭一兩年根本無法準時進食，甚至於食物都無法保持清潔，最後可能長成

---

2 The Gracchi brothers，格拉古兄弟是西元前二世紀羅馬共和國著名的政治家，平民派領袖，領導過政治改革，稱為格拉古兄弟改革。兄弟的母親是征服非洲者大西庇阿（Scipio Africanus）之女。

小野蠻人。所以，葛瑞絲的孩子都是在專業的照顧下成長，個個都很健康，而且除了在面對他們母親的情況下，個個都很守規矩。至於孩子們，他們似乎是把媽媽視為另一品種，非常可愛可親，但不像保姆和菲麗普絲小姐那麼嚴肅，也不像是個成人，只能算是半個孩子，其實也不算是孩子而是個小精靈。不錯，他們的母親就是個小精靈，這個小精靈不要說是管孩子了，她自己就會淘氣地破壞各種日常家居規定。譬如說，在夏天的時候，她帶頭發明了用草坪上澆花的旋轉噴頭噴出的水來洗澡。又譬如儘管菲麗普絲小姐、保姆和父親都極力反對，她還是帶頭教小朋友在晚餐桌上把麵包咬出花朵、心型、小橋、字母、三角形、火車等形狀。他們都很喜歡她，但也都不把她當回事，不把她當作是有權威的人，所以也從來沒想過要聽她的話。

「妳是個小女孩。」我有次聽到她那年僅四歲的女兒對她說，「媽咪，妳是個小女生，菲麗普絲小姐才是老女人。」

葛瑞絲轉向我，睜得大大的眼睛裡充滿困惑，「你看，」她的口氣似乎很絕望，但又透露出有點得意，好像是證明了自己所提出的觀點，「你看看！我還能拿他們怎麼辦？」

她確實也無計可施，當她單獨跟孩子在一起的時候，孩子根本就是完全不受控制的小野獸。

「孩子們，」她會故作生氣地說，「孩子們！你們不可以這樣。」但她也知道，自己根本是在跟一窩小灰熊講道理。

有的時候，當她的聲音比平時更高、更絕望，孩子們會暫時放下正在玩的東西，抬起頭來帶著微笑看著她說，「沒事的，媽咪，」他們會說，「真的沒事，妳知道。」

然後，求助無門的媽咪就只好投降了。

如果賀伯也是這樣，我就會覺得難以忍受。但他的姊姊卻不一樣，她對孩子的手足無措乃至於在其他事情上的笨手笨腳，我都覺得有其一定的特色，還滿優雅的。談到笨手笨腳，舉例來說，當她做縫紉工作時，她的指頭就全都變成大拇指了。我剛認識她的時候，她基本上已經放棄了縫紉，但她還是認為幫孩子鉤條圍巾也是母性職責的一部分，但她從未嘗試比鉤圍巾更複雜的工作。她鉤圍巾的進度很緩慢，很痛苦，她全心全意專注在手上的工作，但幾分鐘之後，她那緊繃的精神就崩潰了，她被迫嘆了一口氣放下工作，小小休息一下。就這樣，一條圍巾總要花上好幾個月才能完成。當終於完成之際，哎唷，真是件了不得的作品！就像個毛質的漁網。

「感覺上好像有點不對勁，」葛瑞絲會這樣說，同時拿起她的作品，伸直了手舉著圍巾反覆打量。「嗯，這個，」她的頭歪向一邊，半瞇著眼睛，好像在檢視一幅點彩派的畫，「還不賴吧。」

其實私底下她還是對自己鉤的這些圍巾頗為自豪，就像一個小孩子寫出第一個字母，或者是在保姆完全沒有幫忙的情況之下，繡出一個隔熱手套。葛瑞絲也是一樣，她對於自己在無人幫助的情況下可以完成一件事，還是覺得很了不起。

其實像葛瑞絲這類很「優雅」的無能，會讓我感到些許莞爾甚至於迷人。說真的，如果是我跟她一起過生活，我可能不會感到這麼迷人，因為我也許沒有能力雇用足夠的僕人以及保姆來幫忙應付居家瑣事。也許，我想，就以她那種算不上什麼的智能，也可能很難維持長期的親密關係。她在智能方面的膚淺可還真是個無底洞啊！舉例來說，她就是無法理解錢的價值，而且也沒有經驗可資借鏡。有時候她可以超級豪奢，把英鎊當作便士來用；另外的時候，她對金錢的價值觀又完全顛倒過來，會對即使是為了生活日用而必須花的每一便士斤斤計較。可憐的培德利有時下班回家，會發現晚餐的食物除了扁豆之外就沒有別的了。其他的男人面對這種狀況時可能會暴怒大發雷霆，但培德利不會，他好為人師的那部分遠大於他的脾氣，因此僅只對葛瑞絲依情按理長篇大論好言規勸，先從金錢的意義和財富的本質說起，然後談到營養學跟卡路里的原理，葛瑞絲則帶著謙恭的表情仔細聆聽，但不管她怎麼努力，她就是無法記得他所說的任何一句話，或者她記得了其中一部分，但又完全理解錯誤。培德利精心把所說的話安排成他心目中的理性論述，可是到了葛瑞絲的腦中，就會被打掉重練成完全無意義的東西。同樣的情況也出現在她閱讀的時候，那些書中的論點進入她的腦袋就開始天翻地覆，不重要的事實她記得很清楚、很生動，可是重要的部分她卻全不記得。至於日期嘛，對她而言更是毫無意義。可憐的葛瑞絲！她完全知道自己在心智上的不足，也感到相當痛苦，她很希望自己能成為有識之士，能成為權威人士，能成為有能力的人。但儘管她讀過不少嚴謹的書，而且是真正帶著愉悅的心情去讀，當然，有時也只是原則性地去讀，可是一直無法真正吸收。她的腦袋裡就是一團糨糊，就好像住了一堆小淘氣，喜歡把原先所吸收的知識馬賽克拆散，然後重新組合成（扔掉許多之後）亂七八糟的東西。

正因為她對自己的缺憾有所自覺，所以她特別欽羨那些跟自己特質不同又傑出的人。我敢肯定，這就是她後來成為培德利太太的主要原因。她當時非常年輕，他愛上了她，然後要求她嫁給他。她十八歲，他大約三十四歲。她不但非常年輕，也對自己的缺陷特別敏感（剛剛跨出校門，但考試成績差，學業表現也欠佳）。同樣的，她也對比自己優秀的人特別敏感，培德利就是這樣進入她的生命。他對於人造肥料和瑞士銀行系統既專門又精確的知識讓她大為嘆服。說真的，她對培德利的那些見解並無特別的興趣，但她並不怪他，她只是自慚形穢。對她來說，他就是學習跟智慧的具像化：無所不知，根本就是長了腿的百科全書。

女學生愛上年齡較長的教授並不算是新鮮事，那是青春年華對自己欽佩的頭腦所呈現的感謝之情，藉由撒嬌、活潑以及青春的熱情表現出來。說起來，葛瑞絲也不算幸運，因為對年方十八的她來說，她所能遇到最優秀頭腦也就只是培德利了，培德利！她當然欽羨培德利，在她的眼中，培德利就是那巍巍然如牛頓般的偉大知識分子，當這位偉大的牛頓知識分子拜倒在她裙下時，她先是驚惶失措。可能嗎？這個全知全能的培德利有可能在連續三次無法通過劍橋大學本地生測試的人面前這麼低聲下氣嗎？不過她隨後就覺得醺醺然，而且深深心存感激。

此外，培德利跟一般人所認知的教授也不太像，他沒有灰鬍子，也不顯老。他正值盛年，身體健康，充滿活力，相貌也算英俊，看起來就像廣告中以及雜誌文章插圖中常見的那種臉色紅潤、下巴寬闊的精明商人。葛瑞絲在這方面並無經驗，但她也很快就說服自己，她那小女生的興奮情懷和遇上這種好運的感恩之情，不就像是小說中所描寫那樣真實。於是她開始想像自己也愛上了他，另一方面，就算不是愛上了他，其實也無關緊要，因為培德利不厭其煩追求，最終也會準確無誤地讓她投降。在這一方面，葛瑞絲並無任何抗壓力，她可以被塑造成任何形狀。就她和培德利這個案例而言，只要略施壓力就可以成事。因此在培德利第二次求婚時，她就答應了。所以，兩人在一九一四年結婚了。當時戰爭剛剛爆發一至兩個月。

也許有人會認為，在戰爭爆發時結婚似乎有點怪異、不尋常，甚至於會帶來災難。但對培德利來說根本就不算回事，戰爭也沒有影響到他們的婚姻生活。第一年，培德利還把「一切如常」幾個字放在桌上當作座右銘呢。之後，他因為近視的關係無法服役，於是去應徵了臨時政府人員的工作。他在幾個不同的工作崗位上都表現優異。後來醫藥委員會的審查資格變得更嚴格，他又想辦法轉而擔任蔗糖配給員的工作，最後還獲頒大英帝國勳章。與此同時，葛瑞絲則安靜地在家中生活，連續三年生了三個孩子，讓她忙得不可開交。戰爭對她而言根本毫無影響，她完全不知道戰爭的骯髒、狂熱以及其所帶來的悲劇。她不知道戰爭帶來的恐懼、焦慮、悲苦，就像她也不知道伴隨戰爭的那種不顧一切的奢華、迷醉，那種膚淺的歡樂、道德敗壞、沉湎酒色，這所有一切與戰爭夾雜在一起的惡。葛瑞絲就這樣與世無爭，每天渾渾噩噩過日子，生養孩子，好像生活在十八世紀。

我認識葛瑞絲的時候，她已經結婚大約第六個年頭了。她最大的孩子當時五歲，最小的大約兩歲。我認為培德利那時還愛著她，那是說，用他的方式。當初促使他匆匆進入這個不算太理性婚姻的激情，基本上是身體上的激情，但已經消退了，他已經不會再為葛瑞絲瘋狂，但還持續地渴求她，多半是因為已經習慣了吧，讓他覺得她還是親密的、生命中不可欠缺的人，也讓他難以想像沒有她的人生該怎麼過。不過儘管如此，他們之間已經基本上沒有什麼親密關係了。如同我先前說過，培德利沒有什麼屬於自己的私生活，因此他並不是很瞭解何謂「親密」。他不會對人推心置腹，因此也不會要求別人推心置腹。當別人不請自來時，他也不知該如何應付。我不知道葛瑞絲是否曾經企圖向他交心，如果真的有試過，我相信她很快就會放棄了，因為她會像是對著一個留聲機交心，把心底最私密、最神聖的想法，對著留聲機的大喇叭輕聲傾吐，結果反響的僅僅是個厚重又震耳欲聾的低音貝斯聲，說的卻是瑞典的財政政策、糧食控制，或是跟保險公司有關的法律事務。這還得看當時在留聲機唱盤上的是哪一張唱片，雖然唱片的數量還算不少，但仍有其限度。在培德利的心靈空間裡，只有一間臥房、一間演講廳，沒有親密對話的私密房間，也沒有可供女性隨時入侵的靜謐書房。在身體親密接觸的臥室和教授粗聲粗氣演說的講堂之間，真的是一無所有。還有，天呀，那個讓人受不了的演說！

葛瑞絲顯然還對丈夫的才智深深信服，只是責怪自己水準不夠，才會覺得丈夫講的那些東西單調乏味。但她還是真的無法否認，她確實覺得那些東西單調乏味。不過經過長期練習下來，她也練就了一套精神閉鎖功夫，培德利的演說已經無法觸動她的神經，因為她根本已經聽而不聞。我常常看到她坐在那兒，兩眼圓睜全神貫注看著培德利，好像要吸取他所吐出的每一個字。我相信她在婚後的最初幾個月一定是像那樣坐著的，那時也是真正在專心聆聽，而且努力保持興趣，準確無誤地把每一句話記住。那個時候，我相信她的表情不會是像現在那麼平靜無波，而會是因為專心而皺著眉頭，或者是為了壓抑呵欠而顯得煩惱。現在只有泰然自若，那種完完全全因為心不在焉而顯得平靜的表情。

在我們相識的第一天晚上，我就發現了有關她的一些事。我想，一定是有誰告訴培德利（我想是賀伯）我對音樂有興趣，而且還頗為專業，所以他就開始長篇大論談起自動演奏鋼琴的種種，特別是其中機械操作部分。對於培德利這麼費盡心思要讓我在精神上覺得賓至如歸，我其實滿感動，只不過他的聲音也確實讓我頭暈腦脹，我也只能裝著對他所談論的事情很有興趣的樣子。中間，培德利曾經暫停下來吃他的蔬菜（真是感謝天啊，可以在他那幾乎讓人發瘋的聲音中喘上一口氣！），我則轉身很禮貌地以一位新客人的姿態問葛瑞絲，她是否也對他丈夫正在談的自動演奏鋼琴感到興趣。葛瑞絲當時就有如大夢初醒一樣，一雙眼睛顯得十分茫然，甚至透露出一點受到驚嚇的樣子。面龐則臊得通紅。

「你說和強恩（培德利）一樣感到有興趣的什麼？」她問道。

「自動演奏鋼琴啊。」

「啊，你說的是自動演奏鋼琴。」她的聲音充滿了困惑、尷尬，很顯然，她根本就不知道我們過去十多分鐘的談話主題是自動演奏鋼琴。「自動演奏鋼琴？」她又略帶疑慮地重複了一遍。可是，剛才培德利滔滔不絕時，她表現得是多麼專注啊。

我真的滿佩服她這種心不在焉，精神上完全抽離的本事。但除了佩服，我也滿同情、滿可憐她必須生活在一個為了保有自己，卻時時必須將自己抽離的環境之中。真的很可憐。

第二天一早，我給自己找了個理由在床上進早餐。當我下樓的時候，培德利和賀伯已經出外散步了。我看到葛瑞絲單獨一人在那邊插花，於是跟她互道了早安。從她的臉上表情，我可以看出她對我多少有些敬畏，一個陌生人，一個知識分子，一個音樂評論家，要跟他談些什麼呢？她一邊繼續插花，一邊跟我談起巴哈。我喜歡巴哈嗎？我認為他是有史以來最偉大的音樂家嗎？我盡量做出了回答，但其實那天早上在那樣的時間裡，巴哈？還真沒什麼好談的。不一會兒，我們的對話就開始慢慢變得無味了。

「還有那《平均律鍵盤曲集》，」她還在絞盡腦汁努力繼續話題，「多麼可愛呀！」

「是啊，而且剛剛好用來折磨那些學鋼琴的孩子，」我也是拚了老命配合回答。實在是沒招了，只好調皮些，詼諧些。

我說的話倒是擊中了葛瑞絲腦袋中的某些東西。「折磨，」她說，「沒錯，我還在學校的時候，就是受盡折磨。」

所以，我們終於找到了一個共同都有興趣的主題。

葛瑞絲跟賀伯一樣，都很喜歡當年的學校生活，不過她的喜歡，還有一些性別上的差異因素。對於許多女性來說，學校生活是相對單純、有同伴又令人興奮的純女性世界，也應該是她們一生中最快樂的時光。葛瑞絲就是這麼樣的一位女性。她喜歡她的學校，認為當年的學校生活是黃金歲月。不錯，那時劍橋本地生並不好過，那些女教師也都很挑剔，但從另個角度來說，那時沒有培德利，不必生養孩子，沒有各種家事要做，也沒有社交活動，也沒有花錢方面豪奢或小氣的問題，更沒有僕人。她興奮莫名地述說，我聽得也很高興。

一個半小時後，那兩個令人厭煩、已經餓扁的人回來了。我和葛瑞絲都很遺憾被他們打斷了。那段時間裡，我聽了許多有關葛瑞絲當年的故事，我知道了她對那位較年輕的巡訪女音樂教師曾經有過一段不是太愉快的激情。我知道了她的一位朋友收到一位十五歲男孩子的情書，情書中寫著，「我在《素描雜誌》裡看到妳和妳媽媽在公園裡散步的照片，我怎能忘得了？」我也知道葛瑞絲曾經染上流行性腮腺炎五個星期之久，曾經穿著睡衣在月色中爬上屋頂，而且曲棍球打得很糟。

常常，我們都會有要談論自己的衝動，想要強化自己的人格，以為自己很知道而別人都沒注意到的事實，有關我們為何存在，我們究竟是什麼的事實。有些人很習慣於如此，而且這一方面的慾望很強烈，所以他們一天到晚都在講自己，就是閉不上嘴，就是要把那些其實很丟人的祕密一股腦傾倒出來。不過葛瑞絲並不是這樣的人，她不屬於這類好出風頭者，但她時不時確實也喜歡跟別人談談她這個人、她過去以及未來。她想要找人傾談，卻沒什麼機會。現在，她找到我了，一位對她帶有同情的傾聽者及評論者。因此當天上午即將結束之際，她已經把我當成老朋友了。至於我嘛，我發現她很迷人。真的，她是這麼迷人，我願意為了她而忍受培德利喋喋不休他那保險公司法律事務的長篇大論。

我們在互相認識之後那幾個星期裡很自然地經常碰面，我們對有關自己的事、生命及愛情都交換了很多意見，這些都是男女之間很喜歡談，同時又能從中獲益的主題。但我也必須要承認，在這幾個主題上面，葛瑞絲其實也都沒什麼可說的。她的生活經驗很少，而且幾乎沒有真正愛過。因此，她可以說根本不瞭解自己，但也正是因為她這種無知、稚氣卻又頗自信的表情，才讓我覺得她很迷人。

「我覺得自己已經老了，」她有次對我抱怨，「老了，而且已經算是完了。就像《倫敦畫報新聞》合訂本裡那些可笑的草帽和羊腿袖時裝。」她頗為努力地想清楚表達她的想法。

我笑著對她說，「妳還很年輕啦，還沒開始呢。」

她搖搖頭，接著嘆了口氣。

我們談到愛情的時候，她就會做出一副略帶悲傷，像一個對愛情抱持懷疑態度的中年婦女模樣。

「人們老是把愛情弄得很荒謬，其實真不值得小題大作。」

「那樣很合情合理啊。」

「可是不值得把它小題大作啊，」她似乎有些不服氣，「至少在現實的情況下沒必要，而且不需要在沒有計畫的情況下那麼做。」

「是嗎？」我說。「但妳會有不同的想法的，」我告訴她，「當妳連續等了兩三個小時，那個人始終沒有出現。當妳弄不清楚某人在哪裡、跟誰在一起而睡不著時，妳會很想哭，而且妳真的哭了，妳會覺得就要染上感冒了。」

「哎呀，可是那不是愛情呀。」葛瑞絲有點自以為是地回嘴，口氣好像是她有什麼特殊的私人消息管道。

「那麼，是什麼呢？」

「那是……」葛瑞絲有點猶疑，然後臉就突然紅起來了，「那是……好吧，那是有關肉體上。」

我忍不住笑起來，很大聲地笑起來。

葛瑞絲顯得很困惑的樣子，「難道不是嗎？」她倒是滿堅持的。

「是的，是的，」我不得不承認。「但是，為什麼那不是愛情呢？」我緊追不捨，想從她的口中套出一些看法。

她說了她的看法，那還真是相當莊嚴細密的看法，我只能假設培德利的熱情使得她益發冷淡，甚至對他產生了反感。

但我們之間的話題並不止於生命和愛情。葛瑞絲的無知再加上我生性沉默寡言，使得我們基本上無法就這些主題進行長時間、對彼此有益的討論。所以我也像培德利一樣，在談話的空檔扮演起循循善誘的角色。通過我的那些隨興談話，葛瑞絲突然開始接觸到那些原先她根本想不到的東西，譬如說當代繪畫、文學、現代音樂、藝術上的新理論。對她來說，那是一個全新的啟示，她也覺得自己過去在認識文化方面所做的努力似乎都只是浪費時間而已。她過去費盡力氣登頂的，竟然是個錯誤的山頭，想盡辦法進入的，竟然是個錯誤的殿堂。在那個她認為最神聖的山峰，假定她真的曾經到達過，她所看到的是什麼？竟然是一堆《倫敦畫報新聞》合訂本裡那些奇形怪狀、已遭蟲蛀破爛的小草帽以及羊腿袖時裝。簡直太可怕，太丟人了。不過，她現在已經窺見另外一座殿堂，這個殿堂以馬甸（Martine）奠基，裡面的供品則是波烈[3]和浪

3 Paul Poiret, 1879-1944，法國二十世紀前二十年的大師級服裝設計師。

凡，[4]一個時髦、流行的殿堂，一座時尚的奧林帕斯山。她現在急於攀爬，進入。

就如同那些為了某些目的而把暴發戶引介入高尚社會的墮落淑女一樣。我也開始把靈性世界裡最棒、最新的東西介紹給葛瑞絲。我教導她符合知識分子身分的禮儀，對她可能做出在美學上失禮的言行提出警告。她很用心地聆聽，而且很快就耐著性子習慣了她所不熟悉的新世界，在面對達達派詩作、畢卡索畫作、荀白克四重奏、以及阿基邊克（Archipenko）的雕塑作品時該說些什麼話。

那段時間裡，我的主要工作是音樂評論，每週大約二至三次，我會帶葛瑞絲一起參加音樂會。可是我很快就發現她對音樂沒什麼感覺，更遑論去深入瞭解。然而她卻會裝作（雖然是有點虛假）很喜歡音樂的樣子。在此之前，我都是一個人去參加音樂會，聽那些令人難以忍受的二流鋼琴家彈奏李斯特、蕭邦，二流女低音用宏亮的嗓子唱出令人喝倒采的舒伯特和布拉姆斯作品，二流的小提琴手拉出塔替尼（Tartini）和維尼奧夫斯基（Wieniawski）的提琴曲。說實在的，那種演奏真的讓人覺得難以忍受。認識了葛瑞絲之後，我也假裝相信她真的熱愛音樂藝術，於是經常帶她去參加前述那種令人痛苦不堪的演奏會。如果演奏廳內沒什麼人（通常都是如此，完全符合喜愛音樂大眾的真實情況），你就可以坐在遠離其他零零星星觀眾，比較靠後方的位子。如此一來，就可以在整場演出中放心大膽地談話，不用擔心會干擾到別人。

第一次的時候，我在聽完像是《妳好似一朵花》（*Du bist wie eine Blume*）或者《魔鬼的顫音》（*Trillo del Diavolo*）的前三小節之後開始說話，葛瑞絲的表現就是一整個震驚。她有自己一套聽音樂會的技術，每次都是面帶憂鬱的專注表情，就好像是坐在教堂裡聆聽根據節目單所進行的每一個步驟。在那種時候，我的輕聲細語對她而言似乎都是褻瀆神聖，只有在我帶著專業並且權威的語氣告訴她，當時正在進行的節目並不值得聽的時候，她才會表示同意。在我們開始一起前往參加音樂會的早期，她並沒有信心就音樂會本身跟我對話，一段時間之後，她也慢慢習慣了我這種無禮冒犯，當舞台上的音樂或表演正好還算不錯的時候（其實葛瑞絲並無區分的能力），我就必須扮演教堂司事的工作，在這個突然變為神聖的場所，小聲地跟她說那些褻瀆神聖的東西。最後，她也學會了如何有樣學樣。當她看到我表現得很虔誠的時候，她就表現得很虔誠。當我開始喋喋不休，她也就跟著喋喋不休。

有一次，我帶著一點惡作劇的意圖，在一個相當平庸的鋼琴家彈奏俄國作曲家拉赫曼尼諾夫的作品時，故意擺出一副全神貫注的樣子。她從眼角偷偷看了我一眼之後，就做出一副狂喜的模樣，好像是聖泰瑞莎修女兩眼仰望高高在上教堂那般虔誠。那場折磨人的表演結束之後，她兩眼發亮地轉過身來。

「你不覺得表演得很棒嗎？」她說道。那是一種自我感覺良好的心理，她也是真心喜歡那

4 Lanvin，法國高級時裝品牌，創立於一八八九年。

種感覺。

我的回答是，「我認為這是我所聽過最令人作嘔的演奏。」可憐的葛瑞絲，她的臉孔霎時紅成一片，兩眼積蓄著淚水，為了不讓我看到，她把頭偏了過去。「我認為演奏得很好啊，」她頗為費力地堅稱，「當然啦，我並沒有資格評斷。」「哎呀，當然，當然，演奏也沒那麼糟啦，」我趕忙肯定她，「妳知道，人總喜歡誇大嘛。」看到她那張悲傷的臉，我真的覺得自己太糟糕、太殘忍了，我本來只想開個小玩笑，可是卻殘忍地傷到她了，我真希望我從未開那個愚蠢的玩笑。後來過了很長的一段時間，她才終於完全原諒我。

後來我對她的認識更深刻之後，我才瞭解她為什麼那麼在意我那次耍的小滑稽。那是因為我開的小玩笑，戳破了葛瑞絲一直在幻想中要創造出來，而且一直努力要達成的目標形象。因此，對我來說只是一個小笑話，對她，卻成了某種形式的謀殺。

我發現葛瑞絲生來就是個心理學上所謂視覺型的人。舉例來說，她具有英國心理學家高爾頓（Galton）所稱的「數字形式」（數字心理圖）特徵，無論何時她必須做數學計算時，那些數字的圖樣就會出現眼前，那些數字都有其各自的顏色，以及位置，但是當數字超過一百個之後，圖樣就會趨於模糊。這就是為什麼碰到數目過大的時候她就沒辦法了。對她來說，三千、三萬、三十萬之間的差別，從來就不是那麼可以清楚辨別，因為這些大的數字出現時，她的眼前是一片空白，這些數字只是在她的數字心理圖的模糊邊緣飄盪。然而，她卻可以很清楚地看見「一百萬」，這個數字出現的位置在她頭部的左上方，而且是由一大疊那種在銀行裡裝鈔票的信封組成，成千上萬個，每一個上面都有大大的黑色字母寫著「一百萬」。她的心理處理過程就是一連串的圖像，這些心理圖像十分鮮活靈動，無論在明亮度與清晰度方面，都足堪與她眼中所收訊到圖像相比擬。所以，對於她無法予以視覺化的東西，她就無法加以思考。

我自己呢，就不是一個視覺型的人。舉例來說，如果要我根據記憶來描述房間裡的家具，那會是件很困難的事。我知道有很多椅子，很多桌子、門、書架，還有……但在我的腦袋中卻沒有清楚的影像，當我在做心算時，腦袋中不會出現有顏色的數字。葛瑞絲有次告訴我，當她聽到「非洲」這個字的時候，她的腦中會出現沙土、棕櫚樹、獅子的影像。但我不會。當我為未來做計畫時，不會像有些在做同樣事情時，會看見自己在一個想像中的舞台上扮演一個想像中的角色。我在思考時不會有影像出現，有的只是不具像或空白一片。這也是為什麼我不會裝作自己可以完全瞭解，並寫出葛瑞絲心中在想些什麼。先天對音樂無感，就不可能成為一個最好的音樂評鑑人。所以我只能用臆想的方式，把我對她的觀感在想像中重建。

從我跟她的對話中所得到的印象，我認為葛瑞絲在面對任何情況時，都有某種「看見自己」的習性。有些時候，她所面對的情況也許跟她的實際生活並無關連，純粹只是幻想、假設的狀況甚至於白日夢。有些時候卻是真實的，或者說有成為真實的可能。她過她的日子，她也看到自己在過日子，在每天平淡無奇的日常中扮演了一個明確又具有決定性的角色。因此她在鄉間散步時，她看到自己在散步，像一位精力無窮的女性登山者。當她陪培德利去年度海岸度假勝地之旅的時候，她會看見自己爬上臥鋪車，或者沿著盎格魯大道[5]漫遊。在她自己的眼中，她是一位下層社會人士所欽羨、遙不可及如明星般的上流社會貴婦人。在一些居家的特別重要社交場合，她也會有同樣的幻想。我跟她初識的前幾個月間，我就見過一兩次這樣的貴婦人。後來這位貴婦人又變成非常巴黎，非常二十世紀，附帶十八世紀那種德高望重的巍巍然貴婦人。她都表現得得其所哉。

葛瑞絲這些視覺化過程常常得力於她的衣著，譬如說在肯特郡散步兩英里的時候，她就會穿上只適合橫越安地斯山脈的衣服。在她那些適合所有場合的衣服當中，你都不難發現它們都有戲劇化的效果。可惜的是，她並不知道如何改變容貌來配合所穿的衣服，無論是在海邊度假勝地漫步，或是在攀爬肯特郡山丘時穿上短裙、雕花鞋還有針織套衫，她的臉孔看起來都是一樣的，一張看起來頗為醜陋但還不失為可愛小女孩的臉，一張透過困惑大眼看著世界，不時用微笑突然展現出某種隱晦的慈愛，進而讓人短暫感到還算美麗的臉。

葛瑞絲對自己的看法並不僅僅是種短暫或偶發的奇想。通常，她會在一段不算短的時間裡賦予自己一個主要角色來扮演。舉例來說，在她結婚後的頭四年中，她主要把自己視為家庭主婦及一位母親。但她在這兩個角色上很明顯地難以勝任，也使得她漸漸失去了繼續扮演的興趣。起先，她確實是想扮演好家庭主婦的角色，腰間掛著鑰匙串叮叮噹噹四處巡視，盡情使喚家裡的僕人。然而在實際操作上，每當她想要干涉家中那位老資格大廚時，所有的事就變得天下大亂。她喜歡她的孩子，也在想像中希望他們能在她的照料及影響下健健康康地長大成人，然而她餵養他們的時候，他們老是生病。每次要他們聽話的時候，他們就像是一群小野獸。對於一個想要視自己為完美德國媽媽的人而言，確實會覺得相當沮喪。於是當她生下最小的那個孩子時，她基本上已經宣告放棄努力了，因此從一開始就把孩子交給保姆。另外，除了在財務上窘迫到只能有扁豆可以上桌時，她也只有讓大廚料理一切的份。

當我初次遇見她時，葛瑞絲已經不再認為自己有什麼重要的角色可以扮演。她已經被所經歷的事情打得支離破碎，德國媽媽的夢想完全洩了氣，扁了。她現在已經沒有任何可供想像的角色扮演，就像賀伯一樣，葛瑞絲再次陷入黯淡無光，毫無特色的境地。對她和賀伯而言好像都是再自然不過的事。不過她也未完全放棄，偶而還是會在生命中的某些孤立事件中視自己為某些頗為生動的個體，譬如說登山客、有錢又尊貴的女士。只不過已經不再是她所期待的重要又可以持久的角色。這樣說吧，她只是一些點的延續而不是一條線。

然而，她和我的友誼卻讓她察覺到一個可能可以持久的新形象，她發現在我的陪伴之下，

5 Promenade des Anglais，法國尼斯一條沿著蔚藍海岸的著名海濱步道。

她可能會有一個新的角色，雖然不見得會是那麼重要的角色，也不見得會有變成德國媽媽那樣的潛力，但仍然算得上是個女主角。她已經很長一段時間沒有任何角色可扮演，所以不管多麼的牛頭不對馬嘴，她決定要緊緊抓住機會。說起來，還真的是牛頭不對馬嘴，這個新角色於她而言，不但怪異而且完全不適合。她現在決定將自己視為一個音樂評論家。

那是因為我們一起去聽音樂會，一起以專業身分去聽音樂會，使得她開始視自己為音樂評論家。如果不是因為我正好是記者，如果不是因為我有免費的入場券而不需要自己購票入場，她恐怕永遠不會自視為一位樂評。一般人習慣於自己付費購票，因此看到有人可以免費入場時，會特別印象深刻，評論者的這種「初夜權」對他們來說特別值得羨慕。葛瑞絲現在可以分享這種特權了，所以很自然地覺得她也有權來分享評論音樂的責任。她可以看見自己發出讚美以及指責，當舞台上的演出不錯的時候，她可以表現出狂喜的樣子。當演出者表現得不怎麼樣，她就可以態度輕蔑地予以批評。她把自己投射在我的身上，不是真正的我，而是一個理想中地位崇高的我，所以她也視自己為一個音樂的最後仲裁者，而我開的一個小玩笑卻讓她為自己建造起來的形象破滅。一個樂評者當場被謀殺了。

我那時其實並不很清楚可憐的葛瑞絲為什麼會受傷那麼深，而是在後來對她有更多認識之後，才慢慢瞭解她當時的感覺是什麼。同樣的，我也是後來才知道，她每次在走進音樂廳時所表演的那種怪異啞劇，對她而言其實意義深重。她每次踏上表演廳門廊時那種慢悠悠步調，好像是百無聊賴地故意勉強拖著步行走，偶而輕嘆一聲，站在那邊的時候讓眼皮慵懶地落下，當收票員驗票時，在一旁耐心地等待，那種氣氛啊，當我們走進演奏廳之後，那種怡然自若，就好像我們實際上擁有那個地方一樣（我還記得，她常常把腳抬起跨上前座的椅背），還有那誇張的輕蔑笑容。我們有時會聽到一場差勁的表演，當我小聲地說出我的意見時，她就會報以一個滿臉倦容的微笑（有次她甚至表示聽到那種音樂會簡直是褻瀆），就是這種慢條斯理的步調、帶有不耐煩的耐心、不願與人分享的怡然自若以及老練的樂評家，讓她自我感覺良好。

同時她也買了大量的音樂唱片，但卻從來沒有放上留聲機！她也從圖書館借了大量的樂評及音樂家傳記！還有她在晚餐桌上做了強而有力的嚴肅宣示，「貝多芬是最偉大的！」……如此這般。我後來都瞭解了，而且我愈瞭解，就愈後悔自己曾經開了那個殘酷的玩笑，她對於自己能成為一個樂評家曾經是那麼興奮，可是卻被我的玩笑給摧毀了。她現在變得心虛、侷促不安、怯場，雖然我從此沒再敢開類似的玩笑，雖然在那次事件後我一直鼓勵她相信自己在音樂方面的功力，但她已經無法再全心全意去扮演那個角色了。

不過認真地說起來，樂評家的角色也真的沒什麼了不起！太枯燥、太知識分子、太沒人味，談不上什麼滿足。其實我還能給她另一個更好的角色：心存愧疚的妻子。有關這一點，我倒是很肯定。說實在的，當我跟她初相識的時候，葛瑞絲是個相當賢淑的年輕女子，但她的賢淑並無堅實的原則為基礎。譬如說，以她對丈夫的深愛為基礎，或者是以堅強的宗教成見為基礎。此外，她的賢淑也與她私密的一面無關。如果她碰巧是一位賢淑的婦女，那就是出於意外而非基於原則，或者是某種心理上的需求。也或許，她沒有必須不賢淑的狀況。就像她曾經被培德利威逼或者哄騙而進入婚姻一樣，她也有可能被威逼或哄騙而成為不貞潔的人。葛瑞絲就像片葉子漂浮在生命之海，既無方向也無目標，只要說服她通姦是座海上的寶山，她就會立刻調整方向，衝向那神奇的海岸。關鍵就是將這件事似是而非地放在她的眼前。因為在此刻，她還是以她那也並非那麼根深柢固的中上階層出身而自豪。事實上，關於葛瑞絲的一切，其實也都不是那麼根深柢固而無法拔除。

我當時已經認清楚這些事實，但也並不想藉此而占她什麼便宜。事實就是，雖然我很喜歡葛瑞絲，但並不急著想跟她談戀愛。一個人可以很欣然、很實際地根據「愛人」這個名詞技術上的有限定義去扮演一個角色，但同時也可以不瘋狂地陷入愛情的漩渦之中。另外，如果雙方都可以把情緒保持在一種寧靜的狀態，那麼，這種小小的耽於聲色就毫無疑問地可以轉化成小小的優雅。只不過那種寧靜的狀態可不是想有就有，因為心態上的平衡或遲或早都將不是偏向愛，就是偏向恨。最後，耽於聲色會轉變為一種激情，至於是期盼或討厭這個激情就無關緊要了。然後，寧靜的狀態就永遠不再。我說這些話的時候，如果有金恩漢在場倒還是真的要小心謹慎些，不過我喜歡安寧、平靜，這一點倒是不會變的。對我來說，沒有愛情的愛情遊戲是件得不償失的事。就算是一個享樂主義者，我也應該有所控制。其實我還有其他的顧慮，那種被狂熱激情壓倒的顧慮，那種小小感官享受的顧慮。不論就純真激情的意義上來說，或是不小心技術上占有其身體的意義上而言，我從來就不是葛瑞絲的愛人，從來就不是。諷刺的是，命運卻為我安排了另一個次要的角色。這個角色並非愛人，而是愛人之間的介紹人。其實一切都出於偶然，我扮演的是潘達羅斯叔叔[6]的角色，而葛瑞絲是克瑞西達，至於特洛伊羅斯則有兩位。

兩位中的第一位是偉大的，或者應該說是「不可能再有的」，因為他的名聲實在太言過其實了！克雷格，沒錯，克雷格，畫家羅德尼．克雷格。我跟克雷格相識多年而且滿喜歡他，就像是有人喜歡克洛格、小提許[7]、佛拉特里尼兄弟[8]一樣。我知道，這當然不是去喜歡某個人的最好方法，可是對方是羅德尼，那就只有這個方法了。你或許是把他當作一位娛樂供應商來喜歡他，不然就是把當作一個「人」來討厭他。總而言之，這就是我的經驗。我很努力地想去認識，去喜歡私底下的他，我是說，在他下了舞台之後。但卻一直不得要領。最後，我只好放棄了，就只把他當作是表演廳裡的喜劇演員，這麼一來，反而更能夠喜歡跟他為伴的時光。所以，每當我感到自己像一個疲憊不堪的生意人時，我就會去找羅德尼。

也許身為一個情人，羅德尼會跟正常的自己稍有不同。也許他會甩掉一些虛華跟俗氣，也

---

6 Pandarus，希臘神話裡的男性，特洛伊貴族。在中世紀文學中成為促成特洛伊羅斯與克瑞西達的角色。

7 Little Tich，身高四英尺六英寸的英國喜劇演員。

8 Fratellini，歐洲著名馬戲班。

許他會出人意表地變得更謙虛、更不自私，忘掉自己的勢利，不再追求廉價的成功以及愛情。會去想想這個失落的世界。也許，或者我擔心，他更可能會表現得跟他一向所表現出的那個樣子，只有在葛瑞絲的眼中，他才不是那個喋喋不休、愛耍些小滑稽的羅德尼。葛瑞絲眼中的他是真正的他，還是我眼中的他是真正的他？我認為，兩者皆非。

我第一次帶葛瑞絲到羅德尼的畫室應該是一九二一年間的事。對她來說，那可是件大事。因為那是她有生以來第一次去見一位有名的大人物。特別是那段時間羅德尼幾乎是天天出現在各大報章的版面，那些報導都是有關他最近的一次畫展，那些畫評家用輕蔑乃至於侮辱的語氣，盡情地將他歸類於後印象主義、立體主義、未來畫派，把他的畫形容為「現代得不成體統」，而且讓人看了不舒服。週日版的報紙派出那些道貌岸然的藝術評論員去看他的展覽並撰寫報導，這些人看完之後都憋了一肚子的專業憤怒，幾乎要爆炸了。不過羅德尼卻很高興，這就是出名啊，而伴隨著出名而來的，不就是財富嘛。那些專業道德家的憤怒評論並不影響他的畫作銷售，他的畫賣得好得很。

羅德尼轉向為「現代藝術」並未毀了他，儘管是聲名狼藉，可是他卻愈來愈出名，財富愈來愈多。羅德尼天生就知道廣大群眾想要的是什麼，他也屢試不爽。他自己研發出一套公式，把現代風與更能吸引人的優雅文學、色情淫穢結合在一起。舉例而言，他的裸體畫就遠離傳統學院派的表現方式，人體誇張地拉長、變形，油彩單薄平淡，沒有立體造型感也沒有實體的光影感，基本上就是個剪影、輪廓，圓圓的眼睛像皮靴上的黑色扣眼，乳頭則像是洋紅色的漿果，嘴唇畫成朱紅色的心型，頭髮則是一團起皺的黑色線條。那些一肚子惱火的學院派評論家指稱，就算是個十歲小孩也畫得出那樣的東西。可是他們忽略了，那個十歲小孩可能必須要很乖張、任性才行。如果真要比較的話，佛洛伊德所分析的那位小漢斯只稱得上是個純潔的小天使。這是因為羅德尼所畫的裸體儘管脫離現實，但卻個個成熟性感豐滿妖嬈甚至於猥褻下流。法國後印象派之所以讓公眾覺得不舒服，並不是由於畫作刻意變形而脫離現實，而是因為強調樸實、禁慾，否定了性和祕史軼事對人的吸引力，而羅德尼的畫恰恰填補了這個不足之處。這樣說吧，他畫作中那些性感多汁的裸體也並不只是單調地畫在那裡而已，而是有各種引人好奇或興味的場景：在火車站窗口取車票；騎著腳踏車；坐在咖啡廳裡，背景是黑人爵士樂團，淺嚐一杯薄荷甜酒。

所有那些自覺應該跟上時代的人，那些認為不喜歡現代藝術就是很丟臉的人，他們在羅德尼身上找到了投射的目標，他們很興奮地發現了一位可以觸摸到，可以真心誠意仰慕的現代藝術家。他的畫銷售得就像剛出爐的蛋糕一樣。

因此，轉而投向現代主義標誌著羅德尼走向成功的開始。他在之前經歷了很長時間的默默無聞及貧困的日子。一個像羅德尼這樣有社交天才，對名聲有天生直覺的人，是不可能長期陷在默默無聞及貧困中的。所有的事情都是相對的，在他轉而專攻現代藝術之前，他從未認識過任何一位公爵夫人，任何一位百萬富翁。在銀行裡也沒有存款，只有一個餘額像山中溪水忽上忽下的現金帳戶。然後，他的轉彎改變了這一切。

我和葛瑞絲第一次去拜訪他的時候，他的人生道路已經開始走上坡了。

「我希望他不會讓人害怕。」葛瑞絲在我們前往藝術家聚居區漢普斯特德（Hampstead）去拜訪羅德尼的途中說道。她在與生人初相見時，總會覺得有點怯生生。

我聽到她這麼說，忍不住笑了，「那就要看妳是害怕什麼，」我說，「害怕對方擺出一副高級人士的自負驕傲嘴臉，還是害怕自己會失去貞操。不過，我倒是沒聽說過任何女人覺得他可怕。」

「啊，那我就放心了。」葛瑞絲看起來好像是鬆了一口氣。

說真的，羅德尼的外表確實沒有什麼可怕之處。以三十五歲的年齡來說，他還能保持著一種年輕男孩的好看外觀（當然是通過充滿藝術性的保養）。他的身材纖細、清爽，動作十分靈敏，一頭濃密捲曲，老是刻意安排得有點邋遢又很別緻的褐色頭髮，他那圓圓的臉孔就像一個活潑又有點淘氣無禮的小天使，皮膚平滑不見皺紋，還保有著小男孩的輪廓（他的梳妝台上堆滿了美容霜）。他有一雙明亮又表情豐富的藍眼睛。他的牙齒很好，微笑的時候，臉頰上會出現兩個酒窩。

我們到的時候，羅德尼親自來開門。他身上穿的是像屠夫所穿那種吊帶工作服，整個人看起來相當迷人，讓人直覺上想拍拍他那有捲髮的頭，然後說：「看啊，他真的太可愛了吧！穿成這樣，假裝自己正在工作！」老實說，連我都真的有點忍不住想那樣做，更不要說是女人了，對一個可能要生養胖寶貝孩子的女人來說，那種誘惑可能更難抵擋吧。

羅德尼表現得非常親切，「哎唷，狄克老兄！」他說著還拍拍我的肩膀。這個冬天他出國去了，所以我已經幾個月沒見到他。「真高興能見到你啊！」我相信他是真的喜歡我。

我為他介紹了葛瑞絲。他禮貌地牽起她的手親吻，「真高興見到妳來，這戒指真好看！」他說著又低下頭去看他一直握著沒放的葛瑞絲的手，「來，來，讓我再看一眼。」

葛瑞絲露出微笑，兩頰因為愉悅而飛紅，「這是在佛羅倫斯買的，」她說道，「真高興你會喜歡它。」

那確實是個非常漂亮的老式義大利戒指，但我當時已經認識葛瑞絲六個月之久，兩人的交往也算是密切，可我怎麼從來沒注意到那個戒指呢，更別說是予以評頭論足了。難怪我在愛情這方面一直弄不出什麼名堂。

羅德尼的畫室中雜七雜八地擺滿了他近期以來的藝術「發明」。穿著棕色長靴，手中牽著蘇俄獵狼犬的裸女，她們在一大堆酒瓶、吉他、報紙為背景的環境中互相擁抱（這種老套的現代畫靜態背景比較能為大眾接受，再加上那些媚態曖昧的裸女，就是銷售的保證）；更多騎在單車上的裸女（這是羅德尼最喜歡的主題，也可以說是他的專利吧）；彈奏手風琴的裸女；手持綠色巨網，正在捕捉黃色蝴蝶的裸女。羅德尼把它們一一拿出來獻寶。葛瑞絲當時是坐在畫架前的扶手椅上，她專注地看這些畫，臉上露出我帶她去聽音樂會時，經常可看到的那種帶有宗教狂喜的表情。

「太美了，」她喃喃地說，羅德尼一張一張地拿出來，「簡直太美了。」

我一邊看著那些畫作，一邊帶著有點好玩的心情想著，就在一年之前，羅德尼還在畫義大利畫家提也波洛（Tiepolo）所擅長的那種耶穌基督受難圖。那時候，羅德尼確實也是位狂熱的基督徒。

「藝術是脫離不了宗教的，」他那時常常說，「最終，我們還是得回歸宗教。」

事實上，他當時也確實最終都回歸了宗教。但現在這些畫！真太令人震驚了，那麼煽情，那麼戲劇化又徹頭徹尾的虛假。這些主題，你會覺得就像是位電影製作人，為了達到某種效果而去處心積慮捕捉的東西。這些畫作所表現的光線通常都隱晦柔和，主題人物的剪影則色彩生動又扭捏作態。我記得，羅德尼的仰慕者通常都把這些畫譽為非常「直接，赤裸裸」。可是就我的品味而言，它們是太過赤裸裸了。

羅德尼又在畫架上張開另一張畫布。

「我把這幅畫取名為《雙人自行車》。」他說。

畫上是一位黑妞和一位皮膚白中帶黃的金髮女郎。她們兩人跨坐在一輛雙人自行車上，背景是巨大的粉紅色跟黃色的玫瑰花，前景的右方是一盤略微前傾的靜物水果，這是典型的「時髦」構圖，自行車旁則是一隻灰獵犬。

「真是太……」葛瑞絲一臉狂喜開口說道，可是她已經用了太多次「太美了」，現在想找一個同義詞來替代，可是索盡枯腸就是找不到，只好像那些不知道如何伶牙俐齒對藝術家表達作品觀感的人一樣，懵懵懂懂胡亂說些沒有特定意義的讚美詞。然後，她抬起頭來看著我說，「你說是不是啊？」

「沒錯，確實，確實。」我點點頭表達贊同。然後，我有點故意地問道，「羅德尼，你現在還畫那些宗教畫嗎？我記得不久之前，你還畫了一幅《基督下十字架》的巨作。」

但我這個小小的惡意突襲未能得逞。因為羅德尼絲毫不因為我故意提及此事而感到尷尬或不快。他只是笑了起來。

「啊，你是說那個啊，」他說道，「我用別的畫把它蓋過去了，誰要買那種畫？你知道，上帝和財神是無法共存的。」說著他大笑起來，好像是很得意於自己的機智。

他說的這個小笑話，立刻就成了後來他在社交場合增加的表演劇目之一，每一次他都主動帶起自己曾經畫宗教畫的話題，以便能夠像個故作滑稽的教堂執事說出這個小笑話。在接下來的幾個星期，我在不同的場合，至少聽他重複了三到四次。

「上帝和財神，」然後他會開始大笑，「是沒辦法共存的。」

「可是只有女神和財神啊。」我提醒他，並且朝他的畫作方向點頭示意。後來，我也很驕傲地發現，他也把我的這段話收進他的表演劇目。他的記性真的滿不錯。

「你說的沒錯，」他說，「女神，我要說那一定會是個更受人歡迎的宗教。妳信教嗎？培德利夫人。」他挑起眉頭並對她展露出一個微笑，「我是非常狂熱的信徒（法語）以及，」（他在說「以及」的時候，特別用了調皮、誇張的語氣）「一個常常去教堂的信徒（也是法語）。」

葛瑞絲聽了這話，不禁神經緊張地笑了起來，她真不知該怎麼回答。「嗯，我想，我們都是吧。」她有點不習慣這種獻殷勤的方式。

羅德尼望著她，露出更曖昧的微笑，「如果我有辦法讓妳改變信仰，」他說道，「那就太讓我高興了！」

葛瑞絲繼續她那神經緊張的微笑，同時改變了話題，開始談他的畫。

我們在那裡坐了一會兒，喝茶、抽菸。然後我看了一下腕錶，已經六時三十分了。我知道葛瑞絲當天晚上有個晚餐聚會。

「我們該走了，」我跟她說，「不然妳的晚餐聚會就要遲到了。」

「哎呀，天哪！」葛瑞絲聽到我報出的時間後大聲說道。然後她幾乎像跳起來一樣起身，「我要趕快去了，想想看，是瓦克巴夫人的約會耶，我怎麼能讓她等！」接著她上氣不接下氣地笑了起來，然後她的臉孔一如預期因為驚恐而變得蒼白了。

「再坐一會兒吧，」羅德尼用懇求的語氣說道，「讓她等一等，沒關係的。」

「不行，我不敢。」

「但是，親愛的女士，妳這麼年輕，」他很堅持地說，「妳有這個權力，或者如果不是太粗魯無禮的話，我要說妳有責任不守時。以妳的年紀，妳應該想做什麼就做什麼，而且，我想妳應該比較喜歡待在這裡吧。」他順便插進了最後的一句。

她回了一個微笑，「是的，是的，當然。」

「那麼就留下吧，想幹嘛就幹嘛，任性一下吧，再怎麼說，那不就是妳存在的意義嘛。」羅德尼倒還真的很堅持希望葛瑞絲表現得像個「永恆的女性」。[9]

葛瑞絲搖搖頭，然後說，「再會，很高興能來看你，我很喜歡這裡。」

羅德尼嘆了一口氣，看起來有點傷心的樣子，然後慢慢地搖了搖頭，「如果妳真的這麼喜歡，」他說道，「像我這樣的喜歡，妳就不會說再見了，但妳一定要……」他露出一個帶有勾引意味、牙齒閃亮的微笑，酒窩也準時無誤出現在臉上。他牽起她的手，彎身下去溫柔地親吻。「妳一定要再來唷，」他說道，「愈快愈好，還有，」他帶著笑容轉身向我，然後拍拍我的肩膀

9 一種心理原型或哲學原則，它理想化了一個不可改變的「女人」概念，認為男人和女人有不同的核心本質，不能隨時間或環境改變。

說道，「下次不要跟狄克老兄一起來。」

「他真的非常有趣，是吧？」我們離開羅德尼的畫室之後，葛瑞絲對我說。

「確實非常。」我答道，同時特別加強了語氣。

「而且真的，」她接著說，「他真的非常好，我認為啦。」

我沒接話。

「也是個很棒的畫家。」

突然之間，我覺得自己很討厭羅德尼。我想到自己是那麼傑出，無論頭腦跟內心都是那麼優秀、高尚。結果呢，有些人，我是說有些女人，特別是葛瑞絲，居然會被羅德尼這樣一個只有漂亮男孩臉孔，卻粗魯無禮的中年江湖騙子騙去，這真是太讓人反感，太讓人難以忍受了。對我來說實在是太丟臉了。我幾乎忍不住要發脾氣了，但還好我及時打住，我幹嘛要把自己弄成像個傻瓜一樣。嫉妒、吃醋是最荒謬不過的事，特別是那些讓你嫉妒或吃醋的人根本就不夠格。所以我忍住了，決定不說任何話。我對羅德尼所感到的憤怒漸漸消退下去，終於可以自我解嘲了。在我們乘坐的車輛向南穿過坎登鎮的貧民區時，我特別用心看著葛瑞絲，我覺得那時的她特別迷人，特別讓人想望，我甚至有向她告白的衝動，告訴她我對她的傾慕，然後親吻她。但我缺少那種厚顏無恥的勇氣，對於我自己是否有能力完成示愛的行動，我其實是很心虛的。結果我什麼也沒說，也不敢做任何表示。但我下了決定，在我們要分手的時候，我也要親吻她的手。那是我從未做過的事。到了最後，我又想到她也許會認為我只是像個蠢蛋一樣在仿效羅德尼而已。我擔心她會認為因為有羅德尼的例子在先，我才會那麼大膽。所以最後當我們互道晚安的時候，我們只是握了握手。

我們造訪羅德尼畫室的四或五個星期後，我有一個長達六個月的法國、德國之行，在我成行之前，葛瑞絲和羅德尼又見過兩次，第一次是在我的住處喝茶，第二次是她邀請我們一起去她家午餐。這兩次的聚會中，羅德尼的表現都很精采，實際上是有一點太精采了，我覺得，就像是個露出假牙的微笑。但葛瑞絲卻十分陶醉迷亂，她從未遇見過像羅德尼這樣的人，而她對羅德尼的仰慕之情，也讓羅德尼覺得很高興。

「聰明的女人。」那天午餐結束離開葛瑞絲的家之後，羅德尼對我這樣說。幾天之後，我就出發前往巴黎了。

當我前往跟葛瑞絲辭別時，她用充滿感情的語氣跟我說，「你一定要答應你會寫信給我。」我答應了，同時要求她也要寫信給我。其實我並不知道為什麼我們應該要互相寫信，也不知道有什麼好寫的。但感覺上，好像我們通信是件很重要的事。寫信這件事，至少在友誼的範疇裡，似乎比交談有更深層的情感要素在內。一個可能的原因是，我們在做遠距離的交流時會比面對面談話要少了一份羞怯感，因為我們在寫信時，會比說話更加大膽。

後來是葛瑞絲先開始寫信。

「親愛的狄克，」她寫道，「你還記得你怎麼說莫札特嗎？你說他的音樂在表面上很歡快，那麼的輕鬆，那麼的愉悅，但在底層卻是悲傷、憂鬱，甚至於絕望。我認為生命也是如此，我真的這樣認為。生命中的每件事都亂轟轟，一場瞎忙，但為的是什麼呢？而且，多麼令人傷心難過啊！你不要認為我這樣說，是因為你離開我而去了遠方。不過，由於你不在這，讓我找不到人談音樂、談人、談生命，確實也讓我頗為難受。但是你也不要把自己想得太重要，因為我好多年以來就是如此，甚至於可以說一直以來都是如此。這就好比是音樂中的低音，不管高音部發生了什麼，低音的感覺卻一直在。快步舞曲也好，小步舞曲也好，三拍馬祖卡舞曲也好，甚至於藍色多瑙河圓舞曲也好，低音部都是一樣的，一直在那裡。我知道這不是很好的旋律配位比喻，但你應該懂得我在說什麼。孩子們剛剛才走開，一邊走還一邊鬼叫鬼吼。菲立斯剛剛把艾琳娜阿姨去年耶誕節送我的那個醜死的陶瓷哥本哈根兔子打碎了。當然，我不應該這樣講，但我真的還滿高興的。不管怎麼說，為什麼孩子老是這麼喜歡喧鬧呢？傷心啊，傷心。雷基的那本《歐洲道德史》更是個大災難，那是本我永遠不知該從何讀起的書，第一百頁和第兩百頁幾乎一模一樣，完全沒有頭緒，所以，你知道我就是個一絲不苟的人，我只好不斷地從頭開始讀。真的很讓人沮喪。今天晚上我實在沒有心情去重讀，還是給你寫信好了。但等一會兒我就要去換衣服了，培德利的公司同事要來晚餐，你還記得那個大光頭吧，還有喜歡說笑話的瓦特．麥格蘭爵士，他在貿易委員會裡可算是個人物。還有多情的M女士……她親吻我的方式很特別，很突然，很專注，就像蛇咬人一樣。而且，她說話的時候真是口沫橫飛。然後還有莫麗．邦恩，她人真的很好，可怎麼就沒人要娶她呢？最後還有羅伯森，有關他，真沒什麼好說的，什麼都沒有，沒得說，沒得說，沒得說。我的感覺就是如此。我想我會穿上那件舊連身裙，我也不想戴首飾。再談囉。葛瑞絲。」

讀葛瑞絲這封信的時候，我真後悔那天晚上離開羅德尼的畫室之後，我和葛瑞絲坐在計程車裡時，我怎麼就這麼沒有冒險精神而對葛瑞絲放肆一下呢。現在看起來，如果我當時有任何粗魯、失禮的舉動，恐怕葛瑞絲也不會在意吧。

我回了一封安慰她的信。一星期後又寫了一封。十天之後再寫了一封。再兩星期後，又怒氣衝天地寫了另一封。終於，回信來了。空氣中飄著檀香木味，信紙是淡黃色的那種。在過去，葛瑞絲的信封信紙都是白色無味。我拿起信紙仔細端詳，同時湊上鼻子，帶著一點疑心嗅聞，然後把信展開閱讀。

「狄克老兄，」信是這樣開始的，「你這樣不瞭解我們之間的關係，簡直讓我太吃驚了。你難道不知道我們女人很不喜歡看到『必須』、『應該』這種字眼？我們可不會隨便聽命於人。這也是為什麼我沒有回覆你寫的那些粗魯的信，什麼『妳必須要寫信給我』、『妳答應過的』，我才不管我答應過什麼呢。以前也許是的，但那也是很久以前，我現在已經不一樣了，我早就改變不知道多少次了，每次碰到那些富於幻想的文學或藝術作品時，我就會重生一次。不過現在，純粹出於好意及善心，我就寬容你一次。這封信是給你的，但你可要注意，不要再想要給我壓力，不要再想要綁架我的良知，否則下一次我就不會那麼好心了。這是給你的警告。

「你一直提巴黎有趣跟好玩的地方，是想讓我羨慕吧？可惜你不能如願了。我們在這邊也可以尋歡作樂啊。舉例來說，就算是在倫敦，這幾天都有個高雅的化妝舞會，那個場面就像是隆吉（Longhi）畫的威尼斯或是華鐸（Watteau）畫的《塞塞島朝聖》，而且我告訴你，常常在快要結束時，那個場面更像是卡薩諾瓦畫的威尼斯，也像是布雪（Boucher）畫的田園牧歌。噓！這是在切爾西（Chelsea）唷，我只能告訴你這麼多了。你如果來了，可能會擺出一張臭臉，因為樂隊沒有演奏巴哈，而且那些跳舞的人都沒在談論康德的《純粹理性批判》。因為事實上，可憐的狄克，你一直以來就算是娛樂的時候也都太嚴肅了，當你回來的時候，我會帶你去，我會教你怎麼更放輕鬆一點，更好玩一點，你的問題就是太像維多利亞時代，你還停留在『生命要真實，生命要認真』以及『生命要儉樸，理想要崇高』的階段。你缺少放縱的勇氣，我希望看到你更輕浮、輕佻，更善於交際，更好吃貪杯，更好色。如果我也能像你這樣自由，哎呀，我一定會像伊比鳩魯一樣！回頭吧，狄克，不然就太晚了。你現在已經進入無法逆轉的中年。好了，不談了，有人要找我去玩樂了。葛瑞絲。」

我把這封超凡的使徒書信反覆讀了幾遍，如果不是因為那個潦草、幾乎無法辨認的字體確實是葛瑞絲的手跡，我簡直不敢相信那封信是出自她。那個太不真實的十八世紀語言，那些新洛可可復興風的特質，從來就不是她的風格。我從未聽過她用「富於幻想的文學或藝術作品」或「尋歡作樂」這樣的字眼，她過去也不會概括地使用「我們女人」這樣的說法。那麼，是什麼事情使得前後兩封信有這樣大的差別？我把那兩封信擺在一起，究竟發生了什麼事？嗯，真是個謎團。然後突然之間，我想到了羅德尼，黑暗中一盞明燈亮起。我必須承認，這盞明燈一亮起時，真的讓我很不舒服。我體驗了一股巨大的妒意，遠遠超過上次聽葛瑞絲說她很欣賞羅德尼的個性跟才華。隨著這個妒意而來的，則是等量齊觀的慾望重新升起。那種感覺就是，一件至今為止對我們而言似乎無關緊要的東西，由於突然被其他人奪去，結果一夕之間又在眼中變得價值無限了。

就在我開始懷疑葛瑞絲已經成為羅德尼的情婦之際，我也開始想像自己正與她陷入熱戀。然而，想到他們現在正沉浸於幸福之中，又讓我飽受折磨。我痛恨自己沒有把握那永不再來的機會，有那麼一刻，我真想立刻趕回倫敦，把我現在突然視為珍寶的葛瑞絲從羅德尼的手中搶回。可是，那個旅程可得花不少錢，而幸運的是，我當時正好缺錢。最後我只好決定按兵不動。隨著時間過去，我也慢慢恢復了理智。我開始瞭解我的激情完全是自己想像出來、自己製造出來，根本就是自己在那邊夢囈。我也曾經想像自己如果衝回倫敦的話會發生什麼事，我會帶著滿腔自製的怒火戲劇性地衝到葛瑞絲跟前，結果卻發現自己根本沒有與她相愛。想像中的戀愛只有在雙方距離遙遠的情況下才會滋長，現實卻會囿限你的幻想，讓一切回歸該有的狀態。我曾經想像自己因為葛瑞絲投身羅德尼而心情沮喪，但我也認知到，如果我真的回去了，而且成功奪回葛瑞絲，奪回那個我曾經喜歡過而且仍然那麼迷人的葛瑞絲，卻發現我其實並不愛她，那將會讓我更加難過。

當然，葛瑞絲被羅德尼那樣的江湖騙子騙去確實很可悲。葛瑞絲沒有義無反顧地崇拜我，證明了她的品味太差，不過那是她自己的問題，如果她覺得跟羅德尼在一起會得到幸福，那就讓她去吧，可憐的白痴！讓她去幸福吧。如此這般，我就用這些想法來安慰自己，讓自己慢慢變成一個事不關己的旁觀者。幾天之後，賀伯來到我所住的旅館，我已經可以心平氣和地問他葛瑞絲的消息。

「嗯，她啊，一切如常啊。」賀伯說。

這個大蠢蛋！我繼續追問，「她現在不是經常外出嗎？」我說，「出去跳舞還有做類似的事？我聽到一些有關她現在十分活躍的傳言。」

「也許吧，」賀伯說，「但我倒沒有注意到什麼特別的不同。」

這人簡直沒救了。我想，我如果真想知道什麼事，可能必須要親眼去看才能做出正確的判斷。與此同時，我也寫了封信給葛瑞絲，告訴她我很高興知道她現在過得很幸福，也知道如何自尋樂趣。她回了一封很長、很矯揉造作有關「尋歡作樂」的論文。自此以後，我們之間的通信就變得有一搭沒一搭。幾個月後，在我剛剛回到倫敦不久，羅德尼在他的畫室辦了一個派對，我也去了。羅德尼的最新傑作安放在長型畫室底端的一個畫架上，自上而下對著會場。那幅畫是模仿「海關關員」盧梭所畫的《婚禮》，模仿得不太得體甚至有點可笑。羅德尼的這幅畫在構圖上跟《婚禮》雷同，也是有關婚禮派對，新郎新娘位在中間，親戚則在周圍或坐或站，就像是讓鄉下攝影師拍團體照那樣的場面。畫的背景有一根包著簾布的柱子、一座鄉間橋樑、覆蓋著雪的冷杉，天空中有一個巨大的粉紅色飛船。這幅畫異於尋常之處在於，除了新郎和在場的男士都穿著星期日上教堂所穿的那種黑色禮服之外，其他的女性都是裸體，只穿了靴子跟戴著帽子。在場的最佳畫評家將這幅畫稱為羅德尼至今為止的最佳傑作。羅德尼這幅畫的要價四百五十英鎊。幾天之後，我就聽說畫賣掉了。

在那幅《婚禮》的冷冷注視之下，羅德尼的客人則顯得各種各樣。一般的客人或坐或站或者四處走動，手裡端著白酒或威士忌酒杯。兩位撞衫的年輕女士穿著同一款，像加瓦尼[10]那幅《裝卸工》（Debardeurs）裡所畫的襯衫及黑天鵝絨褲。還有一位客人口含石南根煙斗。我走進畫室的時候，聽到一位年輕人囂張地說：「我們絕對走在時代尖端，毫無疑問的，任何人都可以要我的老婆，對我來說，我一點都無所謂。她是自由的，我也是自由的，這就是我所說的『時髦』。」

10 Paul Gavarni，法國插畫家切瓦利爾（Sulpice Guillaume Chevalier, 1804-1866）的化名。

我不由得迷惑起來，他為什麼把它稱為「時髦」。對我來說，那根本是原始，幾乎是有人類之前的原始。愛情，其實是種新發明，淫亂、雜交才是最初的狀況，真正的「時髦人」，我認為是像英國詩人白朗寧夫婦那樣的人。

我跟羅德尼握手言歡。

「不要太看不上我們倫敦這邊的小尋歡作樂。」他說。

我報以一個微笑，但聽到他說出葛瑞絲在寄給我的信中所用的，那個聽起來那麼熟悉的詞「尋歡作樂」，我還是不覺莞爾了。

「不會啦，這裡的尋歡作樂可不輸巴黎。」我回答道，同時四下打量，結果在人群中看到葛瑞絲。

葛瑞絲一個人在人群中周旋，不論在精神上或肢體上都散發出一種泰然自若的氣勢。在羅德尼的畫室裡，我看得出，她就是這個房間的女主人。如果從這個字眼的另一面來解讀，不就是房內的情婦嘛（真可惜，我無法跟羅德尼分享那個小笑話，他會比任何人都能欣賞。）在我跟其他人談話的空檔裡，我不時觀察著葛瑞絲，把眼前的葛瑞絲跟記憶中初識時的葛瑞絲做了比較，她走路時的款擺其實更像是條蛇跟著弄蛇者笛聲扭擺，這對我來說可真新鮮。同樣的，她那雙手的動作，左手放在臀部，右手置於胸部，手心朝上，手指間夾著一支香菸，當她把香菸送上嘴唇時，她有個本事把臉孔微向上揚，然後幾乎是以直角的方式，把吐出的煙噴向上方，簡直瀟灑極了，波西米亞極了。原先那位上流社會婦人形象已經消失無形，取而代之的是另一種新貴族，歡愉，令人有些畏懼，已經超越好與壞的那種。

葛瑞絲談話的聲音不時傳到我這邊，流言耳語，一成不變的各種醜聞，關於最新畫展的各種批評，關於「完美派對」的回憶及期盼，大致就是這些主題，但全部出自葛瑞絲之口，我還是覺得有些不習慣。但那張臉，那張輪廓並不十分明顯，有點醜陋但看起來還算是個乖巧小女孩的臉，充滿困惑的兩眼，偶而露出的微笑，甜美又帶著善意的微笑，這種種跟過去還是一樣沒變。當我無意中聽到她對一位我也認識但她並不算很熟的新朋友說道，「她實在太『好客』啦，你知道，根本就是誰都可以上她的床。」我幾乎忍不住要大聲笑出來。她說出那些話，簡直跟她的臉孔、眼睛、微笑太不搭調了。那些話語顯然是從別處借來，不像是我所認識的她會說出口的話。

此時羅德尼在房中的一張桌子表演他那有名的「一筆畫」，下筆之後一口氣畫出人物或風景。他的四周圍著一大堆仰慕者。

「這也太厲害了吧？」

「太美了！」

「太棒了！」

讚美之聲和爆笑之聲不絕於耳。

「畫好了。」羅德尼直起身來。

大家都爭相傳視那張畫紙。那張畫確實是很獨特，很機巧，一條不間斷的彎彎曲曲的線，畫出一隻鬥牛和三個裸體的女鬥牛士，每個人都起勁地鼓掌，並且鼓譟羅德尼繼續再畫。

「再畫些什麼呢？」羅德尼問道。

「畫個心理學家吧。」有人建議。

「不行，太老套了。」羅德尼提出反對。

「自畫像。」

羅德尼搖搖頭，「太虛榮了。」

「亞當跟夏娃。」

「不然就畫 Salmon & Gluckstein[11]吧。」又有人建議。

「或者十二使徒。」

「有了，」羅德尼突然揮舞著手上的鉛筆大叫，「我來畫喬治五世跟瑪麗皇后。」

說著羅德尼就彎身開始在塗鴉板上畫起來，幾分鐘之後，一筆畫的大不列顛王室圖像就完成了。同樣的，四周響起一片讚譽的笑聲。

一會兒之後，葛瑞絲拿著那幅畫走過來。

「真的很棒吧？」她說。她雙眼帶著焦急的期盼，顯然很希望我讚美她的選擇，得到我那有如教堂祭司的祝福。

其實在我回到倫敦之後，只短暫地見過她一次，那一次我們連羅德尼的名字都沒提。然而今晚，我相信她是把我當作可託付私密的人，她雖然沒有明說，但我可以強烈感覺到，她很希望我能告訴她，她這一向以來都做得很好，過得很好。我並不十分清楚她為什麼希望得到我的祝福，她似乎是把我當作某個頭髮灰白、慈祥的波洛尼厄斯。[12]對我來說，這可不是值得高興的事，因為我比羅德尼還年輕好幾歲呢。也許對她來說，我的贊同是代表了某種智慧的具體化吧。

「你不覺得真的很棒嗎？」她又繼續追問，「你知道有任何現在還在世的人，也許畢卡索除外，能像羅德尼這樣即興作畫嗎？而且只是為了好玩，只是一種遊戲。」

我把那張畫交還給她。就在前一天，因為我正好在羅德尼的畫室附近，所以就順道去拜訪他。我進到他的畫室時，他正在畫畫，但看到我的時候，他就把畫本掩上，然後迎向我。在我們談話的時候，他約好的水電工來了，所以他就走開帶水電工前去浴室，告訴對方要做些什麼。我在這個空檔起身四處走走，看看他畫的一些新作品。也許是因為好奇吧，我翻開他剛剛

11 英國最大的煙草銷售商，擁有一百四十多家零售店。

12 Polonius，莎士比亞《哈姆雷特》中的角色。他是國王的首席顧問，但一般認為他老是做出錯誤判斷。

在我進來時所畫的那本畫冊。那個畫本前三四頁上面都是一筆畫草稿，我算了一下，鬥牛和女鬥牛士的版本有七個，喬治五世和瑪麗皇后的版本則有五個，都有不斷修正與改善。當時，我還弄不太懂他為什麼要練習這種奇怪的藝術表現方法，但由於這也不是什麼特別值得研究的事，所以在他回來的時候我也忘了問。但我現在懂了。

「很棒，」我把那張畫交還給葛瑞絲時對她說道，「真的很棒！」

葛瑞絲那感激跟愉快的笑容是那麼美麗，反而讓我覺得自己知道羅德尼的那個小祕密，還那樣對她說，真的是有點可恥。

葛瑞絲和我都住在肯辛頓，所以當天派對結束後，就由我送她回去。

「嗯，這個派對辦得滿好。」我在坐進計程車的時候對她說。

但她在車子已經駛過十幾個路燈之後才開口。

「你知道，狄克，」她說，「我真的覺得很快樂，很幸福。」

她把手放在我的膝蓋上，但我不知道該說什麼，於是就輕輕地拍拍她的手。然後又是很長一段的沉默。

「但你為什麼很像看不起我們。」她突然轉身對我說。

「我沒這樣說過啊？」我略帶抗議地說。

「哎呀，有的時候不用說出來，就已經很清楚了。」

我笑了笑，但不是覺得她說的話好笑，而是我覺得有些窘迫，「妳這是女人的直覺吧？」我帶著開玩笑的語氣說，「但妳真的誤會了，親愛的葛瑞絲，妳憑直覺感受到的事根本就不存在。」

「但你就是看不起我們。」

「我沒有，我為什麼要看不起你們？」

「沒錯，你為什麼要？」

「為什麼？」我又再問了一次。

「你到底是為什麼？」她有點氣急敗壞地說，「你究竟是跟什麼做了比較，才會這樣看不起我們？我告訴你，那些事都是不可能也不近人情，你拿那些不存在的事來做比較，根本就是愚蠢，真實的生活就是要盡情尋歡作樂。」又來了，羅德尼說過的話！當她說那句話的時候，我真的覺得有一股虛情假意的聲調。「那麼讓人興奮，那麼豐富多樣，但你卻嗤之以鼻，而且認為一切都很無趣、空洞，難道不是嗎？」她可真是堅持不讓啊。

「不是的，我沒那樣認為。」我答道。其實我可以告訴她生命並不只是派對、白酒和威士忌、社交表演、通姦跟言不及義的談話。我是可以這樣告訴她。但從另個角度來說，我固然可以故意用沒有針對性的一般方式表達，然而很明顯地，我的說法還是會被解讀為（其實也是很準確地解讀）對她的人格貶損，而我並不想跟葛瑞絲爭辯或得罪她。畢竟我也去了羅德尼的派對，從這層意義上來說，我也是個共謀。那場鬧劇也讓我覺得滿有趣的，其實我也不想錯過。我之所以有些異議，也不過就是純理論上而已。我批評，我譴責，可是我也是其中一分子，所以我也沒有權力這樣傲慢、武斷。「不是的，當然不是真的，我確實沒那樣想。」我又重複表明。

葛瑞絲嘆了口氣，「唉，算了，其實我也沒有期待你會真的承認，」她說，「但還是感謝你。」她的語氣雖然聽起來很愉快，卻顯得有點勉強。「我也不在乎被人看不起，當一個人富足的時候，就有本錢被人不贊同。我現在就很富足，你知道，充滿幸福，可以盡情享樂。我已經擁有一切，而且，」她用一種帶有挑釁意味的口氣說道，「我是個女人。我為什麼要在意你們這些大男人的評斷標準，我做我喜歡的事，能讓我自己開心的事。」她引述的這些羅德尼語錄聽起來有些不對勁，不過這是我的看法啦。接下來又是難堪的沉默。

我不知道強恩．培德利對整件事有什麼看法，或者，他是否有懷疑過？還是雖然有所懷疑，但強度還不足以穿透他那堅如甲殼的遲鈍。葛瑞絲好像看透了我未曾出口的疑問，逕自態度嚴肅地回答了起來，「我已經有了另個生活，跟我現在的生活並行不悖，也不會造成任何不同的結果，你知道，就是不要去觸碰它。我還是一樣愛培德利，當然，我也還是一樣愛孩子。」

然後，又是一長段的沉默。突然之間，不知道為了什麼，我感覺到十分悲傷。聽到這個年輕女人談她的情人，我多希望我也能陷入愛河，甚至那個「尋歡作樂」都在我眼前金光閃閃地跳躍，引我遐思。我的一生是那麼空虛，讓我想起《費加洛婚禮》中伯爵夫人唱的詠歎調〈美好時光今何在？〉（Dove sono i bei momenti di dolcezza e di placer ?）

葛瑞絲的大冒險只很少程度或完全不影響她的另一種生活，這件事在接著到來的那個週末，我藉著和培德利一家在肯特郡相聚的機會，倒可以就近觀察並做出判斷。培德利在那邊，照他自己的講法是「狀況好得很」。還有葛瑞絲，孩子們，葛瑞絲的父母都來了。那就是一個非常家庭的聚會，不像是羅德尼的派對那麼「時髦」，說真的，我覺得自己真的有理由把那個字加上引號，因為根據我的看法，這個家庭還真的是非常不現代。那些孩子的幼稚程度只比直立猿人稍稍好一點。培德利呢，就好像遠方的星星，因為他的自我意識和對一切無感，基本上跟這個世界有一道無法跨越的鴻溝。他提出的各種論述也許貼近時代，然而在心靈上，他基本上是遙遠一無所有的太空住客。至於葛瑞絲的父母，他們雖然跟我們只差了一代，可是老天啊，那已經夠遠了。他們對社會主義和性道德都有看法，還有什麼人可稱作紳士，以及好人該做什麼，又不該做什麼，他們自有定見，沒有轉彎餘地，他們腦袋中約定成俗的想法以及本能的直覺，讓他們無法瞭解也無法原諒現世的一切。

特別是葛瑞絲的母親。她年約五十五，身軀高大、健美，聲音響亮清脆，終其一生都習慣於指手劃腳，也勤於做好事幫助窮人。她的丈夫有一點點培德利家族那種不食人間煙火的高傲，但她不是，她對當代事務頗有感覺，所以經常可以聽到她扯開嗓門批評這，指責那。至於葛瑞絲的父親，他繼承了一筆錢，閒暇時在自己擁有的土地上做些目的不在賺錢的農務，是幾個委員會的成員，喜歡讀有關波斯的書刊，也很自得於在這一方面所習得的知識。其實這也是個頗為怪異的嗜好。因為他不但從來沒有去過波斯，看起來也沒有要去的意思。他對波斯的文學或歷史並無興趣，對他來說，讀一本波斯的食譜，跟讀波斯詩人哈菲茲（Hafiz）或魯米（Rumi）的作品，所獲得的樂趣是一樣的。他喜歡的就是那個語言，他很喜歡閱讀那些不熟悉的波斯文信件，翻閱字典尋找那些字的意思，對他而言，波斯就像是個永無止境的複雜拼圖遊戲。他純粹是為了打發時間以及不用動腦筋而研究波斯。康佛瑞先生就是這麼一個沒救的，甚至有點陰暗的人。他看你的時候，老是帶著困惑的表情，兩眼越過眼鏡上方，讓人覺得有些討厭，好像是聽不懂你在說些什麼。其實他常常也是真的沒聽懂。這是因為康佛瑞先生的理解力相當遲鈍，他幾乎對所有其他的事情都一無所知，諷刺的是，正因為如此，才突顯出他對波斯確實有些瞭解。

「你可以再說一遍嗎？」當他完全摸不著頭緒的時候，就會這樣問。

對我來說，那個週末的經驗真是既奇特又荒謬，我好像被一把揪出當前的世界，然後被扔進一種不確定、被遺忘的另個世界。

培德利那時所專注的題目是愛因斯坦的理論。

「那其實很簡單，」頭一晚的晚餐桌上，他在上了湯之後魚還沒上的空檔裡很有把握地說道，「我不會假裝自己是一個很厲害的數學家，但我確實很瞭解那個原理，你只需要有一點常識……」然後在接下來，我們就只能聽他用他那個像伸縮喇叭所發出的聲音，叭啦叭啦地說了半個小時的「普通常識」。

葛瑞絲的父親用懷疑的眼神，越過他的眼鏡上方看著培德利。

「你可以再說一遍嗎？」每聽兩句，他就會問一遍。

培德利則興高采烈又說一遍。

餐桌的另一頭，葛瑞絲和她的媽媽正在談著孩子、他們身上穿的衣服、每個人的個性，他們的教育以及生病時候的種種狀況。我其實很想加入她們的談話，但我對這些家庭瑣事並無興趣，而且我是個男人哪，培德利和他所談的知識才應該是我關心的。我只好心不甘情不願地再次轉回頭聽餐會主人高談闊論。

「我想要你解釋，」葛瑞絲的父親說道，「時間要怎麼樣跟長、寬、高形成直角，要從哪一個方向進來？」他一邊說一邊還用兩支叉子跟一支刀比出三個空間，「你要怎麼找出空間做出另一個直角？」

培德利於是開始解釋。簡直讓人受不了。

與此同時，我的另一隻耳朵聽到葛瑞絲的媽媽開始談起她們在坎普登小丘那邊的鄰居，一男一女住在一起，但卻沒有結婚。然後，房子後面的花園是所有屋主的公共空間。這是什麼狀況！我讓培德利和那個老紳士去煩惱他們那個第四個直角，很堅定地參加了女士這一邊。可能是為了我吧，葛瑞絲的媽媽又從頭開始說那個可怕的鄰居故事，我也只有對她表達同情之意。其間，我曾經跟葛瑞絲對看了一眼。她露出一個微笑，但又不痕跡地揚了一下眉。我認為她做的這個小鬼臉真是意義重大啊。

在我們建立起友誼的頭幾個月裡，我常常看到葛瑞絲在這種場合裡跟她的父母、孩子在一起，也讓我印象深刻。我從來沒有遇到一位同世代在戰爭中長大成熟的年輕女孩，能夠像葛瑞絲和長輩相處得這麼輕鬆自然，在他們的道德及心理氛圍裡可以這麼地不受拘束。她理所當然完全接受父母的觀點，把他們對人生的看法奉如圭臬。那些讓其他跟長輩在一起的年輕人會感到窘迫的情況（在那段時期更為常見）從來沒有出現在葛瑞絲身上。因此，葛瑞絲這個略帶歉意的微笑，眉毛的挑動，以及有點輕蔑的表示，似乎意味著某種改變。葛瑞絲已經變得更加跟得上時代，甚至於「時髦」起來了。

然而在外表上並看不到什麼改變。葛瑞絲的兩個世界是平行的，彼此沒有交叉。是的，彼此沒有交叉，甚至於當羅德尼來參加他們的家庭晚餐聚會時，甚至於當培德利陪葛瑞絲一起去參加羅德尼所舉辦，沒那麼「藝術性」（加上引號的意思就是幾乎等同於「時髦」）的晚間派對時。或者更確切一點地說，羅德尼的世界跟培德利的世界交會了，但培德利的世界並未與羅德尼的世界交會。除非羅德尼是非洲的祖魯族人，而且他的朋友都是中國人，否則培德利根本就無法察覺他們跟他平常所遇到的人有什麼不同。基本上，他無法察覺他們在精神層面的細微差異，他一直在自己的世界中過日子，只有最強的光線才能穿透那個半透明又折射力極強的介質。對培德利來說，羅德尼和他的朋友就只是人而已，和其他人並無不同，那種他可以抓住大談瑞士銀行體系、愛因斯坦原理以及蔗糖配給的人。不錯，有時對他而言，他們根本無足輕重，他們的行為舉止有時也讓他覺得唐突。培德利有時還會說，這些人在女士面前講話時太過粗魯無理，如果這些人正好是女性，她們在面對紳士時也是同樣粗魯無禮。

「真奇怪呀，這些年輕人，」他有次參加羅德尼的畫室派對後跟我說，「奇怪啊，」他搖搖頭，「我想我不太能瞭解他們。」

很顯然，他透過圍繞自身氛圍的裂隙窺見了一點外界狀態，確實親眼見到了某些事情的真實狀態，但培德利是個不好奇的人，對於其中的重要意義毫無所感，他很自然地拒斥了這些自己不熟悉的事。

「我不知道你對這些現代藝術有何看法？」他繼續說道。他這個對現代人們的論點讓我稍微有些失望。「我一直在說的事情是這樣的。」然後他就說了，滔滔不絕沒完沒了。

自此以後，現代藝術就成了他的談話留聲機中一個新的播放節目。這也是他和羅德尼以及羅德尼的朋友會晤之後的唯一收穫。

接下來的幾個月，我和葛瑞絲或羅德尼很少碰面。我遇到了凱瑟琳，陷入了忙得不可開交的熱戀，根本無暇顧及其他的事。一九二一年底，我們結婚了，生活也慢慢變得正常。

凱瑟琳和葛瑞絲本來就是朋友。葛瑞絲很欣賞凱瑟琳的沉穩、冷靜、做事有效率以及可靠。她不僅欣賞她，也很喜歡她。至於凱瑟琳呢，她對葛瑞絲的感情比較傾向於保護性，有點像是大姊姊。同時，她也覺得葛瑞絲滿滑稽、好玩。不過，她對葛瑞絲的感情並不會受到那些好笑的事情影響。事實上，我認為，純真的感情其實都有些好笑的成分在內。因為感情意味著親密，而如果一個人和另個人有比較親密的關係，就不免會在對方身上發現一些好笑的事。幾乎所有小說中的道德高尚角色都有其荒謬好笑之處，也許這是由於創造他們的人太喜歡他們了吧。凱瑟琳也看到了葛瑞絲的可笑之處，一種讓人憐憫的可笑，但她還是很喜歡她，而且也許正因為如此而更喜歡她。因為她的可笑有一種感染力，是一種讓人發噱的童稚之心。

在我結婚的那段時間裡，葛瑞絲的「永恆女性」角色更是發揮得淋漓盡致。她的穿著打扮開始變得非常時髦甚至有點怪異，而且通常都不守時，但並不是非常不守時（她的出身教養以及本性使得她在這一方面不會太過分），只是每次都遲到到可以說她真的很抱歉可是又沒辦法避免的程度。這其實也是她的本性，身為一個女人的本性。她有時會怪凱瑟琳的衣著太過理性。

「妳的衣服可以再活潑一點，」她頗為堅持地說，「更新奇更多樣些，也會讓妳自己覺得更好。妳在這方面的想法太男性化。」為了鼓勵凱瑟琳在思想上更女性化，她送給凱瑟琳白色的小山羊皮手套，那個長手套有彩色的鋸齒狀滾邊，還有流蘇飾條。但恐怕最女性化及最新奇的是，那個手套的尺碼比凱瑟琳的手小了好幾號。

那段時間葛瑞絲變得很健談，而且說話的方式也不一樣了。就像她所穿的衣服一樣，她說的話也比過去更新奇，更怪異。她說話的原則倒是很單純，就是想什麼就說什麼，只不過她那不負責任又膚淺的腦袋，常常會出現奇怪得無以復加的東西，譬如說，她腦中那些本來就已變幻無常的東西，常常還會跟著對話者的說法而產生新的聯想，以致於她的心靈圖像永遠在那邊跳躍舞動，無法自已。舉例來說，我也許在跟她談話時會提起音樂家帕萊斯特里納。「是啊，是啊，」葛瑞絲會說，「多麼了不起的作曲家啊。」然後，由於知道他是義大利人，葛瑞絲馬上又會追加說，「你知道，他們『喝』通心粉的方式，就像漫畫中標籤條從嘴中跑出來那樣。」

有的時候我還真的知道呢。對於葛瑞絲這個引經據典的說法，我只好用個巨大的省略號，直接跳到引文出處了。有的時候，只有葛瑞絲才知道她自己的聯想是怎麼回事，我就完全沒辦法了。葛瑞絲這個說話新技術常常會讓人無所適從，但也還算是滿好玩的。她那些出人意料之外的說法，以及所說事物本身的毫無意義，才是讓人覺得有趣的真正原因。

葛瑞絲還是孩童的時候，常常會因為說話漫無邊際而受斥責。「正經一點，別胡說。」當葛瑞絲在地理課上說她不喜歡南美洲，因為從地圖上看起來，南美洲就像一隻煮熟的羊腿時，她的家庭教師就會很嚴厲地這樣對她說。「別像個傻子一樣。」家庭教師的斥責讓葛瑞絲覺得自己那種天馬行空的想法很可恥。所以，她也很想正正經經地說話，就像家庭教師能夠懂得的那種正經，卻發現很難做到，最後只好選擇沉默不語了。如果跟那些家庭教師比較起來，雖然屬於同一類型，但培德利這個人就更加理性了，而且是極端的理性。他根本就無法理解什麼是想像力。如果葛瑞絲告訴他為什麼不喜歡南美洲，他會覺得想不通，他會叫葛瑞絲解釋給他聽，然後發現原來是因為葛瑞絲認為南美洲在地圖上看起來像一隻羊腿，他就會搬出一大堆大道理，告訴葛瑞絲南美洲的面積大小若干，指出南美洲一直從熱帶延伸出去幾乎進入南極圈，同時南美洲有全球最大的河流以及數座世界上最高的山，巴西出產咖啡，阿根廷出產牛肉，還有，就事實來說，並不像隻煮熟的羊腿。面對著培德利，葛瑞絲要不就是費盡力氣正經說話，要不就只好沉默不語了。

然而在羅德尼的圈子裡，她發現自己的「不正經」頗受欣賞甚至大受歡迎。羅德尼本來就是個「新奇」及「女性」的熱衷者，所以他很鼓勵葛瑞絲隨意跟著感覺而說話。葛瑞絲起初因為缺乏自信而有些膽怯，不過她後來放開了，卻沒料到自己的講話立即大成功，大家都把她無厘頭又不連貫的說話當成「時髦」的最佳範例，當作是她的機智。不但如此，她所說的話甚至成了別人說話時的範本，大家都在引用她的機智話語。葛瑞絲剛開始時還有些困惑，可後來突然發現自己已然在一場運動之中，成為同時代人當中的領頭羊。十八世紀時，邏輯學和科學當紅，當時的女人都想像男人一樣說話。到了二十世紀，整個趨勢已經倒轉了。羅德尼所做的就是把葛瑞絲毫無顧忌的言行據為己有，而且享受到極大的樂趣，更重要的是，葛瑞絲還心存感激。

社交上的成功讓葛瑞絲充滿自信，這個信心讓葛瑞絲更能勇往直前，取得更多的勝利。這是一個全新又讓她暈陶陶的經驗，她已經進入一種長期微醺的境界。

「人們不知道追求快樂，真是件蠢事啊。」每當我們討論到一些有關永恆的話題時，她就會這麼說。

這時凱瑟琳已經取代了我在葛瑞絲心目中的密友地位。不但取代了，而且是更親密的密友，更能說心底話的密友。葛瑞絲跟凱瑟琳談的是羅德尼跟愛情。

「我實在不懂為什麼人們在碰到愛情這件事的時候，老是會把自己弄得不愉快，」她說道，「為什麼人們不能像我們一樣快樂地去愛？別人的愛情好像都是黑色，凝結成一團，就像是用墨汁做出來的德文郡凝脂奶油。我們的愛情跟他們的不一樣，就像是香檳酒。那才是愛情應該有的樣子：香檳。妳不認為如此嗎？」

「我想，我倒情願愛情是一杯白水，」凱瑟琳當時回答道。凱瑟琳後來對我表達了她的疑慮，「她講的這些香檳跟快樂地愛，」她說，「其實我們都可以看出來，羅德尼是個在感情方面糾葛不清的人。」

「是啊，我們都知道，」我說，「我想，妳不會認為他是真的愛葛瑞絲吧？」

「我希望他是。」凱瑟琳說。

「因為妳原先並不認識羅德尼，現在妳知道了，香檳，妳應當知道就是這麼回事。其實問題在於葛瑞絲。」

葛瑞絲真的愛羅德尼嗎？我和凱瑟琳就這個問題討論，我的意見是她確實愛羅德尼。

「但一旦羅德尼拍拍翅膀飛了，」我說，「她就會全身是傷被甩在一邊。」

凱瑟琳搖搖頭說，「她只是想像自己在戀愛，她之所以會覺得快樂，主要是因為現在所感受到的巨大興奮，愛情帶來的新鮮感，還有她自以為在這個關係中很重要以及她目前所取得的成功。其實她對羅德尼並沒有這麼深的感情，她也許會認為那是一種感情，像香檳一樣的感情，如果你喜歡這樣說的話。但那並不真實，其實他們之間並沒有感情，只有香檳。最初的時候，是他的地位再加上她的生活乏味，才使得她被他擄獲。現在呢，因為她自己的成功以及整件事滿有樂趣，才使得她黏住他。」

後來發生的事會證明凱瑟琳的看法是對的，或者說至少比我的看法更為正確。但在我敘述這些事件之前，我還必須交代一下金恩漢是怎麼樣又出現在我的世界。我要承認是我主動化解了我們之間那場荒謬的爭執，其實我早該這麼做了，只是因為金恩漢那段時間離開了歐洲所以才耽誤。那次爭吵之後不久，金恩漢就受雇為報刊寫文章，他先後去了北非及更遠的東方。我聽在突尼斯、可倫坡以及廣州見過他的人提起他一兩次。我也讀過他所寫的文章，很不錯的文章，偶而會出現在雇用他的報紙版面上。但我並沒有直接跟他通訊，我沒有寫信，因為根本沒有把握信可以寄到他的手上。再說了，就算可以透過寫信而言歸於好，又能怎麼樣呢？相距八千英里的和解永遠不會令人滿意。所以，我一直是等到他回來之後才發給他一封長信。三天之後，他就出現在我家的晚餐桌上。

「這真的不錯啊，」他說，「真的不錯。」他左顧右盼，用他那明亮又敏捷的眼睛，很迅速地把房間打量了一遍，家具、書籍、凱瑟琳還有我，「看起來你是真的定下來了。」

「哎呀，也不算是啦，就讓我們希望是真的可以定下來吧。」我笑著往凱瑟琳的方向看了一眼。

「我很羨慕你，」他繼續說道，「終於能夠擁有一些真實、堅實又完美的東西。真是太好了，家庭之愛，婚姻，畢竟，這是我們所能擁有最接近完美的東西，如果你像我曾經這樣壯遊世界過，你會更加珍惜，世界已經證明了，除了與其他的東西互做比較，沒有一樣東西是有意義的，好的、壞的、公義、文明、殘暴、美好，你以為你知道這些字的意義，也許你在肯辛頓這邊真的知道，可是如果你去到印度或者中國，你就什麼都不知道了。起初你也許會覺得不舒服，但一陣子之後，多麼讓人興奮啊！你開始活得多彩滋潤！但也正因為如此，你會覺得需要某些固定、穩定的東西，某種完美的東西，不是僅憑想像而已，而是實際的生活，也就是在這種時候，愛情和家庭生活出現了，還有上帝、死亡、靈魂不滅……等等。當你的生活範圍相對狹隘、舒適，這些東西都是多餘的累贅，你甚至不會感恩自己能有舒適的生活。然而當你浪蕩天涯，失去了過去所擁有的穩定、思維習慣以及對事情的成見之後，你才會發現家庭舒適生活的意義重大，你才會學會如何欣賞現實，以及其他固有狀態的重要性。」

他說話的時候帶有他過去一貫的熱情，雙眼透露出熱望，幾乎是超出塵世的明亮。他的臉孔已經不像上次我見到他時那樣光滑、蒼白。此刻是已經過日曬而僕僕風塵布滿皺紋，看起來已更加成熟，比過去更加堅強了。

「是的，我羨慕你。」他又重複了一遍。

「那麼，你為什麼不乾脆也結婚呢？」凱瑟琳問道。

金恩漢笑了，「為什麼不呢？確實，妳最好問問狄克，我認為他很瞭解我，可以代我回答這個問題。」

「呵呵，還是由你來告訴我們吧。」我說。

金恩漢搖搖頭，「你們不要虐待小動物啊。」他沒頭沒腦地說了這麼一句莫測高深的話，就開始談起其他的事了。

「我很羨慕你，」當晚凱瑟琳先上床就寢，只有我們兩人在一起的時候，他又對我說，「我羨慕你，但你其實不配得到你現在所得到的，你並沒有像我一樣，已經真正瞭解了穩定家居生活的可貴。我親身並且很認真地去瞭解那些變動不居的事、相互倚賴的事，以及事情之間的相對關係，因此能夠深切體認穩定的意義跟價值。但你，你現在安於居家，就如同你一向很有道德觀念一樣。你之所以安於居家以及有道德觀念，都是出於本能，其實你自己並沒有意識到它的存在，你並不知道事情的另一面，那個賦予它們重大意義的另一面。就像一隻汲汲營營的工蜂，實際上，更像一棵該死的大白菜，它生長，只是因為它不得不生長。」

我笑了，「我很欣賞你提起變動不居以及事情相對之間關係的方式，」我說道，「當你自己穩定下來，以不變來做對照的時候，你又回復到當年的那個金恩漢了！為什麼？你不就是那個會走路的不變，那個有血有肉的完美，我對這些老生常談也是很熟悉的呀！」

「但它們也是事實呀，」他有點不服氣地帶著笑說，但也看得出來他似乎被我所說的話有點惹惱了，「而且從另一方面來說，我也有所改變，我現在對幾乎所有事情的看法已經跟以前不一樣了，一個有足夠敏感度的人，不可能在周遊世界之後還保持著出發時的生命哲學。」

「但是他可能還保持著原先的性格，原先的習性，以及原先的本能反應。」

金恩漢用手指梳理了一下頭髮，然後重複了他那帶有點孩子氣的任性笑聲，「是啊，我想他是可以那樣。」他有點勉強地承認。

後來事情的發展證明我還真說對了。我們和解的幾天之後，我就確認了金恩漢過去喜愛爭執的老毛病仍然未改，而且他還滿喜歡自己的火爆脾氣。有天早上他氣沖沖地來找我，很顯然憋了一肚子怒氣，他告訴我前一天晚上跟一位無足輕重的大學生吵了一架。他認為那個大學生喝醉了，對方跟他說（我必須承認，儘管那位大學生喝醉了，可所說的話還真的滿有見地），對方說他，沒錯，就是他，金恩漢，如果不是過於虛假，就是過於歇斯底里，讓人難以理解。

「但最糟的是，他也許說得很對。」他敘述完整個故事後說道。

「也許，我真的很虛假。」他很不安地在房間裡走來走去。他也不時把插在褲袋中的手抽出，做出個激憤的手勢，或是用手指神經兮兮地梳理頭髮，「也許我只是個讓人覺得滑稽可笑的角色，」他繼續說道，「只是個會吹牛，會胡亂吆喝的人吧。」這個自我剖析顯然讓他感覺受傷，但他似乎還滿喜歡那個痛楚。「我真的有很深的感觸嗎？」他繼續做出各種猜測，「也或許，我只是自欺欺人，以為我自己很關心？這一切難道只是謊言？」他簡直沒完沒了。

那位喝醉酒的大學生看出來金恩漢不是很虛假就是難以理喻，我其實可以告訴金恩漢，他並不算虛假，只是有點難以理喻而已。但我很懷疑這樣安慰他是否會有效果，而且，我也不想跟他再起任何爭執，所以就決定閉嘴不言。

我並沒有讓葛瑞絲知道金恩漢這個人，主要的原因是金恩漢很討厭羅德尼，我擔心，就算我事先警告（或者更準確一點來說，正是因為我擔心會出現不愉快的情況而提出警告），他也會當著葛瑞絲的面爆衝，猛烈抨擊她的情人。我可不願意冒這個險，此外，我也不認為他們兩人可以相處得很好，其實我們跟他們兩人都算是親密，但這樣說吧，對我們而言，還是把他們分開在兩個密閉的空間，不要互相接觸比較好。

有天我回家吃飯的時候，凱瑟琳告訴我一個消息。「羅德尼又有新情人了，」她說，「可憐的小葛瑞絲今天有來家裡喝茶，她裝出不在乎的樣子，裝出很『時髦』、很堅強而且很快樂。但我看得出來，她其實很沮喪。」

「那個幸運的女士是哪位啊？」我問道。

「梅妮娜夫人。」

「那就是更上一層樓囉。」珠光寶氣的猶太美人梅妮娜立刻浮上我的眼前，「這麼一來，男爵爵位跟貴族地位都在等著他啦。」

「就他那隻豬，也配？」凱瑟琳忿忿不平地說，「我真的為葛瑞絲難過。」

「但根據妳的理論，她並不是真的愛他啊。」

「當然不是，」凱瑟琳說，「但也不能這樣說，因為她以為她是，現在他要離開她了，當然她會想很多。她把太多的蛋放進他的籃子裡，這下可好，全打爛了。她已經把全部的身心都交給了羅德尼，她跟羅德尼的外遇已經是她所擁有的一切，甚至已成了她存在這個世界上的意義了。你看不出來嗎？」

「沒錯，確實是這樣。」我想起來葛瑞絲有段時間視自己為音樂評論家，而我對那個演奏拉赫曼尼諾夫作品的鋼琴家所說的惡作劇小笑話，卻殘酷地戳破了她為自己所編織的夢想。現在，她更珍惜而且對她而言意義更重大的另個夢想，也徹底地破滅了。

就如同凱瑟琳所說，她已經很盡力地保持「時髦」了。幾天之後，我又在羅德尼辦的派對上見到她。她菸一支接一支地抽，酒一杯接一杯地喝，說起話來更是比以前更狂野，更肆無忌憚。她穿著一件剪裁貼身，薄如蟬翼的衣服，那種設計就是要讓穿上身的人看起來像幾乎是裸體。但她整個人看起來像是睡眠不足而滿臉疲憊，兩眼有烏青的眼圈，雙頰跟嘴唇是很不自然的大紅色，那個黑眼圈就像是為了要突顯出眼睛的明亮，用脂粉故意畫上去的，讓人有種整夜狂歡之後的疲累同時又有性感挑逗的感覺。她當天真是風情萬種，幾乎跟每個人都打情罵俏，圍繞身邊的人感覺起來也從來沒像當天那麼多，甚至於在跟我談話時，她都不忘斜視做出嬌態，把身體貼向我，就好像要把整個人奉獻給我，要來滿足我的慾望一樣。但在看著她的時候，我只看到一個長得有點醜的乖女孩，我覺得，我從來沒有像那時那樣同情過她。

羅德尼在桌邊坐下，準備表演他那一筆畫絕活。

「該畫什麼呢？」他高聲問道。

「畫大神朱比特和他所有的情婦。」葛瑞絲同樣大聲答道。她看起來已經開始有醉意了。

「歐羅巴、勒達、塞墨勒、達那厄，」她一邊拍手一邊喊出每一個希臘神話中的人物名字，「還有伊俄……還有，還有克里奧還有迪歐還有席歐還有費……費歐還有歐……我的艾伊歐……」

說實在的，葛瑞絲的這個滑稽表現真的很不好，可是羅德尼的客人此刻都已喝得差不多了，也都多多少少陶醉在歡樂的氣氛中，大家都盡情地笑，葛瑞絲也跟著笑，幾乎是歇斯底里地笑。

要很長一段時間以後，葛瑞絲才逐漸能夠控制自己。

羅德里並沒有為畫朱比特的情人做過事前練習，所以就找了個藉口回絕了葛瑞絲的提議，開始畫起羊男薩提爾追逐艾迪夫人。

被羅德尼拋棄的葛瑞絲也想表現她才是拋棄羅德尼的人。因為那種任性、不負責任的角色，才更符合羅德尼眼中的「永恆女性」，而且總比被別人視為受害者要好吧。所以，她開始肆無忌憚地到處挑逗，調情。我估計，在起初的這段時間裡，大概每一個只要是還看得過去的男人，她都可以接受吧。譬如說馬斯特曼或者那位名叫甘尼的記者，還有勒維斯基。根據我在那場派對裡的觀察，應該這三個人中的一個會成為羅德尼的繼承者，而且會很快。

那次派對過後的第二天，葛瑞絲到家裡來拜訪凱瑟琳，她帶了一個小粉撲做為禮物。她來的目的顯然是想從凱瑟琳這邊尋求一些安慰、建言，還有更重要的是，希望得到凱瑟琳的支持。在危機來臨的當兒，葛瑞絲可能會一時驚惶失措，貿然做出一些欠缺深思熟慮的舉動，但是當她有時間思考時，而且可能必須要做一些仔細的規劃時，她就會有些膽怯，她很不習慣也不願意單獨面對困難，負起責任。她希望她在危機中所扮演的角色，能夠經由她所信任的人像個法官一樣來確認，所以，那個粉撲其實是個賄賂也是個爭辯，有關她自己作為「永恆女性」

的爭辯。那個粉撲就是給凱瑟琳的賄賂，懇求對方寄予同情，要她來認同並支持葛瑞絲的感觸及舉措。

葛瑞絲就像在法庭上一樣開始陳述。「人們所會犯的錯誤，」她說，「就是涉入太深，就像是在音樂表演廳裡那位負責張貼捕蠅紙的人。我拒絕捲入，這是我的原則，我認為人就應該鐵石心腸一點，只要對自己好就可以了。沒錯，就是這樣，別的事都不要去煩惱。」

「但如果一個人什麼都不去煩惱，而且對什麼是都鐵石心腸，就真的會快樂嗎？」凱瑟琳問道，「我的意思是，真心的愉快，或者說是幸福，如果妳願意讓我用這個老掉牙的字眼。他這樣就會幸福嗎？」她說這些話的時候想起了勒維斯基、甘尼還有馬斯特曼。

葛瑞絲沒有說話，也許她也想起了他們。然後，好像鼓起了勇氣，「是的，是的，」她帶著一點頑固的態度以及勉強裝出的輕鬆說道，「可以的，當然可以的。」

當天下午，我在皇后音樂廳參加音樂會。出場的時候，我看到金恩漢也在散場人潮中。

「來家裡喝茶，然後一起晚餐吧。」

「好啊。」他說。

我們上了一輛西行的公車。太陽剛剛下山，前方是黑色帶橘色邊的雲，再上面是清朗水綠色的天空，清澈寧靜直到天頂。我們兩人都沒說話，靜靜地看著又一天逐漸地消逝。

「真的很美啊，」金恩漢打破了沉默，他用他那纖細又富有表情的手，指向西邊那安寧靜謐的景色，「真是太美了，尤其是對那些勞累了一天的生意人而言，這個景色會讓他們放鬆，我敢說，也會讓他們對白天欺騙了那麼多的人感到一絲絲悔意吧。哎呀，一定很令人鼓舞，關於這點，我不會有任何懷疑。可我不是一個疲累的生意人，這個景色只會讓我覺得不舒服。」

「哎唷，不要這樣吧。」我說。

可是他根本沒聽到我說什麼。「我可不希望葛雷寫的《輓歌》硬塞進我的喉嚨，」他說，「我喜歡的是《天堂與地獄的婚姻》，[13]或者是《查拉圖斯特拉如是說》，又或者是《馬爾多羅之歌》。[14]」

「嗯，我想，如果我可以建議的話，」（是很溫和地建議）「就是，你就好好地坐在巴士裡面，不要去看那夕陽。」

「真見鬼了！」他語帶輕蔑地說。

我們進到家裡，發現葛瑞絲還在家裡和凱瑟琳一起喝茶。我有些懊惱，但也沒什麼辦法，只好硬著頭皮介紹了金恩漢。就這樣，我又不知不覺地再度扮演了潘達羅斯叔叔的角色。

有關於葛瑞絲的第二段風流韻事，我的故事來源還真的很豐富。首先，在整個故事的大部

---

13 *The Marriage of Heaven and Hell*，英國詩人和版畫家威廉・布萊克（William Blake）模仿聖經預言的文本。

14 *Chants de Maldoror*，一八六八與六九年間由洛特雷阿蒙伯爵（伊西多爾・杜卡斯 Isidore Lucien Ducasse 的筆名）發表的散文作品。

分過程中，我都有親身觀察的機會。另外，金恩漢自己也會告訴我許多故事。因為金恩漢是個大嘴巴情人。他就是無法保守祕密，對任何事都一樣。他就是喜歡講，不僅如此，他還會誇大其詞，也會加油添醋，那種他當時並無感覺，但在敘述時有了新發現，才懊惱為什麼當時沒感覺的事。儘管在回述事件時可能發生錯置的情況，他也完全不理會，甚至於為了以後能夠敘述得更精采，還會虛構一些情節。譬如說在他所記憶跟葛瑞絲爭執的場景，他會添加一些情緒進去，這樣下一個場景就會更生動，常常也就是在他回顧這些歷史而開始激動之際，他會做一些加油添醋的修正。至於那些真實的，或者說是大體上來說比較真實的故事，基本上都是葛瑞絲告訴凱瑟琳，凱瑟琳再轉述給我。對凱瑟琳來說，葛瑞絲都是在危機發生之際（就這件風流韻事而言，幾乎從頭到尾都是危機）來找她尋求慰藉跟意見。

她們兩人的風流韻事是起自誤會。葛瑞絲當時正在跟凱瑟琳說話，很正常很單純的談話，可是金恩漢一進到房間，葛瑞絲就像換了個人似的，立刻擺出她在羅德尼派對上那種「時髦」的架勢，完全放開了似地要吸引來人注意，想要激起新來者的慾望。當然，葛瑞絲聽過金恩漢的名字和有關他的事。在羅德尼的圈子裡，儘管有些不情願，他們還是承認金恩漢有點才能，只不過他們也認為他是個野蠻人。

「他很令人厭煩，」我有次聽到羅德尼抱怨道，「那種會談論他們的靈魂的人，還有你的靈魂，那就更糟了。另外，他也自視為『救世軍』。你如果星期天去海德公園，看到他在那邊大發議論，告訴別人要做些什麼才能得救，你一點都不要感到意外。」

毫無疑問的，當葛瑞絲看到他的時候，她一定覺得如果能把這個野獸收服在腳下，然後讓他表演一些把戲，一定會很有趣（她當時應該沒有想到，弄到最後，也許表演把戲的人會是她）。總之，對於那些女獵戶來說，金恩漢就是個值得追捕的獵物。不過我還是認為，那時的葛瑞絲應該是什麼人都想要。她那種隨時都想挑逗人的態度，可以形容成一種長期、慢性，放諸四海皆準的不忠，是對於她自己不幸的命運，以及羅德尼不忠的奮力反擊。她希望抓住一個新情人，甚至於幾個新情人，以便向羅德尼證明，向全世界證明，還有，向她自己證明，她是「時髦」的，她知道如何對愛情輕鬆以對，把愛情當作最精緻的娛樂，而且，一言以蔽之，她根本就不在乎。如果是別的女人，這種到處調情的態度應該會令人反感甚至厭惡。但葛瑞絲不同。葛瑞絲有種內在的天真無邪，使得她能夠免於一般觀念下的不道德指涉。那種教科書上所描述的典型道德家也許會說葛瑞絲是個壞女人，但實際上她只是可憐以及無關緊要的滑稽可笑而已。教科書為各種行為規範了道德的等級，教科書道德家是以男人的行為來判定某個人是否符合道德標準。這個方法既粗糙也不科學，因為就現實狀況來說，有些人就是有辦法為他的骯髒行為消毒。還有人有辦法把教科書認為清潔的行動加以感染，予以敗壞。最嚴厲的道德裁判就是那種已經被教科書魔咒催眠的人，他們已經跟現實脫節，他們能想到的就只是一些字眼：「純潔」、「邪惡」、「墮落」、「責任」，根本忽視了這個世界上存在著男人跟女人兩種人。

就如同我先前所說，葛瑞絲具有某種先天的天真無邪氣質，使得所有可能用來形容她所做所為的字眼都派不上用場，都沒有意義。除了那些教科書理論家之外，其他所有的人都不在意葛瑞絲的行為，她的天真無邪成了她的金鐘罩、鐵布衫。也正是這個天真無邪，讓葛瑞絲可以想說什麼就說什麼，對什麼都無所謂，也不需要裝模作樣。譬如說那些甚至帶有淫穢意味的觀點、意見，那些在羅德尼生活圈子內不可或缺的、超出科學範疇的對話。就語言來說，一個人用自己熟知的語言來表達某一件事，可能會覺得尷尬、窘迫，但如果是自己不熟悉的語言，反而可以暢所欲言任何主題，可以漫不經心地使用任何想使用的字眼。對葛瑞絲來說，所有這些字眼都是如假包換的老式英文，而那些有關自己所認識男男女女之間的流言蜚語所串連起來的主題，卻離自己很遠，好像是種難懂的外國語言。甚至於像擺出賣弄風情姿態這種萬國通用的「語言」，對她來說也是很陌生的。因此，她可能並不理解自己大大方方做出那些輕佻嬌媚的動作，以及說出挑弄別人的話語，其實是件頗為可恥的事。

當天，就在金恩漢踏入房間的那一刻，葛瑞絲立刻就像發射排砲一樣，對金恩漢射出各種表情跟微笑，簡直就是一個挑逗的大轟炸。我對葛瑞絲算是有很深的認識了，所以她的那些表演看在我的眼裡真是顯得十分荒謬可笑。那些微笑，那些從眼角看人的曖昧，眼皮不斷眨巴眨巴，她就是用這種拙劣的賣弄風騷吸引了金恩漢的注意，可是卻讓我大為驚訝，這根本就不像是我所知道的葛瑞絲啊，也因此才讓我覺得很荒謬可笑。更重要的是，沒有說服力。沒錯，沒有說服力。我不相信有人會看不出來葛瑞絲本來應該不是這樣的。金恩漢有可能看不出來嗎？有可能看不出來葛瑞絲無論在心靈上或是在肉體上，只不過是一個乖巧的小女孩，現在只是在盡力可又不很成功地，特別是她現在所扮演的這個角色，假裝自己已經是個成熟的女人？

雖然我覺得難以置信，但金恩漢顯然入彀了。他在那個特別的時刻接受了那時的她，一個隨心所欲尋求歡愉、快樂、刺激、權力，帶有貴族氣息的享樂主義者。對於這個迷人又帶有危險的女人，金恩漢的情緒也有點複雜，有一點點蔑視，也有一點點情色的好奇。大體上來說，金恩漢對那些「專業的」蛇蠍美人、妖婦、蕩婦相當排斥。事實上，他認為所有的女人都把尋求愛情以及征服愛人當作日常工作。他認為一個有自尊而且有用的男人是不應該被那種既危險又不負責任的女人控制，那樣簡直太糟糕了。至於他為什麼會有這種道德上的激憤，正因為他自己常常情不自禁被她們收服。青春、充滿活力、個性鮮明、坦率、恣意墮落，這些，對他都有不可抗拒的吸引力。有的時候，就算是擁有這些特質的人很不入流，他還是忍不住會被她們吸引。他是會有些羞辱感（可是誰知道呢？對金恩漢來說，這種羞辱感也許正是吸引他的地方），但還是會被吸引過去。他會抗拒，但從來不是很堅決（說到底，堅決抗拒也許導致很掃興的結果）。他抗拒，然後屈服，最後被征服。但必須承認的是，儘管他在投降的一刻是那麼卑躬屈膝，那麼沒有尊嚴，但他確實獲得了愛情，而這個愛情，在某種程度上也會成為一種報復。金恩漢也許承受了痛苦，但在大多數的情況下，他也會給對方帶來同樣的痛苦。另外，金恩漢也許還滿享受痛苦，但當初折磨他而後來又反過來被他折磨的，大多數都是那些不願意承受痛苦的年輕女人，正常的年輕女人。他其實已經占盡了便宜，卻認為自己是個受害者，所以他才會長時間處於道德激憤的狀態。

他們兩人第一次會面時，金恩漢已經認定葛瑞絲是那種希望能說服他（也是要說服她自己吧），讓他相信她是一個蕩婦。就像是許多個性脆弱又缺乏自立更生能力的人一樣，葛瑞絲做事時經常不顧後果。雖然經常陷於被動和默從，她有時也會有相當大膽、激烈的行動。並不是出於她有什麼決斷力，而正好因為是她根本不知道如何做決定，因為她缺少責任感，沒有能力去認知行動具有其不可改變的本質。在她的想像中，她做事可以無須負什麼責任，也無須全心投入。由於沒有內在的投入感，她所採取的行動已外化為一個巨大機器中的一部分，有時有點勉強，有時心甘情願，把她自己拖往令她極為困惑又完全意想不到的境地。也就是因為這種不負責任的衝動性格，使得她少了做出深思熟慮決定的能力（再加上她老是會，或者說至少在當前，把自己視為一個有魅力、有吸引力的角色），致使她在某一個時刻好像是個在選舉中負責拉票的社會主義樁腳，在另一個時刻像是縮在提姆．馬斯特曼經常出沒、骯髒又危險的商業碼頭裡的鴉片鬼。有的時候，雖然她對馬匹有些畏懼，她又像是騎著馬跟在獵犬後面追捕獵物的人。還有的時候，雖然會感到無限焦慮，但她會故作輕鬆堅稱不知端莊為何物，所以無從退縮，她會像是勒維斯基畫中的一位裸體模特兒。如果她現在公開向金恩漢示愛（正如幾天前她也公開向馬斯特曼、甘尼、勒維斯基示愛一樣），那就是種不負責任的行為，沒有考慮行為會帶來什麼後果，或者說她根本就不知道那樣做會產生什麼後果。的確，她視自己為一位「時髦」的年輕女子，她被羅德尼甩了，讓她感到十分焦慮，為了保全面子，她必須趕快找一位新情人。

但如果說她因此就決定要賣弄風騷以便能達到目的，也不是很正確的說法。她並沒有做什麼決定，因為做決定也要經過深思熟慮才行。就跟她每次說話都沒頭沒腦一樣，她現在也只是沒頭沒腦地付諸行動，根本就沒去思考自己該做什麼事或該說什麼話。另外，邏輯上的不連貫其實也無關緊要，那種虛假的知識分子立場根本也無須堅守。行動的本身或引發行動的話語，才是比較重要的。行動的重要性從來就超過理智，我是說肉體的行動。然而要把肉體跟那種虛假的知識分子立場脫鉤也不是件容易的事。以葛瑞絲來說，她是個猶疑不決又很輕易就會付諸行動的人，常常也因此而要付出代價，但即使是這樣，也無法讓她避免重蹈覆轍，她還是一再犯同樣的錯誤，再多的經驗也沒用。

至於金恩漢，就像我所說的，他把葛瑞絲照單全收了，他相信葛瑞絲就是那個葛瑞絲要他相信的那個葛瑞絲。葛瑞絲挑逗他，他就被挑逗了。對於這種情色挑逗，他毫無抵抗力。他對葛瑞絲的興趣並無關乎她的風格，只要她能對他展現出一定的興趣，那就夠了，金恩漢絕對抵擋不了那樣的攻擊。我還記得在巴黎的時候，一位女神歌劇院裡的美國籍合唱團女郎，就用那種攻勢一舉攻克了金恩漢。

對於葛瑞絲的第一印象，一個「時髦」、具有危險性、四處挑逗男人的蕩婦，深深烙印在金恩漢的腦海中，無法消除。他們第一次相見時，他對她就採取了動情的態度，而他一旦採取這種態度之後，就算有明顯的證據證明他錯了，他也不會改變立場。我並不很確切地知道，究竟是他無法再運用自己的智慧，而變得無能力認清楚那些可能會令他沮喪的事實，還是他故意閉起眼睛，不去看他不想看見的事。我只能猜測，激情會導致兩種後果，不是讓他顯得很愚蠢，就是讓他顯得很智巧。

「我認為，我們這個世代的女人真的有點邪惡，」大概在上次見面之後的第三或四天，金恩漢帶著強調、熱切的語氣對我說道，「有點邪惡，」他又說了一遍，「真的邪惡。」這是他一貫的寫作跟說話技巧，只要他掌握了一個字眼，而且如果他還滿喜歡那個字的發音，他就會一直說，說，說。

我笑了。「哎唷，算了吧，」我不是很同意他，「那麼，你難道認為凱瑟琳也很邪惡嗎？」

「她不屬於這個世代，」金恩漢答道，「就精神上來說，她不屬於這個世代。」

我又笑了。跟金恩漢爭辯是件很累人的事。你以為把他逼到牆角，而且舉起邏輯的棒子準備把他徹底消滅，但就在棒子揮下之際，他卻一溜煙從他發現的一個小活板門跑掉了。他根本就不跟你辯了，所以你完全不可能證明他錯了，因為他從來不會在那邊等你來證明。

「不是，不是凱瑟琳，」他停了一下之後繼續說道，「我想到的是那個培德利家的女人。」

「你是說葛瑞絲？」這倒讓我有一點吃驚，「葛瑞絲是個邪惡的人？」

他點點頭。「邪惡，」他很肯定地又重複了一遍。我可以看得出來，那個字眼現在已經對他意義重大了。他的想法以及感覺已經固化成形，他的宇宙現在已經開始圍繞著「邪惡」這個字，圍繞著「邪惡」這個思維打轉，特別是葛瑞絲的邪惡。

我忍不住出聲了。「就我所認識的所有不邪惡的人來說，」我說道，「葛瑞絲是最不邪惡的。」

「你不瞭解她。」他立刻反駁了。

「我認識她很多年了。」

「那也不代表你真正瞭解她，」金恩漢頗為堅持。他又一頭鑽過那個活板門溜走了。「你從來沒有激起過她那邪惡的色慾吧。」（我不由得想起葛瑞絲，而且忍不住微笑起來。可是我的微笑卻似乎惹惱了金恩漢）「你就笑吧，」他說道，「如果你覺得高興，就去幻想你自己無所不知吧。我要說的是：她從來沒有企圖要抓住你吧。」

「我猜，你想說的是她前幾天那個有點愚蠢的打情罵俏挑逗吧。」

金恩漢點點頭。「那真是邪惡，」他輕聲說道，好像不是要說給我聽似的，「邪惡的色慾。」

「但我可以告訴你，」我繼續說道，「前幾天的那件事就只是愚蠢而已，她只是孩子氣，並不是你所說的邪惡。她還在根據她與羅德尼．克雷格的關係來關照自己，如此而已。她只是要假裝自己並不在乎被他甩了。我並不確定她是否希望我們相信其實是她把他甩了。所以她想趕快再找到一個情人，為了維持她自己的尊嚴。至於所謂的邪惡，這個想法真的很荒謬，她根本沒有邪惡的本事。其實只是環境、她自己的想像以及別人希望她變成怎樣的產物。她只是個孩子。我認為就是這樣而已。」

「你也許認為你很瞭解她，」金恩漢仍然很固執，「但你其實不瞭解。她從來沒想引誘過你，你怎麼可能瞭解？」

「胡說！」我有點不耐煩了。

「我告訴你，她就是邪惡。」他仍然很堅持己見。

「既然你認為她邪惡，你又為什麼這麼爽快就接受她的晚餐邀約呢？」

「有些事情是你躲不了的。」他莫測高深地回答道。

「算了，不談了。」我聳聳肩。這個人真的惹惱我了。

「你最好趕快去找你那個邪惡的人，」我忍不住沒好氣地追加幾句，「好好讓她懲罰你吧。」

「沒錯，我現在就是要去。」他說道，好像是我提醒他所忘掉的約會。金恩漢看了一下手錶。「哎唷，我的老天，」他的聲音都變了，「我得搭計程車，否則就趕不到了。」

金恩漢看起來一臉惱怒，因為他一向很痛恨不必要的花費。他現在算是過得不錯了，但是還保有節儉甚至於有點吝嗇的習慣。這個習性的養成來自於曾經痛苦度過的中下階層童年，以及在文學生涯最初階段的窮困。他要求葛瑞絲一起到蘇活區共進晚餐，那已經要花不少錢了，結果現在又不得不搭計程車趕去付晚餐的帳，這真讓他更加痛苦不堪，而且是因為她，為了她必須承受這種無法規避的痛苦，又得不到同情，甚至連自己的同情都得不到。他終於發現整件事情的罪魁禍首了，葛瑞絲，現在在他的心中變得更邪惡了。

「你躲不了的，」他皺著眉頭又說了一遍，戴上帽子準備離開。他的臉上出現了一種很明顯、有點凶怒的表情，「躲不了的。」然後就轉身離去了。

「可憐的葛瑞絲！」我關起了前門，一邊走回書房一邊想。其實對葛瑞絲又何嘗不是，她也躲不開金恩漢啊。另外，我太瞭解金恩漢這個人，所以才會對葛瑞絲寄予無限同情。

後來的事情發展也證明了我同情葛瑞絲是對的。因為在一九二二年那幾個可悲可嘆的月分裡，如果有任何人需要被同情，那就會是葛瑞絲。她愛上了金恩漢，真正地陷入愛河。雖然這是她此生的第三次，卻是她第一次那麼煞費苦心、那麼拚命、那麼孤注一擲。她希望把她和羅德尼的風流韻事在金恩漢身上重現，那就是充滿放縱又愉悅的逢場作戲，香檳、三明治、偶而彼此之間的親密私語，十八世紀風味的小信箋，晚間的派對，好玩的小越軌行為。這就是她跟羅德尼在一起的生活。必須承認的是，羅德尼真的深諳此道，所以他們在一起過得迷人又滋潤。在葛瑞絲的想法裡，她也要把同樣的生活複製在羅德尼的繼任者身上。其實，如果羅德尼的繼任者是勒維斯基或是馬斯特曼，又或是甘尼，她都有可能做得到。可惜這個繼任者是金恩漢，她真是做了一個致命的選擇。但她如果並不是真的愛他，還有可能避過最壞的結果，她就可以在無法忍受之際絕情而去。可她卻是真的愛他，陷於愛情中的她，就只能完全任他擺布了。

金恩漢曾經說過事情無可避免。如果真是這樣的話，也是因為他自己不時就需要有強烈的情緒來刺激自己，他需要被羞辱，也需要羞辱人，他享受痛苦，也享受讓別人痛苦。他所愛的只是激情本身而不是引起激情或做為引起激情藉口的女人。他需要偶而的狂歡、放浪，就像是酗酒者到了時間就需要狂飲一樣。經過一定程度的放縱之後，他的需求獲得滿足了，他就毫無困難可以離開跟他一起放縱的情人，因為對他而言，她們只是導致激情的觸媒而已。金恩漢可以通過放縱而滿足他一時的渴求，但葛瑞絲並不相同，葛瑞絲的慾望是不顧一切、不可救藥的那種，只能靠某種奇蹟才能緩和、平息。她要的是跟另外一個人完全結合，徹頭徹尾瞭解對方，知道對方所有的祕密。兩個人以平等的愛互相對待、互相信任，唯有如此，才能滿足葛瑞絲的渴望。可惜的是，她和金恩漢之間不可能會是這樣。金恩漢習慣於（或遲或早）說出他對朋友的看法，這些看法也老是會讓聽的人感到不舒服。他把這稱為「清理環境」，實際上卻是越清理環境越渾濁，而且在晴朗的天空裡製造出雷聲。金恩漢也許不會承認，但我認為，這正好就是他的本意。因為他覺得晴朗的天空太無趣，他就是喜歡暴風雨。每當他成功地製造出風暴的時候，他又會對大家不能忍受他的直白而表現出真心驚訝的樣子，因為他這麼坦白，這麼真誠，都是為了大家好啊。那些被他的言語刺傷的老朋友不免責怪他，也因為金恩漢的口無遮攔，他過去曾經有過的愛情跟友誼，沒有幾個能長久保持。她和葛瑞絲的韻事已經算是少數的幾個例外。

從一開始，金恩漢就覺得有「清理環境」的必要，甚至於他們在我家的第一次碰面，他的表現就已經相當無禮了。後來，他更是把自己弄成像雅典的泰門[15]一樣。葛瑞絲的愚蠢輕率行為，她那耽於逸樂的生活哲學，她的無情乃至於「邪惡的色慾」，都是他經常掛在嘴邊的話題，而且每次都是很認真甚至帶著點厭怒的口氣說出他心中的想法。

他和葛瑞絲在蘇活區共進晚餐之後的當晚，我又跟他在皇后演奏廳相遇。

「我跟她說了我對她的想法。」他對我說。

「她聽了之後，有什麼反應呢？」我問他。

金恩漢皺起眉頭說道，「她看起來還滿愉快的，」他回答道，「這就是這種女人的邪惡力量，明明應該感覺羞恥，她們倒好像還覺得滿光榮，那反而會使得她們對真正優雅正經的事無動於衷，最後就變成無道德原則，無恥。」

15 *Timon of Athens*，莎士比亞劇作，普遍認為是他最晦澀和最困難的作品之一。

「那你還真的是浪漫得無可救藥啊。」我故意嘲諷他。

然後我就把我對他的看法告訴了他，當然是用很溫和的方式。他的臉部肌肉抽搐得像一匹被蜜蜂螫到的馬。就像是他傷害到別人一樣，別人的坦率直言也會刺傷他，而且也許更嚴重。唯一的不同是，他還滿喜歡那種傷害。

「你胡說！」他似乎有點生氣的樣子。

接著，整個表演的中場休息時間他都在喋喋不休反駁，直到舞台上《名歌手》序曲中的響亮合音響起。金恩漢像突然被裝進一個瓶子裡，不得不安靜下來。我則趁這個機會，帶著點好玩的心情，開始揣測金恩漢的情緒到底從何而來？他的情緒滿多樣化，頑強而有力，好像永不倦怠，也頗為持久，會一直增強到凝結成一團的地步。不就像是我們正在聽的音樂的心靈版本嗎？當華格納這個《名歌手》的喧鬧終於告一段落之後，金恩漢又開始繼續他剛才被打斷的喋喋不休了。

「她反而看起來還滿愉快的，」按照金恩漢的說法，這就是葛瑞絲聽到他所說那些應該會讓她感覺不愉快之真相後的反應。我倒是很相信，他對她的觀察沒錯。因為葛瑞絲還把自己視為羅德尼女郎，一個「時髦」以及「十八世紀」的女郎（讓人覺得新奇的是，這兩個名詞居然好像可以互相替換），以及羅德尼眼中的「永恆女性」。葛瑞絲一定也很高興，因為金恩漢似乎也根據她對自己的評價而接受了她，而且不僅如此，甚至還在時髦、十八世紀、永恆女性上加封了「邪惡」。葛瑞絲謙虛地（她現在應該是覺得自己太謙虛了）接受了所有這些封號。她把金恩漢的批評、譴責全當作是讚美。當金恩漢說她是個不懂禮數的蕩婦時，當他譴責她邪惡淫蕩時，當他為葛瑞絲手下的受害者抱屈時，葛瑞絲都不以為意帶著微笑欣然接受。在羅德尼的圈子裡，葛瑞絲的這種氣質表現，就像是宮廷裡女士穿的拖裙以及頭飾上的鴕鳥羽毛，都很自然也不可或缺。葛瑞絲自認為有展現這種氣質的天才，但她更希望有自外而來的讚美。金恩漢所說的那些以為會讓她感到不舒服的真相，恰恰讓她肯定了自己。金恩漢愈是口舌刻薄，她反而愈覺欣慰而更喜歡他了。她覺得，他是真的把她當作一個輕浮的女人來嚴肅看待，因為他之所以欣賞她，是因為她有那個價值。他對她的欣賞，又更進一步增加了她的信心，在他彈如雨下的詛咒中，她很自得優雅地扮演著自己的角色，一個更趨於完美的時尚角色。但對金恩漢來說，他看到葛瑞絲居然可以在他的咒罵中怡然自得地成長壯大，簡直讓他覺得不可思議，甚至感到憤怒了。所以他對葛瑞絲的咒罵愈來愈升級，可是他罵得愈凶，葛瑞絲就愈來愈不朽，愈來愈時髦，十八世紀女人味也愈來愈重。

此時，葛瑞絲也在不知不覺中愛上他了。我曾經見過金恩漢與許多其他男男女女的關係。他對他們並不算不好。至於對方呢，他們或者是討厭他。我沒有見過一個人像他有那麼多敵人。或者他們很喜歡他（不過我也要說，他們之中有不少人最後也變成恨他）。我曾經分析過我自己對他的感覺，我可以不太情願地承認，在某方面而言，我還滿喜歡他。那是因為我太瞭解他，他又是那麼令人難以忍受，說真的，他一直都是。好了，既然如此，為什麼我還願意繼續忍受他？為什麼每次吵架之後，我還會努力去跟他修好？為什麼不乾脆就讓他去見他的大頭鬼？就我所知，這種情況至少也應該有十幾次吧？或者，至少在我們吵得最激烈的那次，我應該滿懷感激地跟他分手吧？就是為了賀伯而吵架的那次，而且永遠不再回頭？我想，唯一的解釋就是，就像那些不討厭他的人，我應該還是滿喜歡金恩漢。就某方面來說，他對我而言還滿重要，意義重大而且必須。跟他在一起，我會感覺自己變強大了。好像是體內突然有股潮水上升，沿著身體裡乾枯、淤積、荒涼的河道強勁、生氣勃勃地流動。金恩漢就像是月亮，能夠把潮水拉引起來並導引其通過沙漠。

所有那些我們遇到或多或少有同情心的人，都會有這樣的月亮特質，他們會拉引起我們的生命潮水，直到掩蓋過那些乾涸跟死亡之地。但也有些特定的人，因為他們比較接近我們，所以能夠比一般的男人或女人，在更多的人體內升起更高的潮水而產生更大影響。金恩漢就是這樣不同凡響。對那些認為他有同情心的人，他會表現得更具同情心，更加親切。他有一種生氣勃勃、光彩奪目的特質，就算他在說你不喜歡聽的話，或做你所不以為然的事，你也會覺得他很迷人。甚至於他的敵人，也會承認他有一股迷人的力量。譬如說凱瑟琳吧，她並不算是他的敵人，只是很不喜歡他對生命的看法及思維方式，但她也承認，只要和金恩漢同處一室，而且只要他願意，他就是有辦法壓制她對他的成見，讓她喜歡上他。至於葛瑞絲，她一開始就對金恩漢沒有成見，除了從羅德尼那邊得來的印象，亦即金恩漢是個野蠻人。不過，野蠻人至少也好過驅蟲劑吧。葛瑞絲是那種很容易受到強者影響的人，所以她先受到迷惑而喜歡上他，接著很快又瘋狂地愛上他，這一點都不值得驚訝。不過話又說回來，葛瑞絲也是隔了一段時間才發現自己愛上了金恩漢。

在他們開始有了親密接觸的那些天，她一直在忙於扮演自己那「時髦」的角色，以致於根本沒發現這次的感情是那麼「非羅德尼」。愛情這件事真正會讓人瘋狂，居然和她所扮演的角色這麼不搭調。所以，現在必須要有個更大的震撼，來讓她瞭解自己對他的真正感覺，同時讓她忘掉羅德尼式的「時髦」、「女性」而變成——變成什麼？我本來是想說，變回「她自己」。可是，當一個人已經因為愛情的憂傷及痛苦變形之後，還能夠說是「她自己」嗎？當陷入愛情之後，每一個人都不再會是他自己。或者可以再浪漫一點，我們可以換個角度來說，當一個人不在愛情之中，他也不會再是真正的自己。其實這也是一體兩面的事。但戀愛中的葛瑞絲和走出愛情的葛瑞絲，兩者之間的差異卻顯得相當大。因為這是羅德尼的「永恆女性」和一個女人，和一個金恩漢的女人之間的差別。因為即使在陷入愛情之時，葛瑞絲還是無可避免地從她的愛人的角度來看待自己。現在，她羅德尼的一面消失了，取而代之的是金恩漢的一面。她現在不再將自己視為時髦的年輕貴族，而是一個原始的、「熱情的」化身（「熱情的」是金恩漢特別愛好的一個字眼）。這是她的新情人眼中的理想女性。

他們兩人的親密關係維持了一個多月之後，葛瑞絲終於發現了她對這段情的真正感覺。金恩漢在求愛期間表現得相當堅忍不拔，他一方面大肆抨擊她的邪惡，另一方面則想盡辦法懇求她成為他的情婦。葛瑞絲這邊則把他的抨擊當作讚美，同時想到什麼就說什麼地胡亂回應。葛瑞絲那些在羅德尼眼中代表著時髦機智的漫不經心回應，對金恩漢來說則是魔鬼的話語。「她就像尼祿皇帝，」他有天對我說，「在羅馬城裡胡作非為。」

他就是羅馬城，世界的中心，失火的羅馬城。葛瑞絲點火之後就在一邊看著他被燒，並且當著他的面胡說八道。

尤有甚者，她根本就不想幫他滅火。儘管她在金恩漢口中是個「邪惡淫蕩」的女人，可是在他們開始交往後的五六個星期間，她一直拒絕成為他的情婦。她迷住了金恩漢。那已經足以讓她恢復自信，重建那個有一度十分成功，但已因被羅德尼拋棄而破碎不堪的「時髦妖婦」形象。「時髦妖婦」的形象順利恢復了，立刻癱倒在金恩漢的臂彎中，應該是下一齣「十八世紀的戲碼。但葛瑞絲天生就謙虛自持，所以不急著扮演那個角色。金恩漢這邊則認為她不肯低頭，就是因為她是個邪惡的人。根據他的理論，她只是在玩一個不自然的自我控制把戲，只是想折磨他罷了。所以，他又在詛咒她的嘉言錄中加了一條「喜好殘忍行徑」。葛瑞絲本人則倒是滿喜歡這個溫柔的指責。

至今為止，金恩漢對她的攻擊只讓她覺得好玩而非痛苦，是讚賞而非侮辱。她還躲在漠不關心的甲冑裡，毫髮無損。不過當她瞭解自己愛上他之後，這個甲冑就被脫掉了，隨著愛意逐漸升溫，她對金恩漢攻勢的抵擋能力就愈來愈差，最後竟然開始有點畏怯、戰慄的感覺。

那個如聖經啟示錄宣告世界末日的重大事件發生在金恩漢的房間裡。那是一個初夏的濕熱下午，葛瑞絲到達的時候，天空布滿烏雲，遠方雷聲隆隆。葛瑞絲穿著（有關這個午後事件的細節，是葛瑞絲告訴凱瑟琳的），她當時身上穿著（那是她第一次這麼打扮）一件從巴黎買來的全新鼠色罩裙，衣領是不太協調的紅色，袖口也是同樣顏色，裙子的上方則是羽片裝飾。我想，這套衣服應該是波烈的作品，非常時髦而且帶著點古怪意味的高雅。簡單地說，那就是件適合羅德尼情婦穿上身的衣服。

葛瑞絲一直對自己的穿著很有看法，但她事後也承認那件衣服確有不協調之處，讓她頗有些痛苦的感覺。可是當她那天進入金恩漢的房間時，她對那件衣服是頗有信心的，因為她在街上走的時候，就注意到人們注視她的眼光，多麼高雅，多麼原創，簡直就是個大成功。她不禁好奇，不曉得金恩漢看到她的時候會有什麼感覺。她希望、她也認為他應該會喜歡。

至於金恩漢嘛，他跟羅德尼一樣，都對女人的衣飾頗有些觀察力。當然啦，他並不像羅德尼那樣對於時尚跟現代風格有幾近專業的鑑賞力。羅德尼當年曾經希望成為一個服裝設計師，可惜最後沒成功。所以，幾乎他所畫的每一幅畫，裡面都找得到時裝師傅的身影。他算是走錯行了。金恩漢對服飾的觀察點卻不太一樣，他是從道德家而不是設計家的角度出發，對他來說，衣服只是一個符號，是一個人的外在表現。因此，葛瑞絲這身略顯怪異但誇張氣盛的衣服，看在他的眼裡就是葛瑞絲的邪惡象徵，他把她的穿著視為其個人精神的外顯，視為她的一部分，因此她必須為自己的穿著負起直接、全部的責任。他從不認為裁縫師、設計師乃至於朋友對穿著所提的意見也需要負起部分責任。他瞥了一眼葛瑞絲今天穿的那件罩裙。

「嗯，妳穿了一件新衣服唷。」他的口氣聽起來有點責怪的意思。

「你喜歡嗎？」她問道。

「不喜歡。」金恩漢說道。

「為什麼呢？」

「為什麼？」他說道，「嗯，我想，因為這件東西把妳充分表達出來了，它的邪惡味道正好適合妳。」

「我倒認為，那正好應該會是你喜歡它的原因啊。」

「是啊，是啊，沒錯，」金恩漢說道，「如果我把妳當作只是一個讓人家看的景象，一種無關緊要的東西，譬如說像一幅畫。可是妳明明知道，妳對我來說並不是無關緊要，卻要這樣故意折磨我。我怎麼可能會去喜歡一個讓妳看起來更邪惡，更加會折磨我的東西？」

他怒狠狠地瞪著她。面對著金恩漢那雙既明亮又陰暗，表達出怒意的眼睛，葛瑞絲很費勁地努力保持著眼神穩定沉著。這時他走向她，然後伸出雙手按住她的肩膀。

「今天，」他說，「我要妳成為我的愛人。」

葛瑞絲搖搖頭，露出一個變幻莫測、永恆女性的微笑。

「是的，妳是我的愛人。」他的雙手更加用力抓住她的肩膀。

「不是，我不是。」葛瑞絲回答道。她深深吸了一口氣，他把她抓痛了。

「我告訴妳，妳是。」

他們兩人面對面，近距離互視對方，好像敵人互相對視。葛瑞絲的心跳變得狂烈。

「有一陣子，我以為他想掐死我。」葛瑞絲告訴凱瑟琳。

不過她硬撐著，而且，最後贏了。

金恩漢鬆開手，同時轉過身去。他走到房間的另一頭，靠在窗台旁邊的牆上，靜靜看著窗外暗灰色的天空。

鬆了一口氣的葛瑞絲則在長沙發上坐下，她做了一個有點目中無人的漂亮動作，把雙腿收起縮在身下，可惜的是金恩漢一直沒回頭。葛瑞絲打開隨身手袋取出菸盒，拿出一支香菸並且點燃了它，這些動作都是在故作若無其事下完成。她正在穩定神經以便應付金恩漢的另一波攻擊，他也許會因為她表現得漠不關心而忍不住轉身過來，她也準備著再一次去激他。

她原先期待他可能再重複這些日子以來早已習慣了的那種惡言惡語，所以對金恩漢後來發動的新型態攻勢完全沒有心理準備。終於，雙方之間的沉默被打破的時候，她手上的那支香菸已經抽了超過一半。金恩漢轉身向他走來。她看到他哭了，正在流淚。

金恩漢，就像我所說過的，從來就不是個喜劇演員。所以我相信，所有他公開宣稱的感受都是真的。只不過他太容易有感受了，而且他太喜歡去感覺。在別人也許會盡力克制的情況下，金恩漢會放任情緒爆發，甚至會喚醒、激勵、驅趕它們到一種更劇烈、更持久的境地。他不需要伊斯蘭教托缽僧那種小把戲，不需要跳舞、嘶吼、擊鼓或者自殘，他自己就可以發揮得淋漓盡致。他是用內造方式，也就是集中精神在他的慾望或怨恨，集中精神在導致他痛苦或愉悅的原因，他就他的愛情或委屈進行深度思考，讓它們變得更為意義重大，他不斷地思考，讓想像發酵成他想要的狀況。當他在忍受慾望帶來的折磨時，那種不被允許的狂歡；當他對別人生氣時，那種侮辱、羞辱、爆怒的場面；當他需要感到自憐時，那個悲慘淒苦的自己，他自己，他把自己刻畫成一個沒人愛、孤獨無依、徹底被拋棄甚至於快要死掉的人……

經過長時間的演練，他早已是培養並激起情緒的高手。他可以長時間讓自己不受打攪，然後把情緒膨脹到爆發點。在追求葛瑞絲的那幾個星期中，他已經說服了自己，他對葛瑞絲有著最狂爆的激情，而她的拒人於千里之外，讓他感受到極端痛苦，已經難以繼續忍受。她的邪惡以及接近虐待狂式的拒絕，她拒絕成為他的情婦，這件事讓他感到這麼的痛苦。可是，他還滿喜歡這份痛苦。狂熱的激情還正在高潮，他也還並沒有厭膩的感覺。

這些眼淚就是那突如其來的自憐所帶來的成果，他苦心培養的自憐終於成功地激出暴烈的情緒。先前，他已經明白自己的努力白費了，他不可能用那種方法去動搖、去擊敗，甚至於去掐住她，讓她接受他。所以他絕望地轉身，他就是一個人，一個被所有人拋棄的人，沒人關心他，他的靈魂在恥辱的垃圾堆裡忍辱偷生，他那寶貴的、美麗的靈魂。他已感覺自己沒救了，太瘋狂了。他完了，徹底地完了。

他站在那裡，站在窗台的旁邊，想著自己的悲慘命運，突然之間，他覺得再也無法忍受了，他的眼中開始積聚淚水，他覺得自己像個孩子，像個疲憊不堪自暴自棄的孩子，失去了一切希望，有的只是無邊的悲慘。

想到這裡，他臉上的生氣消逝無蹤，看起來像個死人，像個結凍的悲慘面具。蒼白，發紅的鬍子，輪廓細緻，像佛蘭德繪畫中死去或即將死去的耶穌的那張臉。

現在，轉向葛瑞絲的就是這張死去的耶穌的臉。這個死去耶穌的臉原先轉身而去的是路西法的臉，充滿了生命與激情，俊美但暗藏威迫、險惡。原先閃亮的雙眼，現在幾乎是閉起來的，讓他臉孔現在看起來像個盲人，在半閉的眼皮中間，眼淚緩緩湧出。

葛瑞絲起初看到這張痛苦的臉的時候，心中升起一陣恐懼。但這個恐懼的情緒立即被巨大的憐憫取代。那張臉，那張了無生氣又痛苦的臉！還有那些淚水！她從來沒有見過男人流淚，她感到無比的憐憫。不僅僅是憐憫，她還認為事情到這個地步都是她的錯。她的心中也升起後悔的情緒，希望能彌補自己的錯誤所造成的傷害。同時，除了後悔及憐憫之外，她的心中還產生了另一個更大的情緒，那就是對她而言，她感到金恩漢是她這個世界上唯一在意的人。而這就是愛。

金恩漢默默地橫過房間走向她，然後在長沙發前跪下。手指上夾著還冒著煙的香菸，半坐半斜躺在沙發上的葛瑞絲驚呆了，似乎成了一個懶洋洋躺在那邊的「時髦」雕像。金恩漢接著把頭靠上葛瑞絲的膝部，靜靜地啜泣。

葛瑞絲原先一動不動的魔咒解除了。她傾身向前，用手撫摸他的頭髮。她突然想起手上還有那吸了一半的菸，於是反手把它扔進了壁爐裡。她的手指觸摸著他的頭皮、後頸、耳朵、他那轉向一邊的臉頰。

「我的寶貝，」她輕聲耳語，「我的寶貝，不要哭了，你嚇到我了。」

然後，她也開始哭了。他們兩個就保持著那個姿勢頗長一段時間，金恩漢跪著，頭靠在她的膝頭，葛瑞絲彎身向他，用手輕輕撫摸他的頭髮。兩人都在哭。

我們的思想和感覺其實是相互依存的，只有在用語言表達出來時，它們才會互相分離，得以區分。有些人在戀愛中才是更優秀的數學家，有的人則相反。但不管是什麼情況，愛情都有影響個人理解力的功能，它更能影響其他的情緒，譬如說憐憫、勇氣、羞恥、害怕遭人取笑……等等。至於會使人的前述情緒增強或減弱，那就得看個案而定。一般的情況是，程度較為強烈的情緒會自動成為其他情緒的先導，儘管兩者可能風馬牛不相及。因此，快樂可能會引致憐憫，羞恥引致發怒，發怒及悲傷也許都會引起感官的慾望。劇烈爭吵常常以做愛告終。有的時候，人們還會在新掘的墓穴邊舉行詭異的狂歡。對於那些事不關己的旁觀者，那種狂歡當然不適合，但許多時候，那種事情並無關於個人的感覺，而有關於有多少人參與。悲傷會給人帶來孤獨感，會讓感受到的人希望得到安慰。與此同時，如果把這個人放進一個喧鬧的環境中，他就很容易受到感官方面的影響及誘惑，在這種混亂的情況下，他就更加無法自制，所以，當他期盼的安慰來到之際，有的時候（當性愛和年齡的狀態都配得正好）這種同情會轉化為不僅僅是愛情而已，還有可能是立即要獲得滿足的慾望。這種轉型現在就發生了。兩人的眼淚現在已經轉化為親吻，眼淚愈來愈少了，接著又轉化為互相撫摸、擁抱。在靜默的空氣中，瀰漫著柔情跟狂喜。

「我愛你，我愛你。」葛瑞絲忘情地重複說著。這個新的激情，強烈得幾乎讓她有點害怕。那種讓她感覺幾乎要穿透她的狂熱激動，促使她不斷地說出那句老掉牙的話：「我愛你。」

此刻的金恩漢也是忘情地吻著她，讓他暫時放下了潛藏在內心裡對此事的意見，乃至於可以預料到的，事後會有的另些想法，他現在只顧毫無保留地盡情享受眼前的幸福快樂。那些可以預料的後見之明，批評、評估、判斷以及譴責，實際上已經開始逐漸出現，也勢必會讓眼前發生之事成為歷史。只是當前，他只是單純地享受幸福快樂而已。

分離的時刻終於來到。

「我必須要走了。」葛瑞絲嘆了一口氣後說道。

但此刻離去的葛瑞絲跟兩個小時前來的葛瑞絲已經不一樣了。這時的葛瑞絲已經是個經過愛情洗禮，因愛情而變得虔誠、謙卑的女人。對她來說，時髦、貴婦人、十八世紀風格以及知識分子風尚，突然之間都不再重要。她站在鏡前整理頭髮，突然發現那件新的罩裙過分花俏、鮮豔，那麼不得體。她覺得自己對金恩漢的愛既博大又深具意義，根本就是神聖的愛。面對著這樣偉大的愛情，這件新衣服簡直就像是在教堂裡穿著一件小丑服。第二天，她換穿了一件羅德尼時期之前的舊衣服，上面有黑點的白色平紋布衣，一點都不炫耀、時尚和新奇。此外，她也把自己的內在靈魂調整成跟這件衣服一樣了。

至於金恩漢呢。他在這段時間裡為昨天的快活記憶灌注了大量後見之明毒藥，為那些本來就很明顯是純潔的行為找出了許多精密但可怕的解釋。所以當葛瑞絲抵達的時候，他是把她當作過去幾星期以來同樣的那個人，根本沒注意到她換了衣服，更遑論注意到她也換了靈魂。

「嗯，」他幫她打開門之後說道，「我想，妳是還想再要吧。」

本來期待金恩漢會像昨天那樣溫柔、體貼來接待她的葛瑞絲，完全沒有料到金恩漢的語氣是那麼無情、殘酷，表情是那樣冷淡、怨怒。

「還想再要什麼？」她問道。她的眼神也從原先的欣喜鼓舞變成有點憂心忡忡。她進門時臉上帶著的燦爛笑容，此刻已黯然褪去，她在他面前停住腳步，滿臉焦慮地又問了一次，「你說我還想再要些什麼？」

金恩漢大聲地笑了起來。那是一種不愉快、沒有歡樂的笑聲。然後，手指著那張長沙發。葛瑞絲那邪惡的色慾，那就是他一直以來對她的主要看法。

葛瑞絲一時之間還沒反應過來。有關她們兩人之間的愛情從來不在她的想像之中，所以她也不會想像到金恩漢竟然會這樣想。不過很快的，她想通了金恩漢心中所想的事。她的臉頰突然脹紅了。

「金恩漢！」她不禁提高了聲量。就算是很熟的朋友，稱呼金恩漢時都只用他的姓氏。對於其他的人而言，他只是一個名字的縮寫J. G.，我從來都不知道這個縮寫代表了什麼，我會猜是強恩．喬治，但其實這並無關緊要，他就是金恩漢，簡單明瞭。「金恩漢！你怎麼可以這樣說話？」

「我怎麼可以這樣說話？」他帶著嘲諷的語氣重複說道，「為什麼？難道要我在嘴上蓋一塊遮羞布嗎？那是那些從來不敢談論自己的罪惡，那些自以為真正受人尊重的人才會做的事。他們想做什麼就做什麼，但從來不敢談他們所做的事，這就是他們所謂的尊重。但是親愛的，」他繼續帶著開玩笑的口吻說，「我認為妳早已超越了那種受人尊重的境界，就像妳也早已超越了善良與邪惡。或者說，妳其實還更低下，那就要看情況而定。」

來的時候原先期待著親吻和暖言暖語的葛瑞絲，緩緩地離開他的身邊走向房間的另一頭，然後在那張長沙發坐下，開始嚶嚶地哭泣了。

一會兒之後，金恩漢走過來坐下，張開手臂摟著她，開始用親吻吸吮掉她的淚水。他沒有開口說話，但他的親吻愈來愈熱烈。剛開始，她還偏開臉閃避，但最後還是投降了。她又開始覺得幸福洋溢，她把金恩漢說的那些殘酷的話都拋諸腦後，或者說就算她還記得，那也是在夢魘中聽到的話，是不小心說錯的，不是故意的，現在，一點都不重要了。

她已經開始重拾信心。就在此刻，金恩漢突然掙脫她的擁抱推身而起，然後在室內不安地四處徘徊，一面走一面很煩躁地用手搔亂自己的頭髮。

「罪惡是多麼可怕啊！」他突然開始說話，「你身上帶著罪惡，你失去了自我，可是罪惡比你強大，你想抵抗，你想克服，可是卻一籌莫展，罪惡啊罪惡。」他好像是著了「罪惡」這個字眼的魔法，這個字眼，在此刻，已經成了他的世界中心。「太可怕了，我們被魔鬼控制了，這就是我們的問題，我們帶著身體內的魔鬼到處走，我們的罪惡。對我們來說，它們實在太強大了。它們把我們甩來甩去，然後征服了我們。」他說著竟然噁心地顫抖起來，「那種被你自己的罪惡謀害的感覺太可怕了，那個魔鬼謀殺了你的靈魂，用溫熱的肉填塞你，讓你窒息而死。我體內的魔鬼利用妳來謀害我，妳體內的魔鬼則利用我來謀害妳。我們兩個人的罪惡是共謀者，不錯，是個大陰謀，是個謀殺大計畫。」

這個時候可能是葛瑞絲此生最不快樂的時刻了。話又說回來，如果是羅德尼的話，他肯定會用不同的方式表達。他會讚美她的「氣質」。所以如果是兩個月前的話，她遇到同樣情況時應該會很高興。

「但你知道我愛你啊，你知道的啊，」她好像也沒別的話好說了，「到底發生了什麼事，會讓你說出這樣的話？」

金恩漢又笑了。「啊，我知道，」他答道，「我當然知道啊，我太知道像妳這樣的女人口中的『愛』是怎麼一回事。」

「但我不是一個像……」葛瑞絲猶豫了，她總不能說「像我自己一樣的女人」吧，那樣聽起來毫無意義，還是說「……那樣的女人」呢？

「不像妳自己？」金恩漢略帶譏諷地說。

「不像你想的那樣，」葛瑞絲終於找到了一個說法，「我不是個蠢女人，我的意思是，不是愚蠢輕浮的那種。真的不是那樣。」跟羅德尼在一起的那幾個月簡直就像是一場夢，但她也真正挺過來了，那些日子就是充滿香檳、三明治以及超越科學範疇的談話……「再怎麼說，我現在都不是那樣，」她接著說，「現在我認得你了，一切都不一樣了，你難道不明白嗎？完全不一樣了。因為我愛你，愛你，愛你，愛你。」

在這種情況下，幾乎所有的人都會被說服，都會請求對方原諒，親吻對方，然後雙方和解，又成為好朋友。但金恩漢不會，對他來說，那太平淡了，一點挑戰性都沒有。他還是要堅守立場才是。

「我知道妳愛我，」他回答道。不過他說話的時候卻把目光轉開了，避開了葛瑞絲那可憐、受罪的臉孔，避開了葛瑞絲那對充滿了困惑及痛苦、睜得大大仰望著他，似乎在懇求的淺灰色眼睛。她是這麼的卑躬屈膝，沒有尊嚴。「我也愛妳，妳的魔鬼愛著我，我的魔鬼也愛著妳。」

「但不是這樣的，」葛瑞絲幾乎要崩潰了，「但又為什麼呢？……」

「狂烈的愛，」他突然以近乎嘶喊的聲音說道，「無法抗拒的愛，」他說出這幾個字之後突然轉身抓住她，「妳知道那像什麼嗎？」他繼續緊抓住她說。葛瑞絲有點不情願地掙扎著。「妳知道愛情像是什麼嗎？不是一個人，不是一個人的整個身體，只是其中的一部分。妳認為很瘋狂嗎？妳知道當邪惡的魔鬼將它所有的慾望集中在一點的時候，聚焦在那一點直到其他一切都不再存在，只剩下頸背，或者胸部的肌肉，或者一隻腳、一個膝蓋、一隻手的時候，妳知道那種感覺像什麼嗎？舉例來說，就像妳的這隻手。」說著，他牽起她的手，抬起並向他的臉孔拉過去，「甚至於不是整隻手，」他繼續說道，「也許就只是大拇指的根部，就只是那塊小小的、隆起的肉，通過昂然生機而跟手掌其他部分區分開來，就只是那柔軟、有彈性、強而有力的小一塊隆起的肉。」說著，他開始親吻葛瑞絲手掌上那塊地方。

「不要，不要，你不要這樣。」她想要把手抽回。

但金恩漢卻緊抓著不放。他繼續態度堅定地親吻著葛瑞絲手掌上那塊柔軟、圓圓鼓脹的肉，一次又一次。有的時候，他還用牙齒輕咬，起初是輕輕地咬，然後逐漸加重力道，直到葛瑞絲忍不住痛楚而叫出聲來，他這時就會暫時鬆口改為親吻，輕輕地，溫柔地，好像是在請求原諒，也好像是要用親吻來緩和葛瑞絲的痛楚。葛瑞絲此刻就放棄了掙扎、抗拒，乖乖地把手掌交給了他，讓他為所欲為。然後一點一點地，這個集中在那個一平方英寸皮膚上的瘋狂魔鬼做愛方式，似乎挑起了某種特別的色慾感覺。她所有感受歡愉的能力，此刻也似乎都集中在左手掌的根部，甚至於當他用牙齒愈來愈用力啃咬她的那塊肉，那逐漸加強的痛感，也成了無比歡愉的感覺。她全然棄守了。但與此同時，她也感到這種歡愉有些讓她羞恥甚至害怕，原先應該單純、美麗、歡愉的事，現在卻變得有些痛苦、複雜、醜陋、曖昧。金恩漢本人則應該為自己感到高興，因為他創造出一種有各種激情可能的狀況。

我花了很多功夫來重建前述場景，是因為那些細節在整件風流韻事中都很重要，很有代表性。金恩漢所表現出來的，就是一種十分邪惡墮落的機巧，他從來不缺將事情複雜化以及扭曲其本質的藉口，而其藉口最大的來源就是葛瑞絲的邪惡。他對所有相反的證據都視而不見；這也只有金恩漢做得到，他始終如一地把葛瑞絲視作一個愚蠢輕浮的蕩婦，當作一個殘酷無情的邪惡魔鬼，而她的蕩婦行徑跟邪惡特質卻又正好吸引他，如果有人可以說服他，她其實很單純、天真無邪又充滿孩子氣，她那「邪惡的色慾」實際上只是對他卑屈地、不是很快樂地求愛，那麼，他應該就不會對她有興趣了。另外，他也不在乎葛瑞絲所做的任何申辯。假定葛瑞絲做了過多的抱怨，他就會重提她和羅德尼之間的事，他會說那不就是邪惡嗎？明明白白毫無遮掩的邪惡。她自己不是說過她並不愛他嗎？如此一來，葛瑞絲只有痛苦地承認，她真的曾經很愚蠢、輕率、沒頭腦，不過這一切現在都過去了。現在一切都不同了，她也換了一個人，因為她愛上了他。對於葛瑞絲的這個說法，金恩漢又會再滔滔不絕地細數邪惡的種種可怕，直到最後使得葛瑞絲開始哭泣為止。

葛瑞絲的魔鬼行徑長期以來一直是金恩漢找碴的標準藉口。但金恩漢是個善於發現新點子的人，所以他永遠有辦法找到許多其他藉口。他有相當敏銳的觀察力。沒錯，只要他不故意視而不見，金恩漢就是一個有敏銳觀察力的人。金恩漢早就看出來葛瑞絲的想法、信念、原則以及意見都只是個淺碟子，本質上都屬於偶發性。舉例來說，他看出葛瑞絲音樂方面的思維，只是從我這邊得到的一些支離破碎觀念。她在藝術方面的看法，是從羅德尼那邊學得的雜亂無章皮毛。至於哲學、文學方面則像一隻煮得半熟的龍蝦，「黑又不黑，紅又不紅」，有一半是羅德尼的，另一半則是他的。正因為他看穿了這些，所以才能盡情奚落她在智能方面的虛假與勢利，他才能盡情地傷害她、羞辱她。有的時候，他會指責她虛偽、卑劣地隱瞞真相，只是因為她不肯坦白告訴培德利自己已經對他不忠，已經紅杏出牆了。

「我不想讓他不快樂。」葛瑞絲會這樣說。

金恩漢則會帶著嘲笑的意味笑開了。「妳倒是很關心別人的幸福啊，」他說道，「特別是他的！但真實情況就是妳想兩邊得利，一方面想要博取別人尊重，另一方面又想要做邪惡的事。說到底，妳就是不夠坦誠！妳那遮羞布是遮錯地方了。」

然後，他們之間也發生了劇烈爭吵，一連串的劇烈爭吵，因為葛瑞絲不想懷他的孩子。

「我們唯一的藉口，」他生氣地對她說，「唯一可以合理化我們作為的就是妳從來都不聽我的，就是一報還一報，不是嗎？」

又有些時候，奇怪的事情發生了，他好像又很關心葛瑞絲的孩子是否受到良好照顧，因此會責備葛瑞絲是個忽略孩子的壞母親。

「其實妳也知道他說的是事實，」她帶著痛悔的表情對凱瑟琳說，「我確實是忽略他們了。」

第二天下午，她約凱瑟琳陪她和兩個最小的孩子一起去逛動物園。兩個大人在大象、猿猴、黑熊和鬼叫的鸚鵡之中，越過兩個小毛頭派蒂和米提的頭頂聊天。葛瑞絲對凱瑟琳訴說她的愛情以及不愉快，派蒂和米提則不時打斷她們。

「媽咪，為什麼魚要游泳？」

或者是，「妳要怎麼樣才能做出一隻烏龜？」

「妳知道，妳讓我覺得好多了，」分手的時候，葛瑞絲對凱瑟琳說，「沒有妳，我真不知道該怎麼辦。」

她下一次又來拜訪凱瑟琳的時候，帶來了一件禮物，這次不是粉撲，也不是手套或絲帶，而是一本杜斯妥也夫斯基的《地下室手記》。

「妳一定要讀讀它，」她頗為堅持地說，「絕對要好好地讀一讀，寫得是那麼真實。」那段時間，葛瑞絲的生活幾乎是一連串的痛苦接踵而來。我之所以會說「幾乎是一連串」，那是因為金恩漢偶而也會厭倦了發脾氣，厭倦了受折磨或是折磨人，這時他就會異常溫柔，甚至表現得很迷人，簡直讓人無法抵擋。每當碰到這種短暫的幸福時刻，葛瑞絲總是令人憐憫地對他感激不盡。她的愛情，她那一直受到惡意對待的愛情，遲早終將破滅、消失的愛情，在這種時刻又短暫地活過來了，又怒放出激情的花朵。每一次她都會希望，甚至於相信那個幸福的感覺會持續到永遠。在那種時候，她就會在拜訪凱瑟琳的時候隨身帶一本尼采的格言錄、一本萊奧帕爾迪[16]詩集或者哥雅《戰爭的災難》[17]的一張複製品。她會告訴凱瑟琳她是多麼快樂，多麼光彩奪目不可思議的快樂。而這一次，她相信這個幸福快樂幾乎要永永遠遠了。幾乎，但永遠不會很肯定。老是有一點疑惑，有一點說不出的祕密，有一點點讓她感到十分痛苦的恐懼。而且每一次，她的疑惑都會成真，都會證明她的恐懼是有根據的。有的時候，當他兩三天沒有發脾氣，這兩三天他表現得很平靜、很仁慈，會讓葛瑞絲覺得像是度假一樣，之後他會愁眉深鎖出現在葛瑞絲面前，臉孔陰暗，兩隻眼睛充滿怒氣和責備的眼神。葛瑞絲看著他，心中狂跳，那種頻為痛苦的不規則狂跳。她突然感到十分焦慮，全身不舒服。有的時候，他就突然爆發了，有的時候（這種時候更糟糕）他讓她處在一種猜不透究竟發生了什麼事的痛苦狀態，這種狀態可能會持續數小時，甚至數天之久。當葛瑞絲問他究竟發生了什麼事，他就是沉著臉一語不發，如果葛瑞絲企圖靠近他，想要給他一個親吻或者安慰的撫摸，他就會生氣地一把將她推開。

他每次經過一段時間的平靜之後再次發脾氣的藉口真是多種多樣。有一次竟然是當他們做愛時，他指責葛瑞絲表現得太過熱情（太過邪惡色慾）。另外一次，是她說她喜歡德萊頓[18]的評論文章，結果兩天之後，金恩漢似乎才想起來似地責怪她，「他的文章根本就是滿口謊言，矯揉造作。」他發牢騷地說道，「只因為仰慕這些愚蠢、無聊的古典作家是一種風尚罷了。虛偽，就是這麼一回事。」他就如此這般說個不停。還有一次，他是因為她堅持要搭計程車去漢普敦宮而生氣。其實她是提議由她來付車資，但是到達目的地的時候，他顯然是基於男性的好面子，有點不情願地掏出了皮夾。葛瑞絲並沒有讓他付錢，但有那麼一瞬間，他還真以為葛瑞絲會讓他付錢而感到一絲心痛。為了掩飾自己那一瞬間的不舒服，他於是開始指桑罵槐，指責她那無必要的奢侈花費。

16 Giacomo Leopardi, 1798-1837，義大利詩人、哲學家、散文家，義大利浪漫主義文學的重要代表人物。
17 Desastres de la Guerra，又稱《戰禍》是一系列八十二幅的版畫作品。
18 John Dryden,1631-1700，英國著名詩人、文學家、文學批評家。

「有些事情就是那麼糟糕，」他對她說道，「那些出生及在富有家庭長大的人，通常都是厚臉皮又無同理心。他們任性地把錢花在一些無意義的事情上，但完全不會去想有成千上萬的人沒有工作，只能靠著國家的慈善補貼，每天的日子都過得戰戰兢兢，只差沒有死掉而已。結果他們還是那樣花錢！」

葛瑞絲提議那次郊遊，是因為她認為漢普敦宮是全世界最浪漫的地方，如果兩個相愛的人能夠在長水湖[19]邊倘佯，站在那個古老的灰色鏡子還有曼特尼亞[20]的名畫前面。結果，她原先滿心期盼的美夢竟然變成這麼一個殘酷的下場。一個原本可以充滿幸福的時刻，就咻呼一聲，不見了。

所以，葛瑞絲那段時間變得滿臉倦容甚至病容，就一點都不讓人意外了。她的面容比從前蒼白許多，也很明顯纖瘦許多，她的雙眼出現了疲憊的暗色眼圈，顯得更大，連眼珠顏色都變淡了。不過她的臉孔還是那張有點醜陋的小女孩臉，但是個慘遭虐待，只能無可奈何聽天由命的小女孩。

面對這個對自己不幸遭遇毫無辦法的「小女孩」，凱瑟琳也失去了耐性。

「沒有人應該就這樣認命，」她說道，「特別是這個時代，絕不可以，我們早已不再是『堅忍的葛瑞塞爾達』[21]的時代了。」

問題是，葛瑞絲還停留在那個階段。她愛得那樣卑躬屈膝，毫無尊嚴。當凱瑟琳幾近懇求地要她跟金恩漢分手時，她的回答只是搖頭。

「但妳這麼不快樂。」凱瑟琳還是很堅持。

「這倒不用妳來提醒我，」葛瑞絲說著眼淚就流下來了，「難道我自己還不知道嗎？」

「那麼，妳為什麼不離開他？」凱瑟琳問道，「究竟是為什麼？」

「因為我辦不到，」哭了一會兒之後，葛瑞絲說道，她的聲音因為啜泣而斷斷續續，「就好像我的身體裡面有個魔鬼，逼得我違逆自己的想法，某種黑暗的魔鬼。」她現在已經開始把自己想成金恩漢心目中的她了。這就真的沒救了。

那個夏天，我們去義大利的海濱度假，住的地方位在突起拔尖的石灰岩山背風處，有點像伊甸園的那座山，從龐廷沼澤地及地中海濱的藍色平原拔起。我們每天沐浴在陽光中，享受生命。也就是在這邊，在這座山側面，魔法女神瑟西[22]建有她的宮殿。齊爾切奧峰，她的名字從羅馬時代一直像有魔法般延續至今。在山腳的岩洞中還有羅馬帝國時期的住宅遺跡，如果沿著峭壁下方往西走，就會碰到羅馬時期的港口，還有羅馬將軍魯庫魯斯（Lucullus）的魚

---

19 英格蘭倫敦肯辛頓花園的休閒湖泊，於一七三〇年在卡羅琳王后的命令下創建。

20 Andrea Mantegna, 1431-1506，北義大利第一位文藝復興畫家。

21 Griselda 是歐洲民間傳說人物，以堅忍和服從的美德著稱。

22 Circe，希臘神話中住在艾尤島上的女神與巫師，擅長使用魔藥，是女妖、巫婆的代名詞。

塘，魚塘就像是從平原往上張望的眼睛。黎明的時候，在太陽光及熱像紗布一樣覆蓋下來以前，以及在夜晚空氣再度澄明的時候，各種顏色及遠方的形狀再度重現，這時，通過特拉西那（Terracina）的藍色海灣，山的形狀出現了，配著像羽毛一樣的白煙柱：這就是維蘇威火山。有一次我們在日出前爬上齊爾切奧的頂峰，看到了兩座山，維蘇威火山在南方。越過淡色的海往北，越過綠色的沼澤地，再越過棕色和冬青色夾雜的阿爾巴諾山丘，就是那舉世聞名的圓頂，聖彼得教堂在霧氣瀰漫的地平線上閃亮發光。

我們在齊爾切奧山待了大約兩個月，曬得像印地安人一樣，也完全忘記，或者說是完全不關心外面的世界變成怎樣了。我們在那裡不讀報紙，寄來的信一概不回，甚至於根本就不拆閱，所以也與外界斷了訊息。簡單地說，我們就像是生活在陽光下，生活在微熱海洋邊的野人。所有的朋友和曾經存在的關係，都斷線了。英格蘭已經陷於戰火、瘟疫、飢荒之中，所有的書籍、畫、音樂都被摧毀了。在齊爾切奧山的日子裡，我們什麼都不關心。

但現在回倫敦的時刻終於到來，我們也必須要回去再賺一點錢。我們穿上已經不太習慣的衣服，把我們的腳塞入（我們那雙已經享受涼鞋舒適、自由很久的腳）像是要關禁閉的鞋子裡。我們先搭公車到特拉西那，然後上了火車。

我們終於擠進一堆喧鬧的那不勒斯人已經擠在裡面的車廂，並且找到了兩個位子，「我們要回去文明世界了。」我對凱瑟琳說。

凱瑟琳嘆了一口氣，並望向窗外遠方的平原以及似乎在召喚我們的山丘。「如果我說我們現在要回去的地方是地獄，」她說，「應該也是可以被原諒的小錯誤吧。」

那趟火車旅程真是太糟了。車廂很擁擠，幾位那不勒斯人的身軀又異常龐大，天氣很熱，火車又經常要穿越隧道，難聞甚至還可能有毒性的黑煙就瀰漫在車廂中，除了身體上的不舒服之外，精神上也不好受。我們擔心回到家之後，銀行帳戶裡到底還有多少錢？有哪些帳單在等著我們？我可以在聖誕節前依約完成那本關於莫札特的書嗎？我那已經傷殘的妹妹現在的情況如何？我需要去看看牙醫嗎？對於那些我們一直沒回信的人，要怎麼跟他們解釋呢？我擠坐在那不勒斯人中間，焦慮地思索這些問題。我看看凱瑟琳，從她臉上的表情，可以看出她也在煩惱這類瑣事。我們就像是亞當與夏娃，出了伊甸園之後，門卻在身後關上了。

那批那不勒斯人在熱那亞下車了，換上來一批體積正常的乘客，車廂內的空間頓時寬敞起來，我們也終於有了相鄰的位子，可以聊天了。

「我一直很疑惑，」凱瑟琳終於在我們可以談話的時候說了，「不知道這段時間裡可憐的葛瑞絲情況如何？你知道，我真應該寫信給她。」她說完之後看著我，臉上帶著點自我責備以及罪惡感。

「不管怎麼說，」我其實是針對她的表情而不是她所說的話回答，「如果妳懶得寫信給她，應該不算是我的錯吧？」

「也算是啊，」凱瑟琳回答道，「你和我一樣都有責任，你應該提醒我，你應該堅持要提醒我，結果你沒有，等於助長了我的懶惰。」

我只好聳聳肩，「人還是不要跟女人爭論比較好。」

「那是因為她們經常都是對的，」凱瑟琳說，「但那不是重點，重點是，你認為會不會有什麼事發生在葛瑞絲身上了？還有那個可怕的金恩漢，他到底想幹嘛？我真希望我有寫信給她。」

我們在齊爾切奧山的時候，確實經常談到葛瑞絲和金恩漢，然而在那邊的炙熱陽光下，像神話般美麗的風景映照在我們這種北方人的眼中，葛瑞絲和金恩漢的那些事都很遙遠，都已經不再重要，他們也只是跟生活中其他人一樣無足輕重。我們知道葛瑞絲在受罪，這點毫無疑問，但只是理論上知道而非實際上知道，並非親身瞭解，所以也很難產生同情。在海濱的陽光照射下，我們只想到自己過得好不好，把自己那北方的軀體曝曬在陽光裡，體內的靈魂也隨之蒸發了。肉體生活所產生的能量把精神生活趕跑了，要等到身體習慣了光線，靈魂才有辦法再度濃縮凝結。在齊爾切奧山談到葛瑞絲的時候，我們只是兩個在太陽下沒有靈魂的人，現在，我們身上又穿上笨重的衣服，穿上了鞋子，火車車廂裡糟透的狀況讓我們的靈魂又回來了。現在談起葛瑞絲又開始有同情的情緒了，又開始為她的命運感到焦慮。

「我覺得從某方面來說，我們對她也有責任，」凱瑟琳說，「啊，我真應該寫信給她的！但她為什麼也不寫給我呢？」

關於這一點，我提出了一個自我安慰的理論，「也許她這段時間根本沒有跟金恩漢在一起，」我對凱瑟琳說，「也許她和往常一樣，跟培德利一起帶孩子出國去玩了，也許我們到家的時候，就會發現一切都過去了。」

「我很懷疑。」凱瑟琳說。

只不過我們注定要發現事實的真相，或者說部分真相，而且比想像中更早發現。因為當火車到達莫達納車站時，我見到的第一個人就是強恩．培德利。

當時他站在月台上，離我們大約十到十五碼，兩隻眼睛前後左右緊盯著從快車上下來的旅客。他那搜尋的眼神快速、堅決，就像是奉派在邊境截查罪犯的偵探，就算是最精明狡猾的騙子、無賴以及假裝成紳士的盜匪，不管是偷偷摸摸或大搖大擺，都無法躲過他的眼睛。正因為有這種認識，知道根本沒有任何希望，所以我不得不考慮我最先的衝動，那就是逃走，逃出車站，然後到任何地方都可以，去躲起來，躲進行李車、廁所，或者任何座位的底下。不行，不行，這個遊戲已經結束了，根本不可能逃走，因為不管現在能做什麼，或遲或早，我還是得去海關辦理手續，他就可以在那邊準確無誤地逮到我。而且，這輛火車按照時刻要在這邊停留兩個半小時。

「我們要有麻煩了。」我扶著凱瑟琳下到月台時悄悄對她說，她隨著我的暗示眼神也看到了我們面臨的危險。

「哎唷，上帝呀，幫幫忙吧。」她突然一反往常，居然很虔誠地低聲喊道。然後她轉換了一種語氣，「也許葛瑞絲也在這邊，我過去問問他。」

「最好不要，」我帶著懇求的語氣說道。我還存著一線愚蠢的希望，也許我們還有機會偷偷閃過，「最好不要。」

就在此時，培德利轉過身看到我們了。他那英俊的褐色大臉突然綻放出愉快的表情，然後幾乎是跑著過來會見我們。

跟培德利在莫達納相處的那兩個半小時，讓我確認了一直覺得有點困惑的事實，也就是迄今為止，我一直隱隱約約感受到，一個人也許會對某個人的感覺深深感到興趣或是同情，而這個人的思想和意見，簡單地說，就是他們的智能產物，卻其實根本無關緊要，甚至令人厭惡、反感。我們讀阿爾菲耶里[23]的自傳、班傑明．羅伯特．海登日記。讀的時候抱著極大的興趣，但阿爾菲耶里所寫的悲劇，海登所畫的歷史畫，這些讓他們曾經在這世界上占有一席之地的東西，至少對我們來說，已經不再存在了，不論就知識或藝術的角度來說，他們其實已是半死的狀態，但情感上，他們卻還繼續存在。

準用[24]這個用語也適用於現在的強恩．培德利。至今為止，我所認識的培德利只是一位事實的轉述者，一個理論的說明者。但就智能來說，他是那種最不吸引人、最無趣的那一類。這樣說吧，我只認識他面對公眾的那一面，也就是在俱樂部吸煙室還有晚餐桌上那位雄辯滔滔的演說者。我從來沒有機會窺見他私密的一面。其實那也不奇怪，就像我先前已經說過，在一般正常而且事情都很順暢的時刻，培德利的私生活也就只是相關於其肉體的部分。於他而言，大多數的朋友同輩只是他的獵物，是他可以抓來聽他長篇大論的受害者，而當獵物設法逃脫之後，他也會感到痛苦及憤恨。至於他的太太，他當然也有健康中年男人的慾望，再加上一些真實但又缺乏想像力的情感。那是一種把自己以及目標物葛瑞絲太過於視作為理所當然的情感。培德利用自己的方式愛他的太太，他也從來未懷疑過葛瑞絲應該用同樣的方式來對他。於他而言，那些都太過於正常也無可避免，譬如說生養孩子，喜愛他們，擁有一間屋子和傭人，晚上下班回家，晚餐已經擺好在桌上。這些事根本就無須討論，甚至連想都不用想，自然到可以公開視為理所當然，就像是擁有銀行存款那麼理所當然。

我一直認為培德利這樣的人不太可能有什麼私生活，但我錯了。我從來沒預想過有一天他會受到打擊足以撼動他的自滿，並且讓他陷入自我懷疑狀態。在此之前，舒適安定的日常生活對他來說是理所當然，但現在這個打擊已經讓他辛苦建立起來的大廈搖搖欲墜。現在朝我們跑過來的培德利是一個全新的，我們不再熟悉的培德利。

23 Vittorio Alfieri, 1749-1803，義大利劇作家與詩人，被稱為「義大利悲劇奠基者」。
24 Mutatis mutandis，邏輯、法律方面用語，意即「已經做出必要的改變」。

「太高興了，能見到你們，我真是太高興了，」他一邊靠近我們一邊說道，「真的非常、非常高興。」

我的手也從來沒有像這次這樣被緊握過。凱瑟琳也是，我可以從她臉上因為痛楚而蹙眉的表情看出來。

「我是特別來見你的。」他轉身過來說道。接著他彎身幫我們提起兩只皮箱，「我們趕快先去海關那邊，」他說，「等下辦完那些該死的手續之後，再坐下來小談一下。」

我們跟在他的後面往海關辦公室走去。我對凱瑟琳做了個鬼臉。想到等下他要跟我們「小談一下」，我還真有點慌了。凱瑟琳給我一個理解的表情，然後快步追上在前方疾走的培德利。

「葛瑞絲也來了嗎？」她問道。

培德利雙手各提一只皮箱，停下了腳步，「這個嘛，」他說道，語氣緩慢又有點遲疑，好像是對這個問題的答案有什麼難以言敘的哲學懷疑似的，「這個嘛，實際上，她不在這裡，她不算是真的在這裡。」他似乎是在討論有關基督真實存在的大道理。

感覺上他好像是不想再深談此事，培德利轉身向海關辦公室的方向走去，根本就沒有回答凱瑟琳的下一個問題：「我們回到倫敦的時候會見到她嗎？」

那個「小談一下」真正來臨的時候，卻跟我原先預想及擔心的完全不一樣。

「如果我跟你私下談幾句話，」我們在海關那邊辦完事，然後走向車站餐廳的時候，培德利小聲地對我說，「你的太太會介意嗎？」

我跟他說她絕不會，並且也跟凱瑟琳轉達了培德利的意思。凱瑟琳很快地對我做了一個別具意義的表情，然後對我們兩人故意輕描淡寫地揮揮手。

「你們兩個就滾開一邊去談談你們的那些蠢事吧，」她說道，「我可要開始吃我的午餐了。」

於是我和培德利走出餐廳跨上月台。由於這裡還屬於山區，這時天正降著大雨，雨水打在車站的玻璃拱頂上，使得下方充滿了沉悶、持續的聲響，我們好像在一個巨大的鼓中行走，雨就像無數的指頭想要碰觸我們。透過兩邊的拱頂門，透過飄在風中如白色帷幕一樣的雨水，遠方的山若隱若現。

我們在月台上來回走了一兩分鐘，兩人都未說話。就我記憶所及，培德利和我在一起的時候，從來沒有保持過這麼長一段時間的沉默。我只能猜測究竟是什麼樣的事，讓他這麼難以啟齒。我為他覺得難過。我們在月台上來回走了幾遍之後，他終於清了清喉嚨開口了，可是他的聲音是這樣地微弱，這樣地沒自信，跟他以前在談及瑞士銀行系統時的大嗓門、充滿信心以及像伸縮喇叭般的聲音完全不同了。

「我想跟你說的是，」他說道，「是葛瑞絲。」

他說著將臉轉了過來。那是一張充滿困惑，充滿痛苦的臉。從前那稱得上是英俊的臉，此刻卻扭曲著又皺紋滿布，在揚起的雙眉下，他的雙眼注視著我，充滿疑問、無助、不快樂。

我點點頭，但什麼話也沒說。我想，這種時候，最好讓他自己講下去。

「事實的真相是，」他轉開臉看著地上說道，「事實的真相是……」但要過了相當長的一段時間，他才真正下定決心告訴我究竟事實的真相是什麼。

他後來終於以令人憐憫的悲傷語氣，委婉又故意有點輕描淡寫地告訴我事實的真相。如果不是我心中同情、憐憫的情緒超過嘲諷的情緒，我在得知他口中的真相之後，恐怕會大聲地笑出來。

「事情的真相是葛瑞絲……嗯，我認為她不愛我了，我不是說她做了什麼，真相就是，我已經知道了。」

「你怎麼知道的？」停了一會兒之後，我問道。其實我希望他是聽到一些流言蜚語，這樣的話，我還可以予以否認。

「她自己告訴我的。」他回答道。我原先的希望此刻已煙消雲散。

「啊，這樣啊。」

所以，金恩漢還是如了他的意。我回想起他曾經想逼迫她把他們兩人之間的事告訴培德利，目的只是想毫無必要地把事情弄得更複雜、更困難、更痛苦。

「我其實也注意到，」培德利沉默了一會兒之後繼續說道，「她跟以前不太一樣了。」

就算是像培德利這樣的人也會有後見之明的呀。不過話又說回來，葛瑞絲對培德利的愛日漸降低，其實也真的很明顯。培德利在這方面也許沒有什麼想像力，但他也有自己的慾望，所以對於慾望是否獲得滿足，他應該也是知道的。從他對事件的仔細解說中也可以看得出來。

「但我從來沒有想過，」他最後在做結論時說道，「我怎麼想得到？竟然是因為有另外一個人，我怎麼想得到？」他又重複說了一遍，口氣十分地沮喪。你可以十分確定，他是真的沒法想像這件事。

「是啊，」我只是想安慰他一下，因為我真不知該說些什麼，「是啊。」

「結果有一天，」他繼續說道，「在我們計畫去山裡度假的前一天，她突然就把所有的事都說出來了。真的很突然，你知道，一點預警都沒有，太可怕，太可怕了。」

然後，又是一陣子沉默。

「那個傢伙名叫金恩漢，」他又打破了沉默，「你認得他嗎？他是你的朋友，是吧？」

我點點頭。

「當然啦，很能幹的一個人，」培德利說道，顯然是想對那個魔鬼故示公平，「但我還是要說，我只見過他一次，就發現他是個冷漠無情的人。」（我開始想像培德利當時對金恩漢大談有關保險公司的法律事務，或者是那個文學小子、自動演奏鋼琴、時髦藝術或是愛因斯坦原理。只不過我確信，金恩漢根本懶得理他，絕不會成為受害者。）「就我的品味來說，他也是個怪人。」

「沒錯，」我附和著他，「有時候也許還有點瘋呢。」

培德利點點頭，「嗯，」他說得很慢，「就是那個金恩漢。」

我沒搭話。也許我應該像電影中那樣表現出「吃驚的樣子」，太震驚了，太恐怖了。但我是個很糟糕的喜劇演員，我不會扮鬼臉，也不會尖叫，我們兩個只是默默地在月台上走。雨水叮叮咚咚地打在頭上的屋頂，拱道的盡頭，山丘在白色的雨幕後像鬼影一般矗立在那邊，我們從義大利這頭走到法國那頭，又從法國那頭走回義大利這頭。

「誰能想得到呢。」培德利終於開口了。

「任何人，」我應該有個答案，「任何認識葛瑞絲而且有點想像力的人，特別是那個人也認識你的話。」但我沒說出口。因為雖然看到一個自滿自足的狀況突然破滅，確實會讓人覺得有點荒謬滑稽，但如果去笑它，就顯得有點太過分。自滿被戳破的時候，自然會帶來痛苦，那種痛苦也不下於高尚的悲劇中所表現出來的。虛榮受傷之後爆裂，也許會滑稽好笑，從外面看起來可能會像是個滑稽劇，但對那些親身感受到痛苦的人，從內在感受痛苦的人，對他們而言可並不好笑。就算是道德價值最低的戲劇，台上演員的感受和意見也值得觀眾感同身受。毫無疑問地，培德利因為自己的太太喜歡上別的男人而感受到驚駭莫名，從我的觀點來說，也許是件好笑的事。但這種羞辱確實深深地傷害到他，他的驚駭還摻雜著真正的痛苦。如果只是站在旁觀者的角度去嘲弄，那就會剝奪了演員的權利。此外，培德利所感受到的痛苦並不僅僅是因為自滿受傷而已，其中也混雜了名譽受損的情緒在內。他接下來所說的話，更進一步讓我打消了想笑的念頭。

「我該怎麼辦呢？」培德利在沉寂很長一段時間之後繼續說道，他的眼神比剛才更痛苦，更困惑了，「我該怎麼辦呢？」

「嗯，」我不知道該怎麼給他建議，只好小心翼翼地說，「那要看你對整件事的感覺是什麼，特別是葛瑞絲。」

「我對她的感覺是什麼？」他重複了我所說話，「這樣說吧，」他有點猶疑，有點窘迫，「我喜歡她，當然，我是說非常喜歡她，」他又停下來，然後，好像是鼓足了勇氣，掃除了多年以來經由自我滿足以及不知珍惜所累積起來的壁壘，他說道，「我愛她。」

培德利說出這個決定性字眼以後顯得輕鬆多了。就好像是移除了一個障礙，信心的流動又開始充滿生機了。

「你知道，」他繼續說道，「直到此刻，我才明白我真的愛她，這也就是為什麼這件事會這麼讓我感到害怕。我應該多愛她一點，或者說在我還有機會的時候，在她還愛我的時候，更加自覺一點，如果我那樣做了，也許現在就不必一個人在這邊，而她卻不在身旁。」他把臉轉開，再度陷入沉默。我們又走了半個月台。「我一直在想她，你知道，」他又開口說道，「我想起過去我們在一起的時候是多麼快樂，我現在不知道我們是否能再像過去那樣快樂，或者假如一切就這樣結束，一切都完了。」然後又是一段沉默。「然後，」他說道，「我想到她現在在英國，和那個人在一起，快樂地在一起，也許比跟我在一起時還更快樂，也許她從來沒有真正愛過我，」他一面說一面搖頭，「啊，太可怕了，你知道那真的太可怕了，我不想去想，但我辦不到，我好像是在山裡行走，直到精疲力盡，我想藉著跟搭火車經過這裡的人聊天，來忘掉或是不去想那些事，但沒辦法，我沒法不去想。」

當然，我可以跟他說葛瑞絲跟金恩漢在一起，其實比跟他在一起還更不快樂。但我並無把握，這樣的安慰究竟有無效果。

「也許並沒那麼嚴重，」我有點有氣無力地說，「也許他們也不見得會走得下去，也許有一天她會覺悟。」

培德利嘆了口氣，「我當然也希望如此。當她跟我說她不會跟我們一起出國，而是要跟那個人留在英國的時候，剛開始我很生氣，我告訴她，要她去下地獄，我還跟她說，等著跟我的律師談吧。但那有什麼好處？我並不想要她下地獄，我要她跟我在一起，我現在已經不生氣了，只剩下痛苦而已。我甚至把自己的尊嚴都嚥進肚裡，如果決定會把自己帶到不快樂的境地，驕傲又有什麼用？我寫信給她，希望她回到我的身邊，我也告訴她，如果她回來的話，我會很高興，很感恩。」

「她怎麼說？」我問道。

「什麼都沒說。」培德利回答。

我可以想像出培德利那封可憐的信所寫的內容，不就是像常常在離婚法庭上所宣讀的那些陳腔濫調，或者是為那些得不到愛情回報而臥軌自殺者呈堂給驗屍官陪審團的陳述，充滿了痛苦、冷酷，但又根本產生不了什麼效果！這類信件或陳述通常都由律師口述，主要目的就是要協助顧客爭取或爭回婚姻上的權利，所以用詞都相當精簡、有禮、高雅，以便讓法官能夠更容易做出處理跟判決。我認為，他必須要用直白的語言另外再寫一封「非專業」的信，讓讀信的人產生同情的心理，才能產生效果。

我猜，葛瑞絲一定會把收到的信給金恩漢看，我也可以想像出來他會大加嘲笑，金恩漢也會興致勃勃地分析信的內容，指出其中空洞乏味及荒謬之處，但金恩漢的嘲笑也會讓葛瑞絲為她收到信後的第一個自然反應感到羞恥，她並沒有準備要回信。我也不會懷疑，她的感覺其實潛藏心底，也就是她會在心底憐憫培德利，並且為自己做的事感到懊悔。至於金恩漢，我也確信他會先巧妙地做出一些鼓勵，然後再予以嘲笑。如此一來，他們之間的關係就會更複雜化，葛瑞絲對他的愛反而會成為更多痛苦的來源。

培德利打斷了我的猜測和雨聲說道，「如果我再寫信給她，結果她又不回，那我該怎麼辦？」

「唉，不會的，」我說道，因為我太瞭解金恩漢的個性了。或遲或早，他一定會做出一些就算是最卑躬屈膝、委曲求全的情人也無法忍受的事，「你可以放心，不會的。」

「我希望我可以辦得到。」培德利有點沒把握地說道，他只瞭解葛瑞絲，但並不瞭解金恩漢，而且就算是葛瑞絲，他也並不是完全瞭解。「我猜不透她想做什麼，葛瑞絲做的所有事情都出乎我意料之外。我從來沒想過……」看起來，他真是現在才開始明白他確實冷落了自己娶的女人，而這個認知也是導致他沮喪的一個因素。「但如果事情真的變得很嚴重，」停了一會兒之後他又說道，他還是堅持要做最壞的打算，「我該怎麼做呢？就這樣讓她走，不去做任何努力？讓她自由自在離去，而且去跟那個人永遠過快樂的日子？」（他大概已經把金恩漢想像成一個喜歡家庭生活的人了。想到這裡，我忍不住在心裡笑了出來。）「對她來講，那應該很好吧，但我呢？我為什麼要對自己這麼不公平？」

在雨聲叮叮咚咚，遠處的山影被雨水模糊的背景中，我們繼續這場注定枉然的討論。最後，我建議他暫時靜觀其變，什麼事都不要做，等幾天、幾星期或幾個月，看看事情會怎樣發展。這可能是目前唯一可做的事了。

我們再次回到餐廳的時候，培德利顯然已經開朗多了。我並沒能給他什麼安慰，也無法提供什麼解決辦法，但他能夠暢所欲言，再加上我表現出一定程度的同情，顯然對他而言已經是一個安慰，而且可以暫時放輕鬆了。當他再次在凱瑟琳身旁坐下時，已經可以自在地摩擦雙掌了。

「嗯，維爾基夫人，」他用教堂執事、醫生、律師這種經常必須跟不熟識的人談話的人所慣用，充滿熱情的語氣說道，「嗯，維爾基夫人，請妳原諒我，我真不應該像這樣把妳先生帶開。」接著他又絮絮叨叨了一連串類似的話。

過了一會兒，他終於決定暫停這個話題，展開另一段更嚴肅的對話。

「幾天之前，我在這個車站遇到一位很有趣的人，」他開始說道，「一個希臘人，名字叫做提奧托卡普羅斯，一個非常棒的人。他跟我說了幾個有關康士坦丁大帝以及希臘當今經濟情況的頗有啟發性的故事。他告訴我……」然後，有關康士坦丁大帝以及希臘經濟狀況的訊息，就如長江大河一般傾洩而出，一發不可收拾。很顯然地，培德利發現提奧托卡普羅斯和他志趣相投，當希臘人遇到希臘人，有關東歐那些統治者的奇聞軼事就說不完了。簡單地說，就是兩個人在拉扯無聊的事。培德利也如此這般地，從剛才談個人隱私轉而開始談他的公眾生活。當旅程終於可以繼續時，我們真的是謝天謝地啊。

金恩漢的住處位在一棟曾經輝煌過的典型十八世紀上流社會建築的二樓，現在這棟建築正面的磚石已呈黑色，街道也已相對破敗，這條街從提歐寶德路往北，直到布盧姆茨伯里廣場的東側。這條路從戰後就是許多窮人聚居地，因此沿路有不少貧民窟，不過也有不少「藝術界人士」進駐其中。沿街住宅的窗口可見骯髒的細棉布窗簾和其他橘色、大紅色、鮮豔色彩方塊設計窗簾互相交錯。不過，從沿街住家的布置，倒也不難分辨出貧民區以及那些五光十色的波西米亞區。

二十三號建築的大門永遠是開著的。我進門之後走上樓梯，到了二樓轉角處，意外地發現金恩漢所住房間的大門半開著。我把門推開並走了進去。

「金恩漢，」我喊著，「金恩漢。」

沒有人回應。我走過陰暗的門廳，然後輕敲起居室的門。

「金恩漢！」這次聲音加大了些。

我不希望不小心闖入，卻撞見一些家居的私密場景，或者是如果考慮及葛瑞絲和金恩漢的當前關係，更可能是兩人正在爭吵。

「金恩漢！」

仍然毫無回應。我走了進去，房間內空無一人，我一邊走仍然一邊輕聲呼喊金恩漢的名字，我察看了另一間起居室、廚房、臥房。臥房進門處擺了兩只已經收拾好的行李箱。他們要去哪裡呢？我希望能在他們離開之前見到他們。我甚至還探頭檢視了浴室和儲藏間，終於確定了金恩漢的住處真的空無一人。他們一定是出門了，然後忘了關門。如果心事重重和心不在焉是愛情的某種表徵，那麼我想，他們之間的關係應該還滿不錯的。

當時我的手錶上顯示的是下午五時四十分，所以我決定等他們一下，如果他們在一個小時之後還不回來，我就會留下一個字條，要他們來看我們。然後我就先回家。

金恩漢家裡那兩間醜陋的小起居間，本來是一間還算華麗的大房，後來用灰泥板格成一大一小兩間，結果原先設計得很精緻美麗的天花板，由於房間分隔又大小不一而顯得十分不對稱。兩間房各有一個很高的框格窗，但是顯然在裝設時沒有計算好跟牆壁之間的比例，所以感覺上好像是隨便裝在那邊。就室內照明來說，大房間內的窗戶顯得有點小，小房間內的又顯得過大。金恩漢把他的藏書跟寫字台放在較小但光線較足的小起居室裡。我進去之後就四處瀏覽，在書架上隨意取了兩三冊，然後拉了一把椅子到窗邊開始閱讀。

「我已經失去耐性了，」我讀到這樣的字句（我打開的那本，正好是金恩漢手寫的筆記），「我對那些愚蠢的先知和那些承諾永恆幸福、販售烏托邦的騙子，已經失去了耐性。我對他們一點耐性都沒有了。他們難道已經笨到看不出來自己是笨蛋了嗎？他們難道看不出來，如果幸福是永恆的或是放諸四海而皆準，那麼，幸福也就不再是幸福，而是變成一種無聊的東西，變成每天的糧食，變成例行公事以及《每日郵報》，他們難道不明白嗎？如果這世界上所有的東西都是綠豆，那麼，我們就不會知道綠豆究竟是什麼了？『驢子、猿猴、狗！』[25]（又是密爾頓，真是要謝謝密爾頓了！不要遷就蠢人，撒旦——藝術家的畫像）驢子、猿猴、狗。難道他們真的笨得看不出來，為了要瞭解幸福和美德，他們也必須去瞭解痛苦和罪惡。我所能提供的

25 英國詩人密爾頓十四行詩中的詩句。

烏托邦，是一個幸福及不幸福都更為強烈的世界，在那個世界裡，幸福跟不幸福交替出現得更為激烈，更為快速，男男女女都有與生俱來的時髦敏感度，比我們有更多樣、更敏銳的時髦知覺，他們會瞭解那些不受拘束的快樂，以及古代世界的殘酷及危險，有關基督教的種種顧忌及憐憫，所有的那些狂喜與恐懼，這就是我所能提供給你們的烏托邦，不是一個早餐之前要做瑞士操，三餐都是素食烹調，收音機裡播放古典音樂，日光浴時都要符合道德標準，在殺過菌的床單中間享受愛情的潔淨無塵療養院。驢子、猿猴、狗！」

在我翻頁尋找更有趣的段落時，我不禁想到，金恩漢至少有一個可稱道之處，那就是，他不僅是個學院派的理論家而已。金恩漢還真的把他所宣揚的事情付諸實施，他為烏托邦下了定義，也盡了力量去瞭解它，和葛瑞絲一起。

「貞潔的誓言，」我繼續讀下去的時候，被這個字句吸引住了，「貞潔的誓言通常都發生在寒冷的季節，發生在過分的行為之後，通常也都充滿了嫌惡及懊惱的情緒。發出誓言的人都相信這是綁住其肉體的一條不會斷裂的鐵鍊。但是他錯了，這個誓言不是鐵鍊，而是個麻繩，當處於冷凝狀態時，它很堅韌，但是當情慾升起，血液變成熊熊烈火，火焰就會吞噬了麻繩。編織麻繩的人原先認為它會強韌如鋼索，此刻卻只是易燃的麻。肉體隨之掙脫。隨著滿足之後又復歸冷靜、嫌惡、懊惱，只不過這次的感覺又強過上次，之後，又一再重複那種宛如地獄的幽暗誓言。如此這般周而復始，就像一週七天，就像夏去冬來。真是枉然而且意志不堅啊，我確信你會如此說，但我不同意，沒有一件可以讓生命更強化、更增快的事情會是枉然的。這些誓言，這些懊惱以及引發懊惱的內在深處感覺——感官愉悅多多少少帶有罪惡的感覺——會讓愉悅的感覺更加昇華，讓激情倍增，以致於除了肉體上的愉悅，還會產生精神上痛苦以及類似悲劇的感覺。」其實我從前就已經讀過這種精簡的文章或者說是加長版的格言（我實在無以名之，但金恩漢把它們稱作「概念」。）我讀過不只一次，每次都很欣賞它的強度、詭異，以及有點駭人的真誠。但這一次，我覺得自己似乎更加瞭解其中的意涵了。我對金恩漢與葛瑞絲之間關係的認識，讓我更加看清楚其中的意義，同樣的，它們也反過來讓金恩漢跟葛瑞絲之間的關係顯得更清楚了。譬如說，其中有一段關於愛情的陳述，「所有的愛情都是一種復仇，男人對捉住他以及羞辱他的女人進行復仇，女人則對打破她的矜持及不情願，以及竟敢把她從獨立個體變為僅僅是一個家庭成員及母親的男人進行報復。」這段話現在對我而言又顯得特別有意義，我記得自己曾經注意到有關罪惡與聖靈的一段話，「只有那些真正瞭解聖靈的人，才會受到引誘去犯罪。確實，可以對聖靈進行犯罪的行為。一個人必須先有才能，才有辦法浪費才能。除非一個人先知道什麼是對的，什麼是合理的，以及什麼值得去做，否則他就不會做錯，做出蠢事，或是做出無效的事。誘惑來自於知識，也會隨著知識而增長。一個男人會知道他有一個靈魂需要去拯救，而那是一個對他而言彌足珍貴的靈魂，也正因為如此，他要確認這個靈魂最終會準確無誤地受到詛咒，你們，這些讀者，」這段話很有代表性地做出結論，「你們這些沒有靈魂可以拯救的人，也許就無法瞭解我在說些什麼。」

我現在是基於我最近對金恩漢所增加的瞭解來思考這些話，可是我的沉思被金恩漢本人的聲音打斷了。

「這樣不好吧，」那個聲音說道，「妳還不懂嗎？」隨著較大那間起居室的房門被打開，說話的人和他的同伴走進房間，聲音就變得更大了。他們的腳步聲踏在沒有地毯的地板上，發出了一些迴響。

「妳為什麼老是要這樣？」他的聲音聽起來很疲累，像是個被死死糾纏，現在只希望不要被打攪的人，「為什麼呢？」

「因為我愛你啊，」葛瑞絲的聲音很低又很沉悶。感覺上好像是正處於很棘手的痛苦狀態。

「好啦，我知道，我知道，」金恩漢的回答顯得很不耐煩，很疲倦，他大大地嘆了口氣，「妳不知道我對這種毫無必要的囉哩囉唆跟爭吵多麼厭煩！」他的音調幾乎有點悲傷，好像是希望別人對發話者寄予同情，應該盡力去減輕他的痛苦。聽到他那說話的音調，別人可能會以為金恩漢是那個殘酷無情葛瑞絲手下的受迫害者。其實，他可能還是真的那樣看待他自己，如果我猜得沒有錯的話，他應該是已經到了整個情緒大演出的最後階段，情緒厭膩的階段。他已經吃飽喝足，比賽已經結束，現在，狂歡的熱情已經消退，他只想歸於平靜、清醒。可是葛瑞絲還在那兒沒完沒了地糾纏，要他繼續狂歡下去。可是，哎呀，原先的狂歡熱血早已涼了啦！

對於一個已經完全滿足而現在只想清靜一下的男人而言，葛瑞絲的做法實在令他厭怒，甚至於有些害怕。難怪他的語氣是那麼可憐，「我告訴妳，」他說道，「就這樣了，這已經是肯定的了，不要再說了。」

「你真的是這個意思？你的意思是說，你一定要離開？」

「一定要離開。」金恩漢說。

「那我就會做到我所說的，」那個痛苦、沉悶、倔強的聲音說道，「如果你一定要離開，我就要自殺。」

其實當我聽到金恩漢的聲音時，我的第一個想法是（天知道是為什麼？）趕快躲起來。那是一種突然的罪惡感，就好像是小學生犯了錯怕被抓到。我的心臟狂跳，幾乎是跳起來，四下張望是否有可躲藏的地方。然後，大約過了一兩秒鐘，我的理性回頭了，我想起我現在並不再是個怕被老師抓到打手心的小學生，而且，我在這邊等的目的就是要邀請金恩漢跟葛瑞絲到我家晚餐，所以，我其實是應該馬上現身才對。但此時，他們彼此爭執的聲音雖然很低沉，但還是一句一句地傳到我的耳裡。我意識到他們的爭吵可能後果很嚴重，同時也意識到，我其實不應該在此刻打斷他們。一般情況下，人們都不太會去介入激烈而且私密的爭吵，一個衣冠楚楚又在平常表現得不太關心的人，突然介入對方赤裸裸的隱私之中，等於是在侮辱對方，因此會是個很不得體的行為。金恩漢跟葛瑞絲之間的口角很明顯只是因為一些瑣事，應該可以運用一些技巧化解，譬如說堆上笑臉，或是心平氣和地說些老生常談的陳腔濫調。但我又想，也或許是一個很嚴重的爭執，必須要用一切手段阻止。那麼，我該介入嗎？根據我對金恩漢的瞭解，我擔心我一旦介入，可能會讓事情變得更糟，不但無法讓他因為羞愧而平靜下來，更有可能的是反而激起他那潛藏的怒氣，雖然在第三者面前為了私密的事而繼續爭執不是件光彩的事。但我認為以金恩漢的個性來說，他很可能會放任自己的怒氣，讓場面變得更複雜，更難以忍受。我站在那裡猶疑再三，不知道該怎麼做。冒著讓事情變得更糟的危險走過去？或者就停留在原地不要動，冒著被他們發現的危險？而且，我要怎麼跟他們解釋，我已經在他們家待了半小時了。就在我還猶豫不決的時候，葛瑞絲那壓抑、固執的聲音又從房間那邊傳來，「你如果堅持要離開，我就自殺。」

「不會的啦，妳不會那麼做，」金恩漢說道，「我可以保證妳不會。」他的聲音顯得很疲累，語氣卻有嘲笑的意味。

我可以想像得到，我如果這時突然出現在他們眼前，金恩漢一定會非常尷尬，所以我決定不要介入。不管怎麼說，時候還沒到。於是我躡手躡腳穿過我所在的房間，找到一個他們不太可能透過開著的門看見我的角落坐下。

「我自己已經演過那種小鬧劇了，」金恩漢繼續說道，「十多次了，沒錯，而且在要做的那一刻，我還真相信那會是一場悲劇呢。」就算沒有我的介入，金恩漢的嘲諷功夫也夠殘酷了。

「我會去自殺的。」葛瑞絲輕聲但很固執地說。

「但就像妳所看到，」金恩漢毫不放鬆，「我現在還好好活著呢。」他原先有氣無力的聲音突然開始出現了活力，「我還是會毫髮無損地活著，那個氰化鉀毒藥老是會變成杏仁糖霜，而且不管我怎麼小心翼翼瞄準我的小腦，我老是打不中。」他說著大笑起來，對自己的玩笑顯得很得意。

「你為什麼要這樣說話？」葛瑞絲問道，她顯然已漸漸失去耐性，「說那些愚蠢、殘酷的話。」

「我只是說說而已，」金恩漢說道，「但妳卻付諸行動，妳會毀滅我，妳會毒死我，妳是我血液中的毒藥，然而妳現在卻抱怨連連，只是因為我說話！」

他停下來，好像是在等一個回答，但葛瑞絲什麼都沒說。她已經說了那麼多次了，她說了那麼多次的「我愛你」，可是每一次都遭到惡意解讀，對她來說，毫無疑問的，回答他只是浪費時間。

「我想，妳現在少了一個受害者，應該很難受吧。」金恩漢繼續用嘲諷的語氣說道，「但妳別想讓我相信，妳會難受到想自殺，算了吧，算了吧，我親愛的葛瑞絲，這樣可有點過分唷。」

「我並沒期待你相信什麼，」葛瑞絲答道，「我只是說出心裡的話，算了，不要談了，我覺得很累。」我可以聽到彈簧的聲響，顯然，她在那個長沙發上重重地躺下了。一切又歸於寧靜。

「我也是，」金恩漢終於打破了寧靜，「非常非常疲倦。」他的聲音已經變得完全有氣無力，再度一片空白了無生氣。然後又一陣彈簧的聲音。顯然，金恩漢在葛瑞絲的身邊坐下了。「看著我這裡，」他說道，「看在老天的分上，我們講講道理好不好。」這個話從金恩漢的口中說出來還真有說服力啊。我忍不住笑了。「很抱歉我剛才那樣說話，真是很愚蠢，我的脾氣發得太不應該了，但妳也要知道，有的時候就是那樣，一句話引出另外一句，自己也控制不了，我並無意要傷害妳，我們冷靜一點，好嗎？這樣的爭吵真的很沒意義。這件事已經無可避免，也許不是件好事，但我們可以往好的方向想，往好的方向去，而不是愈弄愈糟。」

當金恩漢以疲憊不堪的語氣說出前面這些陳腔濫調的時候，我真是聽得很驚訝。疲憊了，厭倦了，他似乎對自己所說的話都感覺到無聊至死，啊，讓一切都過去，自由自在走得遠遠的，永遠不要再看到她！我在腦中不斷想像他的想法，他的願望。

有的時候在每一個親密關係中，這種想法會出現在其中一個人的腦中，以致於愛情變得讓人厭倦甚至討厭，而且唯一的願望變成只想一個人獨處。大多數的情人會藉著不要太執著於這種想法而克服這種短暫的厭膩，因為感覺或慾望都會因為不去過分執著那種虛無的想法而逐漸消逝，這是因為理智才是真正的糧食及燃料，所以一段時間後，愛情自然會重新回復，而那種厭膩的感覺也會消失。然而對金恩漢來說，他把他的全副注意力都放在激情上面，或者根本是喜歡用激情來對抗理智，因此一點小小的厭倦就會被他無限放大。另一方面，就金恩漢的例子來說，他其實並沒有一個真正願意持久維護的愛情做為他有意識培養出來的厭惡心理的目標，所以沒有足以克服短暫厭膩的強大、穩定的情感可資運用。他去愛人，是因為他想要享受那種狂烈的激情，葛瑞絲只是他要藉以達到目的地的途徑，而不是目的地本身。當那個目的地已經到達後，當他對激情的渴望得到滿足，那個途徑就失去了價值。如果葛瑞絲在這場感情危機中也能像金恩漢那樣冷靜對待，她也不至於太在意金恩漢。但他們兩人的感覺顯然不同調，葛瑞絲一點都沒厭倦，她愛他，而且比從前還更愛他。她那窮追不捨的愛情，再加上金恩漢習慣於把厭倦轉化為憎惡甚至於恨意，才造成他們之間現在的狀況。金恩漢確實也很努力不要表現出強烈的情緒，但他是真的覺得疲倦，疲倦到懶得去理是否應該適度表達。他應該也只是想靜靜地逃走，不要造成任何不愉快的場面。疲倦啊，疲倦，他不斷吐出這個讓自己麻醉的字眼。他也許認為自己可以像一個牧師那樣對葛瑞絲談些有關人生的交心話。

「我們一定要理智一點，」他說道，「這個世界上不是只有愛情。」他甚至談及如何自我控制，以及工作可以帶來的慰藉。他說了很長一段時間的話。

葛瑞絲突然打斷了他，「夠了！」她的聲音高得有點嚇人，「看在老天的分上，你說夠了吧！你怎麼可以這麼不誠實，這麼蠢？」

「我不是，」金恩漢繃著臉回答，「我只是在說……」

「你只是在說你已經厭倦我了，」葛瑞絲接著他的話說，「你的說法就是讓人討厭、愚蠢、不誠實。你就是已經討厭我到要死的程度，你祈求上帝讓我滾遠一點，不要再來煩你。我會的，我會的，你不要擔心。」然後她發出了一陣笑聲。

然後，又是一長段時間的靜默。

「你怎麼還不走？」葛瑞絲終於開口了，她的聲音悶悶的，好像是她躺在那邊，卻把臉孔埋在椅墊裡面。

「這個嘛。」金恩漢有點侷促不安地說，「也許這是最好的辦法。」

他一定是感覺到可以大大鬆口氣了，心裡雖然雀躍，但這種時候又不好表現出來，只是潛藏在表面下蓄勢待發。

「那就再會囉，葛瑞絲，」他說。那個聲音聽起來已經近乎歡樂了，「我們還會是好朋友唷。」

葛瑞絲又發出一陣悶在椅墊裡的笑聲。然後她一定是坐起身了，因為她接著開口說話時，聲音突然變得清亮、強壯。

「吻我，」她有點強橫地說，「我要你再吻我一次，一次就好。」

接著是一陣寧靜。

「不是這樣，」葛瑞絲的聲音已經近乎生氣了，「認真地吻我，就像是你還愛著我一樣。」

為了未來寧靜的生活以及現在馬上可以脫身，金恩漢一定是努力來順從她。然後一切又歸於平靜。

「不是，不是，」葛瑞絲的聲音已經從生氣變為失望，「走吧，你走吧，你走，我已經讓你討厭到不知道該怎麼吻我的地步了嗎？」

「但，我親愛的葛瑞絲……」他有點氣急敗壞地說。

「走吧，走，走。」

「好吧。」金恩漢的口氣有點被觸怒的味道。但內心裡，他真是高興啊，自由了！自由了！鑰匙已經轉動，囚房的門開了，「如果妳要我走，我就走囉。」我聽到他從長沙發上起身，「我到了慕尼黑後會寫信給妳。」他說。

我聽到他走向門口，然後沿著通道走進臥室。我想，他是去拿那兩只皮箱。然又走回來朝著向外的大門走去，我聽到門閂的聲音，然後是開門的嘎吱響聲，關門的嘎吱響聲，接著是門關上碰的一聲，以及緊接著的迴響。

我從椅子上起身，從門廊的邊邊偷看另一間房，葛瑞絲以我所猜想的姿態躺在長沙發上，完全不動，她的臉孔埋在椅墊裡。我在那裡看了大約半分鐘，心中想著應該跟她說些什麼。我在想，幾乎所有的話都不足以幫她排憂解煩。也許在這種情況下，最老套、最普通、最無關緊要的話，才是最好的吧。

就在我思索這些事情的時候，葛瑞絲那個像已經死去的身體突然有了動作。她把臉孔抬起，神情專注地聆聽了一會兒，然後通過一連串快速的動作，她先將身體轉向一邊，然後坐直身子，兩腳踏上地板，猛地起身快速穿過房間，走向外邊的門口。出於本能的反應，我馬上又躲起來。我聽到她走過通道，聽到前門的門閂及嘎吱聲，然後就是她的聲音，一種聽起來很詭異，不像是出自人口，好像是快要被掐死前所發出的聲音，「金恩漢！」然後又喊了一聲，接著是一段等待回應的靜默，然後，「金恩漢！」還是沒回應。

另一段靜默之後，我聽到關門的聲音。葛瑞絲的腳步再度回來，橫過房間，然後停了下來。我從我埋伏的地方偷眼望去，她站在窗旁，前額頂著玻璃望向外面。不對，她是望向下面，兩層樓，三層樓，如果你把窗子下面的那塊區域當作一個深陷的墓穴。她是在計算高度嗎？她在想什麼？

突然，她站直了身子，高舉雙手把窗框往上推。

我走進那個房間並走向她。

她聽到我的腳步聲之後轉身過來看著我，她的眼神是那種讓人看到後心裡會感到不安的空無一物，已經讓人認不出的眼睛，臉孔像盲人一般全無表情。似乎她的心神被一個巨大又可怕的想法占據，現在已經無法再顧及生命中的一些小事了。

「親愛的葛瑞絲，」我跟她說，「我一直在找妳，凱瑟琳要我來約妳一起去我家晚餐。」

她還是兩眼空茫地望著我，過了一至兩秒鐘，我所說的話似乎才傳達到她耳中，好像是她在很遙遠的地方，聲音要慢慢地跨過空間的鴻溝才能到達。當她終於聽到我所說的話，用她那已經離開身體很遠的精神聽到，她搖搖頭，嘴唇動了一下，「我不去。」

我抓住她的臂膀，把她帶離窗邊，「妳一定要來。」我說。

這一次，我的聲音似乎比剛剛更快抵達她的耳朵，因為我幾乎剛一說完，她就開始搖頭了。

「妳一定要來，」我又重複一遍，「我都聽到了，我要妳一起去我家。」

「你都聽到了？」她兩眼看著我。

我點點頭但沒有回話。我從長沙發旁的地板上撿起她那頂像頭盔設計的帽子，交給她。她僵硬地轉身過來面對著掛在壁爐上方的威尼斯鏡，戴上帽子並調整位置，把散落在太陽穴邊的一縷頭髮塞進帽子裡。

「我們走吧。」我對她說，然後帶著她走出房間，走下陰暗的階梯，走到街上。

我們走向賀爾本去找計程車，一路上索盡枯腸跟她說話。我記得我談了公車和地下鐵的優劣、二手書店、貓咪。葛瑞絲一直沒說話，她就像是夢遊一般在我身旁跟著。

看到她那張僵硬又不快樂的臉，那張承受了她無法承受的痛苦，但還像個孩子般的臉，我的心中充滿了幾乎是懊悔的憐憫，我覺得自己多少也有錯，我現在不能感同身受地像她這樣不快樂，簡直就是沒心肝。就像我跟那些有病痛、受苦的、絕望的窮人在一起時所感受到的一樣，我覺得自己欠她一個道歉。我覺得我應該要請求她原諒我有一個快樂的婚姻，活得這麼健康，經濟上很過得去，又很滿足於自己的生活。一個人有權利在不幸的人面前過得很快樂嗎？在那些已經不想活的人面前歡欣鼓舞嗎？他有這個權利嗎？

「倫敦貓的數量，」我說，「應該跟人口的數量差不多。」

「我想也是。」經過足夠越過我倆之間那道鴻溝，讓她聽到我所說話的一段時間之後，她細聲地答道。她的聲音小到幾乎聽不見，但似乎已費盡了她的力氣。

「實際上有數百萬。」我接著說。

很幸運的，我們在這時攔到了計程車。在前往肯辛頓途中，我告訴她我們在義大利度假時的種種，不過我覺得沒有必要告訴她，我們在莫達納曾經遇到培德利。

到家之後，我簡短地告訴凱瑟琳發生了什麼事，然後把葛瑞絲交給她，就自己縮進工作室裡。我覺得，我必須深切地並且自私地承認，我真的很感恩能夠躲回那個房間裡，單獨跟我的書、我的鋼琴在一起。就好像是開車出門度週末，躲開陰暗污濁的貧民區，去到舒適、涼爽有花園的鄉下房子，在那邊，你可以忘掉除了自己以及好朋友之外，還有別人存在，而且那百分之九十九的別人，都注定要受苦。我在鋼琴前面坐下，開始彈奏貝多芬第三十二號鋼琴奏鳴曲的短詠歎調。我彈得很糟，因為我的腦中充滿了亂七八糟的東西，我不知道葛瑞絲接下來會變成怎樣？沒有了羅德尼，沒有了金恩漢，她該怎麼辦呢？她會變成什麼呢？這個問題一直在我腦中反覆。

然後，眼前的樂譜突然給了我像神諭一樣的答案。我看到了反始記號。這個記號要我回到這節音樂的起始處。不錯，太明顯了。反始記號，那就是強恩．培德利，孩子、房子，還有那個無法獨立自主過生活的人。然後，進入第二個主旋律，另一個音樂評論家，第二個我。第二個是詼諧曲旋律，那是羅德尼。然後進入極快旋律，那就是金恩漢。然後，當極快旋律進入到最高潮而歸於寧靜時，反始記號又將旋律帶回到培德利、房子、孩子，以及那個無法獨立自主生活的她。

短詠歎調的音符奇蹟式地從我指下流洩而出。啊，如果我們命運的樂章也能如此！

一九二六年，收錄於《千面葛瑞絲》（*Two or Three Graces*）

國家圖書館出版品預行編目資料

赫胥黎喻世人情故事集 / 阿道斯.赫胥黎(Aldous Huxley)著 ; 梁東屏譯.
-- 初版. -- 臺北市 : 商周出版 : 家庭傳媒城邦分公司發行, 2019.12
面 ; 公分. -- (Neo fiction ; 19)

譯自 : Aldous Huxley Six Novellas

ISBN 978-986-477-770-9(平裝)

873.57 108020428

赫胥黎喻世人情故事集

Aldous Huxley Six Novellas

作　　者／阿道斯・赫胥黎Aldous Huxley
譯　　者／梁東屏
責任編輯／余筱嵐

版　　權／林心紅、翁靜如
行銷業務／王瑜、林秀津、周佑潔
總 編 輯／程鳳儀
總 經 理／彭之琬
發 行 人／何飛鵬
法律顧問／元禾法律事務所　王子文律師
出　　版／商周出版
台北市104民生東路二段141號9樓
電話：(02) 25007008　傳真：(02)25007759
E-mail：bwp.service@cite.com.tw
Blog：http://bwp25007008.pixnet.net/blog
發　　行／英屬蓋曼群島商家庭傳媒股份有限公司 城邦分公司
台北市中山區民生東路二段141號2樓
書虫客服服務專線：02-25007718；25007719
服務時間：週一至週五上午09:30-12:00；下午13:30-17:00
24小時傳真專線：02-25001990；25001991
劃撥帳號：19863813；戶名：書虫股份有限公司
讀者服務信箱：service@readingclub.com.tw
城邦讀書花園：www.cite.com.tw
香港發行所／城邦(香港)出版集團有限公司
香港灣仔駱克道193號東超商業中心1樓；E-mail：hkcite@biznetvigator.com
電話：(852) 25086231　傳真：(852) 25789337
馬新發行所／城邦(馬新)出版集團 Cite (M) Sdn. Bhd.
41, Jalan Radin Anum, Bandar Baru Sri Petaling, 57000 Kuala Lumpur, Malaysia.
Tel: (603) 90578822　Fax: (603) 90576622　Email: cite@cite.com.my

封面設計／陳文德
排　　版／極翔企業有限公司
印　　刷／韋懋印刷事業有限公司
總 經 銷／聯合發行股份有限公司
電話：(02)2917-8022　傳真：(02)2911-0053
地址：新北市231新店區寶橋路235巷6弄6號2樓

■2019年12月30日初版
定價460元
Printed in Taiwan

城邦讀書花園
www.cite.com.tw

 ISBN 978-986-477-770-9

廣　告　回　函
北區郵政管理登記證
北臺字第000791號
郵資已付，免貼郵票

104　台北市民生東路二段141號2樓

英屬蓋曼群島商家庭傳媒股份有限公司城邦分公司　收

請沿虛線對摺，謝謝！

書號：BCL719　　書名：赫胥黎喻世人情故事集　　編碼：

請於此處用膠水黏貼

讀者回函卡

不定期好禮相贈！
立即加入：商周出版
Facebook 粉絲團

感謝您購買我們出版的書籍！請費心填寫此回函卡，我們將不定期寄上城邦集團最新的出版訊息。

姓名：____________________ 性別：☐男 ☐女

生日：西元__________年__________月__________日

地址：______________________________

聯絡電話：________________ 傳真：________________

E-mail ：

學歷：☐ 1. 小學 ☐ 2. 國中 ☐ 3. 高中 ☐ 4. 大學 ☐ 5. 研究所以上

職業：☐ 1. 學生 ☐ 2. 軍公教 ☐ 3. 服務 ☐ 4. 金融 ☐ 5. 製造 ☐ 6. 資訊
☐ 7. 傳播 ☐ 8. 自由業 ☐ 9. 農漁牧 ☐ 10. 家管 ☐ 11. 退休
☐ 12. 其他____________________

您從何種方式得知本書消息？

☐ 1. 書店 ☐ 2. 網路 ☐ 3. 報紙 ☐ 4. 雜誌 ☐ 5. 廣播 ☐ 6. 電視
☐ 7. 親友推薦 ☐ 8. 其他____________________

您通常以何種方式購書？

☐ 1. 書店 ☐ 2. 網路 ☐ 3. 傳真訂購 ☐ 4. 郵局劃撥 ☐ 5. 其他________

您喜歡閱讀那些類別的書籍？

☐ 1. 財經商業 ☐ 2. 自然科學 ☐ 3. 歷史 ☐ 4. 法律 ☐ 5. 文學
☐ 6. 休閒旅遊 ☐ 7. 小說 ☐ 8. 人物傳記 ☐ 9. 生活、勵志 ☐ 10. 其他

對我們的建議：______________________________

____

____

請於此處用膠水黏貼